MOLLY KATZ

Rühr mich nicht an

Buch

Lynn Marchette ist jung und erfolgreich. Sie hat eine eigene Talkshow bei einem Sender in Boston, und jetzt, nachdem die Quoten besser und besser geworden sind, soll ihre Show landesweit ausgestrahlt werden. Da lernt sie bei einem Geschäftsessen Greg Alter kennen – er ist attraktiv, charmant, einfühlsam und humorvoll. Lynn ist schon bald davon überzeugt, ihren Traummann gefunden zu haben. Sie ahnt nicht, daß sich hinter der Maske des vollkommenen Liebhabers ein Mann verbirgt, der besessen ist von dem Wunsch, Frauen zu beherrschen und zu erniedrigen. Und in ihr hat er endlich das gefunden, was er immer schon gesucht hat: das perfekte Opfer für einen ebenso raffinierten wie diabolischen Plan.

»Der Frauen-Thriller des Jahres!«
Journal für die Frau

Autorin

Molly Katz, geboren und aufgewachsen in New York, besuchte die Boston University und hat als Fernsehjournalistin gearbeitet. *Rühr mich nicht an* ist ihr Romandebüt; es wurde in über zwanzig Länder verkauft. Davor hat sie bereits zahlreiche Geschichten in der *New York Times* und in *Cosmopolitan* veröffentlicht. Molly Katz lebt in Westport, Connecticut.

Von Molly Katz ist
außerdem erschienen:

Auf Liebe und Tod (Blanvalet Verlag)

MOLLY KATZ

Rühr mich nicht an

Roman

Aus dem Amerikanischen von
Anna Kuhlig-Wilkinson

GOLDMANN

Die amerikanische Originalausgabe erschien 1994 unter dem Titel
»Nobody Believes Me« bei Ballantine Books, New York

Umwelthinweis:
Alle bedruckten Materialien dieses Taschenbuches
sind chlorfrei und umweltschonend.
Das Papier enthält Recycling-Anteile.

Der Goldmann Verlag
ist ein Unternehmen der Verlagsgruppe Bertelsmann

Genehmigte Taschenbuchausgabe 2/97

Umschlaggestaltung: Design Team München
Umschlagmotiv: Tony Stone Bilderwelten
Druck: Elsnerdruck, Berlin
Verlagsnummer: 43601
JP · Herstellung: Heidrun Nawrot
Made in Germany
ISBN 3-442-43601-X

7 9 10 8

Für
Henry Morrison, meinen großartigen Freund,
Agenten und dramaturgischen Beistand,
mit dem herzlichsten Dank für seinen Glauben.

1. KAPITEL

Mit gepflegten, rosalackierten Fingernägeln zog die Frau ihren linken Ärmel hoch. Kamera 1 fuhr zur Nahaufnahme dicht an die blauverfärbte Stelle an ihrer Schulter heran. Sie war dort fehl am Platz, ein buntschillerndes Mal auf reiner, schimmernder Haut.

»Das bleibt für immer«, sagte die Frau mit sanfter Stimme.

Lynn Marchette, die mit dem Rücken zum Publikum im mittleren Gang stand, blickte in den ihr am nächsten stehenden Monitor.

»Für immer?« Lynn sprach in ihr Handmikrofon. »Handelt es sich um eine Tätowierung?«

»Nein. Das ist ein blauer Fleck.«

»Blaue Flecken gehen ja für gewöhnlich wieder weg. Aber Sie sagen, der hier bleibt?«

Die Frau nickte. »Wenn wir irgendwo hingefahren sind und uns verfranst haben, hat mich mein Mann immer hier draufgeboxt. Das hat er so oft gemacht, daß der blaue Fleck schließlich nicht mehr weggegangen ist.«

Die anderen Gäste in der Gesprächsrunde, lauter Frauen, blickten sie traurig und verständnisvoll an. Lynn befragte sie weiter. »Waren Sie denn in irgendeiner Weise Schuld daran, daß er sich verfahren hatte?«

»Nein, überhaupt nicht.«

»Er hat Sie dennoch einfach geboxt?«

»Ja.«

Keine der anderen Frauen in der Runde wirkte auch nur im mindesten überrascht. Da sie allesamt ihre eigenen Erfahrungen mit Gewalt in der Ehe hatten, waren sie derart abnormes Alltagsverhalten gewöhnt.

»Sie haben also niemals irgend etwas gesagt oder getan, aber Ihr Mann hat Sie trotzdem geboxt, wenn er sich unterwegs verfahren hat?«

»Ja«, sagte die Frau.

»Er hat seinen Frust abreagiert. Sie buchstäblich als Sandsack benutzt.«

»Genau.«

Kopfschüttelnd wandte sich Lynn um und nahm Fragen aus dem Publikum entgegen. Sie hielt einer schwarzen Frau um die Dreißig das Mikro hin.

»Ich möchte die anwesenden Frauen jetzt gerne fragen, weshalb sie sich schließlich um Hilfe bemüht haben.«

Während sie die Antworten moderierte, suchte Lynn im Publikum nach weiteren Fragestellern. In der Vorbereitungsstunde, während der sie sich mit allen Beteiligten bekannt machte, bekam sie einen ersten Eindruck, wer was fragen würde. Die Fähigkeit, eventuelle Entwicklungen zu erahnen, während Auge und Ohr auf eine Vielzahl anderer Aufgaben konzentriert waren, war ein kostbares Talent. Oprah und eine Reihe anderer Talkmaster besaßen es. Sie hoffte nur, daß sie auch über deren andere Fähigkeiten verfügte. Bei der Geschäftsleitung von Channel 3 glaubte man es anscheinend.

Ab und zu glaubte es sogar Lynn.

Ein muskulöser, blonder junger Mann fragte, ob einige Frauen vielleicht übertrieben. Als im Publikum Buhrufe ertönten, brachte Lynn die Gäste behutsam zum Schweigen und verschaffte sich Gehör. Sie wandte sich an die einzige bisher stumme Diskussionsteilnehmerin, eine grauhaarige Großmutter mit gehetztem Blick, die ständig ihre Haare aus dem Gesicht strich.

»Was wollen Sie uns zeigen, Vera? Können wir die Kamera bitte einmal auf Vera richten?«

In Sekundenschnelle zeigten sämtliche Monitore eine zentimeterbreite Narbe, die von Veras Ohr bis zur Augenbraue verlief.

»Wie ist das geschehen?« wollte Lynn wissen.

»Er ist mit einem Meißel auf mich losgegangen. Hat mir damit das ganze Gesicht zerschrammt.«

Lynn, die ein Zeichen von der Studioregie bemerkte, wandte sich zur Kamera. »Wir melden uns gleich wieder zurück. In wenigen Minuten erfahren Sie mehr über diese tapferen Frauen.«

Als die Gäste nacheinander das Studio verließen, schüttelte Lynn ihnen die Hände und wünschte ihnen alles Gute. Ein paar umarmten sie.

Was die Gefühle gegenüber ihren Gästen anging, neigte sie zu Extremen. Zu gerne entlarvte sie während ihrer Sendung Buhmänner, wie zum Beispiel Vermieter, die ihre Häuser kriminell vernachlässigten, verabscheute es aber, hinterher auch nur in ihre Nähe zu kommen. Die armen Opfer wollte sie am liebsten mit nach Hause nehmen und mit heißer Suppe verwöhnen.

Kara Millet, ihre Produktionsleiterin, klopfte ihr auf die Schulter, als sie sich gerade von der letzten mißhandelten Ehefrau verabschiedete. Kara war pummelig, hatte kupferrote Haare und trug lange Röcke im Zigeunerlook.

»Tolle Sendung.«

Lynn wandte sich um. »Danke.«

»Erinnere mich bitte nicht daran, daß wir dieses Thema eigentlich nicht noch mal einplanen wollten.«

Lächelnd schüttelte Lynn ihre dunklen Locken. »Ich wußte, daß ich recht hatte. Über familiäre Gewalt kann es gar nicht genug Beiträge geben. Die Leute ziehen sich das rein und brüllen nach mehr.«

»Es liegt daran, wie du das Thema anpackst. Du verhehlst nicht, was du davon hältst. Du hast die Zuschauer in der Tasche, weil sie bei dir nie den Eindruck haben, daß du die Gäste ausnutzt oder dich am Thema aufgeilst.«

Lynn fischte sich ein Stück Krapfen aus dem Chaos rund um die Kaffeemaschine. »Na ja, im Grunde ist jeder Fernsehmensch ständig auf der Suche nach etwas Neuem. Hier ist *Geraldo*«, sagte sie und warf sich in Pose, »mit kleptomanischen Nonnen. Hier ist *Sally* . . . mit schizophrenen Oberinnen. Dagegen fallen die wahren Probleme oft unter den Tisch, weil sie nicht genug Unterhaltungswert bieten. ›Was, noch eine geprügelte Ehefrau? Gähn. Gibt's nicht irgendwo eine Show‹?«

»Iß das nicht.« Kara nahm das Stück Krapfen. »Ich hole dir einen frischen.«

Lynn nahm ihn sich wieder. »Ich will ihn ja gar nicht ganz essen. Ich bin zum Abendessen bei meinem Bruder eingeladen. Er wird sauer, wenn ich mich nicht vollstopfe.«

»Oh, deine Schwägerin hat angerufen. Sie möchte wissen, ob du jemanden mitbringst.«

»Ich habe ihr doch schon gesagt, daß ich allein komme.«

Das Wandtelefon klingelte. Kara drückte auf den Leuchtknopf. »*Lynn-Marchette-Show*. Kann ich Ihnen helfen? . . . Sie steht gleich neben mir.«

Kara drückte den Hörer an die Brust und flüsterte tonlos: »Orrin.« Lynn schnappte sich den Hörer.

»Dennis?«

»Hallo, Lynn. Das war eine Höllensendung.«

»Hat sie Ihnen gefallen?«

Der Programmdirektor gluckste. »Das hat sie, aber ich war nicht der einzige. Fünf Leute von QTV haben sie sich in meinem Büro mit angesehen.«

Ihr Herz hämmerte. »Was haben sie davon gehalten?«

»Sie waren beeindruckt. Die sprechen von einer Übernahme.«

»Ja, *wirklich?* O mein Gott! Dennis, warum haben Sie mir nicht gesagt, daß die hier sein werden?«

»Ich wollte, daß sie Sie von Ihrer besten und natürlichsten Seite erleben. Und ich konnte mich selbst nicht groß darauf einstellen. Sie sind heute morgen eingeflogen und schon wieder auf dem Rückweg nach Los Angeles.«

»Und es hat ihnen wirklich gefallen?«

»Die waren wie gebannt. Sie haben alle die Luft angehalten, als Sie diesen Moment inszeniert haben, in dem die Frau ihre Narbe zeigt.«

»Ich inszeniere nichts –«

»Ich weiß, ich weiß, aber egal, wie Sie es nennen, sie haben jedenfalls diese Atmosphäre mitbekommen. Sämtliche Gäste, das ganze Publikum – das hätten Ihre Brüder und Schwestern sein können.

Diese Herrschaften sind die ganze Woche im Land herumgefahren und haben sich Probesendungen angesehen. Die waren völlig groggy, als sie hier in Boston angekommen sind. Aber Sie haben sie aufgeweckt.«

Lynn faltete die Hände. »Was passiert jetzt? Werden sie mich anrufen?«

»Die möchten, daß Sie nächsten Mittwoch nach Los Angeles kommen.«

An diesem Abend störte Lynn nicht einmal der Verkehrsstau auf der Tobin Bridge. Sie ließ die Fenster des Lexus offen, damit die kühle Luft an ihr erhitztes Gesicht dringen konnte. Das Radio war an, aber sie nahm es kaum wahr. Sie suchte nicht einmal nach den örtlichen Telefon-Talk-Shows.

Erstaunlich, was ein Anruf aus Hollywood bewirken konnte.

Sie konnte es kaum erwarten, zu Booboo und Angela zu kommen und es ihnen zu erzählen.

Ihr Bruder würde johlen und toben und seine mächtige Gestalt verrenken, um sie mit einer pythonartigen Umarmung zu umschlingen. Angela würde die Umsichtige spielen, Fragen stellen und sie beide zu beruhigen versuchen. Aber dennoch würde Booboo das Ganze mit ihr auskosten, ihr beistehen, bis sie selbst glaubte, daß es ihr nicht mehr entgleiten konnte.

Für sie war Glück erst dann greifbar, wenn sie es mit Booboo teilen konnte.

»Brauchst du denn keine neue Kleidung?« fragte Angela, während sie Kaffee eingoß. Sie schnüffelte. »Ist das etwa wieder dieses französische Zeug? Ich dachte, wir wollten heute abend die Javamischung probieren.«

»Ich habe einfach zur erstbesten Tüte gegriffen«, sagte Booboo. »Den Java können wir ja zum Frühstück trinken.«

Lynn trank einen Schluck. »Ein Kleid, nehme ich an. Oder ein Kostüm. Vielleicht kaufe ich mir auch gar nichts. Ich habe tonnenweise Sachen zum Anziehen.«

»Aber das ist in Kalifornien«, sagte Angela. Sie faßte nach ihrem feinen, modisch hochgerafften Haar.

»Und ich bin aus Boston. Das wissen sie. Genau das wollen sie ja haben.« Geistesabwesend betrachtete Lynn den Tisch, während sie in Gedanken ihren Kleiderschrank durchging. Aber sie war noch immer viel zu aufgekratzt, konnte sich kaum besser konzentrieren als vorhin im Auto.

»Ich glaube, ich habe alles, was ich brauche«, erklärte sie.

Booboo lächelte. »Vom Selbstbewußtsein mal abgesehen. Zu schade, daß es keinen Versandhauskatalog gibt, wo man sich das bestellen kann.«

»Na ja, du bist ja da.«

»Und nicht bloß ich. Sondern auch noch dein Chef und deine Produktionsleiterin. Und all die Menschen, die dir zuschauen, und diejenigen, die dir schreiben, und jetzt dieses Syndikat.«

Kara blickte auf ein paar Mannequins in Abendkleidern, geschmeidige weibliche Wesen mit unmöglichen Hüftknochen.

Aber eine von ihnen trug ein Kleid, das wie für Lynn geschaffen war.

Sie entdeckte ein Münztelefon.

»Fünfzehn Meter vor mir ist das umwerfendste Kleid, das ich je gesehen habe. Du mußt kommen und es dir ansehen. Vergeude den Samstag nicht mit deiner blöden Post.«

»Aber ich bin nächste Woche drei Tage weg.«

»Das kriegen wir schon hin. Und jetzt komm und sieh dir dieses Kleid an.«

»Bist du in einem dieser Läden, wo die Kleider an Models vorgeführt werden? Damit man nicht sieht, wie viele sie noch auf Lager haben?«

»Nein. Ich bin bei Lord und Taylor. Erster Stock. Wir treffen uns am Fahrstuhl.«

Binnen zwanzig Minuten war sie da (typisch Lynn), bekleidet mit Leggings, Sneakers und Schlabbersocken zu einem langen, übergroßen Pullover (sehr untypisch für Lynn). Sie verbrachten so viel Zeit bei der Arbeit miteinander, daß Kara immer wieder vergaß, daß Lynn auch so aussehen konnte – eher wie achtzehn denn wie achtunddreißig, eher Klassensprecherin als Fernsehprofi.

»Ich weiß nicht, was ich hier soll«, grummelte Lynn, noch bevor der Fahrstuhl oben war. »Ich brauche nichts.«

»Ebenfalls einen wunderschönen guten Tag.«

»Oh, entschuldige. Tut mir leid.« Sie umarmte Kara und drückte ihre üppige Schulter. »Ich bin nicht ganz bei mir.«

»Du bist durchaus bei dir. Du zerbrichst dir bloß den Kopf wegen deiner Reise. Vielleicht lenkt dich das hier etwas ab. Da drüben ist es.«

»O mein Gott!« Lynn trat näher, während sie von dem breiten, herzförmigen Ausschnitt zu den schulterfreien Hängeärmeln blickte . . . auf die riesigen Pailletten, mit denen es rundum besetzt war. Die Perlmuttscheiben, in denen sich pastellfarben funkelnd das Licht brach, waren so groß wie halbe Dollar. Sie verdeckten den Stoff und baumelten von dem kurzen Rocksaum.

»Probier es an«, sagte Kara.

»Ich trau mich nicht. Ich könnte mich darin verlieben. Aber ich habe keine Verwendung dafür.« Sie blickte auf das Schild. »Vierhundertneunzig Dollar. Kommt überhaupt nicht in Frage.« Trotzdem machte sie keine Anstalten zu gehen.

Kara berührte eine Paillette. »Du fliegst an die Westküste. Du stehst kurz vor dem großen Durchbruch. Es wird Partys geben.«

»Wenn es welche gibt, kann ich mir immer noch etwas kaufen.«

»Niemand findet ein Kleid, wenn er unter Druck steht. Das ist ein Naturgesetz.« Sie schob Lynn näher zu dem Mannequin hin. »Dieses glänzende Zeug wird toll an dir aussehen.«

Die Verkäuferin, die aussah wie Chers Großmutter, führte sie zu einem Umkleideraum. Sie beäugte Lynns Sneakers, ging hinaus und tauchte mit einem Paar gebrauchter rosa Pumps wieder auf.

»Ich hatte recht«, sagte Kara, als Lynn alles angezogen hatte. »Gefällt es dir?«

»Ja.« Lynn zupfte den einen Ärmel zurecht. Sie verzog das Gesicht. »Zuviel Speck hier«, sagte sie und bewegte die Oberarme, so daß das Fleisch wackelte. »Das muß straffer werden.«

»Oder etwas brauner. Dann kann man viel mehr Haut zeigen. Also, nimmst du's nun?«

Schicksalsergeben blickte Lynn Kara im Spiegel an. »Ja.« Sie drehte sich um, um sich von der Seite zu betrachten, blieb mit einem Pfennigabsatz im Teppichboden hängen und stolperte.

Kara fing sie auf. »Paß auf, welche Schritte du machst«, sagte sie. »Du weißt nie, ob jemand da ist, der dich auffängt.«

»Wieviel Torschlußpanik traust du mir eigentlich zu?«

»Mäßige bis große.«

Lynn sah sich ironisch lächeln.

»Ich sollte nicht soviel Geld ausgeben«, sagte sie. »So ein Kleid zieht man nur für jemand Besonderen an, der verrückt nach einem ist. Und wenn so jemand in der Nähe sein sollte, hat er sich jedenfalls gut versteckt.«

»Hör auf damit. Nimm das Kleid. Du brauchst nichts weiter zu tun, als es anzuziehen, und schon stehen die Typen Schlange. Aber bloß für den Fall, daß«, sagte Kara, während sie den Reißverschluß öffnete. »Sehen wir doch mal, wieviel sie für die Schuhe wollen.«

Lynn konnte nicht aufhören, aus dem Flugzeugfenster zu sehen. Es war ihr gleichgültig, ob die Leute sie für provinziell hielten.

Sie war in ihrem Leben so selten geflogen. Bislang war sie nur auf lokaler Ebene erfolgreich gewesen. Das würde sich nun vielleicht ändern.

Aber sie konnte sich nicht darauf verlassen. Die mögliche Übernahme konnte so oder so ausgehen. Sie war lange genug beim Fernsehen, um das zu wissen, hatte oft genug Bostoner Spitzenleute erlebt, die man geschminkt und gepudert, bewirtet und umschmeichelt hatte. Und die am Ende eiskalt fallengelassen worden waren.

Nicht persönlich gemeint. Sie verstand das durchaus. Um sich landesweit durchzusetzen, mußte man absolut die Beste sein. Stellte sich heraus, daß man es nicht war – nun, dann schnitt man sich zwar nicht gerade die Pulsadern auf, aber man wurde auch keine landesweit bekannte Persönlichkeit.

Nun lag es an ihr, es herauszufinden.

Sie flogen gerade über Iowa. Die Landschaft unter den Wolkenfetzen war parzelliert, lauter grüne und braune Flächen, dazwischen grau schimmernde Teiche, Gebäudeansammlungen. Sie war zu hoch, um Tiere erkennen zu können, doch Lynn wußte, daß welche da sein mußten. Sie wußte noch viel mehr als das.

Als kleines Mädchen hatte sie sich auf der Farm ihrer Eltern im Osten von Tennessee um die Hühner und Schweine gekümmert. Es war nur eine von vielen Pflichten, aber ihre liebste, denn wenn sie mit ihrem Tagewerk fertig war, wurden die Tiere ihr Publikum. Sie las ihnen immer die Schulaufsätze und die Gedichte vor, die sie geschrieben hatte. Sie waren die einzigen, die Zeit zum Zuhören hatten.

Im Grunde genommen war sie also wirklich eine Landpomeranze.

Sie wandte sich vom Fenster ab und griff zu der Illustrierten, in die sie noch keinen Blick geworfen hatte.

Mit ihren schmalen Hüften und dem wild herumfliegenden dunklen Haar hatte sie damals auch entsprechend ausgesehen. Wenigstens war das jetzt in Mode. Sie hatte ihre Redeweise ändern müssen – nicht bloß ihren Akzent, sondern auch die Feld-Wald-Wiesen-Ausdrucksweise, durch die Farmerskinder immer wie Siebzigjährige klangen. Die Sprache ihres Bruders verriet noch immer seine Herkunft. Seine Freunde und Kollegen in der Bank neckten ihn andauernd deswegen.

Aber andererseits stammten zahlreiche Medienstars aus der Provinz. Alles, was sie in ihrem Beruf wußte, hatte sie von Phil Donahue gelernt – und der war selbst ziemlich provinziell, hatte doch seine märchenhafte Karriere in Dayton, Ohio, angefangen.

In ihrem ersten Jahr im College hatte Lynn sich seine Methode genau angesehen, als Phil seine Sendungen noch vor Publikum in Dayton moderierte.

»Ich brauche Ihre Hilfe«, hatte Phil dem Publikum erklärt. »Sie sind die Show. Ich brauche Sie. Sie müssen gute Fragen stellen, damit ich nicht dumm dastehe.« Er hatte ihre Namen auswendig gelernt und während der Werbepausen mit ihnen geredet: »Wie geht's denn so, Betsy? Lassen Sie sich eine gute Frage an den Senator einfallen, Joe.«

Natürlich waren sie begierig darauf, ihm zu helfen, konnten kaum erwarten, daß Phil sie brauchte. Und weil das so war, hatten die Zuschauer daheim das Gefühl, *sie* stünden auf und stellten dem Senator Fragen.

»Man lebt und stirbt mit seinem Publikum«, war Phil einmal zitiert worden. Und Lynn hatte diese Ermahnung genauso ernst genommen wie eine neue Lektion in der Schule.

Von den gemeinsamen provinziellen Anfängen einmal abgesehen, konnte sie nur hoffen, daß sie heute zumindest halb soviel Können an den Tag legte wie er.

Aber war der Provinzialismus nicht nur ein Ablenkungsmanöver? Im Grunde genommen machte sie sich doch nur darüber Sorgen, daß es mit ihrer Übernahme nicht klappen könnte.

Daß sie nicht gut genug war.

Oder viel wahrscheinlicher, daß zwar alles gut genug war und auch klappte. Und sie es dann selbst sabotieren würde. Wieder in die eine oder andere ihrer destruktiven Gewohnheiten verfallen würde. Es selbst vermasselte, weil sie der Meinung war, sie würde es nicht verdienen.

Sie legte die Illustrierte hin und reckte wieder den Hals, um aus dem Fenster zu gucken.

Nach den Konferenzen wurde Lynn in ein wunderschönes Restaurant namens Geoffrey's in Malibu ausgeführt – einer *der* Treffpunkte von Hollywood, wie man ihr sagte. Es lag direkt am Pazifik. Sie saßen alle draußen an einem Tisch für sechs, inmitten von Schalen mit betörenden Blütenpflanzen. Auf Säulen aufgebaute Heizstrahler erwärmten die salzige Brise.

Lynn saß zwischen Vicky Belinski, bei QTV Vizepräsidentin für landesweite Verbundsendungen, und Len Holmes, dem stellvertretenden Programmchef. Der Nachmittag hatte aus einem drei Stunden langen, trügerisch entspannten Geplauder in stillen, malvenfarbigen Büros bestanden, Gesprächen, in denen jeder noch so bruchstückhafte Gedanke angeschnitten worden war, den sich Lynn je über das Fernsehen gemacht hatte. Ihre Herkunft. Ihr Wissensstand. Direkte Fragen, indirekte Fragen, gar keine Fragen. Vicky lachte oft ausgelassen, Len war eher zurückhaltend.

Sie hatte sich nicht vorbereitet, wenn man von dem einen oder anderen Übungsball absah, den sie sich von Kara hatte zuwerfen lassen. Zuviel zu proben wäre ein Fehler gewesen. Ihre Spontaneität war es, die sie kaufen wollten, und die konnte sie ihnen nur auf eine Art vermitteln.

Aber sie war erschöpft. Selbst dieses Essen war ermüdend. Die größte Hürde war genommen, aber sie wurde noch immer von fünf Menschen eingeschätzt, die sich überlegten, ob sie ein Vermögen in ihre Person investieren sollten . . . nicht gerade die beste Voraussetzung für ein lockeres Beisammensein.

Vicky reichte ihr einen Korb mit Brot. Der Korb war rosa und silbern lackiert, und die Brotscheiben in dem warmen Tuch waren knusprig weich und mehlig. Der Duft erinnerte sie mit einem Mal daran, wie hungrig sie war. Sie nahm ein Stück und bestrich es mit Butter.

Unter ihnen klatschte die Brandung, Dunst tanzte um die Heizstrahler. Durch die Nahrungsaufnahme wurde sie etwas gelöster. Und als sie gelöster wurde, fühlte sie sich allmählich auch besser, genoß die Freude über das, was da geschah.

Weil es geschah. Sie wußte, daß sie sämtliche Prüfungen bestanden hatte und sie auch weiter bestehen würde, während sie hier saßen. QTV, einer der gewichtigsten Verbundsender, war überaus interessiert, ihre Sendung einzukaufen. Aus ihr eine Art Oprah zu machen, eine Sally Jessy.

Eine Lynn Marchette.

Mit diesem Gedanken vertilgte sie das letzte Stück Brot und nahm sich eine neue Scheibe.

An einem Abend vor neun Jahren hatte sie ebenfalls Brot in der Hand gehalten. Aber es war nicht warm und kroß gewesen, sondern weiß und mit Mayonnaise und Thunfischöl getränkt.

Ihre Wohnung bestand damals aus zwei winzigen, über einer Pizzeria an der Huntington Avenue gelegenen Zimmern. Sie kostete 280 Dollar im Monat, kaum erschwinglich bei dem Gehalt, das sie für das Auswählen von Studiogästen für die Carl-Cusack-Show beim WBHJ-Radio erhielt – ein Job, den sie trotz des Hungerlohnes bereitwillig angenommen hatte, da Carl dafür bekannt war, daß er seine Helfer auf Sendung gehen ließ. Für eine Möchtegern-Talkmasterin, die neu in Boston war und deren bisherige Anstellungen beim Radio ihr noch keine derartige Chance geboten hatten, war das ein Traumangebot.

Weniger bekannt indessen war die Tatsache, daß Carl einen Preis für die Publicity forderte. Nichts vordergründig Schmutziges – auf diese Weise verschaffte sich der Mann nicht sein Vergnügen. Carl Cusack raste und tobte vielmehr und erniedrigte seine Mitarbeiter. Er köderte sie und stellte ihnen Fallen.

Bislang hatte Lynn ihm aus dem Weg gehen können, hatte schweigend oder ruhig, mit logischen Antworten auf seine Sticheleien reagiert. Noch war sie nicht das auserwählte Opfer des Tages geworden – aber sie war auch noch nicht auf Sendung gewesen. Weil sie noch nicht darauf gekommen war, daß man reagieren mußte – weinen und zittern und sich vor Angst ganz klein machen –, wenn man sich die Belohnung verdienen wollte.

An diesem Januarabend kam sie nach einem Kiefereingriff mit geschwollener Wange zur Arbeit. Der Zahnarzt hatte darauf bestanden, sie solle nach Hause gehen und sich mit einem Eisbeutel hinlegen, doch das konnte sie nicht; die Kosten der lange hinausgeschobenen Behandlung hatten ihre letzten Reserven aufgezehrt, unter anderem auch den Großteil der Miete für den laufenden Monat. Carl bezahlte einen nicht, wenn man nicht da war.

»Was haben Sie denn angestellt, ein halbes Backenhörnchen gegessen?« sagte Carl zur Begrüßung. Sein flinker, trockener Witz war einer der Gründe, weshalb er bei den Kritikern ebenso beliebt war wie bei den Zuhörern.

»Zahnbehandlung«, sagte Lynn, die so deutlich sprach, wie das bei einer Zunge möglich war, die sich anfühlte, als habe ihr jemand ein ganzes Ei in den Mund gestopft.

Carl hob die Augenbrauen.

»Mit mir ist alles in Ordnung«, sagte Lynn, noch bevor er irgendwelche Zweifel äußern konnte, ob ihre Anwesenheit sinnvoll sei.

Irrtum. »Ich entsinne mich nicht, mich nach Ihrem Befinden erkundigt zu haben.«

Lynn nickte mit gesenkten Augen, während sie am gemeinschaftlichen Schreibtisch der Assistenten die Werbebeiträge überflog.

»Ja?« brüllte Carl. »Habe ich da etwa ein *Ja* von Ihnen gehört? Auf welche Frage, wenn ich das wissen dürfte?«

Lynn blickte auf. Seine ständig geröteten Augen waren weit aufgerissen und auf sie gerichtet.

»Ich wollte bloß bestätigen, was Sie sagten.«

Sie sprach nicht besonders gut; bei dem langen Wort hatte sie eine Silbe verschluckt. Und die Wirkung des Novocains verflog, so daß sie die schmerzhaft pochende Wunde hinter ihren rechten oberen Backenzähnen spürte.

»Zitieren Sie die Präambel der Verfassung«, sagte Carl.

Lynn runzelte die Stirn. »Wie bitte?«

Carl bückte sich, so daß sein Gesicht auf gleicher Höhe mit dem ihren war. »Wir... das... Volk«, nölte er. »Fahren Sie fort. Wir... das... Volk...«

»Lieber nicht.«

»Kennen Sie sie etwa nicht? Hier ist was Leichteres – die Ansprache von Gettysburg. ›Vor siebenundachtzig Jahren...‹ Führen Sie das bitte zu Ende.«

»Sie möchten, daß ich die Ansprache von Gettysburg aufsage?«

»Genau«, sagte Carl mit gespielter Langmut.

Lynn stieß mit der Zunge an die Wunde und zuckte zusammen. Der Schmerz breitete sich über ihre ganze rechte Kopfseite aus.

Sie kannte diese Kopfschmerzen nur zu gut, wußte, daß sie durch die Zahnschmerzen schlimmer wurden.

Sie schaute Carl mit festem Blick an, während sie zu dem Entschluß kam, daß sie sich am besten aus der Affäre zog, indem sie es durchstand.

»Vor siebenundachtzig Jahren... wurde auf diesem Erd... Erd...«

»*Erd-teil.*«

Lynn lehnte sich zurück, um seinem starren Blick und seinem Atem zu entgehen. »... eine Nation geschaffen, die, in Freiheit geboren, dem Grundsatz...«

Sie mußte abbrechen und eine Sekunde innehalten. Bei bestimmten Klängen rieb ihre Wange an der Wunde, und jede Berührung rief Schmerzen hervor.

»... hul... huldigt, daß...«

Carl schlug auf den Schreibtisch. »Raus hier.«

»Was? Nein, bitte...«

»Wie können Sie es wagen, sich in meine Sendung zu drängen, wenn Sie mehr als nutzlos sind? Ich brauche fähige Assistenten am Telefon, keine lallenden, stammelnden Trottel. Das ist ja unerhört. Sie sind daran schuld, daß ich in letzter Minute unterbesetzt bin.«

»Ich bin durchaus arbeitsfähig. Ich –«

»*Raus* hier, habe ich gesagt. Und nehmen Sie Ihre Habseligkeiten gleich mit. Sie arbeiten nicht mehr für mich.« Er drehte sich um und ging mit langen Schritten weg.

Lynn schnappte nach Luft. Es klang fast wie ein Schluchzen. Sie rannte hinter Carl her, packte ihn an seinem Wollsakko. »*Bitte.* Ich brauche diesen Job. Ich muß nur noch ein paar Excedrin nehmen. Ich werde –«

»Wie können Sie es *wagen!*« Sein Atem fauchte sie an. »*Sie* brauchen den Job? Und deshalb sollte ich zulassen, daß in einem hochklassigen Programm an entscheidender Stelle Unterdurchschnittliches geleistet wird?« Er hob den Arm, als wolle er sie schlagen, hieb aber nur an die Wand. »Was Sie *brauchen*, ist Nachhilfeunterricht in Selbsteinschätzung, aber ich habe nicht die Zeit, Ihnen den zu geben – ich muß eine andere Assistentin finden, damit ich auf Sendung gehen kann.« Wieder schlug er an die Wand. »Und machen Sie sich nicht die Mühe, beim Gehen die Tür zuzuschlagen. Soviel Krach wie ich können Sie gar nicht machen.«

Mel Medoff, der Programmdirektor, war noch in seinem Büro. Er hörte sich lediglich den Anfang von Lynns Geschichte an, verdrehte die dunklen, wissenden Augen und komplimentierte sie hinunter in die Cafeteria gegenüber vom Sender.

Irgendein Überlebensinstinkt setzte sich durch, und trotz des pochenden Loches in ihrem Mund war Lynn hungrig. Sie stopfte den Großteil eines Thunfischbrotes in sich hinein, während Mel ihr die harten Tatsachen darlegte.

»Der Sender engagiert, feuert oder bezahlt Carls Leute nicht. Wie Sie sicher wissen. Sie haben recht – er ist ein Arschloch. Aber ich kann mich nicht einmischen.«

»Gibt es andere freie Jobs beim Sender?«

Mel schüttelte den Kopf, noch bevor sie zu Ende gesprochen hatte. »Carl würde Gift und Galle spucken, wenn wir Sie einstellen würden.« Er breitete die Arme aus. »Was soll ich sagen? Sie sind ausgetrickst worden. Es ist nicht fair. Aber er hat die Einschaltquoten ...«

Als sie nach Hause ging, hatte sie in einer Serviette eine Scheibe Brot bei sich; das war alles, was von der Mahlzeit übriggeblieben war. Sie konnte sich nicht einmal einen anderen Job suchen, bevor sie wieder sprechen konnte, und ihre Speisekammer war genauso leer wie ihr Geldbeutel.

Es gab niemanden, von dem sie sich etwas hätte borgen können. Den Pizzabäckern unten schuldete sie dauernd Miete, und Booboo, der damals noch nicht bei der Bank arbeitete, kam daheim in

Tennessee mit Mühe und Not über die Runden, indem er das zusammenzuhalten versuchte, was von der Farm übriggeblieben war.

Was für eine Ironie des Schicksals, lautete ihr letzter Gedanke, bevor sie in den Schlaf sank, nachdem sie ihre Stirn gekühlt und vier Excedrin geschluckt hatte.

Schon jetzt war sie gierig auf die aufgeweichte Brotscheibe, die sie wie Hänsel und Gretel würde rationieren müssen, weil sie ihre einzige Nahrung für die nächsten Tage war.

In Boston hatte sie den Durchbruch schaffen wollen: erst bei der Cusack-Show, dann bei noch einer und noch einer, und dann hätte man einen neuen Star zu bewirten und zu umgarnen ...

Als der Kaffee kam, war es bereits dunkel. Die Lichter im Freien, die Blumen, die warme Luft von den Heizstrahlern, all das war wie ein tropischer Baldachin, den man über Lynn ausgebreitet hatte. Nach etlichen Gläsern Wein und dem ausgezeichneten kalifornischen Essen kam es ihr vor, als könne sie gar nicht mehr aufhören zu lächeln.

Die Leute an ihrem Tisch waren mit einer Gruppe Werbeleute von einer Agentur aus Los Angeles am Nebentisch ins Gespräch gekommen. Zwei der Werbemenschen kannten einen der Männer von QTV. Lynns Gedanken schweiften von der Unterhaltung ab, und sie blickte eine Weile aufs Meer und kostete die betörende Aussicht aus, daß Orte wie dieser für sie bald alltäglich sein würden. Als sie sich wieder den anderen zuwandte, reichte Len Holmes gerade die Schokoladentorte an den anderen Tisch weiter.

»Es macht Ihnen doch hoffentlich nichts aus«, sagte Len. »Wir dürfen dafür deren Pflaumensorbet probieren.«

Lynn lachte und nahm den Teller, den man ihr reichte. Sie probierte die lila Schaumspeise. Es war sagenhaft. Alles war sagenhaft.

»Toll, was?« fragte sie eine katzenhaft wirkende Frau am Nachbartisch. »Bitte, greifen Sie zu. Je weniger übrig ist, desto besser für meine Hüften. Übrigens, ich bin Joanne.«

»Lynn. Und was Sie hier treiben, ist der masochistische Nahrungsverweigerungsmechanismus Nummer zweiundachtzig B. Ich kenne ihn nur zu gut.«

»Eine Schwester im Geiste!«

»Sie auch?« sagte Vicky.

Lynn reichte ihr das Sorbet. »Sehen Sie sich doch nur an, was wir hier tun. Wir sind alle mehr oder weniger schlank, attraktiv und erfolgreich. Und irgendwo in uns ist da ein Wesen, das sich damit nicht zufriedengibt. Ständig setzen wir uns selbst die Pistole auf die Brust.«

»Haben Sie darüber schon mal eine Sendung gemacht?« fragte einer der Mitarbeiter von QTV.

»Mehrere. Das Phänomen nimmt viele Formen an. Darüber könnte ich Hunderte von Sendungen machen.«

»Weil es in der Luft liegt«, sagte Vicky.

Lynn nickte. »Es ist wie eine Epidemie.«

Len beugte sich zu ihr. »Genau das ist das bemerkenswerte an Ihnen, das, was uns fasziniert hat. Sie sind eher, wie soll ich sagen ...«

»Nicht zwanghaft darauf fixiert, im Mittelpunkt zu stehen«, sagte Vicky. »Es ist Ihnen schnurzegal.«

Einen verrückten Augenblick lang stellte sich Lynn eine Reklametafel für ihr neues landesweites Programm vor: DIE LYNN-MARCHETTE-SHOW. IHR IST ALLES SCHNURZEGAL. Um nicht loszukichern, trank sie rasch einen Schluck Kaffee.

»Ihr Verhältnis zum Publikum ...« Vicky schüttelte den Kopf. »Erstaunlich.«

Man bestellte noch mehr Kaffee; zwei der Leute von QTV gingen heim. Die Leute am anderen Tisch umarmten einander, bevor einige von ihnen ebenfalls aufbrachen. Dann zogen Joanne und zwei Männer an Lynns Tisch um.

Wegen der Zeitumstellung hätte sie eigentlich müde sein müssen, aber sie war viel zu aufgekratzt. Sie fühlte sich mit jeder Minute wacher. Dies war eine traumhafte Situation an einem traumhaften Ort, an dem die Menschen lachten und sich umarmten und eine tolle Zeit verlebten. Sie wünschte sich, es möge niemals enden.

»Was habe ich da von einer Sendung gehört?« fragte Joanne.

»Lynn macht in Boston eine Talk-Show«, erklärte ihr Len. »Wir sind im Begriff, sie zu übernehmen.«

Im Begriff. Lynns Herz machte einen Satz.

»Dann sind Sie also aus Boston?« fragte einer der Werbemenschen. Er war braungebrannt, sah stattlich aus und lächelte frei und ungezwungen. »Wie gefällt es Ihnen in der Traumfabrik?«

»Ich glaube, es gefällt mir sehr. Ich habe noch nicht viel gesehen.«

»Na.« Vicky schlug auf den Tisch. »Wie unhöflich wir doch sind! Einen ganzen Tag da, und Sie waren noch nicht auf Stadtrundfahrt.«

»Noch keine Stadtrundfahrt?« fragte Joanne. »So springt man nicht mit Fremden um. Machen wir doch jetzt eine.«

»Warum nicht?« sagte Len. »Lynn? Haben Sie Lust?«

»Unbedingt.«

Die Rechnungen wurden bezahlt, und dann gingen sie hinaus zu Vickys Auto, einem großen Mercedes. Lynn saß vorn zwischen Vicky und Len. Joanne fuhr mit Greg, dem so nett lächelnden Mann, auf dem Rücksitz mit.

Sie kutschierten durch Bel Air, sahen sich Melrose und die Läden am Rodeo Drive an.

»Mann's Chinese Theatre«, sagte Vicky. »Das müssen wir mitnehmen.«

Lynn starrte auf die Hand- und Fußabdrücke, auf die in den Zement geschriebenen Namen. Sie kaufte für Kara eine Butterschale in Form einer Lassie-Figur. Alles, was sie tat, kam ihr unwirklich und zugleich auf eine intensive Art echt vor, so als betrachte man eine Handlung durch ein scharfes Fernglas.

Es war bereits nach elf, als Vicky wieder auf den Parkplatz des Restaurants in Malibu fuhr.

»Ich bringe Lynn zum Hotel«, sagte Len. »Vicky wohnt gleich hier in der Nähe«, erklärte er Lynn.

»Wohnen Sie in der Stadt?« fragte Greg.

»Ja. Im Hyatt Tower.«

»Dann kann ich Sie doch mitnehmen. Es liegt auf meinem Heimweg.«

Der Portier des Hyatt, ein Teenager mit Bürstenschnitt, streckte die Hand aus, um Lynn aus Gregs BMW zu helfen.

»Danke«, sagte sie zu Greg. »Für die Stadtrundfahrt und fürs Mitnehmen.«

Er schenkte ihr sein offenes Lächeln. »Die Stadtrundfahrt war nicht gerade die Megaversion. Aber ich hoffe, sie hat Ihnen gefallen.«

»Ich war begeistert.« Sie rutschte zur Tür.

»Morgen wieder heim nach Boston?«

»Ja. Ich hoffe, ich komme bald wieder hierher. Ich habe ja bis jetzt fast nichts gesehen.«

Er beugte sich dicht zu ihr. »Sie sehen gar nicht müde aus. Nach Bostoner Zeit ist es schon furchtbar spät, aber habe ich nicht recht? Sie fühlen sich wie ein Kind, das nicht vom Geburtstagsfest weg möchte, solange noch Eis und Kuchen übrig sind.«

Lynn lachte. Bei der Vorstellung mußte sie an das weiße Paillettenkleid oben in ihrem Zimmer denken. Nachdem sie es sorgfältigst eingepackt und den ganzen weiten Weg mitgeschleppt hatte, hing es nun im Hyatt in der Kleiderkammer, die so groß war wie ihre erste Wohnung in Boston – und wartete auf Eiscreme und Kuchen.

Sie hatte es nicht gebraucht. Aber anscheinend hatte es das bewirkt, wozu es von vornherein gedacht gewesen war.

Sie schielte zu dem Portier, der es offenbar nicht gewohnt war, daß Gäste des Hyatt Tower zögerten, bevor sie seine Hand ergriffen. Da sie nicht in Anspruch genommen wurde, ließ er sie einfach hängen.

Greg schnippte mit den Fingern. »Farmers Market.«

»Ich habe davon gehört. Was ist das?«

»Eine Spezialität von Los Angeles. Sollte man sich nicht entgehen lassen, vor allem abends. Es ist ein Labyrinth aus lauter Verkaufsbuden, an denen alles mögliche unter freiem Himmel angeboten wird: allerlei Dinge zu essen, Nippes, Souvenirs.« Er tippte ihr mit dem Finger auf die Hand. »Ich habe diese Butterschale gesehen.«

»Die ist für meine Produktionsleiterin. Wir haben es uns zur Gewohnheit gemacht, einander abscheuliche Andenken mitzubringen. Wenn man eins kriegt, muß man es in Gesellschaft benutzen, ohne jede Erklärung.«

»Auf dem Markt können wir viel schlimmere Sachen als eine Butterschale auftreiben.«

Lynn klatschte in die Hände. »Auf geht's.«

Der Portier war nach wie vor unschlüssig. Greg beugte sich über Lynn hinweg und faßte nach dem Türgriff. »Danke, aber wir fahren noch mal weg.«

Als er aufs Gas ging, kratzte sich der Knabe den spärlichen Haarschopf.

»Aber ich hatte doch bereits Nachtisch«, sagte Lynn. »Mehrmals sogar, glaube ich.«

»Das waren bloß Happen. Da ist so viel hin- und hergereicht worden, daß Sie gar nicht viel abbekommen haben können. Aber warten Sie. Ich weiß eine Lösung.«

Er nahm ihre Hand und führte sie an einer Reihe von Obstständen vorbei. »Sehen Sie.«

Sie war nicht sicher, was sie sehen sollte.

»Da«, sagte er.

Sanft dirigierte er ihren Kopf, so daß sie zu einem Stand blickte, wo geeister Joghurt mit allerlei Fruchtsoßen angeboten wurde. Wieder stieg ihr der Duft in die Nase, der ihr bereits aufgefallen war, als er sich im Auto über sie gebeugt hatte, ein sinnliches, weihrauchartiges After-shave.

»Eisbecher ohne jedes Schuldgefühl. Wo sonst gibt's so was, außer in Kalifornien?« sagte er. »Ich hole mir einen, und Sie können dann kosten, bevor Sie sich selbst entscheiden.«

Während der Eisbecher zusammengestellt wurde, ergriff Greg erneut ihre Hand und führte sie zu einem riesigen Souvenirstand. Er hatte recht – dagegen wirkte die Butterschale beinahe geschmackvoll.

Lynn griff nach einem Sortiment Serviettenringe. Auf jedem war Elizabeth Taylor mit einem anderen Ehemann zu sehen.

»Was habe ich Ihnen gesagt? Nein, überlassen Sie das mir«, sagte Greg, als sie ihre Handtasche aufmachte. »Ich wollte sowieso noch ein paar andere Sachen kaufen.«

Sie wollte protestieren, ließ es aber sein. Darauf kam es nun wirklich nicht an. Eine liebe Geste; kein Grund, daraus einen Wettstreit in Sachen Höflichkeit zu machen.

Alles war so einfach, wenn man obenauf war.

»Probieren Sie mal.« Er reichte ihr den Eisbecher. Noch bevor er mit seinen Einkäufen zurück war, hatte sie das fruchtige Allerlei fast aufgegessen. Noch etwas, das sie an einem normalen Abend niemals getan hätte.

Sie liefen durch die Gänge und Gassen. Durch die leuchtenden Laternen über ihnen und das Gewimmel ausgelassener Menschen wirkte das Ganze wie ein Eingeborenenbasar.

»Sogar das Obst ist anders«, sagte Lynn. »In Boston kriegen wir nur eine oder zwei Pfirsicharten. So ein Angebot wie hier gibt's dort gar nicht. Das müssen acht bis zehn Sorten sein. Was sind denn das für riesige rote Dinger? Die sehen lecker aus.«

Er griff nach einem.

»Nein«, sagte sie. »Ich bin total voll, und zum Mitnehmen ist es zu empfindlich. Herr im Himmel, diese Artischocken. Die sind ja so groß wie Kürbisse.«

Greg lachte. »Sie sind aber nicht immer so, oder?« fragte er und strich ihr über die Haare. Er spielte mit einer Locke. »Heute ist Ihre Nacht. Sie sprühen regelrecht. Es ist ein Vergnügen, daran teilzuhaben.«

Lynn berührte seinen Arm. »Vielen Dank.«

Einen Augenblick lang standen sie im Zwielicht einer Laterne und blickten einander an. Sie war knapp einszweiundsechzig groß, und er mußte den Kopf neigen.

»Joghurt«, sagte er und wischte ihr mit dem Daumen einen Klecks vom Kinn. Doch anstatt die Hand wegzuziehen, hob er ihr Gesicht an und küßte sie auf den Mund.

Wieder umfing sie sein Duft, doch diesmal war es sein ganzer Geruch, nicht nur das After-shave. Er war warm und männlich und so auserlesen wie alles an diesem Abend.

Langsam entzog sie sich ihm. Ein kleiner, feuchter Fleck schimmerte an seiner Oberlippe. Lynn mußte den Impuls unterdrücken, sich auf die Zehenspitzen zu stellen und ihn abzulecken.

»Ich sollte Sie jetzt besser zurückbringen«, sagte er leise, »bevor Sie sich in eine Artischocke verwandeln.«

Der Portier mußte zur Pausenmilch sein. Niemand kam aus dem Hotel zum Wagen gestürmt. Greg fuhr an den Bordstein.

Lynn hatte sich gefragt, ob er wohl mit hochkommen wollte und was sie sagen sollte, falls dem so wäre. *Nein*, natürlich konnte sie am Tag ihres Vorstellungsgespräches nicht mit jemandem schlafen, der die Verantwortlichen bei ihrem künftigen Sender kannte. Aber wie sollte sie dieses Nein ausfallen lassen, was für die Zukunft andeuten?

Sie hätte sich gar keine Sorge machen müssen. Der Augenblick ging vorüber wie alles andere in Kalifornien, ohne daß sie auch nur etwas dazutun mußte.

»Ich weiß, es ist nicht der passende Moment . . . noch nicht«, sagte Greg. Er legte ihr zwei Finger an die Lippen. »Nicht, daß ich nicht versucht wäre, darauf zu drängen. Ich habe Sie gerade kennengelernt, und jetzt fahren Sie schon wieder weg.«

Ihr Mund kribbelte unter der Berührung.

»Aber ich werde nicht aufgeben. Ich bin bloß geduldig. Ein bißchen geduldig.« Er zog die Hand weg, holte dann Stift und Block aus dem Türfach. Fragend blickte er auf.

»Harbor Landing drei-achtzehn, Apartment drei-acht-null-fünf, Boston null-zwo-eins-fünf-sechs.« Sie nannte ihre private und ihre dienstliche Telefonnummer.

Er schrieb konzentriert mit, riß das Blatt ab und hielt es ihr zur Bestätigung hin. Er faltete es, steckte es in seine Hemdtasche. Er schaute Lynn an – ein heißer Blick aus katzengrauen Augen. Dieser Blick war es, der sie schließlich aus dem Glücksgefühl völligen Losgelöstseins herausriß, in dem sie sich den ganzen Tag und den Abend über befunden hatte.

In diesem Moment wußte sie, daß er sie begehrte und sie ihn. Bilder wirbelten vor ihrem Gesicht, und sie sah diese grauen Augen über sich, während sie auf dem Rücken lag. Sie sah, wie sich die Leidenschaft über das, was sie gerade taten, darin widerspiegelte. Wie ihre Schultern sich im Rhythmus des . . .

Schluß.

Sie rutschte auf dem Autositz ein Stück weg.

Zu schade, daß es dafür keinen Joghurtersatz gab.

»Ich muß hinein«, sagte sie.

»Das sehe ich.« Sein Tonfall klang leicht belustigt, oder bildete sie sich das nur ein?

»Lachen Sie etwa über mich?« fragte sie.

»Ja. Auf die netteste Art, die es gibt.« Er lehnte sich zurück, legte die gebräunten Arme in den Nacken und reckte sich. Längst hatte er seine Anzugjacke abgelegt, und unter den kurzen Hemdsärmeln waren kräftige Muskeln und mit dunklen Haaren bedeckte Arme zu sehen.

»Ich habe es hier mit einer Frau zu tun, die sich nach Kräften bemüht, ihre Prioritäten zu wahren. Eine leidenschaftliche Frau, innerlich ebenso schön wie äußerlich, die weiß, daß sie aus hundert Gründen keine andere Wahl hat, als aus diesem Auto zu steigen, nach oben zu gehen, ihre Vitamine zu nehmen und sich schlafen zu legen . . . die aber sehr versucht ist« – er beugte sich zu ihr und küßte sie, eine rasche, süße Berührung mit Mund und Zunge – »sehr versucht ist zu sagen, zum Teufel mit der Vernunft. Ich möchte unter diesem Kerl liegen.«

Bei den letzten Worten schaute er ihr direkt in die Augen. Er traf es so genau auf den Punkt, daß ihr keine Erwiderung einfiel. Doch ihre Hand ging zum Türgriff, als wolle sie sie daran erinnern, daß dieser Körperteil vernünftig bleiben würde, auch wenn die anderen meutern sollten.

»Deswegen habe ich gelacht«, sagte er. »Weil ich Ihnen die Gedanken vom Gesicht ablesen konnte. Und weil ich mich geschmeichelt fühle.«

Er stieg aus dem Wagen, ging außen herum und hielt ihr die Tür auf.

»Ich verabschiede mich hier«, sagte er und legte ihr die Arme um die Taille. »Denken Sie einfach immer daran, daß wir in absehbarer Zeit den Abend irgendwo anders beenden sollten, wenn es keine Gründe mehr dagegen gibt. Dann wird es mir ein großes Vergnügen sein, Ihre Phantasien Wirklichkeit werden zu lassen.«

Mit beiden Händen drückte er sie an sich. Niemand war in der Nähe, und sie würde allein nach oben gehen, und bald schon würde sie ein landauf, landab bekannter Fernsehstar werden. Und daher erwiderte sie gierig seinen Kuß, und ihre Hände erkundeten durch das Hemd seinen Rücken, den sie irgendwann in absehbarer Zeit viel besser kennenlernen würde.

2. KAPITEL

»Er klingt wunderbar.« Kara drückte sie an sich. »Ich fiebere regelrecht mit dir.«

»Er ist derjenige, der für dein Geschenk verantwortlich ist.«

»Hat er das gekauft?« Kara griff zu der Butterschale.

»Nein, die Serviettenringe. Er war dabei, als ich die Butterschale besorgt habe, und als er sie später nochmals erwähnte, habe ich ihm von unserer Gewohnheit erzählt. Und da sagte er dann, daß ich unbedingt zum Farmers Market gehen müsse. Er meinte, daß ich dort Sachen finden würde, gegen die die Butterschale regelrecht altmodisch wirkt.«

Vorsichtig stellte Kara die Butterschale weg und widmete sich wieder dem mexikanischen Essen, das sie sich hatten kommen lassen. Sie tunkte eine Brezel in die Salsa.

»Um Himmels willen! Nimm ein Dorito.« Lynn schob ihr die Tüte zu. »Wir feiern schließlich.«

»Wir können auch ohne Fettklumpen feiern.«

»Uff! *Scharf.*« Lynn griff nach ihrem Wasserglas.

»Hast du ihm auch von dieser speziellen Gewohnheit erzählt? Daß du immer die schärfste Salsa bestellst und dich dann darüber beschwerst?«

Lynn wischte eine Träne weg. »Sinnlos, den Mann auf einmal mit meinen ganzen Macken zu belasten.«

»Na, das klingt ja toll. Du hast die Konferenzen überstanden und darüber hinaus noch einen netten Typ kennengelernt.«

»Ich kann es selbst noch nicht glauben, daß ich das alles durchgestanden habe. Ich wünschte, du wärst dabeigewesen.«

»Hör mal ... QTV würde doch für die Übernahme keine andere Produktionsleiterin einstellen, oder?«

Lynn blickte auf. »Und wenn, dann würde das sowieso keine Rolle spielen.«

»Würdest du darauf bestehen, daß ich bleibe?«

»Ohne dich würde ich die Sendung niemals machen.«

Sie sah, wie Kara erleichtert die Schultern sinken ließ, und fühlte sich mies. Wieso hatte sie nicht schon früher daran gedacht, ihr den Rücken zu stärken? Wie unsensibel und ichbezogen von ihr, zu vergessen, daß sie nicht der einzige ehrgeizige Mensch beim Fernsehen war.

»Und wie«, sagte Kara, »ist dein neuer Freund mit der Tatsache zurechtgekommen, daß du eine Berühmtheit werden wirst? Keinerlei Schwierigkeiten?«

»Er schien hingerissen von der Idee.«

»Irre!«

»Er ist schlau, witzig, er hört zu. Er ist aufmerksam. Und romantisch.«

»Dieser ganze Abend hört sich ja an wie ein Film. Das Meer, der Dunst, der umwerfende Fremde, die Stadtrundfahrt ...«

»Er ist der aller – na ja ...« Lynn senkte die Stimme. »Die Art, wie er mit mir redete ... diese aufreizenden Sachen, die er sagte ... Ich meine, Kara, wie lange habe ich den Mann gekannt, ein paar Stunden? Und da redet er davon, was er im Bett alles machen will, errät meine Phantasien – und ich habe ihm das nicht nur durchgehen lassen, ich habe es *genossen*. Es ging alles so schnell.«

Kara drückte Lynns Arm. »Du kannst dich beglückwünschen. Wie viele Shows haben wir darüber gemacht, was für Schwierigkeiten Menschen haben, aufeinander einzugehen? Und wer ist dabei wohl Problemkind Nummer eins?«

»Kannst du glauben, daß ich in dieser Nacht am liebsten auf der Stelle mit ihm geschlafen hätte?«

»Du? Nein.«

Lynn lachte. »Na ja, irgendwann mußten meine Träume wohl mal wahr werden.«

»Mehr hast du also nicht gebraucht. Nur das Gefühl, ein Star zu sein.« Kara grinste. »Du solltest mal einen Artikel drüber schreiben. So ein einfaches Rezept dürfte für *Cosmo*-Leserinnen ein gefundenes Fressen sein.«

Dennis Orrins Büro war voller Bilder von einstigen und derzeitigen Prominenten von Channel 3. Als Lynn die Tür öffnete, hängte er gerade ihr Porträt an die Wand zurück.

»Was soll das werden?« fragte sie. »Zielübungen etwa?«

Dennis wandte sich um. Er kam herüber und drückte sie heftig an sich. »QTV hat angerufen. Sie möchten eine Pilotsendung machen.«

»*Ha!*« Lynn schlug ihm auf den Rücken.

»Ich wußte es doch. Und Sie hätten es auch wissen sollen.«

»Irgendwie habe ich das ja auch. Aber die haben eine ganze Woche dazu gebraucht.«

»Wie oft muß ich es Ihnen denn noch sagen? Die trödeln ewig herum, bevor sie eine Entscheidung treffen.« Er strich sich mit der Hand über sein stark gelichtetes Haar. »Aber Sie haben QTV davon überzeugt, daß Sie eine Wucht sind. Die halten Sie für eine Art Barbara Walters.«

»Wirklich?«

»Die sind hin und weg von Ihnen. Eine Entscheidung innerhalb einer Woche, das ist, als hätten sie's über Nacht getan.«

Lynn zuckte mit den Schultern. »Es war wie Zauberei. Sämtliche Gespräche liefen gut. Wir sind alle bestens miteinander klargekommen. Alles hat geklappt.«

»Wie rasch?« Kara griff zu ihrem Notizbuch. »Wo?«

»Ein, zwei Monate. Möglicherweise hier, aber mit einem etwas schickeren Studio, möglicherweise irgendwo anders, falls sie ein größeres Publikum möchten.«

»Und ... ich bin die Produktionsleiterin?«

»Natürlich.«

Kara legte ihr Notizbuch weg. »Vielen Dank.«

»Bedank dich nicht bei mir. Ich bin auf dich angewiesen.«

»Ich produziere eine landesweit ausgestrahlte Pilotsendung. O mein Gott!«

»Und es geht nicht nur darum, daß die Pilotsendung toll sein muß. QTV möchte mit einer Marktanalyse beginnen, so daß jede Sendung, die wir von jetzt an machen, für mehrere Märkte ausgesucht werden könnte.« Lynn ging in ihrem Büro auf und ab. Eine glühende Oktobersonne stach durch das Dreifachfenster. »Ich bin so aufgeregt. Ich kann einfach nicht mehr stillsitzen.«

»Ich habe an einer Liste mit Themen gearbeitet. Damit können wir erst mal anfangen. Oh! Ich habe was vergessen.« Kara stürmte hinaus und kam mit einem riesigen Paket zurück, das sie kaum tragen konnte. Gemeinsam stellten sie es auf den Tisch. Lynn musterte den Aufkleber. »Per Expreß. Aus Los Angeles.«

Kara schlitzte das Klebeband auf, und sie öffneten das Paket. Darin befand sich eine aus leichtem Holz gezimmerte Kiste, unterteilt in lauter viereckige Fächer, in denen jeweils gut geschützt ein Pfirsich lag.

Wunderschöne Pfirsiche, sechs verschiedene Arten.

Lynn schlug die Karte auf.

In Gregs Handschrift stand darauf: *Pfirsiche für einen Pfirsich. Fehlt Ihnen L.A.? Ich hoffe es, denn Sie fehlen mir. Alles Liebe. Kuß, Greg.*

Kara strich über eine der großen, roten Flaumkugeln. »So was habe ich noch nie gesehen.«

»Das habe ich am Farmers Market auch zuerst gesagt. Und er hat sie geschickt. Was glaubst du, wo er die Kiste herhat? Die mußte er bestimmt anfertigen lassen.«

»Egal, wie er's gemacht hat, er hat sich jedenfalls ganz schön Mühe gegeben. Dieser Typ mag dich wirklich, Lynn. Und *du* hast dir Sorgen gemacht, weil er nicht angerufen hat.«

Lynn zwinkerte. »Davon habe ich kein Wort gesagt.«

»Meinst du etwa, nach all den Jahren fällt mir diese verkniffene Warum-ruft-er-nicht-an-Miene bei dir nicht auf? Und nun? Rufst du ihn an?«

»Ich habe seine Nummer nicht.«

»Ich rufe bei QTV an.«

»Danke. Frag nach Vicky Belinski. Sag, du möchtest den Namen dieser Werbeagentur, bei der Greg Alter arbeitet. Ich kann mich nicht mehr daran erinnern.« Sie lächelte. »Ist schon erstaunlich, daß ich mich überhaupt noch daran erinnern kann, auf welchem Planeten ich an diesem Abend war.«

Kara hörte auf mitzukritzeln und ging hinaus.

Lynn nahm einen Pfirsich aus seinem Fach. Die Haut war flaumigweich, wie Samt. Die Farbe reichte von Tiefrot bis Buttergelb. Er hatte gerade die richtige Reife, so daß er unter ihrem Daumendruck leicht nachgab.

Sie kramte in ihrem Schreibtisch herum, suchte etwas, mit dem sie ihn aufschneiden konnte, und stieß auf einen alten Brieföffner. Sie legte den Pfirsich auf eine Serviette, schnitt ein Stück ab und biß hinein. Der Saft tropfte überallhin. Noch nie hatte sie etwas so Köstliches probiert.

Sie aß das Stück auf, schnitt ein neues ab und ging zum Fenster. Während sie geistesabwesend kaute, betrachtete sie den Verkehr elf Stockwerke unter ihr. Er staute sich, wie immer am Spätnachmittag, wenn jeder so schnell wie möglich nach Hause kommen wollte.

Sie sah einem Camaro zu, der von Spur zu Spur wechselte. Letztlich kam er kein Stück voran, da er seine ganze Energie aufs Kolonnenspringen verwandte.

Jahrelang hatte auch Lynn ihre Kräfte auf diese Art vergeudet –

ständig in Bewegung, aber ohne jede Richtung. Sie wechselte von Job zu Job, erst beim Radio, dann bei der Fernsehproduktion, und hoffte inständig, irgendwann auf Sendung zu kommen.

Schließlich begriff sie langsam, daß es mit Hoffen allein nicht getan war. Wenn sie eine eigene Sendung wollte, durfte sie nicht einfach herumhängen und darauf warten, daß die Geschäftsleitung zufällig auf sie stieß.

Daher paßte sie auf, lernte, bettelte und brachte sich ständig in Erinnerung, bis Dennis Orrin damit anfing, sie vertretungsweise als Talkmasterin einzusetzen.

Lynn Marchette. Die Person, die am Mikrofon das Sagen hatte, beim Publikum, im ganzen Studio. Keine Schafe. Keine Schweine. Menschen.

Eine großartige Leistung für ein unscheinbares Mädchen aus einer Familie, für die ein Fabrikarbeiter etwas war, zu dem man aufblickte.

Doch sie mußte stets auf der Hut sein, wenn es ihr zu gut ging. Rückschläge konnte sie bestens wegstecken, aber Erfolg . . . egal, welcher Dämon in ihr meinte, sie hätte kein Recht darauf, er versuchte jedenfalls nach Kräften, sie davon fernzuhalten.

Wenn ihr etwas Wunderbares widerfuhr – zum Beispiel, als sie endlich eine Chance vor der Kamera bekam, dann ihre eigene Sendung, aber auch das unglaubliche Angebot von QTV oder die Begegnung mit Greg –, konnte es passieren, daß sie Stunden oder Tage hin- und hergerissen war, bis sie sich das Recht auf Erfolg zubilligte.

Sich mit den guten Dingen abfinden . . . Das war das Schwerste, schwerer noch, als eine eigene Sendung zu bekommen und sie zu behalten.

Seit ihrer Anfangszeit in Boston, als sie sich selbst kurieren mußte, weil sie sich keinen Arzt hatte leisten können, spielten Tabletten in ihrem Leben eine wichtige Rolle.

Zahnschmerzen waren ein ständiger, zermürbender Begleiter.

Natürlich war kein Geld für zahnmedizinische Behandlung vorhanden gewesen, als sie herangewachsen war. Im Alter von elf Jahren hatte sie vor Zahnschmerzen nicht schlafen können, und wenn es richtig schlimm wurde, ging ihre Mutter am Sonntagnachmittag mit ihr ins Little Red Hen, das einzige Restaurant von Greeneville, wo Dr. Fenton Cabell, der einzige Zahnarzt von Greeneville, sein Mittagessen einnahm. Dr. Cabell legte dann Messer und Gabel weg, ging zur Toilette, wusch sich und ließ sein Schweineschnitzel stehen, während er in Lynns wehem Mund herumstocherte.

Immer wieder verschrieb er etwas für ihren Zahn und bat Lynns Mutter, mit ihr am Montag in die Praxis zu kommen, wo er sie behandeln werde, ohne auf sofortige Bezahlung zu bestehen. Doch die Praxisbesuche fanden nie statt. Wenn das nächstemal wieder akute Zahnschmerzen eintraten, wurde das sonntägliche Ritual einfach wiederholt.

Deshalb war sie bereits weit über zwanzig, als sie zum erstenmal auf einem Zahnarztstuhl saß. Inzwischen allerdings benötigte sie eine überaus umfangreiche Behandlung. Da sie sich die nie und nimmer leisten konnte, ließ sie das wenige machen, was für sie erschwinglich war: hier und da eine Füllung, Zahnstein entfernen und Polieren. Erst als der Zahnarzt die Arme verschränkte und darauf bestand, ließ sie sich auf eine Kieferbehandlung ein.

Doch nach jahrelanger Vernachlässigung ließen die Zahnschmerzen nicht mehr nach, sondern führten zu rasenden Kopfschmerzen. Sie wachte nachts um eins oder zwei auf und mußte so viele Excedrin schlucken – nichts anderes half gegen die Schmerzen –, daß das darin enthaltene Koffein ihre Schlaflosigkeit nur noch verschlimmerte.

Mit der Zeit graute ihr vor dieser Prozedur.

Als sie schließlich bei der Arbeit eindöste, packte sie die Verzweiflung. Damals war sie Produktionsassistentin gewesen. Sie konnte ihren Job verlieren. Wenn sie befördert wurde, soviel war ihr bewußt, würde sie mehr Geld verdienen, und mit diesem Geld könnte sie sich weitere Behandlungen leisten. Doch wenn sie weiterhin um ihren Schlaf gebracht und schließlich gefeuert werden würde, würden ihre Zähne so schlecht bleiben, und die Kopfschmerzen würden nie aufhören.

Deshalb stellte sie sich darauf ein, neben dem Excedrin auch Valium einzunehmen.

Doch ihr Körper benötigte immer mehr Excedrin gegen die Schmerzen, und mehr Excedrin führte zu mehr Valium.

Sie nahm es nur nachts. Doch die Wirkung hielt länger an, als ihr lieb war.

Wann genau aus dem Teufelskreis von Excedrin gegen die Schmerzen und Valium gegen die Schlaflosigkeit eine Abhängigkeit geworden war, wußte sie nicht mehr genau. Lynn wußte nur, daß sie sich an dem Tag, als ihr Bruder am Logan Airport landete, um das zu tun, worauf sie ihn seit ihrem Umzug nach Boston gedrängt hatte – sich hier niederzulassen –, ständig zusammenreißen mußte, damit sie nicht benommen wirkte.

Er hatte Hunger, als er aus dem Flugzeug stieg, deshalb ging sie mit ihm zu einem Friendly's. Sie bestellten sich Vanilleeis, während sie auf ihre Sandwiches warteten.

»Ich hoffe, deine Bude gefällt dir«, sagte Lynn zum drittenmal.

»Wenn ich mehr als eine Platte zum Kochen habe und die Decke höher als mein Kopf ist, gefällt sie mir«, sagte Booboo. »Nach den letzten ein, zwei Jahren bin ich nicht mehr so wählerisch. In dem ersten Zimmer, das ich nach dem Ausziehen von zu Hause hatte, war ein Loch in der Wand, durch das ein Habicht gepaßt hätte.« Er grinste. »Hab's mit meinem Kissen zugestopft. Eigentlich hätte ich mir ein neues kaufen müssen, aber ich habe mich daran gewöhnt, ohne eins auszukommen. Heute heißt es, ohne Kissen zu schlafen sei gesünder.«

»Ja«, sagte Lynn. »Ein Kinderarzt hat das mal in der Sendung erklärt. Laß dein Baby von Anfang an flach schlafen, und du ersparst ihm später Rückenbeschwerden.«

Booboo starrte sie an, und sie hatte mit einem Mal Angst, er könnte es an ihren Augen sehen. Um ihm zu zeigen, daß sie so träge gar nicht war, beugte sie sich geschäftig über ihr Eis.

Doch er hatte sie nur aus brüderlichem Stolz angeblickt, nicht argwöhnisch. »Ich kann's kaum abwarten, in der ersten Reihe zu sitzen, wenn du deine Sendung machst.«

»Ich kann's kaum erwarten, daß du dabei bist.«

»Meine große Schwester, ein Fernsehstar. Wer hätte das gedacht?«

Spielerisch schlug Lynn mit der Serviette nach ihm, doch sie traf ihn nicht mal annähernd. Zu ihrem Entsetzen, natürlich. Er hatte keine Ahnung, daß sie zwanzig Zentimeter danebengezielt hatte.

Die Wohnung, die sie ihm besorgt hatte, lag in Marblehead. Lynn vertilgte ihr Sandwich bis auf den letzten Krümel, weil sie hoffte, die Wirkung der Droge werde nachlassen und ihre Fahrtüchtigkeit nicht mehr beeinträchtigen, wenn sie erst etwas im Magen hätte. Es funktionierte. Sie fühlte sich bestens, fuhr bestens. Booboo war von ihrer Wahl begeistert.

»Wie weit ist es zum Wasser?« fragte er, als er eines der Fenster öffnete.

»Zwei Straßen. Ist das nicht toll?« Sie schob zwei weitere Fenster auf, zog einen Polstersessel aus Rattan hin und stellte ihn dazwischen. Glücklich ließ sie sich hineinsinken. »Riecht wie in einer Strandhütte. Ich war so aufgeregt, als ich es gesehen habe. Ich kann's kaum erwarten, bis ich mir eine Bleibe *direkt* am Wasser leisten kann, *mitten* in der Stadt.«

»Und wie viele Minuten mußt du noch warten?«

Sie lachten gemeinsam, so, wie sie es immer getan hatten, wenn die Ferkel mit ihren kitzelnden Schnauzen die Leckerbissen, die sie vom Abendbrot aufgehoben hatten, von ihren Händen schleckten.

In diesem Augenblick übermannte sie die Erinnerung. Während sie sich an die frisch riechenden Polster lehnte, konnte Lynn förmlich spüren, wie sich die weich behaarten Schnauzen an ihrer Hand anfühlten.

Statt der Seeluft roch es nun nach Moder. Überall war dieser vertraute Geruch, dieser erdige Duft von dem Morast unter dem Wohnzimmerfenster, der nie ganz trocknete, nicht einmal in einem dürren Sommer, wenn das ganze Gras braun wurde.

Lynn hörte, wie ihre Mutter in der Küche Eier sortierte, vernahm das *Klickklick*, als sie mit ihren abgearbeiteten Fingern die großen in die blaue und die kleinen in die gelbe Schüssel legte. Und dabei vor sich hin murmelte, daß jetzt so viele kleine dabei seien . . . kleinere Hennen, kleinere Eier, alles werde immer kleiner, vor allem der Wert des Geldes in der Haushaltskasse. Was sollte man da bloß machen?

Plötzlich verschwanden der Modergeruch und die Geräusche. Lynn war schwindlig, furchtbar schwindlig. Dorothy und Toto im Wirbelwind. Ihr Magen gluckste, während sich ihr Kopf drehte.

Lynn preßte die Hände an den Bauch, um ihn an Ort und Stelle festzuhalten.

Das Schwindelgefühl hörte auf.

Sie blickte auf ihre Hände, konzentrierte sich darauf, während sie langsam wieder zu sich kam. Sie sah auf ihre Uhr und gab ein tonloses Keuchen von sich.

Acht Minuten waren vergangen.

»Du bist ganz schön weggeknackt.« Booboo saß auf dem Boden und musterte einen Telefonanschluß. »Ich dachte, ich laß dich einfach schlafen.«

Lynn stand auf und ging ins Badezimmer.

Das war kein Schlaf gewesen. Sie wußte ziemlich sicher, was es war: ein Aussetzer. Das, was Säufern passierte.

Wenn sie von Drogen derart benommen war, daß sie einen Aussetzer hatte, dann war sie auch zu benommen zum Autofahren.

Und trotzdem hatte sie einen Wagen gesteuert, in dem ihr Bruder gesessen hatte.

Sie lehnte sich an die verschlossene Badezimmertür und schluchzte leise vor sich hin.

Endlich war sie auf Sendung. Endlich war ihr Bruder hier. Trotz aller guten Vorsätze und einem, wie sie irrtümlich annahm, guten Urteilsvermögen hatte sie etwas getan, das unter Umständen tragisch hätte ausgehen können.

Sie war darüber so erschrocken, daß sie das Valium erbrach.

Doch sobald sie lernte, die quälenden Schmerzen und die Schlaflosigkeit ohne Pillen zu ertragen, stellte sie sich aus lauter Minderwertigkeitsgefühl neue Fallen. Immer wieder war ihr Männergeschmack Gegenstand unaufhörlicher Scherze. Kara sagte, ihr Idealpartner ziehe ständig eine finstere Miene und lebe von der Arbeitslosenhilfe.

Lynn konnte es nicht bestreiten. »Man lasse sechs Männer vor mir antreten«, hatte sie Mary Eli einmal erklärt, einer mit Kara befreundeten Psychiaterin, als diese in ihrer Sendung über das Thema »Schlaue Frauen, törichte Wahl« aufgetreten war, »und ich gehe sofort auf denjenigen zu, der mir den meisten Ärger machen wird.«

Könnte es sein, daß nun auch diese Zeiten vorüber waren? Würde sie sich künftig nicht mehr selbst bestrafen?

Sie wurde von einem der größten und erfolgreichsten Fernsehsyndikate umworben. Ein Mann sagte, sie fehle ihm, dachte an sie, betete sie an, schickte ihr Aufmerksamkeiten – kein ungehobelter Tunichtgut, sondern ein kluger, erfolgreicher, schöner Mann, ein echter Kerl.

Sie hatte, so schien es, beruflich wie auch persönlich eine Glückssträhne.

Lächelnd, den klebrigen Pfirsichkern noch immer in der Hand, wandte sie sich vom Fenster ab und begab sich auf die Suche nach Kara.

Leise knackend schmolzen die Eiswürfel in der schwarzen Glaskaraffe auf Dennis Orrins Schreibtisch. Zu der Karaffe gehörten ein dazu passendes Tablett und zwei modische Kelchgläser. Sie war in Messing gefaßt, das vom Aufwartepersonal stets auf Hochglanz poliert wurde, so wie es auch dafür sorgte, daß sie ständig mit frischem Eis gefüllt war.

Dennis Orrin goß ein und nahm einen Schluck, während er sich das Band ansah, das gerade per Eilboten aus Cleveland eingetroffen war.

Nicht schlecht. Wenigstens konnte der Knabe lesen. Doch auch hier handelte es sich in erster Linie nur um einen weiteren Nachrichtenjüngling, der sich mächtig für einen Videospot abstrampelte, mit dem er sich als Politmoderator empfehlen wollte. Er hatte nur ein kleines Problem: Er war alles andere als erwachsen.

Fünf Monate verblieben ihm noch, um einen zu finden, bei dem man sich darauf verlassen konnte, daß er sich jeden Abend in fernsehgerechter Verfassung präsentierte, und der das gewisse Etwas hatte, jene vertrauenerweckende Autorität, die die Menschen dazu bewegte, vor, nach oder während des Abendessens mit der gleichen schönen Regelmäßigkeit auf Channel 3 umzuschalten, mit der sie jeden Morgen die Einfahrt hinuntertappten und ihre Zeitung aus dem Briefkasten holten.

Er spulte das Band zurück, nahm es aus dem Recorder und legte es auf den Stapel mit der Ausgangspost. Er ging zu seinem Schreibtisch, rief in Cleveland an und verdarb dem Nachrichtenjüngling den Tag.

Er begab sich ins anliegende Bad und wusch sich die Hände; eine alberne Angewohnheit. Schon vor Jahren hatte er festgestellt, daß er das immer tat, wenn er jemanden abwies. Dann hatten irgendwelche Psychologen in der Marchette-Show über allerlei Zwangshandlungen gesprochen, darunter auch das von ihnen sogenannte Händewaschen der Lady Macbeth. Dennis hatte genau aufgepaßt, sich das Gehörte durch den Kopf gehen lassen, einen kleinen Prozentsatz an fernsehüblichem Firlefanz abgezogen und war am Ende ziemlich erleichtert gewesen. Bloß eine komische Angewohnheit.

Wieder an seinem Schreibtisch, besah er sich den Stapel mit den restlichen Kassetten und beschloß, eine Weile zu warten, bevor er sich die nächste vornahm. Wenn er sich zu viele hintereinander ansah, trübte das nur sein Urteilsvermögen.

Er schaute auf Lynns Bild an der Wand.

Flinker Verstand, Sinn für Humor, vor laufender Kamera sogar noch besser als sonst. Eine echte Erwachsene. QTV hatte eine kluge Wahl getroffen.

Vor ein paar Jahren war er eine Zeitlang gar nicht so sicher gewesen, ob Lynn es so weit bringen würde. Kopfschmerzen, Schlaflosigkeit ... Mehr als einmal hatte er sie schlafend an ihrem Schreibtisch ertappt. Sie hatte ihm anvertraut, daß sie Angst habe, von Beruhigungsmitteln abhängig zu werden, und folglich hatte sie sie abgesetzt.

Jetzt hatte sie das anscheinend hinter sich – zumindest die Sache mit den Beruhigungsmitteln.

Nicht, daß er kein Verständnis dafür aufgebracht hätte. Es war noch gar nicht so lange her, da hatte er regelmäßig Marihuana geraucht. Er konnte sich noch genau an die unschuldigen Anfänge erinnern, danach der allabendliche Genuß, dann hatte er auch tagsüber zum Kaffee einen Joint geraucht, als handle es sich um eine Zigarette. Danach dann der Joint anstelle der Zigarette.

Letztlich hatte er eine Entscheidung treffen müssen, und er hatte sie getroffen.

Das war seine Stärke – durch die er sich die Karaffe verdient hatte. Seine Fähigkeit, eine Situation zu analysieren und Prioritäten zu setzen. Und genau darauf verwiesen auch die Illustriertenberichte über ihn. Daß er instinktiv zum Telefon greifen und einen erwartungsvollen Knaben in Cleveland anrufen konnte, statt Zeit zu verschwenden, indem er auf die Etikette achtete und einen Brief diktierte.

Daß er es sich aussuchen konnte, ob er ein zwar erfolgloser, aber kreativer Kiffer ohne einen roten Heller sein wollte oder ein gelangweilter, aber hochangesehener Macher mit einer wohlbehüteten Familie.

Er bedachte das Bild von Bern und den Mädchen mit einem leichten Lächeln, goß sich Eiswasser nach und schob eine neue Kassette in den Recorder.

Wußte der Himmel, wie es die drei Stockwerke hochgekommen war, aber von den Samenkörnern angelockt, die sie für die Vögel ausstreute, stattete ein Backenhörnchen ihrem Balkon regelmäßige Besuche ab und ließ sich durch nichts vertreiben. Nachdem sie ein Jahr lang in einem besonders piepsigen Tonfall, den sie und Kara immer als ihre Backenhörnchenstimme bezeichneten, durch die Fliegengittertür mit ihm gesprochen hatte, hatte es angefangen, Lynn aus der Hand zu fressen.

Heute war ihr so leicht ums Herz, daß sie A-Hörnchen mit einem kleinen Stück Pfirsich verwöhnte. Es beschnupperte die Frucht mit zuckendem Schwanz – an der kahlen Stelle erkannte sie es immer –, dann wurde sie vertilgt.

»Ganz meine Meinung«, sagte sie mit piepsiger Stimme.

Als das Telefon klingelte, genoß sie gerade ihren vierten Pfirsich. Sie stellte den Fernseher leiser und rannte zu dem Apparat in der Küche.

»Ich hoffe, Sie sind nicht enttäuscht«, sagte er. »Schmecken sie genausogut, wie sie aussehen?«

»Greg!«

»Wie geht es, Lynn?«

Ihr Herz hämmerte wie verrückt. »Großartig. Und Ihnen?«

»Auch ganz gut. Ich kann's kaum erwarten, etwas über Ihren Übernahmevertrag zu hören. Gibt's schon irgendwelche Neuigkeiten?«

»Ich hab's heute erfahren. Sie wollen eine Pilotsendung machen.«

»Phantastisch!«

»Ich habe schon auf glühenden Kohlen gesessen, aber mein Chef sagt, das sei alles ziemlich schnell gegangen. Sie haben die Pfirsiche also genau zur richtigen Zeit geschickt. Sie sind köstlich.«

»Genau das wollte ich hören.«

»Ich hätte Sie angerufen, aber ich habe Ihre Nummer nicht rausgekriegt, und bei der Agentur wußte niemand, wo Sie stecken. Vielen Dank jedenfalls. Ich hab mich unheimlich gefreut.«

»Ich wollte, daß Sie ein Stück Los Angeles schmecken können. Übrigens, wie sind die Serviettenringe angekommen?«

»Kara war außer sich. Sie hätte es Ihnen persönlich gesagt, wenn sie Sie heute nachmittag erreicht hätte.« Lynn nahm sich einen Stift. »Sagen Sie mir doch Ihre Nummer, wo ich gerade dran denke.«

»Ich weiß was Besseres. Ich komme eben vorbei und gebe sie Ihnen persönlich.«

Lynn ließ den Stift fallen. »Wo – wo sind Sie?«

»Etwa eine Viertelstunde von Ihnen entfernt, wenn ich's dem Stadtplan recht entnehme. Oder ist es Ihnen morgen lieber? Ich könnte mit Ihnen und Kara zu Mittag essen?«

Lynn lächelte. »Heute abend paßt es mir bestens.«

Er brachte einen Rotwein mit, der ebenso zauberhaft und ungewöhnlich war wie die Früchte.

»Saint Leu«, sagte er, als sie erneut danach fragte, während er den letzten Wein in ihre besten Kelchgläser goß. Vor Aufregung fiebernd sah sie ihm zu. Er war unwiderstehlich.

»Nicht, daß ich bezüglich kalifornischem Wein chauvinistisch wäre«, fuhr Greg fort. »Aber ich wollte etwas Einzigartiges mitbringen, und ich wußte, daß es diesen Wein hier nicht gibt. Er stammt von einem einheimischen Winzer. Schmeckt er Ihnen genauso wie die Pfirsiche?«

»Das ist . . .« Sie fing an zu kichern. »Mir fallen nur Äpfel und Apfelsinen ein.«

»Es sind aber Pfirsiche und Trauben«, sagte er.

Lachend ließ sie sich in die Couch zurücksinken. Greg hatte bereits zu Abend gegessen, als er kam, und sie war viel zu sehr mit den Pfirsichen beschäftigt gewesen. Der Cheddar und der Pumpernickel lagen nahezu unberührt auf dem Kaffeetisch.

Bis auf eine kurze Umarmung beim Begrüßen hatte Greg sie noch nicht angerührt. Doch jetzt, als sie ihm so nahe war, hob er ihr Kinn und küßte sie.

Die Erinnerung durchzuckte sie, der Geschmack von Gregs Mund, durch den Wein etwas schärfer, der würzige Duft. Wieder spürte sie diese berauschende Freude, so als beginne für sie ein wunderbares Abenteuer. Gemeinsam mit diesem entzückenden Mann, der seinen Anteil daran hatte und der, was noch wichtiger war, willens und begierig darauf war, Anteil an ihr zu nehmen. Wann hatte sie jemals einen Mann kennengelernt, der sich nicht bedroht fühlte, nicht wütend war oder bestenfalls gleichgültig blieb, wenn sie Erfolg hatte?

Greg zog sie näher zu sich. Sie berührte seine straffe Schenkelmuskulatur. Durch den Wein kühn geworden, schob sie ihre Hand höher, zur Schenkelinnenseite, und spürte, wie er zusammenfuhr.

Er ergriff ihre Hand. Er hielt sie fest und sagte: »Ich habe ein Hotelzimmer. Ich gedenke heute nacht dort zu schlafen.«

Er betrachtete ihr Gesicht.

Ihre Reaktionen, die für Kara so offenkundig waren, waren möglicherweise auch für ihn kein Rätsel. Schließlich sagte jeder, ihre Transparenz sei ein Teil ihrer Stärke. Und da ganz Boston ihre Gefühle deuten konnte, wenn sie einen wegen Kindesmißbrauchs angeklagten Lehrer interviewte oder eine diskriminierte Teenagerlesbe, mußte sie ihm wahrscheinlich gar keine Antwort geben.

Doch sie sagte: »Bleib bitte hier.«

»Ich möchte nicht, daß du denkst, ich hätte damit gerechnet.«

»Das tu ich nicht.«

Er schaute ihr unverwandt in die Augen, während er ihre Hand an seine Erektion drückte.

Er fühlte sich neben ihr im Bett vertraut an, so als sei der Platz die ganze Zeit für ihn reserviert gewesen. Wahrscheinlich hatte sie hier von ihm geträumt und sich nur nicht daran erinnert, bis sie durch das sinnliche Empfinden wieder darauf gestoßen war.

Er liebte sie mit inniger Konzentration, koste ihre Beine und küßte ihre Knie und Knöchel. Lange Zeit strich er mit den Lippen über ihre Schultern und die Innenseiten ihrer Arme, bevor er sich tiefer beugte. Niemals war sie so langsam und methodisch, so selbstlos geliebt worden.

Als sie ihn schließlich an der Schulter berührte, lächelte er und schüttelte den Kopf. »Ich möchte, daß du kommst«, flüsterte er.

Und so gab sie sich Gregs tastender Zunge hin und hielt die Hand vor den Mund, um nicht laut loszuschreien, als er sie zu einem gleißenden Höhepunkt trieb.

Greg wachte zuerst auf. Er stützte sich auf den Ellbogen und blickte auf sie herab, als Lynn die Augen aufschlug.

»Ich lächle morgens nie«, sagte sie heiser, nachdem sie es erfolglos versucht hatte.

Grinsend setzte er sich auf. »Wie wär's, wenn ich uns Kaffee mache?«

»Das nützt nichts. Dagegen hilft nichts.«

Er lachte. Im Licht des frühen Tages wirkte er ebenso attraktiv wie bei Nacht; eher noch mehr, denn die kleinen Fältchen und Unregelmäßigkeiten machten ihn menschlicher.

Lynn wußte aus Erfahrung, daß ihr Gesicht blaß und verquollen war. In einer der zahlreichen Illustrierten, die auf ihrem Schreibtisch gelandet waren, hatte Cindy Crawford behauptet, auf diese Weise wüßte sie, daß sie geliebt werde: Ihr Mann konnte ihr auch morgens bewundernd ins Gesicht sehen.

Greg mußte auf der gleichen Schule gewesen sein. Er blickte Lynn jetzt an, als sehe sie allen Ernstes so aus wie immer.

Befangen setzte sie sich auf und schlüpfte in ihre Pantoffeln. »Ich geh mich waschen«, sagte sie mit einem letzten, vergeblichen Versuch zu lächeln.

Sie saßen auf den hohen Hockern an der Frühstückstheke in ihrer Küche. Dieser Bereich war, wie der Großteil der Wohnung, so gestaltet, daß man die Aussicht restlos genießen konnte. Durch die Fensterfront sah man auf den Hafen; ein Schleppkahn zog vorbei, verfolgt von kecken Möwen.

Genau so eine Szene hatte sie sich vorgestellt, als sie eingezogen war – hoffnungsvoll, naiv, Gefühle wie aus dem Werbeprospekt: ein Mann auf dem Hocker neben ihr, der vor der Arbeit ein paar zärtliche Momente mit ihr teilte, während die Sonne das Panorama voll zur Geltung brachte.

»Kannst du dir nicht heute mal freinehmen?« fragte Greg.

Lynn schüttelte den Kopf. Ihre Haare waren gezähmt, Gesicht und Kleidung in Ordnung; sie war so gut wie aufbruchsbereit.

»Dann einen halben Tag. Bloß morgens und zum Mittagessen. Dann lasse ich bis zum Abend von dir ab.«

»Ich kann wirklich nicht.« Sie griff in einen Blumentopf, wo sie alles mögliche aufbewahrte. »Nimm den Schlüssel. Dann kannst du ausgehen, dich umsehen und zurückkommen, wenn du genug hast.«

Er steckte ihn ein, trank einen Schluck Kaffee. »Darf ich raten? Du gönnst dir nicht viel Urlaub.«

»Aber natürlich. Ich versuche, jedes Jahr vier Wochen einzuschieben; wenn ich's brauche, auch mehr. Ich gehe mit anderen Leuten auf Reisen, manchmal auch allein. Aber wenn ich hier bin, arbeite ich sehr hart.«

»Okay«, sagte Greg. Er stand auf, legte die Hände in den Nacken und reckte sich. Es waren wunderschöne Hände, groß und ausgeprägt, mit breiten Fingern. Während sie sie betrachtete, erinnerte sich Lynn überdeutlich, wie behutsam und wissend sie sie berührt hatten.

Sie wandte sich ab und leerte ihre Tasse. »Danke für den Kaffee«, sagte sie.

»Ist doch gar nichts.«

»Nein?«

»Nein. Wenn du dir den halben Tag freinimmst, würde ich dir mal ganz andere Sachen spendieren.«

Lynn holte ihren Mantel aus der Garderobe und öffnete die Haustür. Strahlend fiel das Sonnenlicht in den Flur, durchdringender Meeresgeruch hing in der warmen Luft. Durch das Flurfenster war der Schleppkahn zu sehen, der jetzt so weit entfernt war, daß man die Möwen nicht mehr erkennen konnte.

Wieder die Erinnerung an dieses hoffnungsvolle Gefühl. Endlich erlebte sie dieses Bild aus ihrer Vorstellung.

»Ach, zum Teufel«, sagte sie.

Sie zeigte ihm die Hafengegend mit den modernen Häusern, alle so ähnlich wie das, in dem sie wohnte, die Hotels, Restaurants und Läden. Ein kühler Wind wehte, doch die Sonne war kräftig, und Lynn empfand einen tiefen Stolz auf ihre Heimatstadt. Greg kam aus einer Gegend, in der Jacaranda und Palmen gediehen; hier war die andere Seite des Kontinents, eine völlig andere Welt.

Sie besorgten sich Kaffee in Plastikbechern, und der Wind

verwehte den Dampf, während sie dahinspazierten und ab und zu einen Schluck tranken. In einem Souvenirladen kaufte Lynn für Greg einen Gemüsetopf aus Keramik mit einem Dorsch als Deckel.

»Heißt das, daß ich jetzt bei eurem Spiel dabei bin?«

Sie nickte. »Du mußt ihn auftischen, wenn du Gäste hast – vorzugsweise mit Bohnen.«

»Und nicht verraten, daß es ein Scherz ist.«

»Du darfst gar nichts sagen.«

Greg lachte. »Er ist so . . .«

»Kitschig. Je schriller, desto besser. Kara hat mir aus Maine mal eine Sonnenbrille in Form von zwei Hummerscheren mitgebracht und mich gezwungen, sie am Strand zu tragen.«

»Da wir gerade davon sprechen . . .« Greg trank seinen Kaffee aus und warf ihre beiden Tassen in einen Papierkorb. Er stand vor Lynn und nahm ihr sanft die Sonnenbrille ab. »Besser«, sagte er.

»Was soll das?«

»Du hast tolle Augen. Ich schaue sie gern an.«

»Eigentlich sollte man sie tragen, damit man vom Blinzeln keine Falten bekommt«, sagte Lynn, doch sie steckte die Sonnenbrille ein.

»An Falten ist nichts auszusetzen. Wir verdienen sie uns. Schau dir das an.«

Er war vor einem Geschäft mit Bademoden stehengeblieben und deutete auf einen grün-schwarzen Badeanzug im Schaufenster. Es war eine Art einteiliger Bikini, dessen Ober- und Unterteil vorne und hinten durch einen silbernen Ring an der Taille miteinander verbunden waren.

»Komm, wir gehen rein«, sagte er.

Lynn schüttelte den Kopf.

»Ach, komm schon. Probier den Badeanzug mal an. Du hast mir ein Geschenk gekauft. Jetzt möchte ich mich revanchieren.«

»Machst du Witze? Badeanzüge anprobieren ist schon schwer

genug, wenn man allein ist. Das ganze grelle Licht . . . du weißt schon. Niemals.«

Er fuhr mit den Händen unter ihren Mantel. »Hast du etwa vergessen«, sagte er in gespielt verletztem Ton, »daß ich genau weiß, was ich bei diesem Licht sehen werde?« Er streichelte ihre Taille. »Deswegen weiß ich ja, daß du wunderschön bist. Ich sehe diesen Badeanzug und kann mir deine Formen darin vorstellen.«

Das Licht in der Umkleidekabine war angenehmer, als sie erwartet hatte, aber nicht so gedämpft wie in ihrem Schlafzimmer, und sie rümpfte die Nase, als sie in den Spiegel sah. Sie wünschte, ihre Arme wären fester. Doch nachdem sie sich von allen Seiten gemustert hatte, nahm sie ihren ganzen Mut zusammen und kam aus der Kabine.

»Herrgott«, stieß Greg hervor, während er sie von Kopf bis Fuß mit seinen Blicken verzehrte. Langsam ging er um sie herum. Die Verkäuferin, die mit der Fensterauslage beschäftigt war, blickte auf und zwinkerte Lynn zu.

»Gefällt er dir?« fragte Lynn.

»Ob er mir gefällt?« Er wollte noch etwas sagen, verkniff es sich aber und zuckte mit den Schultern. »Alles, was ich sagen möchte, ist nicht jugendfrei.«

»Zu komisch, um diese Jahreszeit einen Badeanzug zu kaufen.«

»Du wirst wieder nach Los Angeles kommen. Dort braucht man immer einen Badeanzug.«

»Ich weiß es nicht. Auf Dienstreisen gibt es immer zu viele Termine, um schwimmen zu gehen.«

»Nicht *dienstlich*.« Er sprach in Lynns Ohr, sorgfältig darauf bedacht, seine Hände im Zaum zu halten. »Zum Vergnügen. Und dann wirst du bei mir wohnen.«

»Oh«, sagte sie überrascht.

»Nimm den Badeanzug«, drängte er.

»Na gut. In Ordnung.«

»Star . . .«, flüsterte er. »So nenne ich dich insgeheim.«

Greg zückte seine Brieftasche und wollte zur Kasse gehen.

»Nein«, sagte Lynn rasch. »Ich zahle.«

Er wandte sich um. »Eigentlich sollte das ein Geschenk von mir sein.«

»Danke. Aber das möchte ich lieber nicht.«

Als sie wieder vor dem Spiegel in der Umkleidekabine stand, sah sie sich mit anderen Augen. Erstaunlich, wie sich das Wahrnehmungsvermögen veränderte, wenn man bewundert wurde. Jetzt sah sie ihren Körper mit Gregs Augen, sah die weichen Kurven.

Wahrscheinlich hätte sie sich mit dem Bezahlen nicht so zickig aufführen sollen. Er wollte einfach nett zu ihr sein. Susan Faludi würde schon nicht mit Polizeimütze irgendwo hervorgesprungen kommen und ihr einen Strafzettel verpassen.

Es klopfte, und Greg kam mit einem anderen Badeanzug herein. »Ich habe der Verkäuferin gesagt, daß ich dir den zum Anprobieren bringe«, sagte er. Er legte ihn auf einen Stuhl. »Ich habe eine Ausrede gebraucht, um hierherzukommen. Jetzt müssen wir also ein bißchen Zeit vergehen lassen.« Er streifte ihr die Träger des grünen Badeanzuges herunter.

»Also weißt du«, flüsterte Lynn an seinem Hals. »Ich kann nicht glauben, daß ich das –«

Sein Mund brachte sie zum Schweigen. Er schob den Badeanzug ganz herunter, umfaßte ihren bloßen Hintern und preßte sein Becken an sie.

Lynn schlang die Arme um ihn und sah sich kurz im Spiegel – nur ein flüchtiger Eindruck von Gregs Fingern an ihren Brüsten.

Sie vergaß sich eine Zeitlang, während sie sich hitzig aneinander rieben. Er war vollständig bekleidet, sie war so gut wie nackt, und sein Sakko fühlte sich köstlich rauh auf ihrer Haut an.

Er drehte sich etwas, so daß er in den Spiegel blicken konnte, und Lynn spürte die Veränderung an seinem Körper. Er ließ sie los und öffnete den Gürtel.

»Das geht nicht«, flüsterte Lynn und trat einen Schritt zurück. Sie griff zu ihrem Pullover und hielt ihn vor sich.

»Aber –«

»Wir sind in einem *Geschäft*.«

Er seufzte. Lynn konnte sehen, daß er sich mit aller Macht zusammenriß. Er lächelte leicht. »Und du hast dir Gedanken wegen dem Licht gemacht.«

Sie spazierten gemeinsam über den Quincey Market, probierten Käse und Schokolade, stöberten in den Läden herum.

»Schau dir das an«, sagte Greg. »Hier kannst du alles kriegen, vom Paßbild über Movado-Uhren bis zum Brillanten als Nasenschmuck.«

Er nahm einen Ohrstecker aus Aquamarin von einer Auslage und hielt ihn so, daß er glitzerte. Er hob ihn an Lynns Ohr. »Perfekt. Er paßt zu deinem neuen Badeanzug.«

»Ich habe keine Löcher in den Ohren.«

»Nein? Wahrscheinlich kannst du das hier machen lassen. Aha, da ist das Schild. ›Ohrlöcher bei Kauf kostenlos‹.«

Lynn verzog das Gesicht.

»Laß dich von mir verwöhnen«, redete er ihr zu.

Doch sie hatte keine Lust, sich Ohrlöcher machen zu lassen. Sie hatte so viele hübsche Ohrclips.

»Dann irgendwas anderes. Du wolltest mich den Badeanzug nicht bezahlen lassen – wie wär's also mit einem Geschenk, das dazu paßt?« Er berührte ihre Wange. »Du weißt gar nicht, wie großartig ich die Zeit mit dir in den letzten« – er blickte auf seine Uhr – »fünfzehn Stunden fand. Eine ganz besondere Zeit. Vielleicht ist es ja bedauerlich, daß wir in einer Gesellschaft leben, in der man seinen Dank durch Geschenke ausdrückt – aber wir tun's nun mal.« Er grinste. »Also, laß mich Geschenke kaufen.«

Sie spazierten noch eine Weile weiter. Ein silberhaariger Mann winkte Lynn zu, zwei Collegemädchen lächelten scheu.

»Die Leute erkennen dich!« sagte Greg.

»Hmm.«

»Ist das *toll!*« Er drückte ihre Hand. »Bekomme ich auch zu sehen, wie du jemandem ein Autogramm gibst?«

»Möchtest du das denn?«

»Ich kann's kaum erwarten.« Plötzlich blieb er stehen. »Schau.«

»Was sollte ich denn sehen?«

»Das Tattoostudio.« Er zog sie hin zu dem Laden. Das Schaufenster war voller Fotos von Körperteilen in unglaublichen Farben, die an glänzenden silbernen und rosa Schnüren hingen. Eine kreisende Kugel warf rosa Licht auf Schultern und Knöchel, so daß die kleinen Bilder darauf angestrahlt wurden.

»Ja«, sagte Greg, »ja.« Er tätschelte Lynns Schulter. »Vielleicht genau hier. Oder an deinem Fuß. Irgend etwas Zartes und Damenhaftes.«

Lynn wandte sich ihm mit aufgerissenen Augen zu.

Er öffnete die Ladentür.

»Soll ich da etwa hineingehen?« fragte sie.

»Du sagst zu oft nein«, sagte er und zerrte sie hinein.

Sie gingen über einen tiefen silbergrauen Florteppich. Tätowiermotive schmückten die Wände. Leise plätschernde Musik, die »Appassionata«, ein Duft wie Jasmintee.

Eine elfengleiche Frau in einem Nadelstreifenkostüm arbeitete an einem Schreibtisch; ein weißer Kittel hing über der Stuhllehne. Sie blickte auf und lächelte, wobei sich riesige Grübchen auf ihren Wangen bildeten. »Guten Morgen.«

»Guten Morgen«, sagte Greg. »Meine Freundin interessiert sich für eine Tätowierung.«

»Das stimmt nicht. Ich meine ...« stammelte Lynn, die nach einer Möglichkeit suchte, wie sie sich aus der Affäre ziehen konnte, ohne allzu ablehnend zu klingen. »Ich bin, äh, bloß interessiert. Aber nicht –«

»Sehen wir uns doch die Motive an«, sagte Greg.

Die Frau führte sie zu einer Wand, die eindeutig auf den weiblichen Geschmack abzielte, mit diskreten Blumenmotiven und anderen Formen, durchaus künstlerisch und geschmackvoll. Es gab Initialen, einzelne und doppelte, einige leicht verschnörkelt, ein Auge mit langen Wimpern, Herzen, Katzen, Sterne, Notenzeichen.

»Die sind sehr beliebt«, sagte die Frau und deutete auf eine Reihe von Blumen: eine Lilie, eine Tulpe, eine Chrysantheme.

Greg musterte sie im Vorbeigehen. Er streckte die Hand aus und tippte auf einen mit zartem Strich ausgeführten, etwa zwei Zentimeter großen Kußmund. »Der gefällt mir«, sagte er.

Die Frau nickte. »Sehr hübsch. Ein bißchen gewagt, aber zugleich zurückhaltend. Sehr ausgefallen.«

Greg wandte sich an Lynn. »Und?«

»Tja«, sagte sie. Sie holte tief Luft. Eigentlich war sie nicht gerade gesprächig.

Die Frau lächelte. »Vielleicht haben Sie ja ein paar Fragen?«

»Ja.« Endlich. »Ist es auch wirklich sicher? Wie lange dauert es? Wird es weh tun?«

»Es tut ein bißchen weh. Eher eine Art störendes Kratzen. Im allgemeinen sind die Leute erleichtert, daß sie keine Nadeln spüren. Was die Sicherheit angeht«, sagte sie und ging zurück zu ihrem Schreibtisch, »können Sie sich das hier durchlesen. Zusätzlich zu den üblichen Verfahren habe ich meine eigenen Sicherheitsvorkehrungen.« Sie hielt ihr eine Broschüre hin. »Das Motiv wird etwa eine Stunde dauern.«

Lynn wollte sich ihre Erleichterung nicht anmerken lassen. »Oh, dann geht es nicht. Ich bin schon überfällig.«

»Wir kommen wieder«, sagte Greg. »Um welche Zeit schließen Sie?«

»Um sechs. Ich kann Ihnen jetzt aber auch ein Semi machen. Das dauert nur fünf bis zehn Minuten.«

»Was genau ist ein Semi?« fragte Lynn.

»Das gleiche Motiv, aber es geht nicht so weit in die Haut. Ich benutze Nadeln mit pflanzlicher Farbe.« Sie hielt ein spitzes Gerät hoch. »Es hält ein paar Wochen, dann verblaßt es allmählich.«

»Wir sollten lieber später wieder herkommen und es richtig machen lassen«, sagte Greg.

»Es geht wirklich nicht, nachdem ich mir jetzt schon den ganzen Morgen freigenommen habe«, sagte Lynn. Sie hatte jetzt angebissen, genoß das Abenteuer – zumal sie nun wußte, daß es sich nicht um eine Entscheidung fürs ganze Leben handelte. »Okay, ich habe mich entschieden. Ich möchte das Semi.«

Nachdem Kara das Telefon in Lynns Büro aufgelegt hatte, blieb sie eine Minute stehen und lächelte den Apparat an. Dann schaute sie auf die Uhr, warf einen gehetzten Blick in den Raum und entschied sich rasch, wozu sie noch Zeit hatte. Die Stapel von Videobändern auf dem Fußboden neben der Couch mußten bleiben; sie wollte lieber warten, bis sie soviel Zeit hatte, sie einzuordnen, als sie einfach wegzupacken. Aber sie konnte Lynns Schreibtisch und die anderen Tische aufräumen.

Was für eine angenehme Überraschung es doch war, den ganzen Morgen hier allein sein zu können, um den Schrott aus dem Weg zu schaffen. Das konnte sie nur tun, wenn Lynn nicht in der Nähe war, die Hände rang und sich stöhnend beklagte, daß sie nur in ihrem Chaos etwas finden könne.

Was für eine wunderbare Wende des Schicksals für Lynn, dachte Kara. Jetzt hatte sie jemanden, für den sie sich Zeit nehmen konnte.

Vor allem aber dachte sie an die Freude, die sie ihr bereiten würde, wenn sie die Neuigkeit weitergab, von der Dennis ihr eben am Telefon berichtet hatte: Die Entscheidung war gefallen – die morgige Show würde für den Markttest verwendet werden.

Lynn würde jubeln, mit jedem weiteren Schritt wurde die Übernahme für sie ein Stück wahrscheinlicher. Und Karas Lächeln wurde noch breiter, wenn sie sich den Abspann vorstellte, der nächste Woche in einem halben Dutzend Großstädte zu sehen sein würde: AUFGEZEICHNET VON WDSE-TV, BOSTON. Und etliche Zeilen darunter: PRODUKTION – KARA MILLET.

Wieder blickte sie auf die Uhr. Noch zwanzig Minuten, dann mußte sie aufbrechen, um sich mit Lynn und ihrem neuen Typ zum Mittagessen zu treffen. Sie wollte den Schreibtisch noch aufräumen, sich die Staubklumpen aus den Haaren bürsten, in die neue Ersatzbluse schlüpfen, die sie im Schrank hängen hatte. Damit sollte ihr noch genug Zeit bleiben, ihre Schwestern anzurufen und ihnen die Neuigkeit zu erzählen – danach ihre Mutter, damit ihre Mutter es nicht schon vorher ausplaudern konnte.

Kara hob ihr Weinglas. »Auf die landesweite Ausstrahlung der *Lynn-Marchette-Show*.«

»Ich weiß was Besseres«, sagte Greg und hob seines. »Auf die neue Talkmasterin mit den landesweit höchsten Einschaltquoten.«

Lynn lächelte. »Muß ich jetzt irgend etwas Bescheidenes und Inmichgekehrtes von mir geben?«

»Machst du Witze?« sagte Kara. »Ich glaube, du brauchst 'nen Arzt.«

»Wann nehmt ihr die Pilotsendung auf?« fragte Greg. »Haben die schon ein Datum festgelegt?«

Lynn schüttelte den Kopf. »Nicht in den nächsten ein, zwei Monaten. QTV will die morgige Sendung in Chicago, in Los Angeles und ein paar anderen Orten zeigen. Sie haben sich ein gutes Thema ausgesucht – Ärztinnen diskutieren über weibliche Gesundheitsfragen, die von ihren männlichen Kollegen als nicht existent abgetan werden. Also überlassen sie einigen großen Fernsehsendern das Band und bekommen dafür die Einschaltquoten. Die analysieren sie dann und konferieren und trödeln herum und konferieren noch mal...«

»Du wirkst nicht besonders fröhlich.«

»Es ist frustrierend. Ich weiß ja, daß sie Zeit brauchen, um alles unter Dach und Fach zu bringen. Die möchten, daß ihre wichtigsten Vertragspartner Interesse zeigen. So sehe ich es jedenfalls, wenn ich mich zwinge, professionell zu denken.«

»Aber Tatsache ist«, sagte Kara, »daß wir es nicht erwarten können. Wir lechzen regelrecht danach.«

»Ich möchte unbedingt, daß sie mich täglich bringen, landesweit, morgen schon. Am liebsten noch heute.«

Lynns Salat kam, und sie biß in eins der langen Blätter.

Kara starrte sie an.

»Was ist los?« sagte Lynn.

»Das stinkt vielleicht nach Knoblauch. Das haut mich ja hier drüben noch um.«

»Oh.« Lynn blickte schuldbewußt zu Greg hinüber.

Greg löste das Problem auf die gleiche Weise, wie er alles hinbekam, bevor auch nur ein Hauch von Zweifel aufkommen konnte. Er nahm sich ein Salatblatt und steckte es in den Mund. Genüßlich kauend blickte er erst Lynn an, dann Kara.

»Ich glaube«, sagte Kara, »ich setze mich an einen anderen Tisch.«

»Er ist großartig.«

»Das ist er, nicht wahr?«

Kara blinzelte ihr zu. »Keine schlechten Neuigkeiten, von denen ich noch nichts weiß? Keine üblen Angewohnheiten?«

Lynn lachte. »Nein, es sei denn, für dich fällt darunter auch, daß er überall, wohin er geht, seine Bonbonpapierchen fallen läßt.«

»Ist er genauso scharf, wie er aussieht?«

Lynns Gesicht lief rot an, als sie die Erinnerung an letzte Nacht überkam – und an heute morgen in der Umkleidekabine. »Er muß sämtliche Illustrierten gelesen haben, alle Artikel über das, was Frauen mögen.«

Kara lächelte. Lynn sah im Spiegel der Damentoilette zu, wie Kara mit einer Zahnbürste ihre Augenbrauen glattstrich. Es war ein altes, angegammeltes Ding, mit dem Lynn sie schon während ihrer gemeinsamen Zeit als Produktionsassistentinnen ihre Augenbrauen hatte bürsten sehen.

Beim Gedanken an ihre innige Vertrautheit wurde ihr warm ums Herz.

»Fällt dir irgendeine Veränderung an mir auf?«

»Meinst du das Lächeln? Die gute Laune? Den Umstand, daß du einen Mann schon seit einer Woche kennst und er dich noch nicht um Geld angepumpt hat?«

»Ich meine das hier.« Lynn hob den Fuß. Unter ihrer Strumpfhose, einige Zentimeter über dem Knöchel, prangte ein blaues *G* im Art-déco-Stil. Darunter befand sich, in Umrissen, ein volles, rotes Lippenpaar.

Kara schluckte. »Wann hast du das denn machen lassen?« Sie beugte sich tiefer.

»Heute morgen. War Gregs Idee. Es ist ein Geschenk.« Sie lachte. »Er hat das Motiv ausgesucht. Er bezeichnet es als Kuß für unterwegs.«

»Es ist hinreißend. Hat es weh getan?«

»Nein. Es ist eigentlich gar keine echte Tätowierung mit Nadel und so – man nennt es semipermanent, es ist mit Biofarben gemacht. Nach ein paar Wochen geht es wieder weg.«

Kara richtete sich auf. »Ein ungewöhnlicher Mann. Wie lange will er in der Stadt bleiben?«

»Bloß noch zwei Tage. Er hat ziemlich oft geschäftlich hier zu tun. Ich kann mich gar nicht erinnern, daß er mir das in Los Angeles erzählt hat«, sagte Lynn und löste ihr Haar, so daß sich die langen Locken seitlich auf ihre Schultern ringelten. »Aber an dem Abend hätte mich Tom Brokat auffordern können, mit ihm und Bryant Gumbel in eine Wanne zu steigen, und ich wüßte es auch nicht mehr.«

»Dann kannst du nur froh sein, daß dir das nicht passiert ist.«

»Gehen wir noch einmal die morgige Sendung durch. Ich kann kaum glauben, daß ich mir am Tag vor so etwas Wichtigem einen Vormittag freigenommen habe.«

»Du hast es ja gar nicht gewußt. Aber mach dich nicht verrückt, okay? Die Show steht.«

»Und ich muß um sechs gehen.«

»Laß mich raten«, sagte Kara. »Abendessen mit dem Kuß für unterwegs.«

»Genau. Und rate mal, mit wem noch?«

»Wen *gibt's* denn noch? Mary? Dennis?«

Lynn schüttelte den Kopf. »Booboo.«

Kara starrte sie an. »Schon?«

»Meinst du, es ist zu früh?«

»Ich muß dich mindestens schon ein Jahr gekannt haben, bevor du mich deinem Bruder vorgestellt hast. Ich nehme an, ich bin einfach – geschockt, daß du es so ernst meinst, daß alles so schnell geht.«

Lynn ließ ihre Handtasche zuschnappen. »Ich stelle ihn nun ja nicht gerade meiner Familie vor. Als ich letztes Mal bei meinem Bruder war, haben wir uns verabredet, und ich sage ungern ab. Du weißt doch, wie Angela ist.«

»Soll sie doch sauer sein.«

»Das kann ich nicht machen.«

Kara folgte Lynn in ihr Büro. »Dein Bruder und deine Schwägerin führen ihr eigenes Leben. Du führst deines. Du bist am meisten eingespannt, vor allem jetzt. Es ist dein gutes Recht –«

Lynn brachte sie mit einer Handbewegung zum Schweigen. »Du hast keine Ahnung, wie es ist, wenn man so gut wie keine Familie mehr hat. Du hast scharenweise Schwestern und Angeheiratete um dich. Alles, was ich habe, sind mein Bruder und seine Frau. Ich möchte nicht für Unmut sorgen. Kannst du das verstehen?«

»Hmm.«

»Jetzt bist du sauer.«

Kara lächelte. »Ich bin nicht sauer. Dann beeil dich. Du hast entschieden, Greg mit zu Booboo und Angela zu nehmen.«

»Ich wollte Greg erzählen, ich hätte einen Abend lang zu tun. Dann dachte ich mir, Angela drängt mich ständig, jemanden mitzubringen – jetzt tue ich ihr eben den Gefallen.«

Angela kam in die Küche und rümpfte die Nase. »Das riecht ja furchtbar.«

Booboo grinste. »Knoblauch. Kleingehackt. Zwei ganze Eßlöffel. Deswegen kommen meine mexikanischen Gerichte ja immer so gut an. Ich rechne jeden Tag damit, daß das *Gourmet*-Magazin darum bittet, hier eine Fotosession machen zu dürfen.«

»Ich spray mal kurz«, sagte sie und ging hinaus.

Kurz darauf hörte er es zischen, als sie ihr Lieblingsraumspray benutzte. Frühlingsregen. Das Geräusch hörte auf, fing wieder an, hörte auf und fing wieder an, während sie sich Wohn-, Eßzimmer und Diele vornahm.

»Werden Lynn und ihr Freund die Nacht über hierbleiben?«

»Nein«, sagte Booboo. »Sie hat morgen eine wichtige Sendung.«

Angela kam in die Küche und sprach über die Schwingtüren hinweg. »Dann ist das aber nicht gerade der beste Abend, mit einem neuen Freund auszugehen.«

Achselzuckend hackte er Chilischoten klein. »Sie scheint alles im Griff zu haben.«

»Ich weiß nicht recht«, sagte Angela zweifelnd.

»Na, wir werden sehen. Dieser Mann hört sich ja ganz nach einem Gentleman an.«

»Er ist aus Kalifornien.«

»Na dann«, sagte Booboo. »Dort gibt's noch welche.«

»Meinst du, ich sollte einen Krug Wasser auf den Tisch stellen? Bei dem ganzen scharfen Essen –«

»Hmm. Wirf ein paar Eiswürfel rein und Zitronenscheiben.«

Sie holte eine Zitrone aus dem Kühlschrank. »Ist die gewaschen?«

»Ja.«

»Bist du sicher? Da ist ja noch der Aufkleber dran.«

»Dann vielleicht doch nicht. Wie sagte sie, heißt er? George?«

»Greg.« Sie beäugte seine Khakihose und das T-Shirt. »Willst du dich nicht noch umziehen?«

»Sobald ich die Soße fertig habe.«

Greg bügelte ein Hemd, während er darauf wartete, daß er unter die Dusche konnte. Lynn bewahrte das Bügeleisen im Schlafzimmer auf, ebenso wie ein handliches kleines Bügelbrett ohne Beine, das auf einem Marmortisch stand. Müßig betrachtete er, während er arbeitete, die anderen Gegenstände darauf – eine Reihe Bücher zwischen Buchstützen in Form von Fabelwesen, ein Schmuckkästchen mit Glasdeckel, ein paar gerahmte Fotos.

Auf dem einen waren Kara und Lynn am Strand zu sehen, hinter ihnen Palmen. Lynns Haare waren kürzer. Karas sahen ebenfalls anders aus. Er mußte genau hinschauen, um den Unterschied festzustellen: lauter kleine Zöpfchen mit Perlen.

Das größere Bild zeigte eine Menge Menschen bei einem Fest, darunter auch Lynn und Kara mit einem glatzköpfigen Mann im Frack, der einen Preis in der Hand hielt.

Am Ende des Marmortisches stand eine Collage aus mehreren Fotos, darunter auch ein paar schwarzweiße. Er stellte das Bügeleisen ab, nahm die Collage und musterte sie.

Die hier waren anscheinend alle von Lynn und ihrem Bruder. Und das mußten die Eltern sein; auf ein paar neueren Schnappschüssen war eine andere Frau zu sehen, vermutlich Lawrences Frau – wie hieß sie doch gleich? Angela.

Lawrence war ein Hüne, zwei Köpfe größer als Lynn. Schien schon so zur Welt gekommen zu sein; es gab kein einziges Bild, auf dem er klein wirkte. Komisch, daß dieser Riesentyp so einen kindischen Spitznamen hatte.

Auf den Kinderbildern war Lynn ein spindeldürres Mädchen in zu großen Hosen und Kleidern. Selten saß oder stand sie gerade; immer hatte die Kamera sie geduckt erwischt.

Schon erstaunlich, wie manche Frauen sich entwickelten.

Er wollte ihr bei der Arbeit zusehen, hatte sie gedrängt, ihn zu der morgigen Sendung mitzunehmen. Aber nein. Nicht zu dieser Sendung, nicht bei all dem Druck.

Ein andermal.

Er zog den Bügeleisenstecker heraus und hängte das Hemd auf einen Kleiderbügel.

Aus seiner Kindheit gab es keine Bilder. Seine Eltern hatten keinen Fotoapparat besessen – und auch kein Haus, kein Land, kein Auto, nicht einmal einen Kochtopf. Sie waren Landarbeiter gewesen, das, was das höhergestellte Immobilienverwaltungspersonal als »Ackersklaven« bezeichnete – denn braune Äcker waren genau das, wozu grünes Gras unter der unerbittlichen Sonne Kaliforniens wurde, wenn keine Arbeiter da waren, die es bewässerten.

Er hatte seine Kindheit auf einer ganzen Reihe luxuriöser Anwesen bei Aguanga zugebracht, da seine Familie vom einen zum anderen zog, je nachdem, welcher Landbesitzer sie gerade benötigte. Sein Zuhause waren alle möglichen Bretterverschläge gewesen, wie sie den Landarbeitern zugeteilt wurden; die Ackersklaven bekamen den wenigsten Platz. So war es für Greg und seine Eltern und Schwestern keineswegs ungewöhnlich, daß sie sich mit zwei weiteren Familien ein Zimmer teilen mußten.

Dieses Leben war seit langem vorüber. Heute wohnte er in einer feudalen Fünfzimmerwohnung aus Chrom und schwarzem Glas und mit sämtlichem Kochgeschirr, das er nur wollte. Doch er ging niemals an einem der herkömmlichen Ranchhäuser alter Familien vorbei, ohne an die alten Zeiten zu denken.

Lynn war nervös, doch Greg war es anscheinend nicht im geringsten. Er tat so, als bemerke er nicht, daß Angela ihn von Kopf bis Fuß musterte und abschätzte. Trotz ihrer ständigen Nörgelei wirkte Angela nun, da Lynn tatsächlich jemanden mitgebracht hatte, ausgesprochen fürsorglich.

»Arbeiten Sie etwas?« fragte sie Greg, als er sich gerade eine weitere Portion von Booboos Guacamole nahm.

»Natürlich arbeitet er«, sagte Lynn. »Er ist in der Werbung.«

»Nein, bin ich nicht«, sagte Greg.

Lynn zwinkerte. »Aber – du bist doch geschäftlich hier.«

»Ja. Aber nicht wegen Werbeaufträgen.«

Langsam verstrich Lynn etwas Spinattunke auf einem Cracker, bis keine Fäden mehr herunterhingen.

»Und was machen Sie genau?« fragte Booboo freundlich.

»Ich bin leitender Angestellter bei Texaco. Ich bin für die Geschäftsverbindungen mit den Großtankstellenbesitzern im ganzen Land zuständig.«

Booboo nickte. »Sie sorgen dafür, daß alles läuft.«

»Genau. Und ich höre mir ihre Klagen an und ermutige sie...«

Achselzuckend lächelte Booboo Lynn an, als wolle er sagen: Ist doch nichts dabei.

Doch ihr war es furchtbar peinlich.

»Wieso hast du mir nicht erzählt, daß du für Texaco arbeitest?« wollte Lynn wissen, sobald sie wieder in ihrem Wagen saßen.

Er legte den Gang ein und stieß rückwärts die Auffahrt hinunter. »Du hast mich nicht danach gefragt.«

Statt eine bissige Erwiderung zu geben, zwang sie sich dazu, den Mund zu halten und nachzudenken.

Worüber bist du eigentlich wütend? hörte sie Mary in ihrem Kopf fragen, und sie konnte nur antworten: Weil ich vor meiner Familie wie ein Dummkopf dagestanden habe. *Ist das alles? Was ist mit der Tatsache, daß Greg recht hat? Du hast ihn nicht gefragt.*

»O nein«, stöhnte Lynn und rutschte tiefer in ihren Sitz.

»Ist das denn so schlimm? Ich rieche doch nicht etwa nach Benzin, oder? Habe kein Öl unter –«

»Hör auf. Ich bin ein Idiot. Wie ichbezogen bin ich eigentlich? Ständig quassele ich von meiner Sendung, von der Übernahme, so daß ich nicht mal eine höfliche Frage stelle, mich überhaupt nicht um dich kümmere.«

Greg reckte sich, achtete auf Gegenverkehr, bevor er wendete, und sagte dann: »Hier muß ich mich doch südlich halten?«

»O ja. Tut mir leid, ich habe nicht aufgepaßt.«

»Na ja, der Wagen fährt ja eh fast von selbst.«

»Nur kochen kann er noch nicht. Das meinte jedenfalls der Autohändler. Dann gefällt dir also mein Wagen?«

»Er ist toll. Danke, daß du mich fahren läßt. Hübsche Stadtrandbezirke hier in Boston. Schöner als in Los Angeles. He, siehst du den Waschbär da drüben? Ich habe gelesen, daß hier im Osten immer noch die Tollwut grassiert.«

Lynn sah hin. »Mir kommt er gesund vor. Man muß ihnen nur aus dem Weg gehen, wenn sie verwirrt wirken. Der Speichel eines tollwütigen Tieres ist tödlich, wenn man damit in Kontakt kommt. Wenn man keine Spritzen dagegen bekommt, stirbt man.«

»Stammst du hier aus der Gegend?«

»Nein. Ich wußte nicht mal, wie man Stadtrand schreibt. Booboo und ich sind auf einer Farm im Osten von Tennessee aufgewachsen. Unsere Eltern hatten alle Hände voll zu tun, um einigermaßen durchzukommen. So sah unser Leben aus.«

»Und sind sie durchgekommen?«

»Nur etwas über vierzig Jahre.«

Greg holte ein Bonbon aus der Hemdtasche und zerkaute es. »Sie müssen früher ziemlich gut ausgesehen haben. Dein Bruder ist wirklich attraktiv. Und du bist natürlich eine Schönheit. Wie ist er zu diesem Spitznamen gekommen?«

»Er hat sich selbst so genannt. Lynns Booboo. Bevor er Bruder sagen konnte.« Sie lächelte. »Ich weiß, daß es blöde ist. Ich sollte ihn Lawrence nennen. Aber er ist mein einziger Verwandter. Mein Booboo.«

»Kein Wunder, daß du dich mit Tierkrankheiten auskennst, bei der Abstammung.«

»Wenn man mit Tieren aufwächst, kann man allerhand lernen. Nimm die nächste Ausfahrt. Dann kommen wir zur Brücke zurück.«

»Aber ihr beide habt es geschafft, aufs College zu gehen?«

»Booboo hat mir geholfen und sich dann selbst durchgeboxt. Er sagte immer, ich wäre die Ehrgeizigere.«

»Und? Bist du es?«

»Ja.« Bei Greg fiel es ihr leicht, das zuzugeben.

Er drückte ihren Oberschenkel. »Sexy.«

»Was ist los?«

»Du. Das ist los.« Er schob seine Hand unter ihren Mantel, ließ sie über ihren Bauch gleiten, dann tiefer. Seine Finger drückten zu. »Du bist ein wirklicher Star.«

Er erregte sie, doch sie sagte: »Hör lieber auf.«

»Warum?«

»Du mußt fahren.«

»Ich kann auch mit einer Hand fahren.«

»Trotzdem, ich will nicht . . .«

Forschend schob er seine Hand tiefer, und sie konnte ein wohliges Schaudern nicht unterdrücken.

»Ich brauche nur eine Hand, um –«

»Sag es nicht«, bat sie. »Sei nicht taktlos.«

»Wenn du nach wie vor ehrlich wärst«, sagte Greg leise, »würdest du nicht wollen, daß ich aufhöre. Ich spüre doch, wie du reagierst, Star. Mach einfach die Augen zu und laß es kommen.«

Als sie später im Bett lagen und Greg über ihren Rücken tastete, um ihren BH zu öffnen, fragte Lynn: »Wieso warst du mit den Leuten von der Agentur zusammen, wenn du nicht dort arbeitest?«

»Hä?«

»In Los Angeles. An dem Abend, als wir uns kennengelernt haben. Ich dachte, an deinem Tisch wären alle bei der Bailiss-Agentur.«

»Wie bist du denn auf die Idee gekommen?«

»Es kam mir eben so vor. Ein Haufen Leute, die nach der Arbeit zusammen essen gehen.«

Er streifte ihren BH ab. Er streichelte ihren Rücken bis hinab zur Taille und zog sie an sich, drückte sie an seine nackte Brust. Sie konnte seinen steifen, schweren Schwanz spüren. Ihr Atem ging schneller.

Bevor sie noch etwas erwidern konnte, küßte er sie, hielt ihren Kopf und setzte seine Zunge ein. Er fuhr fort damit, gönnte sich kaum eine Atempause, und auch Lynn war bald außer Atem.

Sie wußte, daß es noch viele Fragen gab, aber sie verloren rasch an Bedeutung.

»Und wir sind *durch*«, schallte die Stimme des Regisseurs aus den Studiolautsprechern.

Der Applaus hielt weiter an. Lynn warf dem Publikum eine Kußhand zu.

Die Mikrofone waren ausgeschaltet, und die Ärztinnen gingen hinaus. Lynn schüttelte jeder die Hand.

»Nur für den Fall, daß du eine Gedächtnisstütze brauchst«, sagte Kara, während sie im Regieraum herumwuselten. »Diese Aufzeichnung ist nicht nur für Boston gedacht. Ruf deine Verwandten und Freunde in Chicago, Los Angeles, Cleveland, Detroit, Baltimore und Minneapolis an. Auf dem Tisch neben der Tür liegen die Sendezeiten.«

Zehn Minuten später war der Raum leer. Kara und Lynn ließen

sich auf die Couch fallen. Die Produktionsassistentin lief herum und räumte auf.

»Setz dich, Pam«, sagte Lynn. »Ruh dich eine Minute aus.«

»Sobald ich den größten Schrott weg habe. Wunderbare Sendung, von euch beiden.«

»Unglaublich«, sagte Kara zum vierten- oder fünftenmal. »Die waren alle großartig. Du warst in Bestform, Lynn. Besser als in Bestform. Die Herausforderung hat dich inspiriert.«

»Sie haben länger geklatscht, als sie mußten. Hast du das gesehen?«

»Ob ich das *gesehen* habe? Scheißt der Bär im Wald?«

Lynn stand auf und suchte in den Essensresten nach einem nicht angebissenen Käsebrötchen. Sie brach es in zwei Teile und gab Kara die Hälfte.

»Sind keine Kleiebrötchen mehr da?« fragte Kara.

»Nein«, sagte Pam. »Ich kann welche holen lassen.«

»Ach, zum Teufel damit.« Kara biß in die Käsefüllung. »Ich lauf dafür ein paarmal die Treppe rauf und runter. Manche Anlässe verlangen einfach nach einem Käsebrötchen.«

»Haben wir zuviel um den heißen Brei herumgeredet?« fragte Lynn. »Sind wir nicht zu weit vom Thema abgekommen?«

»Das habe ich mitgehört«, sagte Dennis Orrin, der gerade hereinkam. Er sah Lynn an. »Schon am herumkritteln? Können Sie nicht einmal ein Lob dankend zur Kenntnis nehmen? Die Sendung war großartig.«

»Ich hatte Angst, zu oberflächlich zu sein«, sagte Lynn. »Haben Sie irgend etwas erfahren, was Sie nicht bereits wußten?«

»Das haben wir alle«, sagte Pam. »Ich habe nicht gewußt, daß es unterschiedliche Standpunkte dazu gibt, ob Frauen in den Wechseljahren Kalzium nehmen sollten. Ich habe meine Mutter dazu gezwungen.«

»Ich wußte nicht, daß Osteoporose zu derartigen Mißbildungen führt. Die arme Frau«, sagte Kara.

Lynn runzelte die Stirn. »Welche Frau?«

»Diejenige, die wegen dem Magnesium gefragt hat. Erinnerst du dich? Kurz vor der dritten Werbepause.«

»Die kleine, gelbgekleidete Frau? Ich habe keine Mißbildungen gesehen.«

»Du hast sie doch angeguckt. Du mußt dir das Band anschauen.« Kara ging zum Wandtelefon. »Evan? Ich bin in der Regie. Können wir mal kurz die Sendung sehen, die wir gerade gemacht haben? Kurz vor der dritten Pause.«

Lynn stöhnte, als sie die Profileinstellung sah. »Die hat ja beinahe einen Buckel. Armes Ding.«

»Erinnerst du dich jetzt?« fragte Dennis, als sich die Einstellung änderte. Er deutete auf eine der Ärztinnen am Podium. Er stellte den Ton lauter.

»Die Menopause ist noch nicht annähernd befriedigend erforscht«, sagte die Frau. »Wenn Männer fünfzig würden und keine Erektion mehr bekämen, wüßten wir garantiert eine ganze Menge mehr über die Schwierigkeiten des Alterns.«

»Toll«, sagte Kara. »Eine Teilnehmerin an einer Podiumsdiskussion sagt etwas Blitzgescheites und Komisches und Unerhörtes, und zufällig passiert das ausgerechnet bei der Sendung, die für den Markttest vorgesehen ist. Ist es nicht wunderbar, wie manchmal alles zusammenpaßt?«

»Ich bin ja so froh, daß du anrufst«, sagte Lynn. »Ich habe in Gedanken schon mit dir geredet.«

»Und was hast du gesagt?« fragte Mary Eli.

»Ich habe dir von den ganzen aufregenden Neuigkeiten erzählt.«

»Wirklich?« sagte Mary. »Beruflich oder privat?«

»Fall nicht in Ohnmacht. Beides.«

»Großartig! Tja, du weißt ja, was immer meine Rede ist.«

Lynn kicherte. »Weißt du eigentlich, wieviel du immer redest?

Und dann sagst du mir: ›Du weißt ja, was immer meine Rede ist.‹ Welche deiner hundert Redensarten meinst du denn?«

»›Bei Flut sind alle Boote im Wasser‹.«

»Ich schwöre dir, die habe ich noch nie gehört.«

»Nein? Tja, dann genieße einfach das Bild. *Also*, erzähl mir, was in der Welt vor sich geht.«

»QTV möchte mich übernehmen. Die haben mich nach Los Angeles fliegen lassen . . .«

»Phantastisch.«

». . . und anscheinend habe ich alle Prüfungen bestanden. Wir haben gerade eine Sendung aufgezeichnet, die sie als Markttest in einem Haufen Großstädte bringen wollen, um ihre Vertragspartner ein bißchen scharf darauf zu machen. Der nächste Schritt ist dann eine Pilotsendung. Falls alles gutgeht, könnte ich in ein paar Monaten im ganzen Land zu sehen sein.«

»Lynn, das ist ja großartig! Wirst du umziehen?«

»Nein. Wir zeichnen in Boston auf. Ich muß nichts anderes tun als jetzt auch.«

»Kara ebenfalls?«

»Natürlich ist Kara mit dabei.« Lynn lehnte sich in ihrem Schreibtischstuhl zurück und streckte die Beine aus. Sie ließ die Schuhe fallen. »Außerdem habe ich in Kalifornien einen Typ kennengelernt, einen wunderbaren Mann. Er heißt Greg Alter.«

»Phantastisch!«

»Er hat gerade geschäftlich hier zu tun, und wir haben eine tolle Zeit miteinander. Er hat bereits Kara und meinen Bruder und meine Schwägerin kennengelernt . . .«

»Wie ist es gelaufen?«

»Die sind ganz verrückt nach ihm.«

»Erzähl mir mehr.«

»Er ist leitender Angestellter bei Texaco. Er ist etwa einsachtzig groß, braungebrannt – da drüben ist das gesetzlich vorgeschrieben –, kennt sich mit Wein aus . . .«

»Wie alt ist er?«

»Etwa drei oder vier Jahre älter als ich. Vierzig, zweiundvierzig.«

»Du weißt es nicht?«

»Ich weiß überhaupt nicht viel über ihn. Wir lernen uns gerade erst kennen. Um die Wahrheit zu sagen«, erklärte Lynn, »ich habe die letzten fünf Tage entweder bei der Arbeit oder mit ihm im Bett zugebracht. Was seinen Geschmack angeht, so weiß ich lediglich, daß er gern Kaffee trinkt. Ansonsten hatte ich bislang kaum Zeit herauszufinden, ob er Cornflakes ißt.«

Marys Lachen schallte aus dem Hörer. »Und all das hast du mir in Gedanken erzählt? Tja, ich nehme an, ich sollte die guten Nachrichten nehmen, wie sie kommen. Glückwunsch, Lynn.«

»Danke. Ich möchte, daß du ihn kennenlernst.«

»Wie wär's am Sonntag in einer Woche? Gideon und ich wollen auf der Terrasse grillen. Deswegen habe ich eigentlich auch angerufen.«

»Greg wird dann nicht mehr hier sein. Er fährt morgen wieder zurück.«

»Zu schade. Frag ihn, wann er wiederkommt, dann lassen wir uns etwas einfallen.«

An ihrem letzten gemeinsamen Abend wollte Greg sie ganz besonders verwöhnen.

»Mit allen Klischees«, rief er aus dem Wohnzimmer, während sie sich im Schlafzimmer umzog. »Kerzenlicht, Tanz, Champagner.«

»Klingt ja zauberhaft. Wo?«

»Wird eine Überraschung.«

Lynn, die gerade den Rock, den sie tagsüber getragen hatte, auf einen Bügel hängte, tauchte in der Tür auf. Ihre Bluse und die Strumpfhose hatte sie noch an. »So was mußt du mir sagen. Wie soll ich sonst wissen, was ich anziehen muß?«

Greg stand auf, ging rasch zu ihr hin und legte einen Arm um sie.

»Greg.« Lachend trat sie einen Schritt zurück.

»Du solltest dir mal einen dieser Kataloge besorgen, in denen Reizwäsche angeboten wird«, sagte er. »Dann könnte ich mich über dich hermachen, auch wenn du die Strümpfe noch anhast.«

»Aber im Augenblick«, sagte sie und entfernte sich ein Stück, während er erneut nach ihr griff, »geht es darum, was ich tragen soll – und nicht darum, was ich nicht tragen soll.«

»Willst du mich etwa ablenken?«

Wieder lachte sie. »Ja.«

Plötzlich ließ er die Hände sinken und schenkte ihr sein strahlendstes Lächeln. »Möchtest du nicht, daß ich mich über dich hermache?«

Lynn wand sich. »Bitte spiel nicht so mit mir.«

»Tut mir leid. Es ist deine Schuld, weil du so schön bist. Ich werde da zum Tier, ich kann nicht anders.« Er küßte sie keusch auf die Stirn. »Ich dachte, du magst es, wenn ich lüstern daherrede.«

»Manchmal ja. Aber nicht . . . so deutlich.« Sie lächelte. »Jedenfalls muß ich mich jetzt anziehen.«

»Ich helfe dir.« Er ging zu ihrem Kleiderschrank und schob die Bügel hin und her.

»Du mußt nicht . . .«

»Komm, wir suchen dir irgendwas Schickes. Wir gehen ins Ritz Roof.« Er wandte den Kopf, um ihre Reaktion zu sehen.

»Wunderbar.«

»Ich habe Kara gebeten, den romantischsten Ort vorzuschlagen. Das ist er. Trag das hier.« Er hielt ihr ein langes schwarzes Seidending mit schmalen Trägern hin.

»Das ist doch ein Nachthemd!«

»Aber es sieht sexy aus. Man wird deine Brustwarzen durchsehen.«

Lynn knirschte mit den Zähnen. Entschlossen nahm sie den

Bügel und hängte ihn wieder in den Schrank. Sie führte Greg ins Wohnzimmer, schob ihn auf die Couch und wandte sich, nachdem sie die Schlafzimmertür geschlossen hatte, wieder ihrem Kleiderschrank zu.

Das Ritz Roof. Sie wußte genau, was sie tragen würde.

Sie öffnete einen Kleidersack und holte das weiße Cocktailkleid mit den großen Perlmuttpailletten heraus, das sie sich zusammen mit Kara vor ihrer Reise nach Los Angeles gekauft hatte. Sie bückte sich, schob Schuhschachteln hin und her, bis sie ihre silbernen Sandalen fand, und probierte sie an. Jawohl. Wie für das Kleid gemacht, und das Knöchelriemchen saß genau unter der Tätowierung, wodurch diese betont wurde.

An dem Kleid hingen noch die Schildchen. Sie hatte schon Angst gehabt, es würde genauso enden wie die wenigen anderen Cocktailkleider, die sie sich im Laufe der Jahre gekauft hatte. Sie hatten im Schrank herumgehangen, bis sie altmodisch geworden waren; schließlich hatte sie sie der Kleidersammlung vermacht.

Sie war erst einmal im Ritz Roof gewesen, und zwar mit Booboo und Angela an ihrem Geburtstag. Booboo hatte darauf bestanden, obwohl er damals erst stellvertretender Filialleiter gewesen war.

Angela hatte ihr zugeprostet und ihr einen Freund gewünscht, »der dich in solche Lokale ausführt«.

Lynn hatte dasselbe gesagt wie immer, wenn Angela derartige Ansichten kundtat – daß sie lieber selbst reich wäre, als mit einem Reichen auszugehen, worauf Angela sie angesehen hatte, als hätte sie in Urdu gesprochen.

Doch in Wahrheit hatte sie nichts anderes getan, als im Dunkeln zu pfeifen. Sie hatte durchaus tapfer und wahrheitsgemäß geantwortet, aber sie hatte es auch aus ihrem eigenen Mund hören müssen. Denn das, was für Angela eine simple Gleichung war, war für Lynn wie ein Stelzenlauf. Ungeachtet aller wirtschaftlichen Überlegungen konnte sie sich einfach nicht vorstellen, sich auf eine lohnende Beziehung einzulassen.

Zu der Zeit, als Angela ihr zuprostete, war Lynn gerade mit Mark Manatay befreundet.

Sie hatten sich bei einer Tagung von Rundfunkleuten in New York kennengelernt. Mark war Programmdirektor bei einem Jazzsender in Portland, Maine.

»Boston«, hatte er nachdenklich gesagt und ihr Namensschild betrachtet. »Wie lautet doch der Wahlspruch? ›Die Stadt der Bohnen und des Kabeljaus‹?«

»Genau. Aber wenn Sie keine Witze über Boston machen, necke ich Sie auch nicht mit Hummern.«

Er lachte. Es war ein ansteckendes Lachen, wie man es von Menschen hört, die häufig lachen. Er war gesprächig und fröhlich, trug Hosenträger und brachte ihr in einer Serviette Erdnüsse mit, als er ihnen frische Club-Sodas besorgte.

An diesem Abend aßen sie gemeinsam. Er stellte intelligente Fragen über ihre Arbeit. Er erzählte von seiner Liebe zur Musik, seiner Wohnung in Portland, seiner zwölfjährigen Tochter, seiner Exfrau, mit der er der Tochter wegen Kontakt hielt.

Am nächsten Tag sollte die Tagung zu Ende gehen. Lynn und Mark hatten verschiedene Seminare besucht, doch sie saßen beim Mittagessen nebeneinander und gingen auch gemeinsam zum Abendessen. Inzwischen redeten sie ungezwungen miteinander, so als gingen sie schon eine ganze Weile miteinander. Er bestellte Peperoni für ihre Pizza.

Abgesehen von etlichen längeren Telefongesprächen mit seiner Tochter verbrachte er den Großteil seiner Zeit mit Lynn, wenn sie nicht mit Sitzungen oder Workshops beschäftigt war. Sie fühlte sich ihrerseits in seiner Gesellschaft so wohl, daß sie sich gelegentlich daran erinnern mußte, weshalb sie eigentlich hier war.

Sie fuhren gemeinsam mit dem Taxi zum La Guardia Airport.

Er begleitete sie zum Flugsteig, umarmte sie, gab ihr einen sanften Kuß und sagte, er werde sie anrufen.

Nachdem zwei Wochen vergangen waren, ohne daß er sich meldete, nahm sie an, daß sie ihm irgendwie den Eindruck vermittelt haben mußte, sein Anruf sei ihr nicht willkommen. Deshalb rief sie ihn im Sender an, erwischte seine Sekretärin und hinterließ ihren Namen nebst beider Telefonnummern.

Er rief am nächsten Tag zurück. Er habe an sie gedacht. Ob sie nicht übers Wochenende nach Portland kommen könne? Er hoffe, sie könne sich freinehmen; er habe bereits ein Hotelzimmer für sie reserviert.

Die zweiwöchige Funkstille störte sie, doch sie verschwendete keinen Gedanken mehr darauf und nahm die Einladung an. Am Donnerstag ging sie nach der Arbeit aus, kaufte sich einen zauberhaften korallenroten Pullover und einen dazu passenden Lippenstift und flog am nächsten Tag bei strömendem Regen nach Portland.

Er holte sie am Flughafen ab und brachte sie ins Radisson. Während sie ihren neuen Pullover anzog, ging er hinunter, um sich eine Zeitung zu kaufen – und kehrte eine Stunde später mit einer Flut von Entschuldigungen zurück. Er habe mit seiner Exfrau telefoniert; es gebe Schwierigkeiten mit ihrer Tochter, und er müsse sich darum kümmern; es täte ihm so leid, daß sie extra hergeflogen sei, aber . . .

Es gab eine Grenze, und Lynn zog sie an genau dieser Stelle. Sie flog zurück nach Boston und brachte das Wochenende allein zu, erledigte ihren Papierkram, sah A-Hörnchen und den Vögeln auf dem Balkon zu und war so außer sich, daß sie nicht einmal Kara anrief.

Mark entschuldigte sich mit einer langen Nachricht auf ihrem Anrufbeantworter; sie hörte ihn am Montagabend ab. Die Krise sei vorbei, und er hasse es, ein Wochenende zu beenden, bevor es noch richtig begonnen habe, aber unglücklicherweise hätten Kinder nun einmal Vorrang. Könnten sie nicht noch einmal von vorn anfangen? Er fühle sich in ihrer Gesellschaft so wohl.

Sie ließ ihn warten. Schließlich entschied sie sich, ihm noch eine Chance zu geben. Erziehungsprobleme führten manchmal zu den merkwürdigsten Verhaltensweisen.

Mit der Zeit wurden ihre gegenseitigen Besuche zur Gewohnheit. Sie gingen ins Kino, weil Lynn das mochte, und in Jazzclubs, weil Mark seinen Spaß daran hatte. Immer wieder wurden sie gestört, weil Mark lange Telefonate führen mußte, und ab und zu sagte er auch ab. Aber so war es eben anscheinend, wenn man sich in jemanden verliebte, der seinen Elternpflichten nachkommen mußte.

Booboo und Angela wußten, daß sie mit jemandem ging, und drängten sie, ihn zu ihrem Geburtstagsessen mitzubringen.

Mark sagte ab: eine Schulveranstaltung, bei der er nicht fehlen durfte.

Zwei Wochen später kam er nach Boston, und sie gingen in die Parallel Bar, einen düsteren Club, in der eine Band schrille, schier endlose Klarinettenmusik spielte, die Mark sehr gefiel. Er ließ sie den ganzen Abend auf einem tellergroßen Stuhl an einem winzigen Tisch sitzen, bevor er sich endlich einmal zu ihr beugte und etwas sagte, was sie nicht verstand.

»Was?« fragte sie, während sie den Rauch wegwedelte.

»Ich gehe nach Hause zurück«, schrie er.

Lynn dachte, er meine jetzt, kurzfristig, und auf ihre Enttäuschung folgte Verwirrung, da er in letzter Zeit mit niemandem telefoniert hatte.

»Deine Tochter ...«

»Nein.« Er beugte sich wieder näher. »Ich habe gar kein Kind. Ich habe dich belogen. Tut mir leid. Ich gehe zurück zu meiner Frau. Wir leben getrennt ...«

»Du hast gar kein Kind? Mit wem telefonierst du dann die ganze Zeit?«

»Mit meiner Frau. Verstehst du, wieso ich es dir nicht sagen konnte? Ich wollte nicht, daß du paranoid wirst, ständig glaubst, ich könnte zu ihr zurückgehen . . .«

»Aber du *gehst* doch zu ihr zurück.«

»Das habe ich aber damals noch nicht gewußt.«

In diesem Augenblick mußte Lynn an Angelas Geburtstagstoast denken, und Wunsch und Wirklichkeit knallten mit Karacho aufeinander.

Sie saß da auf ihrem harten kleinen Stuhl und war so erstarrt vor Wut und Schmerz, daß sie es nicht einmal fertigbrachte, zu weinen oder zu gehen, während Mark ungerührt weiterplauderte – bis sie schließlich wieder soweit zur Besinnung kam, daß sie aus der Parallel Bar stürmte und sich ein Taxi nahm.

Sie und Greg aßen Seezunge und tranken gemeinsam anderthalb Flaschen Champagner, ließen sich dann von der Musik mitreißen und tanzten bei jedem einzelnen Stück.

Er bewegte sich auf der Tanzfläche genauso wie im Bett: langsam und bedacht, während er sie dicht an sich drückte. Lynn spürte, daß die anderen ihnen zusahen, und zwar nicht, weil sie Lynn Marchette war, sondern weil sie ein Zusammengehörigkeitsgefühl ausstrahlten, um das die Menschen sie beneideten.

Eine weitere Aktivität, von der sie immer nur geträumt hatte. Nun hatte sie jemanden, den sie beim Schlafen beobachten konnte . . . und mit dem sie ein allseits beneidetes Paar bildete.

Als sie in ihre Wohnung zurückkamen, ging Lynn in die Küche, weil sie nachsehen wollte, was sie anbieten konnte. Es kam ihr wie Ewigkeiten vor, seit sie das letzte Mal im Supermarkt gewesen war. Sie fühlte sich etwas bedrückt, als sie sich in ihrer vernachlässigten Küche umsah, die normalerweise immer blitzblank und mit allem Notwendigen ausgestattet war: Die Unordnung rührte daher, daß sie mit Greg beschäftigt gewesen war, und wer wußte schon, wann er sie nach heute nacht wieder in Beschlag nehmen würde?

Greg kam herein und stellte sich dicht hinter sie.

»Du wirkst so geistesabwesend«, sagte er. »Worüber denkst du nach?«

»Darüber, daß du weggehst. Du fehlst mir jetzt schon. Wann kommst du wieder?«

»Ich weiß es nicht.« Er langte über ihre Schulter und schob seine Hand ins Oberteil ihres Kleides. »Darauf habe ich den ganzen Abend gewartet. Hingeschaut und gewartet.«

Lynn legte den Kopf zurück und schnupperte an seinem Kinn. »Dann nehme ich an, du möchtest nichts mehr essen?«

Statt ihr zu antworten, drückte er ihre Brust, wenn auch nicht so fest, daß es ihr weh tat. »Komm, gehen wir rein, Star.«

Im Schlafzimmer öffnete er den Reißverschluß ihres Kleides, half ihr beim Ausziehen und paßte auf, daß sie sich nicht an den Pailletten kratzte. Er stand einen Augenblick da und hielt es, während er zwischen ihr und dem Kleid hin- und herblickte, als koste er es aus, daß sie es endlich ausgezogen hatte. Danach zog er sich aus.

Er stand neben dem Bett und blickte auf Lynn hinab, die bereits unter die Decke geschlüpft war.

»Ich denke immer noch über diese Strumpfhose für dich nach«, sagte er. »Diese Reizdinger. Ich könnte meine Zunge mitten reinstecken.« Er schlüpfte ins Bett, ohne ihre gequälte Miene wahrzunehmen. »Wär das nicht scharf? Ich könnte es überall machen – in deinem Büro, in einem Taxi... Was ist los?«

Ihr Körper hatte sich versteift. »Ich habe dich gebeten, nicht so zu sprechen.«

»Tut mir leid. Hab ich vergessen.«

»Ich habe dir gesagt, daß mir diese drastische Ausdrucksweise unangenehm ist.«

»Ja. Das hast du.«

Er stützte sich auf einen Ellbogen und blickte auf sie herab.

»Lynn«, sagte er leise, »egal, was ich gesagt habe, es war zärtlich gemeint. Ich möchte dich unter keinen Umständen verärgern.«

Seine Miene wirkte bekümmert. Ihr Ekel verwandelte sich allmählich in Scham. Machte sie etwa nur viel Lärm um nichts? Oder schlimmer noch: Untergrub sie eine verheißungsvolle Beziehung?

Er redete also gern schmutzig. Lüstern. Sie mochte es zunächst auch. Dann hatten sie also jetzt eine kleine geschmackliche Meinungsverschiedenheit, was ja nicht gerade weltbewegend war. *Das kommt doch in jeder echten Beziehung mal vor, du Dummkopf.* Er ging mit seiner Rederei eben einfach weiter als sie.

Nun hatte sie also ihren Empfindungen Ausdruck verliehen, und er hatte sein Verhalten nicht sofort umgestellt. Wiederum keine riesengroße Überraschung. Schließlich war er auch nur ein Mensch. Und hatte sie nicht genau das gewollt, einen Menschen?

»Tut mir leid«, sagte Greg noch einmal.

Sie seufzte. »Mir auch.«

»Können wir's einfach vergessen?«

Konnte sie das?

»Bitte.« Er schenkte ihr sein breitestes Grinsen, legte sich wieder hin und öffnete die Arme.

Lynn wollte sich mit aller Macht auf das Zusammensein mit ihm konzentrieren. Sie rief sich die Umkleidekabine in dem Geschäft am Hafen ins Gedächtnis, seine Hände unter ihrem Badeanzug. Sie dachte an das brennende Verlangen, daß sie beim Tanzen empfunden hatte.

Doch es war hoffnungslos.

»Es geht nicht«, flüsterte sie schließlich, als Greg sein ganzes Repertoire durchprobiert hatte, um sie zufriedenzustellen. »Ich kann einfach nicht.«

»Warum nicht?«

»Ich weiß es nicht. Zuviel Champagner vielleicht.« Sie stützte das Kinn auf die Brust, und er legte die Arme um sie, doch Lynn konnte seine Anspannung spüren.

Endlich schlief sie ein. Als sie zwei Stunden später kurz aufwachte, hielt Greg sie noch immer in den Armen. Sie kuschelte sich enger an ihn und schloß wieder die Augen.

3. KAPITEL

Kara brachte frische Zwiebelbrötchen mit zur Arbeit, Lynns Lieblingsgebäck. Sie bestrich eines mit Butter und trug es zu Lynns Schreibtisch. »Nein, danke«, sagte Lynn. »Bloß etwas Kaffee.«

Kara blickte auf die zwei leeren Becher auf dem Schreibtisch. Lynn wandte sich ab und begann, an ihrem Computer zu arbeiten.

»Seit wann bist du schon da?« fragte Kara.

»Etwa seit sieben«, sagte Lynn, ohne sich umzudrehen.

Kara ging um sie herum und stellte sich neben den Bildschirm. »Möchtest du vielleicht reden?«

Lynn seufzte. »Eigentlich nicht.«

»Geht es um Greg? Wie war's letzte Nacht?«

»So lala.« Lynn blickte auf. »Weißt du was? Ich möchte mich an die Arbeit machen. Vergiß doch einfach, daß ich schlecht gelaunt bin, und laß uns loslegen.«

»Bist du sicher?«

»Ja. Wir haben einiges an Vorbereitungen zu treffen, und ... ich brauche die Ablenkung. Was ist eingegangen? Irgendwas Gutes?«

»Ich habe gestern ein paar Notizen gemacht.« Kara nahm ein paar Mitteilungen von einem Tisch, auf dem sich schnell wieder das alte Chaos ausbreitete, das sie erst unlängst beseitigt hatte. Sie zog sich einen Stuhl heran. »Wir haben einen Anruf von einer ehrenamtlichen Mitarbeiterin vom Tierschutzverband Brighton erhalten. Carol Hirsch heißt sie. Sie wollte wissen, ob wir etwas mit ein paar Hündchen und Kätzchen anfangen können und ob sie ihr Tierpflegeprogramm darlegen darf.«

»Geht's da nicht bloß darum, die Leute zu ermutigen, daß sie ihre Tiere behalten?«

»Wahrscheinlich, aber ...«

»Na ja, notwendig ist das schon. Okay. Aber keine ganze Sendung, sonst sind wir bloß alle am Flennen und schleppen die armen Tiere mit nach Hause.«

»Weihnachten?«

»Perfekt.«

Kara las in ihren Notizen. »Besuchsrechtverweigerung. Hier ... dieser Richter aus irgendeinem Kaff draußen am Kap möchte zeigen, wie man da schärfer vorgehen kann.«

Lynn zuckte mit den Schultern. »Nun, wenn er wirklich etwas Neues zu sagen hat ...«

»Ich rufe ihn an und kläre das. Okay, ein Mann namens Philip Tank hat angerufen und einen Beitrag über verschreibungspflichtige Medikamente vorgeschlagen. Er sagt, obwohl man für eine bestimmte Marke bezahlt, kriegt man unter Umständen nur ein ähnliches Produkt.«

»Nicht schon wieder.«

»Er sagt, er hat Beweise.«

»Tja ... klär das mal genau ab. Aber nimm ihn dir wirklich vor, okay? Du weißt, daß ich halbgare Beiträge hasse.«

»Ich weiß.« Sie überflog ein letztes Mal ihre Unterlagen. »Das wär's dann in etwa.«

»Wie ist der Stand der Dinge für die Sendung über die Parkverwaltung?«

»Ich habe gestern mit der Frau geredet.« Kara griff nach einem Aktenordner. »Pennina Russo. Sie war ursprünglich stellvertretende Bevollmächtigte – jetzt darf sie das Telefon bedienen. Sie sagt klipp und klar, das komme nur daher, weil sie Stunk gemacht habe, als Allen Dray, der Bevollmächtigte, ein Verhältnis mit ihr anfangen wollte.«

»Dann kommt sie also?«

»Sie mauert. Sie war bereit, bis sie herausfand, daß wir auch alle vier Bevollmächtigten haben wollten. Sie ist erst sechsundzwanzig.«

»Was ja nun überhaupt nichts heißt.« Lynn nahm die Unterlagen, fand die Nummer der Parkverwaltung und wählte.

»Pennina Russo bitte. Ah, Sie sind's selbst – Lynn Marchette hier. Tut mir leid, daß Sie noch immer Telefondienst haben. Ich will gerne versuchen, ob ich das ändern kann.«

Während sie zuhörte, nahm Lynn das Zwiebelbrötchen und biß hinein.

Schließlich sagte sie: »Ich kann es Ihnen nicht verübeln. Aber lassen Sie mich bitte erklären, weshalb wir es auf diese Weise tun wollen. Sehen Sie, wenn wir auch der anderen Seite ein Forum bieten, wird Ihre Position dadurch nur gestärkt. Wenn wir ...«

Kurz vor der Mittagspause klopfte es an die Tür. »Herein«, rief Lynn.

Pam brachte eine in rosafarbenes Papier eingewickelte Schachtel herein. »Für dich, Lynn.«

Lynn musterte den Aufkleber. »Das stammt von einem Laden namens Viviane. Was ist das?«

Pam sah ihr beim Auspacken zu. »Ich glaube, das ist in der Nähe des Sperrbezirks.«

Lynn hielt inne. Sie hatte ein komisches Gefühl im Bauch. Doch Pam und Kara sahen ihr noch immer gespannt zu, daher schob sie das Papier beiseite und öffnete die Schachtel. Sie griff hinein und hatte ein Knäuel aus schwarzer Seide in der Hand, das sie an den straßbesetzten Trägern hochhielt.

»Was für ein Kleid«, hauchte Pam.

Zuunterst lag eine Karte. Kara reichte sie Lynn, die sich das Kleid über den Arm hängte und sie las.

»Es ist von Greg. ›Für unseren nächsten gemeinsamen Abend. Ich kann es kaum erwarten, Dich darin zu sehen.‹« Sie lächelte.

»Sagtest du nicht, letzte Nacht sei nicht besonders gut gelaufen?« fragte Kara. »Ich würde ja gern mal sehen, was er dir schickt, wenn es läuft.«

»Ich bin . . . total verblüfft. Ich dachte, er wäre sauer.«

»Gib mir das mal.« Pam hielt das Kleid hoch. »Schau dir das Oberteil an.«

»Die Träger?«

»Nein.« Pam hielt das Kleid an sich. Die Spitzen ihrer unter einem roten Pullover steckenden Brüste ragten heraus.

Lynn griff sich mit der Hand an die Kehle.

Pam wirbelte mit dem Kleid herum. »Erst eine Tätowierung, dann das Ritz Roof und nun das hier. Junge, Junge, ich bin echt beeindruckt.«

Kara streckte die Hand aus. »Laß mich mal probieren. Lynn, du kannst dich glücklich schätzen. Mich wollte noch keiner in so einem Reizding sehen. Mann, das ist einfach irre.«

Lynn brauchte eine Minute, bevor sie begriff, daß sie die einzige war, die angesichts der Überraschung alles andere als entzückt war.

»Euch würde es also nicht stören, wenn ihr so etwas geschenkt bekommt?« fragte sie.

Kara und Pam hörten auf zu kichern.

»Stören?« sagte Kara. »Ich würde dem Mann einen Antrag machen. Ich würde ihn mir *schnappen*, verstehst du?«

»Stört es *dich* denn?« fragte Pam.

»Irgendwie. Ja.«

»Wieso?« fragte Pam, als habe Lynn sich gerade eine Seegrasmatratze zum Mittagessen bestellt.

Lynn zog das Oberteil des Kleides auseinander, während Kara es hielt. »Ist das sexy? Oder ist es entwürdigend? Vor zwei Wochen habe ich Greg noch nicht einmal gekannt. Daß er so schnell damit . . .«

»Manchmal«, sagte Kara, »geht es in der Liebe eben schnell. Bei euch zweien ging es sehr schnell. Es ist ja nun nicht so, daß Greg dich einfach kennengelernt, einen Kaffee mit dir getrunken und gesagt hat: ›Ich glaube, ich schicke dieser Frau, der ich bislang nur die Hand gegeben habe, ein schockierendes persönliches Geschenk.‹ Ihr schlaft zusammen, und das nicht erst seit gestern abend.«

Als er sie spätnachmittags in der Arbeit anrief, hatte Lynn sich wieder beruhigt.

»Hast du es anprobiert?« fragte Greg.

»Noch nicht.«

»Du wirst darin köstlich aussehen.« Er sprach mit derselben schnurrenden Baritonstimme, an die sie sich vom ersten Abend her erinnerte. »Ich möchte, daß du es trägst, wenn wir das nächste Mal zusammen ausgehen.«

»Zum Ausgehen? Wie könnte ich das?«

Kara lächelte von der anderen Seite des Büros zu ihr herüber.

»Aber du mußt«, sagte Greg. »Darauf kommt's ja an. Keine Sorge. Das Oberteil ist über Kreuz geschlagen, so daß es nur aufklafft, wenn wir es so wollen.« Die letzten Worte flüsterte er nur.

»Wie war der Rückflug?«

»Glatt. Bloß einsam. Ich hoffe, ich habe bald wieder Gelegenheit, nach Boston zu kommen.«

»Ein paar Freunde von mir – Mary und Gideon Eli – veranstalten am Sonntag in einer Woche eine Grillparty. Du bist herzlich mit eingeladen.«

Wieder das Flüstern. »Ich würde liebend gern mit dir *kommen.*«

Wider Willen spürte Lynn ein erregendes Prickeln.

Als sie nichts erwiderte, fragte Greg: »Ist jemand bei dir?«

»Hmm.«

»Kara?«

»Ja.«

Er gluckste. »Dann bist du mir also ausgeliefert.«

»Nein«, sagte sie, da sie keine Lust auf derartige Spielereien hatte. »Bin ich nicht – weil ich nämlich los muß. Hast du das mit dem Grillfest ernst gemeint? Kannst du kommen?« Wieder hörte sie, wie er gluckste, und sie unterbrach ihn rasch: »Wirst du hier sein?«

»Nein. Ich habe momentan ziemlich viel zu tun.«

»Zu schade.«

»Aber ich fühle mich geehrt, daß du mich vorzeigen wolltest.«

Davon hatte sie nichts gesagt, aber er hatte den Nagel auf den Kopf getroffen. »Dann eben ein andermal.«

Er hatte schon immer bemerkenswert gut ausgesehen, eine Ausnahme unter den Ackersklavenfamilien. Schon als kleiner Junge war er durch seine Ausstrahlung aufgefallen. Wenn er mit seinen von dichten dunklen Wimpern umgebenen grauen Augen zu jemandem aufblickte und den sinnlichen kleinen Mund zu einem Lächeln verzog, konnte der oder die Betreffende nicht anders, als sich vom Strahlen dieses so vollkommenen kleinen Wesens anstecken zu lassen.

Es war nicht ungewöhnlich, daß die Kinder der Ackersklaven in die Nähe des Herrenhauses kamen. Doch Greg fiel dabei auf. Die Besitzerfamilie sah den hinreißenden Knaben und übertrug ihm kleinere Aufgaben oder Botengänge, und manchmal bekam er zur Belohnung abgelegte Schuhe oder eine Tüte mit Obst.

Durch diese Aufgaben kam Greg gelegentlich auch in das Haus, wo er sah, was für ein Leben die Herrschaften führten. So fremd war ihm das alles, daß er sich vorkam wie ein Insekt. Wenn er hinterher nach Hause kam, wollte er von seinen Eltern immer wissen, weswegen dies so und jenes so sei.

Deswegen, sagte sein Vater.

Wasch dich und geh ins Bett, sagte seine Mutter.

Drei Tage später fand Lynn in ihrem Hausbriefkasten einen großen braunen Umschlag mit Poststempel aus Los Angeles. Darin befand sich ein Wäschekatalog mit einer Anmerkung: *Ich wollte daraus ein neues Geschenk für Dich kaufen, dachte mir aber, Du möchtest Dir vielleicht selbst etwas aussuchen. Ich freue mich. Alles Liebe, Greg.*

Lynn blätterte in dem Katalog. Es waren nicht die Accessoires, an die sie gedacht hatte – knappsitzende, spitzenverzierte Wäsche –, sondern nuttige, ordinäre Sachen mit Löchern und Rüschen. Da waren BHs, bei denen die Brustwarzen entblößt waren, Haremskostüme und die Strumpfhose mit offenem Schritt, von der Greg gesprochen hatte. Die Mannequins posierten wie in den Pornoheften und zogen immer die gleiche dumpf-geile Miene.

Sie warf den Katalog in den Mülleimer und schlug den Deckel zu.

»Was hast du dir ausgesucht?«

»Wie bitte?«

»Aus dem Katalog.«

Lynn hatte beschlossen zu lügen. Doch sie hatte nicht damit gerechnet, daß Greg noch am gleichen Abend anrufen und sie auf der Stelle danach fragen würde.

»Aus welchem Katalog?«

Er schwieg einen Augenblick. »Ich habe dir einen Katalog mit Geschenkartikeln geschickt und darum gebeten, daß du dir etwas aussuchst. Ich kann kaum glauben, daß du ihn noch nicht hast.«

Es ist nur eine Ausdrucksweise, sagte sich Lynn. Er will damit nicht sagen, daß ich lüge.

Sie leitete zu unverfänglicheren Themen über, und danach redeten sie noch eine ganze Weile miteinander. Zu ihrer Erleichterung schien Greg den Katalog vergessen zu haben; er fragte nicht mehr danach.

In der folgenden Woche traf ein großes Paket von Bullock's aus

Westwood, Kalifornien, ein. Es lag bei ihrer Post, als sie nach der Arbeit nach Hause kam. Beklommen und hoffnungsvoll zugleich schleppte sie es in die Küche und trennte das Klebeband mit einem Messer auf.

»Ha!« sagte sie, als sie die Schachtel in dem Karton sah. Greg hatte ihr eine Kaffeemaschine geschickt, eine moderne, teure Braun, und große Beutel mit koffeinfreiem Kaffee und italienischer Röstmischung. Auf der mit blauen Blumen verzierten Karte stand: *Damit Du immer welchen für uns hast.*

Lächelnd öffnete Lynn den Karton, langte hinein und wollte das glänzende weiße Gerät herausheben.

Ihr Lächeln erstarb, und sie ließ die Kaffeemaschine auf die Küchentheke fallen, so daß die Chromverzierung eine Beule bekam.

In der Schachtel steckte ein weiterer Katalog.

»Tut mir leid, daß du warten mußtest«, sagte Kara, während sie ihren Sicherheitsgurt einklinkte. »Aber ich wollte noch mal mit Nicky um den Block gehen, bevor wir aufbrechen. Was bringst du mit?«

Lynn parkte aus. »Eigentlich wollte ich Wein besorgen, dachte aber, das wäre zu langweilig. Also habe ich Sangria gekauft.«

»Gut. Ich habe einen Salat mit Gurken und Tomaten gemacht.«

»Mary mag so etwas.«

Eine Zeitlang fuhren sie schweigend weiter. Es herrschte wenig Verkehr, wie immer am Sonntag. Ein feuchter Novemberwind zerrte an den Mänteln der Fußgänger, doch die Sonne spendete etwas Wärme.

»Ich bin ja so froh, daß es nicht noch kälter ist«, sagte Kara. »Kannst du dich noch an das Essen im April erinnern? Wie Gideon mit Parka und Skimütze draußen am Grill stehen mußte?«

»Hm.«

»Zu schade, daß Greg nicht kommen kann. Wie geht's ihm eigentlich?«

»Ich habe diese Woche noch nicht mit ihm gesprochen. Er hat mir . . . Sachen geschickt.«

»Wie nett von ihm.«

»Ich weiß nicht, ob ich es nett finden soll.«

»Was hat er denn geschickt? So was Ähnliches wie dieses tolle Kleid?«

»Eine Kaffeemaschine und Kaffee. Und einen Katalog mit ziemlich gewagter Unterwäsche. Er wollte, daß ich mir etwas aussuche.«

»Und, hast du?«

»Nein.« Lynn bremste heftiger als notwendig neben einer Parklücke. »Die Sachen waren nicht hübsch. Sie waren abstoßend.«

Lynn und Kara holten ihre Tüten mit dem Salat und dem Sangria aus dem Fond und gingen den Weg zu Marys und Gideons Stadthaus hinauf. Es war ein Haus mit Einliegerwohnung, einem separaten Eingang zu Marys Praxis und einem mit Schieferplatten belegten Patio, wo der Grill stand. Im Sommer fanden die Feste dort draußen statt, und Mary legte dann Sitzkissen auf den Rasen und bot selbstgemachte Himbeermargaritas an.

Etwa zwanzig Leute waren bereits da, standen in kleinen Gruppen in den verschiedenen Zimmern herum und redeten miteinander. »Wen habt ihr eigentlich alles eingeladen?« fragte Kara Mary, die in der Küche war und gerade einen Kuchen in die Röhre schob.

»Oh, wir sind so gut wie vollzählig. Hey, wie geht's euch?« Mary drückte sie an sich.

Kara warf einen Blick über die Schüsseln und Essenstabletts. »Aha, das übliche spartanische Angebot. Das sieht ja wieder alles so toll aus! Sind die nicht herrlich?« Sie nahm ein funkelndes Grillbesteck mit schwarzen Holzgriffen in die Hand. »Gideon ist ja bestens ausgerüstet.«

»Die sind ein Geschenk«, sagte Mary mit verschmitztem Lächeln. »Wir haben es gerade erst bekommen.«

»So eindrucksvolle Geschenke haben wir nicht zu bieten«, sagte Lynn und stellte die zwei Flaschen Sangria auf die Theke. Kara packte ihren Salat aus.

»Sangria mag jeder. Mmm, die Tomaten sehen ja aus wie aus dem Garten.«

»Treibhaus«, sagte Kara.

Mary stellte die Backzeit für den Kuchen ein, dann strich sie über Lynns Hand. »Komm mit. Ich habe eine Überraschung für dich.«

Ihr glattes blondes Haar wogte wie ein schimmernder Vorhang, als sie Lynn durch das Menschengetümmel führte. Lynn sah Gideon, der inmitten einer Gruppe am Kamin stand und mit seiner Bierflasche gestikulierte. Er blickte auf, als sie näher kamen. Ein Mann aus der Gruppe drehte sich um. Es war Greg.

Lynn freute sich, doch gleichzeitig war sie auch verwirrt. Einen Augenblick lang war sie unfähig, sich zu rühren, und stand nur passiv da, als er die Arme ausbreitete und sie an sich drückte. Ihr war bewußt, daß Mary, Kara und Gideon sie anstrahlten. Gregs Duft senkte sich auf sie.

Als er sie losließ, sagte Lynn: »Ich dachte, du könntest nicht kommen.«

Greg zwinkerte ihr zu. »Er hat gestern angerufen«, erklärte Mary. »Er sagte, er habe es nun doch so arrangiert, daß er weg könne, und wollte dich überraschen. Also haben wir ihm gesagt, wie er fahren muß, und da ist er nun. Er ist eine knappe Stunde vor euch angekommen.«

»Was uns gar nicht so unrecht war«, sagte Gideon, »weil wir dadurch die Chance hatten, ihn mal auszufragen.«

Greg grinste sie an. »Habe ich bestanden?«

Gideon lachte. »Bislang schon. Jetzt müssen Sie beweisen, ob Sie Lynn auch verdienen.«

Mary drückte Lynns Handgelenk. »Er ist ein Schatz. *Exzellent* gewählt«, sagte sie bedeutungsvoll.

Lynn starrte Greg noch immer an. »Woher hast du ihre Nummer?«

»Fernsprechauskunft. Sie heißen ja nicht gerade Smith und Jones. Was ist los?« Er nahm ihre Hände. »Freust du dich gar nicht, mich zu sehen?«

»Natürlich freu ich mich.«

Mary entschuldigte sich. »Ich muß jetzt das Essen für die ganze Bande auftragen.« Kara und Gideon gingen mit ihr.

Greg trug einen weißen Seemannspullover über seinem blauen Hemd. Er sah Lynn an.

»Ich fühle mich wie ein Kind«, sagte er leise. »Ich bin so froh, bei dir zu sein, daß ich kaum stillstehen kann. Letzte Nacht bin ich dauernd aufgewacht. Ich konnte es einfach nicht erwarten.«

Der Kamin verbreitete angenehme Wärme, doch Lynn verspürte kalten Schweiß im Haar. Sie zitterte leicht und trat näher ans Feuer.

»Du schmeichelst mir«, erwiderte sie und wünschte, sie könnte mehr sagen, mehr empfinden. Was war bloß mit ihr los? Was störte sie daran, daß Greg bei ihren Freunden auftauchte, um sie zu überraschen?

Greg redete über die Fahrt vom Flughafen hierher, über die Bostoner Taxifahrer. Sie lächelte und hörte mit halbem Ohr zu, während sie ihren Gedanken nachhing. Die vom Kamin ausgestrahlte Hitze wirkte beruhigend.

Warum konnte sie sich nicht einfach freuen? Anscheinend war sie hier der einzige Mensch, der Gregs Überraschungsbesuch nicht auf Anhieb bezaubernd fand.

Vielleicht sollte sie sich einfach schämen.

Lynn und Greg halfen Gideon beim Grillen, trugen die Platten mit den Rippchen und die Töpfe mit der Marinade hinaus. Greg langte ohne jedes Zaudern über die hochschießenden Stichflammen und strich die Soße auf das Fleisch.

»Achten Sie auf Ihren Pullover«, sagte Gideon und hob Gregs Ärmel aus der Gefahrenzone. »Schön, einen Helfer zu haben. Und einen Sündenbock. Normalerweise bin nämlich ich derjenige, an dem herumgenörgelt wird, weil ich mit irgend etwas dem Feuer zu nahe komme.«

»Mit nichts anatomisch Wichtigem, hoffe ich doch«, sagte Greg.

Lynn reichte ihm weitere Marinade. »Er meint seinen Schnurrbart.«

Greg strich die Soße auf, dann leckte er einen Tropfen von seinem Finger. »Mm. Scharf. Was ist da drin?«

»Essig, eingelegte Aprikosen, gestoßener Ingwer . . .«

Gideon fuhr fort, doch Greg hörte ihm nicht mehr zu, strich auch keine Marinade mehr auf.

Lynn sah, wie er die Stirn runzelte und zu den hohen Immergrünhecken am Ende des Patios blickte.

»Stimmt was nicht?« fragte sie.

Plötzlich lief er los und rannte mit Riesenschritten quer über den Patio zu den Hecken.

Gideon und Lynn sahen ihm nach, als er hinter dem Gebüsch verschwand. »Was ist denn los?« fragte Gideon.

Zwei Minuten später kam Greg wieder zum Vorschein und streifte die Blätter von seinem Pullover. »Ich dachte, ich hätte jemanden gesehen.«

»Das ist durchaus möglich«, sagte Gideon. »Wir haben Nachbarn.«

»Jemanden, der dort herumgeschlichen ist, meine ich.«

»Die Hähnchen können raus«, rief Mary.

Gideon klopfte Greg auf die Schulter. »Möchten Sie die nicht holen? Es sei denn, Sie wollen lieber weiter mit dem Marinadepinsel Jagd auf Spanner machen.«

Greg warf einen letzten Blick zu dem Gebüsch hinüber, dann grinste er. »Nicht gerade intelligent, was? Junge, muß ich verliebt sein.«

Überall standen Leute und aßen. Der Sangria war ein derartiger Volltreffer, daß er bereits auszugehen drohte, als noch jede Menge Essen da war.

»Ich hätte mehr mitbringen sollen«, sagte Lynn zu Mary. »Ich dachte nicht, daß er so gut ankommt.«

»Habt ihr zwei Flaschen Rotwein und ein paar Zitrusfrüchte?« fragte Greg. »Wir könnten ganz schnell noch einen Schwung machen.«

Mary legte ihr Rippchen hin. »Gute Idee.«

»Laßt mich mal machen.« Greg ging in die Küche. Lynn nahm den fast leeren Sangriakrug und folgte ihm.

»Kann ich dir helfen?« fragte sie.

»Sei doch bitte so lieb und reich mir den Wein.« Greg beugte sich in den großen, zweitürigen Kühlschrank und entnahm ihm ein paar Grapefruits, Orangen und eine Limone. »Oh, Clubsoda.«

Lynn sah zu, wie er den Wein mit Fruchtsaft vermischte, etwas Brandy hineinrührte und Obstscheiben hinzufügte. Zum Abschluß goß er einen Schuß Clubsoda auf und gab eine Prise Zimt dazu. Er hielt Lynn einen Löffel voll zum Probieren hin. »Koste mal.«

»Mm. Besser als der fertig gekaufte.«

Sie gingen wieder zu den anderen hinüber.

»Phantastisch«, sagte Mary, nachdem sie einen Schluck probiert hatte. Sie wandte sich an Lynn. »Gibt's eigentlich irgend etwas, das er nicht kann?«

Dafür sorgen, daß ich mich sicher fühle, dachte Lynn, um sich augenblicklich für ihren Gedanken zu schämen.

Greg war zauberhaft zu ihr, zu ihren Freunden. Jeder mochte

ihn. Er war aufmerksam, liebenswürdig, aufgeschlossen, attraktiv. Und er betete sie offenbar an.

Was wollte sie eigentlich mehr?

Als Lynn später Marys Plätzchen herumreichte, ertappte sie sich dabei, daß sie betont freundlich lächelte, wenn sie in Gregs Nähe kam. Sie fühlte sich inzwischen wesentlich wohler, war sich aber nicht darüber im klaren, ob es an den drei Gläsern Sangria lag oder einfach an der verstrichenen Zeit.

Als sie fertig war, stellte sie das Tablett auf einen Tisch, holte Kaffee, kam zurück und setzte sich zu Greg.

»Köstlich«, sagte er.

»Was Kaffeekochen angeht, ist Gideon der absolute Perfektionist. Übrigens – danke für die Braun.«

Greg trank seine Tasse aus. »Ich habe mich schon gefragt, ob du sie wohl bekommen hast.«

»Ich wollte anrufen. Aber bei dir ist ja ständig besetzt.« Sie hatte es gerade zweimal versucht, weil sie ihm ihre Gefühle wegen des Kataloges hatte darlegen wollen. Als sie nicht mehr so aufgebracht gewesen war, hatte sie von weiteren Anrufen abgesehen.

»Aber die Kaffeemaschine hat dir gefallen?«

»Ich habe sie noch nicht ausprobiert. Ich war jeden Tag dreißig Stunden im Sender. Aber die italienische Mischung riecht wunderbar.«

Lynn hielt den Atem an, hoffte, er werde den Katalog nicht erwähnen. Doch er ergriff lediglich ihre Hand, küßte sie sanft, und sie wurde gelöster.

Er mußte ihre Ablehnung gespürt und begriffen haben, daß er die Sache mit der Unterwäsche lieber nicht auf die Spitze treiben sollte.

Sie hatte gerade in ein Plätzchen gebissen, als Greg ganz leise, so daß nur Lynn es hören konnte, sagte: »Ich habe ein Geschenk für dich.«

»Noch ein Geschenk?« sagte sie, ohne nachzudenken, um dann über ihre eigene Unhöflichkeit zusammenzuzucken. »Tut mir leid. Ich wollte nur sagen, du bist so großzügig. Es ist fast schon ein bißchen beschämend.«

»Komm mal mit.« Er stand auf.

»Wo gehen wir hin?« Sie biß noch einmal ab.

Greg bückte sich, nahm das Plätzchen und legte es auf den Tisch. Ohne zu antworten, ergriff er ihre Hand, zog sie hoch und führte sie aus dem Zimmer.

Er brachte sie zur Gästetoilette. Eine wie ein Model aussehende Blondine kam gerade aus der Tür. Sie musterte Greg bewundernd, bemerkte dann Lynn und grinste, als sie gemeinsam hineingingen. Greg grinste sie seinerseits an und schloß die Tür.

Lynn verspürte den unerklärlichen Drang, die Tür wieder zu öffnen. »Was tun wir hier?«

»Du wirst schon sehen.«

Er griff unter seinen Pullover und holte ein kleines, in lavendelfarbenes Papier gewickeltes Päckchen hervor. »Hier.«

»Was ist das?«

Er küßte ihren Hals. »Mach's auf und sieh nach.«

Gregs warmer Mund kribbelte angenehm auf ihrer Haut. Lynn riß das Papier auf und öffnete die Schachtel. Schwarzer Stoff, zusammengerollt.

Greg nahm das Knäuel und schüttelte es auf. Er hielt ihr das Geschenk hin: eine Strumpfhose mit offenem Schritt.

Der Kaffee gluckerte in ihrem Bauch.

Bevor sie ein Wort hervorbrachte, sagte Greg: »Zieh sie gleich an.«

Sie schüttelte den Kopf.

»Lynn . . .«

»*Nein!*«

Er sah aus wie vom Donner gerührt. »Ich dachte, das würde dir Spaß machen. Ich dachte, es würde helfen. Als wir letztes Mal zusammen waren, konntest du nicht kommen. Ich habe mir meine Gedanken darüber gemacht.«

Sie schüttelte noch immer den Kopf, doch Greg fuhr fort. »Bitte, Lynn – zieh sie an. Ich möchte mich auf der Stelle über dich hermachen. Wäre das nicht aufregend?«

Sie umklammerte den Türgriff. Greg blickte auf ihre Hand, dann in ihr Gesicht. »Ich muß in einer Stunde wieder weg – ich kann nicht über Nacht bleiben. Mehr Zeit haben wir nicht füreinander. Machen wir etwas daraus.«

Lynn riß die Tür auf und rannte hinaus.

»Tut mir leid«, sagte Lynn, die den Telefonhörer zwischen Schulter und Ohr geklemmt hatte. »Tut mir aufrichtig leid.«

»Aber was ist denn passiert? Es sah so aus, als würdest du dich prächtig mit Greg amüsieren. Und dann stürmst du mit einem Mal davon...«

»Ich weiß. Ich fühle mich schrecklich. Ich habe euch einfach sitzenlassen...« Lynn saß auf ihrem Wohnzimmersofa und rieb sich den Nacken, um die Verspannung zu lösen. »Die Party läuft doch nicht etwa noch, oder? Ist noch jemand da?«

»Der letzte hat sich vor zehn Minuten verabschiedet. Ann Boden. Die große Blondine in dem olivgrünen Overall. Um ehrlich zu sein, sie hat mich nach Greg gefragt. Ich sagte ihr, er sei bereits vergeben. Sie hat gesehen, wie du mit ihm in der Toilette verschwunden bist.«

Lynn hatte eigentlich nicht vorgehabt, Mary ihr Herz auszuschütten. Sie war zu verwirrt, um sich jemandem anzuvertrauen. Sie hatte angerufen, weil sie sich für ihre überstürzte Flucht entschuldigen wollte. Alles weitere gedachte sie vorerst für sich zu behalten.

Doch sie fühlte sich todunglücklich. Ihre Wohnung, die kürzlich erst ein anderer Mensch mit Leben erfüllt hatte, bedrückte sie. Und dennoch mußte sie der Tatsache ins Auge sehen, daß dieser simple Paarungsakt, aus dem ansonsten nichts und niemand viel Aufhebens zu machen schien, sie offensichtlich massiv durcheinanderbrachte.

»Jedenfalls«, fuhr Mary fort, »hast du uns mit niemandem sitzengelassen. Greg ist auch nicht mehr lange geblieben. Er und Kara haben sich gemeinsam ein Taxi genommen.«

Lynns Nacken war verspannter als je zuvor. »Was hat er denn gesagt?«

»Nicht viel. Er war außer sich. Er sagte, er hätte dich irgendwie beleidigt. Wodurch, war ihm selbst nicht klar. Er sagte, er ginge nur ungern, ohne sich mit dir auszusöhnen, aber er werde in Los Angeles erwartet.«

Lynn schwieg weiter.

»Und?« hakte Mary nach. »Möchtest du darüber reden?«

Sie dachte darüber nach, fragte sich, wo sie anfangen, ob sie sich dem so verführerischen Drang, ihre Pein kundzutun, hingeben sollte. Doch Mary war noch nicht fertig.

»Weil ich dir nämlich gerne helfen würde, Lynn. Ich weiß, daß du diese Beziehung nicht aufs Abstellgleis schieben willst. Greg ist ... wir halten ihn alle für kolossal.«

Lynn fühlte sich versucht, aber ... nein. Nicht bei dieser Ausgangssituation.

Sie machte ein paar Ausflüchte und legte schließlich auf.

Gideon kam mit einer Mülltüte in die Küche. »Und?«

»Ich weiß nicht. Sie hat gemauert.«

»Ihr gutes Recht.«

»Natürlich.« Mary wischte sich ein paar Strähnen aus den Augen. »Wo, zum Teufel, steckt mein Stirnband? Ich triefe vor Schweiß.«

Gideon entdeckte es hinter dem Toaster und reichte es ihr. Sie streifte sich die Haare aus dem Gesicht und tupfte sich anschließend mit einer Serviette ab.

»Hitzewallungen?«

»Genau.«

»Hast du Lynn um einen Mitschnitt von der Sendung gebeten?«

»Hab ich vergessen. Ich war so damit beschäftigt, ihr Liebesleben wieder hinzubiegen. Was hattest du denn für einen Eindruck? Sind Sie miteinander klargekommen?«

»Ja. Und er hat mir allerhand Arbeit abgenommen. Wenn er nicht gerade in die Büsche gestürmt ist.«

»Wieso das?«

»Er dachte, er hätte jemanden herumschleichen sehen. Später hat er mir erklärt, es habe da vor einiger Zeit eine Frau gegeben, und die wolle ihn nicht in Ruhe lassen. So ähnlich wie im Fall Letterman. Er reagiert darauf regelrecht paranoid.«

»Verständlich«, sagte Mary. »Bei einem Mann, der so attraktiv ist ... Und macht er nicht tolle Geschenke?« Sie zeigte auf das Grillbesteck.

»Ja.« Gideon legte es in die Schachtel zurück und wollte aus der Küche gehen.

»Warum legst du es nicht zum Grill in den Schuppen?«

Er blieb stehen. »Das geht auch.«

»Schließlich handelt es sich nicht um ein Hochzeitsgeschenk. Wir müssen es nicht zurückgeben, wenn sie sich trennen.«

»Aber warum will ich es einfach nicht benutzen?«

Mary lächelte. »Keine Ahnung.«

Er grübelte noch einen Augenblick darüber nach. »Weil ich ein Arschloch bin.« Dann nahm er das Besteck und brachte es hinaus in den Schuppen.

Als Lynn am nächsten Tag zur Arbeit kam, befand sich Kara gerade irgendwo anders im Sendegebäude. Lynn stürzte sich begierig auf die Arbeit, wühlte sich durch Notizen und rief hier und dort an. Arbeit, die ihr Ablenkung und Betäubung zugleich bot, hatte sie schon immer als heilsam empfunden.

Gegen zehn Uhr kam Dennis mit einem Schnellhefter in ihr Büro gestürmt. »Sämtliche Einschaltquoten von der Testsendung. Ihr werdet happy sein.«

»Dennis! Ich auch?«

»Mehr als happy.« Er hielt ihr den Hefter hin. »Sehen Sie sich die Quoten an. In Chicago hervorragend . . .«

Lynn legte den Finger unter die Zahl auf dem Blatt. »In Los Angeles haben wir *eingeschlagen!*«

». . . und in Cleveland, Baltimore und Minneapolis sehr ordentlich. Der einzige Ort, wo wir nicht die Nase vorn hatten, ist Detroit, und da liefen über Kabel zwei Spiele mit einheimischen Footballmannschaften.«

Lynn ließ sich in einen Sessel sinken. »Es ist einfach unglaublich.«

»Du hast es geschafft, Kleine. Die Vertragspartner von QTV werden sich diese Zahlen zu Gemüte führen. Die werden uns die Türen einrennen, um diese Pilotsendung zu sehen zu kriegen.« Er drückte ihr einen schmatzenden Kuß auf die Stirn. »Das hier muß genutzt werden, auf Teufel komm raus.«

Lynn sprang auf und ging, von einem jähen Adrenalinstoß erfaßt, in ihrem Büro auf und ab. In Gedanken ließ sie die Zahlen noch einmal Revue passieren und stellte sich vor, wie sämtliche Bosse in den Sendern sie lasen.

Greg kam ihr in den Sinn. Obwohl der Gedanke an ihn ihre Freude nicht zu trüben vermochte, tat er ihr doch ein wenig Abbruch. Schon nach so kurzer Zeit waren Gregs Reaktionen wichtig für sie geworden.

Sie wünschte . . . Sie wünschte, sie würde es ihm erzählen wollen.

Pennina Russo hatte um Rückruf gebeten, und Lynn stieß einen heimlichen Freudenschrei aus, als sich jemand anders meldete: »Städtische Parkverwaltung.«

»Nein«, sagte Pennina, als sie schließlich am Apparat war, »ich habe meinen Posten nicht zurückbekommen – aber ich habe angerufen, weil ich Ihnen sagen wollte, daß ich nicht mehr am Empfang sitze und daß man mir eine Anhörung gewährt. Wahrscheinlich geht es diesmal gerechter zu, jetzt, wo der Grund für meine Beschwerden publik geworden ist.«

Nachdem sie sich voneinander verabschiedet hatten, ging ihr das Wort noch eine Zeitlang durch den Kopf. *Publik*.

Die Sendung über die Zustände bei der Parkverwaltung war ganz nach Lynns Vorstellung gelaufen. Zuletzt hatte sie einen Schlußmonolog aus dem Stegreif gehalten, der so überzeugend war, als habe sie ihn zuvor schriftlich fixiert und mehrmals geprobt, so daß die Regie in helle Aufregung versetzt worden war, als sie ihn anstelle des vorbereiteten Schlusses sprach, der gerade über Teleprompter lief.

»Wir haben heute über eine Art Macht gesprochen«, hatte Lynn in Richtung der Kamera gesagt. »Heimliche Macht, die vom Dunkeln lebt – dem Dunkeln, wo sie gedeiht, und dem Dunkeln, das entsteht, wenn wir uns weigern, es wahrzunehmen oder darüber zu reden.

Hier geht es nicht nur um Mann oder Frau. So einfach ist das keineswegs.

Wir müssen allmählich anfangen, uns zu fragen, was wir wirklich von sexueller Belästigung halten, von Mißbrauch und Vergewaltigung – was wirklich vor sich geht an all den Stellen, an denen Macht im Spiel ist.

Was halten wir jetzt davon? Was haben wir früher davon gehalten? Gibt es einen Unterschied zwischen dem, was wir über unsere Gefühle *äußern*, und dem, was wir ehrlich empfinden? Wer sind denn in Wirklichkeit diejenigen, die die Opfer nicht ernst nehmen? Sind die Frauen selbst schuld an ihrer Opferrolle? Glauben wir das nicht insgeheim? *Möchten* wir das etwa glauben?

Wir sollten dankbar sein, daß Fälle wie der von Pennina Russo ans Tageslicht kommen. Früher geschahen solche Ungerechtigkeiten nur im Dunkeln, und viel zu oft ist dies noch immer der Fall. Doch wir fangen an, in die Ecken zu leuchten und Türen aufzustoßen ... und dies ist die einzige Möglichkeit, diese Art von Macht zum Teufel zu jagen.«

Die Sendung hatte Lynns Pläne bezüglich der Pilotsendung für QTV gefestigt.

Ihr tägliches Programm wurde zunehmend stärker auf ein Thema ausgerichtet – dasselbe Thema, das sie in ihrer spontanen Schlußansage so leidenschaftlich angesprochen hatte: das verwirrende Geflecht von Aussagen und Fragen darüber, wie man zum Opfer wurde.

Die Pilotsendung konnte sich nur um diejenigen drehen, die zuallererst zu Opfern wurden: Kinder.

An diesem Morgen hatte sich unter ihren Mitteilungen eine Nachricht von Oprah Winfreys persönlicher Sekretärin befunden, die sich auf Karas Anruf hin gemeldet hatte. Mit etwas Glück konnte es Kara vielleicht schaffen, daß Oprah sich von Lynn einladen ließ. Sie wollten zusehen, daß sie zwei oder drei weitere Prominente bekamen, die als Kinder mißbraucht worden waren. Die Eigendynamik des Opferverhaltens: Eine kleine Runde von Spezialisten zum Thema Kindesmißbrauch sollte das Aufgebot für die Pilotsendung schließlich vervollständigen.

Als Kara endlich ins Büro kam, lief sie zu Lynn und umarmte sie.

Derart entwaffnet, erwiderte Lynn die Umarmung. »Danke«, sagte sie in Karas Haar.

Kara ließ sie los. »Du hast ausgesehen, als bräuchtest du das. Ich habe von den Quoten gehört. Hat es geholfen?«

»Dennis sagt, die Vertragspartner von QTV werden uns die Türen einrennen, um an den Pilot zu kommen. Da wir gerade davon reden – Oprahs Assistentin hat eine Nachricht für dich hinterlassen.«

Kara schnappte sich die Notiz und wählte. »Verflixt. Besetzt.«

»Außerdem habe ich mit Pennina gesprochen. Inzwischen sitzt jemand anders am Telefon, und sie bekommt eine Anhörung.«

»Das wurde ja nun auch Zeit.« Kara begann das Durcheinander auf Lynns Schreibtisch zu ordnen. »Hat Mary dir erzählt, daß Greg und ich uns ein Taxi geteilt haben?«

Lynn nickte. »Entschuldige, daß ich dich sitzengelassen habe.«

»Dein Glück. Dadurch war ich diejenige, die ihm zugehört hat, und nicht diese Ann Soundso oder irgendeine andere von den elf Frauen, die es alle herzlich gern getan hätten. Hast du dich inzwischen wieder mit ihm versöhnt? Ich nehme an, nein.«

»Was hat er dir erzählt?«

»Daß er dir gegenüber zu direkt war.«

Freudlos lachte Lynn auf.

»Er sagte, er konnte nicht anders«, sagte Lynn. »Du hättest ihm so gefehlt, und dann seist du mit einem Mal dagewesen, und er habe gewußt, daß er bald wieder wegmüsse ...«

»Das klingt so, als hätte er das alles nur lieb gemeint.«

»Aber das hat er ja auch. Ich hätte gerne einen Mann wie Greg, der mich so unwiderstehlich findet, daß er an einem völlig anonymen Ort über mich herfallen möchte.«

»Darum ging es doch gar nicht.«

Lynn griff zu ihrem Kaffee. Wenn sie jetzt nicht mit der Wahrheit herauskam, würde sie es vielleicht nie fertigbringen. Sie mußte es aber, denn am meisten ärgerte sie sich darüber, daß niemand auf ihrer Seite stand. Und wie sollten die anderen es auch können, solange sie nicht wußten, auf welcher Seite sie stehen sollten.

»Wir waren gerade bei unserem Nachtisch. Und plötzlich zerrte er mich in die Toilette, weil er ein Geschenk für mich hatte. Das Geschenk war ... eine Strumpfhose. Mit offenem Schritt. Er wollte, daß ich sie auf der Stelle anziehe.«

Kara nickte.

»Er wollte sich über mich hermachen. Genau diese Worte hat er benutzt.«

Mit wachsender Besorgnis nahm Lynn wahr, daß Kara es nicht kapierte, daß sie einfach nicht verstand, worum es überhaupt ging. Als sie sich ihre Worte ins Gedächtnis rief, wurde ihr klar, daß das Ganze ohne die Vorgeschichte nicht besonders aufregend klang.

»Wir haben uns schon mal darüber auseinandergesetzt. Er . . .«

»Sex also? Ich dachte, es würde echt gut zwischen euch laufen.«

»Lief es ja auch. Aber dann fing er an, merkwürdig zu werden. Gebrauchte ordinäre Ausdrücke, obwohl ich ihn mehrmals gebeten hatte, es zu lassen. Kannst du dich noch an den Morgen erinnern, als er abgereist ist? Als ich so deprimiert war? Das war deswegen.«

»Aber er hat doch von Anfang an so geredet«, sagte Kara. »Es hat dir gefallen. Das hast du mir jedenfalls erzählt.«

»So war es ja zuerst auch. Aber er hat es zu weit getrieben, wurde immer obszöner. Als er dann anfing, dieses Zeug zu schikken . . .«

»Ich kann mich gut an das Kleid erinnern.«

»Nicht bloß das Kleid.« Lynn, der ihre eigene Stimme schrill vorkam, zwang sich zu mehr Ruhe. Jetzt kam der allerschlimmste Teil. Kara mußte es einfach verstehen.

»Auf die Idee mit der verdammten Strumpfhose kam er, als er das erste Mal in Boston war. ›Ich könnte meine Zunge mitten reinstecken‹, sagte er. Dann schickte er mir diesen Katalog. Er war nicht sexy, er war pornographisch. Die Strumpfhose war darin abgebildet. Als ich so tat, als wäre er nicht angekommen, schickte er mir – hör zu –, schickte er einen weiteren Katalog. Aber er packte ihn zu einem hübschen Geschenk, so daß ich nicht sagen konnte, ich hätte ihn nicht bekommen. Und als ich dann immer noch nicht mitspielen wollte, brachte er diese Strumpfhose mit zu Mary!«

Kara blickte sie an.

Lynn streckte die Hand aus. »Verstehst du es jetzt?«

»Soweit ich es verstehe, hast du es mit einem hartnäckigen Typ zu tun, der ein bißchen schwer von Begriff ist, was Andeutungen angeht.«

»*Andeutungen?*«

»Hast du ihm eigentlich jemals gesagt, daß du diese Strumpfhose nicht willst?«

»Ich habe es ihm klar und deutlich gesagt!«

»Bist du sicher, Lynn? Bist du dir sicher, daß er keinerlei Grund hat, verwirrt zu sein? *Ich* bin nämlich verwirrt. *Ich* kann mich noch genau erinnern, wie du vor zwei Wochen gesagt hast, Greg müsse sämtliche Artikel darüber gelesen haben, was Frauen Spaß macht.«

Der Schmerz in Lynns Nacken meldete sich wieder.

Sie kam nicht weiter. Kara konnte sie offenbar nicht verstehen.

»Ruf ihn an«, sagte Kara.

»Das werde ich. Aber nur, um ihm zu sagen, daß wir uns ein bißchen Zeit lassen müssen.«

»Was meinst du denn damit? Ihr hattet ein kleines Mißverständnis. Das legt sich wieder. Du hörst dich so an, als wolltest du Greg nie wiedersehen.«

Lynn warf einen Blick über den Papierkram auf ihrem Schreibtisch. »Ich weiß nicht, ob ich es möchte.«

»Aber es lief doch so gut. Du warst doch auch der Meinung, daß er wie für dich gemacht ist.« Kara breitete die Arme aus. »Wie kann es denn sein, daß sich etwas, das man für *vollkommen* hält, in ein paar Wochen derart verändert, daß es einem zweifelhaft vorkommt?«

»Kann es nicht – wenn es von Anfang an wirklich vollkommen ist.« Lynn ging zum Fenster.

Sie hatte Kara den Rücken zugewandt, als sie sagte: »Es waren geradezu unwirkliche Umstände, unter denen Greg und ich uns kennengelernt haben. Ich war euphorisch, eine Königin für einen Tag. Beinahe wären wir noch am selben Abend miteinander ins Bett gegangen. Dann reise ich ab, und er kommt eine Woche später hierher, und wir fangen eine atemberaubend heiße Affäre an. Aber noch bevor er wieder zurückfliegt, hat er mich soweit, daß ich mich das eine oder andere frage.«

Sie drehte sich um. »Und jetzt frage ich mich noch mehr. Und mir fällt nichts Schlaueres ein, als mir diese Fragen wieder und wieder zu stellen. Sonst würde ich mich nämlich nach ihm verzehren, ohne auf meinen Instinkt zu achten. Ich ...«

Sie wurden unterbrochen, als es an der Tür klopfte.

»Es ist offen«, rief Lynn.

Pam kam herein. »Da ist etwas für dich. Ein monströser Geschenkkarton. Der Bote kann ihn kaum schleppen.«

Lynn seufzte. »Schick ihn herein.«

Es war ein riesiger, kuscheliger Plüschwaschbär. Geistesabwesend streichelte ihn Lynn, während sie die Karte aufschlug. »›Es tut mir unendlich leid, daß ich mich hinreißen ließ‹«, las sie laut vor. »›Es war wunderbar, dich zu sehen. Ich rufe an.‹«

Kara faßte sich ans Ohr. »Das ist ja ein reizendes Geschenk.«

Lynn hob den Bär aus dem Karton. Sein Kopf kippte nach hinten, und die Beine baumelten herab. Sie ließ ihn fallen, aber er verfehlte den Karton und landete auf dem Boden.

Kara wollte ihn aufheben, doch Lynn sagte: »Tu's nicht.«

»Warum nicht?«

»Schau ihn dir an. Der Kopf und die Beine wirken, als ob er ... krank sei. Schau dir die Augen an. Sie schielen.«

Kara starrte sie an.

»*Schau* doch«, sagte Lynn.

»Ich schaue ja schon. Alles, was ich sehe, ist ein niedliches Stofftier.«

»Kommt er dir nicht krank vor?«

Kara nahm das Tier und legte es sachte zurück in den Karton.

»Lynn, der Mann zerreißt sich förmlich, um nett zu dir zu sein. Er gibt ja zu, daß er etwas von der Rolle war. Er schickt dir ein Geschenk. Was willst du denn eigentlich noch?«

Als sie den Bär so im Karton liegen sah, mußte sie zugeben, daß er gar nicht mehr so abstoßend aussah. Aber dennoch, dennoch . . .

»Ich möchte – ich möchte . . . ich tue das, was mir mein Bauch sagt. Und mein Bauch sagt, beende diese Affäre, solange sie noch jung ist.«

Kara wollte sie unterbrechen, doch Lynn fuhr fort: »Hör mal, für mich ist das auch etwas Neues. Zur Abwechslung erledige ich meine Denkarbeit mal mit dem richtigen Körperteil – unbeeinflußt von irgendwelchen Hormonen oder diesem unzuverlässigen Schlampverein von Innenleben.«

Wieder wollte Kara ansetzen, doch Lynn gebot ihr mit erhobener Hand Einhalt. »Machen wir uns jetzt lieber an die Arbeit. Komm, wir besorgen uns etwas Kaffee und gehen ans Werk.«

Kara nahm eine Handvoll Mitteilungszettel. »Wenn du unbedingt möchtest.«

»Wir müssen fünf tägliche Sendungen und einen landesweiten Pilot vorbereiten. Genau das möchte ich. Etwas dabei? Irgend etwas Gutes?«

Kara klingelte bei Pam durch und bestellte Kaffee. Dann nahm sie sich die Notizen vor. »Dieser Richter, der das Besuchsrechtsverbot verschärft haben möchte? Er klingt ziemlich gut. Wohlüberlegt. Aber ich bin nicht der Meinung, daß wir noch eine Show nach dem Motto machen sollten, wir furchtbar es ist, daß Frauen, die gesetzlichen Schutz genießen, umgebracht werden.«

»Trotzdem ist es nach wie vor furchtbar. Daß wir darüber schon Sendungen gemacht haben, ändert nichts an der Tatsache an sich.«

»Sicher nicht. Aber ich dachte, es wäre an der Zeit, daß wir das Thema um eine Stufe ausbauen. Deshalb habe ich herumtelefoniert. Ich habe mit einigen auf Scheidungsrecht spezialisierten Anwälten gesprochen, die ziemlich aufgebracht darüber sind, wie leicht man heutzutage ein Besuchsverbot bekommt. Sie glauben, daß dadurch unschuldige Typen von *Anwälten der weiblichen Ehehälfte* schikaniert werden – ihre Ausdrucksweise –, die derartige Anträge nur des öffentlichen Eindrucks wegen stellen.«

»Du meinst – damit der Mann als gefährlich dasteht.«

»Hmm.«

»Das könnte eine wichtige Sendung werden.«

»Glaube ich auch.«

»Danke, Pam«, sagte Lynn, als Pam das Tablett mit Kaffee, Butterkeksen und zwei Äpfeln abstellte. Sie wandte sich wieder an Kara. »Diese Geschichte mit den Anwälten der Ehefrauen ist ebenfalls ein Nachhaken wert. Sind manche Anwälte besser für einen als andere? Haben sie entsprechende Vorstellungen, die zum Tragen kommen?«

»Garantiert«, sagte Pam, die bereits wieder an der Tür war.

»Wie kommst du darauf?« fragte Lynn.

»Weil ich mindestens achtundzwanzig Bekannte habe, die geschieden sind.«

»Beiderlei Geschlechts?«

»*Jeglichen* Geschlechts.«

Kara zuckte mit den Schultern. »Gutes Beispiel.«

»Brüllt, wenn ihr mehr möchtet«, sagte Pam und ging hinaus.

»Was haben wir sonst noch?« fragte Lynn.

»Osteoporose. Du wolltest, daß ich mich darum kümmere, was wir nach der Sendung mit den Ärzten noch darüber machen können...«

»Ich erinnere mich. Die Frau mit dem verwachsenen Rücken. Weiter.«

»Es hat sich herausgestellt, daß Hormonbehandlung nicht die einzige umstrittene Therapie ist. Eine ganze Menge Ärzte geben starke Dosen bestimmter Vitamine – und ein Haufen anderer lehnt es strikt ab. Sie stellen es so dar, als ginge es um Leben und Tod.«

»Einverstanden. Machen wir es.« Lynn schnitt einen Apfel auf und gab Kara ein Stück.

»Schauen wir doch mal. Gymnastik. Muskelstärkung und Bildung von Knochenmasse mittels Ganzkörperspannung, eine neue Methode des freien Hanteltrainings . . .«

»Kommt das von einer Werbeagentur?« fragte Lynn kauend.

»Nein. Eine Frau namens Elizabeth Vail hat das Programm entwickelt. Sie arbeitet im Broome Club, aber das hier ist ihre eigene Erfindung. Sie will uns eine Videokassette mit den Übungen vorbeibringen und uns Knochengewebsdiagramme überlassen, die die Wirkung zeigen.«

»Schön, aber ich kann mir das nicht für eine ganze Sendung vorstellen.«

»Ich auch nicht, aber wir könnten es für den Beitrag über Osteoporose verwenden.«

»Okay. Sonst noch was?«

»Schlafstörungen. Diese . . .«

»Das haben wir doch schon hundertmal gemacht.«

»Das weiß ich! Hörst du mir mal eine Minute zu?«

Lynn rieb sich die Augen. »Klar. Tut mir leid.«

»Laß mich doch auch mal zum Zuge kommen, ja? Du kannst die Idee ja abhaken, sobald ich sie angerissen habe, aber laß sie mich erst mal anreißen.«

Einer der wenigen Aspekte ihrer Arbeit, der Kara nicht gefiel, war die Hierarchie, durch die Lynn stets das letzte Wort bezüglich des Inhalts einer Sendung hatte. Sie und Lynn waren selten anderer Meinung, aber wenn es geschah, wurde Kara ihre untergeordnete Stellung schmerzlich bewußt. Lynn war die Talkmasterin, aber was ihre persönlichen Erfahrungen und das berufliche Urteilsvermögen anging, war sie Lynn zumindest ebenbürtig.

Kara fuhr fort: »Nächtliche Schreckgespenste. Diese Frau hat deswegen angerufen. Janet... Janet Drake. Nein, Drew. Sie wacht nachts auf und hat das Gefühl, nur noch davonlaufen zu können.«

»Hat sie...?«

»Nicht alle Tassen im Schrank? Ja. Aber ich habe bei verschiedenen Schlafkliniken nachgefragt, und offenbar gibt es viele Leute, denen es ähnlich geht. Sie hat uns angerufen, weil sie verzweifelt ist. Medikamente nützen nicht viel, was von den Ärzten im übrigen auch zugegeben wird. Angesichts so vieler Fragezeichen sollten wir es uns zumindest mal überlegen, dachte ich.«

»Du hast recht. Hör dich doch mal um, was andere Patienten dazu zu sagen haben.«

»Mach ich. Kann ich das letzte Stück Apfel haben?«

»Wenn ich die Kekse aufessen darf.«

4. KAPITEL

Greg hatte ein Funktelefon in seinem Aktenkoffer, das er im Wagen und bei allen möglichen anderen Gelegenheiten benutzte. Er hätte sich jederzeit ein Autotelefon zulegen können – schließlich tat das jeder –, aber solche Autos wurden häufiger aufgebrochen. Autotelefone verlangten geradezu danach, gestohlen zu werden. Und wenn er etwas haßte, dann war es ein aufgebrochenes Auto. Es war ein Eindringen in seine Privatsphäre.

Er hielt vor einem Wendy's, dachte daran anzurufen, kam dann aber zu dem Entschluß, daß es noch zu früh war. Er steuerte den Wagen in die Schlange vor dem Drive-in-Schalter und wartete hinter einem weißen Saab-Kabriolett, bis er an der Reihe war. Die Fahrerin des Saab kam mit den Händen nicht bis an den Schalter und mußte aussteigen, um ihre Bestellung abzuholen. Greg sah einen langen, mit einem orangefarbenen Band zusammengehaltenen Pferdeschwanz. Eine bezaubernde Frau, elegant, in engen Radfahrerhosen. Stramme Schenkel; wahrscheinlich war sie viel mit dem Fahrrad unterwegs.

Bewundernd betrachtete er sie noch einen Augenblick, während sie zahlte. Als sie wegfuhr, rollte er zum Schalter vor und bestellte ein Hähnchenbrust-Sandwich und Eiskaffee.

Während er an einer landschaftlich schönen Stelle parkte und sein Essen genoß, dachte er, er hätte den Saab wieder gesehen. Er hielt Ausschau nach dem orangefarbenen Haarband, war aber nur halbherzig bei der Sache.

Sportliche Miezen, auch wenn sie noch so gut aussahen, waren nichts im Vergleich mit einem Talk-Show-Star.

Also. Hübsch anzuschauen, aber er war beschäftigt.

Mit Lynn.

Zuviel Kaffee. Lynn konnte einiges vertragen, doch mit den neun Tassen, die sie den ganzen langen Tag über in sich geschüttet hatte, hatte sie es übertrieben. Und nun sah sie sich in der Küche nach etwas zum Abendessen um, obwohl sie genau wußte, daß ihr Magen nichts aufnehmen würde.

Statt dessen werkelte sie eine Weile herum und räumte etwas auf. Sie hatte ihren Haushalt noch nicht gemacht; das ständige Auf und Ab mit Greg hatte sie völlig in Beschlag genommen. Und die Wohnung war noch immer voller Dinge, die wie Tretminen auf ihr Gemüt wirkten. Jeder Handgriff beschwor Erinnerungen herauf: ein Glas, aus dem er getrunken hatte, der Duft seines Parfüms auf dem Kopfkissenbezug. Sie hatte ihre Einkaufsliste verlegt und mußte alles neu aufschreiben. Doch dazu mußte sie sich erst einmal überlegen, welche Sachen sie inzwischen abhaken konnte: Cocktailwürstchen, Rasiercreme.

Die kleinen Schnipsel aus silberblauem Papier, die sie noch immer auf dem Teppich fand, kamen sie besonders hart an. Gregs Bonbonpapierchen . . . sie lagen überall, wo er gegangen war. Im Scherz hatte sie zu ihm gesagt, er markiere damit sein Revier, so wie Tiere es tun, indem sie auf den Boden pinkeln.

Während sie durch die Wohnung ging und aufräumte, spürte sie, wie ihre Trauer immer mehr zunahm. Vor kurzem erst war sie ekstatisch gewesen; ihre ganze verdammte Wohnung war voller Sachen, die von ihrer Freude kündeten. Kein Wunder, daß sie vor jedem Handgriff zurückscheute, kaum daß sie damit angefangen hatte.

Es fiel ihr mehr als schwer, sich auf das zu konzentrieren, was sie unweigerlich tun mußte.

Schließlich stellte Lynn das Radio ab, zog Nachthemd und Morgenmantel an und wärmte sich ein Schlankmachermenü auf.

Sie aß langsam und sah sich dabei *Murphy Brown* an . . . langsam, weil ihr der Plüschwaschbär wieder in den Sinn kam und ihre Gedanken darum kreisten – und weil sie sich vorgenommen hatte, daß sie Greg erst nach dem Abendessen anrufen würde.

Sie hatte noch etliche Happen übrig, als das Telefon klingelte.

»Mach das bitte nicht.«

»Ich muß, Greg.«

»Du mußt nicht. Gott, wir haben doch gerade erst angefangen. Zwischen uns beiden hat es klick gemacht. Ich weiß, daß du es auch so empfunden hast. Du hast es gesagt.«

»Ich war impulsiv.«

»Weißt du, wo ich bin? Ich bin in Malibu und sitze in meinem Wagen. In der Nähe von Geoffrey's Restaurant. Wo wir uns kennengelernt haben. Kannst du dich noch an den Abend erinnern?«

Sie schwieg weiter.

»Sprich mit mir, Lynn. Du sagst ja gar nichts.«

Mit feuchten Händen umklammerte Lynn den Hörer. Sie hatte bewußt kurz angebunden und vage sein wollen. Eine weitere Lektion, die sie bei einer ihrer Sendungen gelernt hatte: Laß nie so viel heraus, daß dich jemand anders festnageln kann.

»Es funktioniert einfach nicht, Greg. Wir sollten das Ganze . . .«

». . . beenden, solange es noch jung ist. Das hast du schon mal gesagt. Aber mir sagt das überhaupt nichts. Komm, laß uns darüber sprechen, wie wir miteinander wieder glücklich sein können. Was kann ich dazu beitragen?«

»Nichts«, sagte sie leise, während sie in die nachfolgende Stille hineinlauschte.

»Das kommt mir so kalt vor«, sagte er.

»Ich nehme an, das ist es auch. Aber . . .«

»Ich hätte nie gedacht, daß du so kalt sein kannst.«

Die Enttäuschung und Entrüstung, die in Gregs Tonfall mitschwangen, drangen ungehindert durch den Schutzschild, den sie mit aller Kraft aufrechterhalten wollte.

Sie unterdrückte den Drang, sich zu verteidigen, und sagte nur: »Möglicherweise bin ich es.«

»Nein. Nicht in deinem Innersten.« Er fing an zu flüstern; er mußte den Mund unmittelbar an die Sprechmuschel gedrückt haben. Es war so intim, als sitze er neben ihr auf der Couch und hauche ihr mit den Lippen ins Ohr. »Als du meine Zunge in dir hattest, warst du nicht kalt. Mit meinem Schwanz in . . .«

Lynn warf den Hörer zu Boden. Erschrocken starrte sie einen Augenblick lang darauf, dann nahm sie ihn und knallte ihn auf die Gabel. Sie schlug die feuchten Hände vor das Gesicht und weinte, wie sie noch nie in ihrem Leben geweint hatte.

Er hinterließ ihr weiterhin Nachrichten. Jeden Tag waren zwei oder drei auf ihrem Anrufbeantworter, wenn sie abends nach Hause kam.

Sie waren ganz normal, keinerlei lüsternes Gerede, doch sie ekelte sich davor. Die sanfte, beharrliche Stimme, die einfach nicht aufhören wollte, war zum Wahnsinnigwerden.

»Lynn, du fehlst mir wirklich. Es tut mir leid, wenn ich etwas getan habe, das dich verärgert hat. Ich möchte einfach nur mit dir reden. Bitte, ruf mich an.«

Als sie eines Abends rastlos herumwuselte, weil angesichts ihrer wieder einmal heftiger werdenden Kopfschmerzen ohnehin nicht an Schlaf zu denken war, beschloß sie, ihre nicht vorhandene Taktik zu ändern. Wenn Nichtbeachtung nicht funktionierte, würde sie eben das genaue Gegenteil tun: ihren Standpunkt klar und deutlich verkünden. Strenggenommen hatte sie Greg niemals gesagt: »Ich will nichts mehr mit dir zu tun haben. Ich rufe die Polizei, wenn du mich nicht in Ruhe läßt.«

Durch ihren Entschluß gewappnet, rief Lynn unter der Nummer an, die er ihr hinterlassen hatte. Sie war wie immer besetzt. Sie versuchte es noch ein paarmal, bekam wieder nur das Besetztzeichen, und so brühte sie sich schließlich einen Kamillentee auf und versuchte zu schlafen.

Er fing an, ihr in der Arbeit Nachrichten zu hinterlassen. Wenn sie vom Mittagessen, von Konferenzen oder nach der Sendung zurückkam, fand sie die rosafarbenen Zettel mit den Bitten um Rückruf vor.

»Hast du etwa *überhaupt* nicht mit ihm geredet?« fragte Kara, als sie ihr einen dieser Zettel reichte.

»Nicht mehr seit dem Abend, als ich durchgedreht bin und einfach den Hörer aufgelegt habe.«

»Er hat so viele Nachrichten hinterlassen«, sagte Kara vorwurfsvoll.

Lynn blickte von der Programmübersicht auf, die sie gerade las. »Höre ich da nicht ständig ›Armer Greg, böse Lynn‹ heraus? Ich gehe dem Mann nicht aus dem Weg. Ich will das durchaus ins reine bringen. Aber bei ihm ist andauernd besetzt, und er könnte ja auch mal hier im Büro anrufen. Er kennt doch meine Arbeitszeiten. Inzwischen kommt es mir fast schon so vor, als ob er absichtlich dann anruft, wenn ich weg oder auf Sendung bin.«

Pam steckte den Kopf herein. »Paketbote.«

»Nicht schon wieder ein Geschenk«, stöhnte Lynn. Alle anderen hatte sie in den Müll geworfen – den Waschbär, das Kleid, die Kaffeemaschine.

Der Paketbote karrte eine ähnliche Kiste wie die herein, in der die Pfirsiche gewesen waren.

Lynn hatte ein komisches Gefühl im Magen. Der gleiche Luftexpreßaufkleber. Nur zu schmerzlich erinnerte sie sich, wie überrascht und entzückt sie beim erstenmal gewesen war. Diesmal empfand sie nichts als Übelkeit.

Sie und Kara stemmten die Kiste auf. Wieder Pfirsiche, doch diesmal nicht gepolstert und in getrennten Fächern untergebracht. Sie sahen aus, als seien sie einfach in die Kiste geworfen worden.

»Sie sind schlecht«, sagte Lynn.

Sie starrten auf die Früchte. Einige hatten große, braune Flecken, andere waren verschimmelt.

»Jetzt mußt du ihn aber erreichen. Er sollte sich sein Geld zurückgeben lassen«, sagte Kara. »Die Kiste muß über Nacht in einer kochend heißen Frachthalle gestanden haben.«

»Gibt es zwischen hier und Los Angeles irgendeinen Ort, an dem es im November kochend heiß ist?«

»Offenbar. Gib mir doch mal seine Nummer. Ich will sehen, ob die Zentrale nicht noch einen zweiten Anschluß weiß.«

Der Lichtschleier rund um die Tobin Bridge war wunderschön, doch er war auch schuld am stockenden Verkehr. Dank der Traktionskontrolle und der Winterreifen kam ihr Lexus mit schlechtem Wetter besser zurecht als andere Sportwagen, und normalerweise pflügte sie nur zu gern durch den Schnee, zumal sie in Salem von Booboos Schnittlauchomeletts erwartet wurde. Doch ihr kam es vor, als sei alles, was sie tat, von einem Grauschleier verhüllt, den sie nicht zu vertreiben vermochte. Sie konnte Greg nicht erreichen, und trotz seiner endlosen Anrufe erreichte er auch sie nie.

Es schneite noch immer, als sie vor dem Haus hielt. Der Duft von gebräunter Butter empfing sie, noch bevor Angela die Tür aufmachte.

»Dein Freund hat angerufen«, sagte Angela.

Lynn blieb vor der Haustür stehen.

»Na, komm schon rein.« Angela lächelte. »Die Kälte kann ruhig draußen bleiben.«

»Greg.« Lynn schloß die Tür. Sie streifte ihre Füße auf dem Abtreter ab.

»Ausgesprochen netter Kerl«, sagte Booboo, der mit eingezogenem Kopf durch die Küchentür kam. Er nahm sie in die Arme und drückte sie an sich wie ein Bär. Es dauerte ein Sekunde, bis er bemerkte, daß sie wie gelähmt dastand.

Er trat einen Schritt zurück und warf ihr einen fragenden Blick zu.

»Greg hat hier angerufen?« fragte Lynn.

Booboo nickte. »Gestern abend. Er sagte, du seist nicht zu Hause, und er habe gedacht, du wärst vielleicht hier.«

»Ich habe lange gearbeitet. Kara und ich sind eine Pizza essen gegangen. Was hat er sonst noch gesagt?«

»Es hat ihm wohl ziemlich Spaß gemacht mit uns. Er meinte, meine Guacamole sei besser als die bei Spago's. Außerdem will er mir extra scharfe Chilis dafür schicken. Laß mich mal nachdenken. Sonst noch was? Du fehlst ihm. Er will sich wieder melden.«

»Komm und setz dich hierher«, rief Angela aus dem Wohnzimmer. »Die Sonne kommt heraus.«

»Was ist denn los?« fragte Booboo und musterte Lynns Gesicht.

»Das Ganze ist so . . . absurd. Hör zu, ich bin nicht mehr mit Greg zusammen. Ich will ihn nicht mehr sehen. Ich habe es ihm gesagt, aber er ruft ständig an und hinterläßt Nachrichten für mich . . .«

Booboo ergriff ihre Hand, führte sie ins Wohnzimmer und plazierte sie neben Angela auf der Couch.

»Wahrscheinlich will er dich vom Gegenteil überzeugen«, sagte Angela.

Lynn schüttelte den Kopf. »So einfach ist das nicht.« Sie erzählte ihnen, was geschehen war: von den unerwünschten Geschenken, dem Waschbär, ihrem Entschluß, eine Beziehung, bei der sie kein gutes Gefühl hatte, kurzerhand zu beenden . . . von den Anrufen, den verdorbenen Pfirsichen. Bei den sexuellen Dingen – Gregs Ausdrucksweise, der Strumpfhose und den Katalogen – kam sie ins Stocken.

»Es war von Anfang an merkwürdig«, sagte sie abschließend. »Ich habe bloß eine Weile gebraucht, bis ich es kapiert hatte.«

»Und wir dachten, er wäre großartig«, sagte Angela, deren Tonfall andeutete, daß sie keineswegs sicher war, wer sich in diesem Fall geirrt hatte.

Booboo kratzte sich am Kinn. »Ich verstehe wirklich nicht, was dich daran stört. Der Mann möchte dich wiedersehen, deshalb ruft er ständig an. Du hast doch zugegeben, daß du ihm nicht so offensichtlich die Tür gewiesen hast, wie es sich eigentlich gehört.«

»Ihr beide habt euch hier aufgeführt wie die Turteltauben«, warf Angela ein.

»Diese Geschichte mit seiner Arbeit war ein Fehler, ehrlich gesagt – er hat mir selbst davon erzählt«, sagte Booboo. »Willst du etwa unterstellen, daß er dir ein Stofftier schickt, um dich zu ärgern? Du hast doch gesagt, daß er dein Backenhörnchen auf dem Balkon gesehen hat; vielleicht war der Waschbär das einzige annähernd ähnliche Tier, das er finden konnte. Und die Pfirsiche – na ja, du wirst doch nicht ernsthaft annehmen, daß dir jemand absichtlich schlechtes Obst schickt.«

»Er wußte, wie man sie verpacken muß«, erwiderte Lynn. »Er hat's beim erstenmal getan. Und wir haben uns hier draußen, auf der Rückfahrt nach Boston, über Waschbären unterhalten; wie sie sich benehmen, wenn sie die Tollwut haben...« Lynn wußte nicht mehr weiter. Selbst für sie hörte sich das alles nicht besonders überzeugend an. »Und die Anrufe. So viele Anrufe und doch hat er mich nie erreicht. Er hinterläßt eine Nummer, die ständig besetzt ist...«

»Willst du etwa sagen, er will nicht, daß du ihn erreichst?« fragte Booboo ungläubig.

»*Ja!*«

Ein Zeitlang sagten sie nichts mehr, lauschten nur dem Tröpfeln des schmelzenden Schnees. Das Sonnenlicht zeichnete Kringel auf den hellgrauen Teppichboden. Lynn fröstelte, obwohl es im Zimmer warm war. Sie rieb die Hände aneinander.

Booboo kam zu ihr und legte den Arm um sie.

»Schau«, sagte er, »wenn er wieder anruft, kann ich ihm ja Bescheid stoßen. Was soll ich ihm sagen? Daß du nicht den geringsten Wert darauf legst, jemals wieder etwas von ihm zu hören?«

Lynn zuckte mit den Schultern. Genauso, wie sie wußte, daß Greg sie nicht erreichen wollte, wußte sie auch, daß er nicht mehr anrufen würde. »Genau.«

»Prima. Dann werde ich genau das tun.«

»Können wir essen?« sagte Angela. »Ich bin hungrig.«

»Ich auch«, log Lynn.

Booboo stand auf. »Die Omelettes sind in drei Minuten fertig. Dann kannst du uns alles über deine Pilotsendung erzählen.«

Das Telefon klingelte, als Lynn ihre Wohnungstür aufschloß.

»Du bist in letzter Zeit ziemlich schwer zu erreichen. Du fehlst mir«, sagte Mary. »Hast du etwa vor, deine besten Freunde zu vergessen, weil du jetzt beinahe ein landesweit bekannter Fernsehstar bist?«

»Oh, Mary. Natürlich nicht.«

»Gibt's was Neues über die Pilotsendung? Wann zeichnet ihr auf?«

»QTV will in sechs Wochen alles unter Dach und Fach haben. Marilyn Van Derbur und Sandra Dee haben schon mal vorsichtig ja gesagt. Wir sind noch bei einigen anderen im Gespräch. Ich würde ja etwas dafür geben, wenn ich Oprah haben könnte, aber bislang will sie nicht so recht.«

»Und sonst? Wie geht's Greg?«

Lynn seufzte erschöpft auf und berichtete ihr alles. »Ich habe mich entschieden. Ich habe Schluß gemacht. Aber es nützt nichts. Und alle anderen halten mich für eine Idiotin.«

»Was alle anderen meinen, sollte dich nicht stören, solange du mit deiner Entscheidung leben kannst«, sagte Mary vorsichtig.

»Oh, Mary«, sagte Lynn. Sie zog ihre Stiefel aus. Bislang war ihre Tätowierung noch nicht verblaßt. Sie überdeckte sie mit einem speziellen Make-up aus einem Geschäft für medizinischen Bedarf und versuchte, nicht daran zu denken. »Ich kann damit überhaupt nicht leben.«

Mary schwieg.

»Aber vorher ging es mir noch schlechter. Wenigstens habe ich die Initiative ergriffen.«

»Und was nun?« hakte Mary nach.

»Ich weiß es nicht. Kennst du nicht irgendein Sprichwort für mich?«

»Zum Beispiel das mit dem Kind und dem Bad?«

»Nein. Eher in der Richtung wie ... daß man sich selbst treu bleiben soll.«

»Da ist was Wahres dran«, sagte Mary. »Aber das mit dem Bad ist auch nicht übel.«

»Sag das nicht. Versuch bitte nicht, mich als siebenundvierzigster Mensch zu überreden, bei Greg zu bleiben. Das, was ich dir gerade erzählt habe, war abstoßend. Die Strumpfhose, der Katalog, das ganze schmutzige Gerede ...«

»Manche Leute halten so etwas für sexy.«

»Da ist überhaupt kein Unterschied. Nicht bei Greg.« Lynn rieb sich den schmerzenden Kopf. »Du nimmst mir das alles nicht ab, oder?«

»Du etwa?«

Ihr Schädel pochte, und sie schlief noch schlechter als sonst. Auch die extrastarken Tylenol nützten nichts. Sie sehnte sich nur noch selten nach Valium, doch jetzt tat sie es.

Am Sonntagnachmittag litt sie Höllenqualen, während sie warm angezogen auf dem Balkon saß, heißen Tee schlürfte und auf den grauen Hafen blickte.

Schlimm genug, daß Kara kein Verständnis für sie hatte. Booboo und Angela hatten sie noch mehr in die Zwickmühle gebracht. Nicht absichtlich natürlich. Doch allein die Tatsache, daß auch sie ihre Entscheidung für einen Fehler hielten, hatte – zusammen mit Marys vorsichtigen, aber dennoch brennenden Fragen – ausgereicht, um in ihr neue Zweifel an sich selbst zu wecken.

Ja, sie traute ihrem Instinkt; aber wie sah es mit dem Instinkt der Menschen aus, die ihr nahestanden? Es sah sogar so aus, als habe Greg zu guter Letzt doch aufgegeben. Die telefonischen Nachrichten wurden weniger.

Sie trank einen Schluck Tee und nahm dann die Tasse in die andere Hand, um auch diese zu wärmen.

Vor vier Jahren war sie mit einem Mann zusammengewesen, der sich 1500 Dollar von ihr geborgt hatte, um ihr einen Verlobungsring zu kaufen. Er gab das Geld für eine Soloflex aus. Sie verzieh ihm und lieh ihm mehr. Er gab auch das aus und trennte sich dann von ihr.

Während sie sich noch davon erholte, lernte sie einen Dokumentarfilmregisseur kennen. Er massierte ihr jeden Abend nach der Arbeit den Rücken und spendierte ihr zum Geburtstag ein Wochenende auf St. Thomas. Als er sich darüber beklagte, daß sie sich nicht festlegen wolle, hatte sie das Interesse an ihm verloren.

Konnte sie es denn ernsthaft in Abrede stellen, wenn Kara und Mary und ihr Bruder durchklingen ließen, daß ihre Urteilskraft in Sachen Männern alles andere als großartig war?

Sie schlürfte weiter ihren allmählich kälter werdenden Tee und kuschelte sich tiefer in ihren Sessel.

5. KAPITEL

Kara war ein überaus vorsichtiger Mensch. Wenn sie Rechnungen bezahlte, las sie stets das Kleingedruckte auf der Rückseite und ging jede Frage genau durch.

Sie war gerade mit verschiedenen Rechnungen beschäftigt, und dazu legte sie alle in einem ordentlichen Stapel auf ihrem Schreibtisch zurecht.

Während sie eine Briefmarke aufklebte, dachte Kara darüber nach, wie sie im allgemeinen ihre Entscheidungen traf. Sie hatte keine Angst davor; im Grunde genommen genoß sie es sogar. Einige ihrer Kollegen trafen nur ungern Entscheidungen und überließen das lieber ihr, wodurch sie häufig Gelegenheit hatte, ihre Fähigkeiten unter Beweis zu stellen.

Gelegentlich aber ging es um Entscheidungen, die sie ganz und gar nicht treffen mochte.

Wie jene, die gerade vor ihr lag.

Ihr wollte einfach keine passende Lösung einfallen. Sie mußte diejenige wählen, die ihr am wenigsten gegen den Strich ging.

Und zu diesem Punkt gelangte sie, indem sie sich fragte: Wie würde ich das Ganze in Angriff nehmen, wenn unsere Rollen vertauscht wären? Was sollte Lynn tun, damit für sie und mich und für das weitere Gedeihen der Show das Beste dabei herausspringt?

Die Antwort war ihr nach und nach eingefallen, während sie Absenderadressen auf Umschläge klebte und Briefmarken anleckte. Mary bezeichnete derart geistlose Tätigkeiten immer als Gehirnnahrung; man traf dabei die besten Entscheidungen.

Eines wußte Kara genau: Wenn sie wegen eines Mißverständnisses eine verheißungsvolle Beziehung ruinieren würde und Lynn die Möglichkeit hätte, ihr zu helfen, so würde sie von Lynn genau das erwarten.

Nämlich das zu tun, was sie zu tun gedachte: Lynn dabei zu helfen, daß sie sich ein paar Türen offenhielt. Ihr Zeit zum Nachdenken zu verschaffen.

Lynn vor sich selbst zu schützen war nicht gerade eine umwerfend neue Aufgabe. Glücklicherweise war es im Laufe der letzten paar Jahre immer seltener notwendig gewesen.

Sie fühlte sich Lynn zutiefst verbunden, als Arbeitskollegin genauso wie als Freundin. Doch zu ihrer derzeitigen Position als Produktionsleiterin einer großen Show war sie nur deswegen aufgestiegen, weil sie sorgfältig auswählte – und nicht, weil sie blindlings Lynns oder irgendeinem anderen Stern folgte.

Daher mußte sie sich, auch wenn ihre Bemühungen um Lynns Ausgeglichenheit von einer aufrichtigen Sorge um ihr persönliches Glück herrührten, ehrlicherweise eingestehen, daß es letztlich auch um ihre eigene Haut ging.

Sie scheute keinerlei Mühe und Aufwand, damit aus der Show etwas wurde. Damit die Übernahme klappte und auf sämtlichen Märkten einschlug.

Damit sie und Lynn auch weiterhin Erfolg und persönliche Erfüllung fanden.

In letzter Zeit hatte sich all dies erfreulicherweise ganz von allein ergeben.

Wenn es mitunter so aussah, als müsse sie für weniger Lohn härter arbeiten als Lynn – nun denn, so war das Leben.

Nicht, daß Kara etwa eifersüchtig war. Nicht direkt jedenfalls; sie hatte ganz andere Ziele.

Sie packte ihr Scheckbuch weg und ging sich eine Diätlimo holen. Immer mußte sie auf ihre Figur achten – Kalorienbomben konnte sie sich einfach nicht leisten.

Auch hier war Lynn die Glücklichere: Ständig beklagte sie sich über ihr Gewicht, doch ihr Bauch war flach wie eine Frisbeescheibe, und sie brauchte sich nicht einzuschränken, um so zu bleiben.

Wenn sie Lynn wäre, wäre sie viel dankbarer und weniger weinerlich.

Und ganz gewiß wäre sie etwas vorsichtiger, was ihre Möglichkeiten anging.

Jeder wußte, daß Lynn vor ihren Sendungen eine Viertelstunde lang ihre Ruhe brauchte. Sie saß zurückgelehnt auf ihrem Bürostuhl und machte Atemübungen.

Es war eine Meditationstechnik, die immer half. Sie stellte sich dabei das Ende der Sendung vor, ihre Zufriedenheit darüber, wie alles gelaufen war. Dann ging sie im Geiste noch einmal alles von Anfang an durch, nahm sich alles mögliche vor, das sie an diesem Tag für notwendig hielt: Ich sorge für Ausgeglichenheit unter den Gästen ... Ich bin nicht parteiisch ... Ich wirke nicht nervös.

Heute fiel es ihr bereits schwer, während ihrer Meditation gelöst zu bleiben. Sie brachte sie rasch hinter sich. Das mußte reichen. Zu mehr war sie nicht in der Lage.

Sie klingelte nach Kara. Sie hatte einen Entschluß gefaßt. Sie wollte das Angebot annehmen, das Kara ihr mehrmals gemacht hatte: eine telefonische Verbindung mit Greg herstellen, so daß sie mit ihm sprechen konnte.

Tut mir leid, ich war schwer zu erreichen, würde sie sagen. Danke für alles, was du mir geschickt hast. Fangen wir doch einfach noch mal von vorne an.

Sie wollte vorschlagen, daß sie es ganz langsam angehen lassen sollten. Sie wollte keine wahnwitzige, leidenschaftliche, künstliche Beziehung. Aber sie könnten versuchen, sich einfach ein bißchen besser kennenzulernen. Vorausgesetzt, *er* wollte noch.

Dann würde sie wenigstens etwas Schlaf finden, ohne sich

damit herumquälen zu müssen, was sie dem armen Mann in ihrer Phantasie alles unterstellte.

»Kara ist nicht da. Sie ist im Studio«, sagte Pam über die Gegensprechanlage. »Soll ich sie hochrufen?«

»Nein. Ich gehe runter. Wir können das ohnehin erst nach der Sendung erledigen.«

Lynn ging die drei Treppen zu Studio C hinunter. Das Publikum sah zu, wie die letzten Vorbereitungen getroffen wurden. Einige Leute lächelten, als sie sahen, wie sie leise durch eine Seitentür eintrat. Die meisten Zuschauer hatte sie bereits vorher per Handschlag am Studioeingang begrüßt.

Kara war am Set und rückte Stühle zurecht, während ein Tonassistent Mikrokabel zu ihnen verlegte. »Sechs«, sagte Kara, als Lynn zu ihr hochstieg. »Drei Detectives von der Polizei, der Sozialarbeiter und zwei Experten für Vergewaltigungstraumata. Der Professor kommt nicht.«

Der Tonassistent ging, und Lynn berührte Kara am Arm. »Sobald wir fertig sind, möchte ich mit dir reden.«

Sie bemerkte Karas erschrockene Miene nicht, weil sie gerade zu Boden blickte und mit dem Fuß ein Kabel beiseite schob. Dabei sah sie etwas Glänzendes auf dem blauen Teppichboden des Studios. Sie schaute auf, wollte vorschlagen, daß jemand rasch noch einmal zum Staubsauger greifen sollte, sah Karas Gesicht ... und kam sich vor, als würde ihr jemand einen Schlag in die Magengrube versetzen, während sie sich alles zusammenreimte.

»Greg war hier«, flüsterte sie Kara zu. »Stimmt's?«

Kara schluckte.

»Fünf Minuten!« rief der Aufnahmeleiter.

»Es war als *Hilfe* für dich gedacht«, flüsterte Kara zurück.

Die Produktionsassistenten geleiteten die Gäste zum Podium. Lynn legte stets Wert darauf, sie persönlich zu begrüßen und ein bißchen mit ihnen zu plaudern, bevor die Sendung begann. Doch nun zog sie Kara beiseite, außer Hörweite von Podium und Regieraum.

»Er rief mich gestern zu Hause an und bestand darauf, mit mir zu Abend zu essen. Er war nur einen Tag in der Stadt. Er flehte mich regelrecht an, Lynn. Er sagte, er hätte dich nicht erreichen können, und er bräuchte einen Rat von mir.«

»Weiter«, sagte Lynn, deren Hände ebenso kalt waren wie ihr Tonfall.

Wieder schluckte Kara. »Das ist alles, wirklich. Wir haben gemeinsam zu Abend gegessen, und er erzählte, wie sehr er dich vermißt. Er fragte mich ständig, was er tun sollte. Er wollte das Studio sehen, in dem du arbeitest, und ich hatte meine Schlüssel dabei, und so habe ich ihn hergebracht und es ihm gezeigt.«

Plötzlich entstand Unruhe am Podium, so daß Lynn ihre Aufmerksamkeit dorthin wandte. Die Gäste saßen samt und sonders mit angeschlossenen Mikrofonen an ihren Plätzen, doch das Studiopersonal fummelte mit den Kabeln herum.

»Stimmt was nicht?« rief Lynn.

»Wir haben teilweise keinen Ton. Wir ersetzen die Mikros.«

Lynn schloß die Augen.

»Laß dich nicht zu irgendwelchen blöden Rückschlüssen verleiten, Lynn, bitte. Er hat nur geguckt; er war kaum zwei Minuten hier drin. Du weißt doch, daß mit den Mikros ständig etwas nicht in Ordnung ist.« Sie drückte Lynns Schulter. »Bitte, es tut mir leid. Aber wir müssen die Show machen. Du mußt dich einfach zusammenreißen.«

Lynn nickte. Sie preßte die Hände zusammen. Sie zwang sich, an das zu denken, was sie jetzt tun mußte, in diesem Augenblick, gleich sofort. Sie ging in den Regieraum.

»Ton da?« fragte sie.

Einer der Techniker antwortete, doch Lynn hörte es nicht. Ihr Blick war auf etwas anderes gefallen.

Auf der Konsole mit der Tonanlage stand eine weiße Kaffeemaschine der Marke Braun. Sie war mit Kaffee gefüllt und kochbereit.

Zitternd bückte sie sich und sah sie sich genauer an. Da war die kleine Beule im Chromrand. Der Kaffee roch wie italienische Röstmischung.

Sie rannte hinaus und holte Kara. »Wie kommt die hierher?«

Kara blickte erst zur Konsole, dann zu Lynn. »Die was?«

»Die Kaffeemaschine.«

»Weiß ich nicht.«

Lynn verließ den Regieraum, ohne Kara zu erklären, daß sie die Antwort auf die Frage bereits kannte.

Greg hatte sich Zugang zum Müllkeller in ihrem Haus verschafft – wenn sie auch nur anfing, genauer darüber nachzudenken, würde sie sich mit Sicherheit übergeben müssen –, und er hatte die Braun und den Kaffee mitgehen lassen. Und irgendwie hatte er sie, ohne daß Kara davon wußte, in den Regieraum gestellt, so daß Lynn sie einen Tag später entdecken mußte.

Vorsichtig ging Lynn zum Podium.

Vor zwei Jahren hatte sie auf ihrem Balkon gesessen, als der Hurrikan Bob die Küste entlang auf Boston zugetobt kam, und sich eine letzte ruhige Minute gegönnt, bevor sie sich zu Booboo in Sicherheit gebracht hatte. Während sie hinaus auf den seltsam dunklen Hafen geblickt und gewußt hatte, daß er da draußen war und auf sie zukommen würde, hatte sie ihre ganze Kraft zusammengenommen und sich für alles gewappnet, egal, was auch geschehen mochte.

Auch wenn sie keine Ahnung hatte, was Greg damit beabsichtigte, wußte sie jetzt zumindest, daß ihre früheren Gefühle samt und sonders richtig gewesen waren. Ihrer Meinung nach gab es für den Umgang mit ihm ebensowenig eine angemessene Verhaltensweise wie bei einem Hurrikan. Er stand am einen Ende, und sie stand am anderen, und alles, was dazwischenlag, war unbekannt und furchteinflößend.

Sie hatte mit hohem Fieber Sendungen gemacht, mit entzündetem Wurzelkanal und tobenden Zahnschmerzen. Sie hatte eine an dem Morgen gemacht, an dem ihr Gynäkologe darauf bestanden hatte, daß sie ins Krankenhaus müsse, nachdem sie eine Woche lang an Unterleibsschmerzen gelitten hatte; unmittelbar nach der Sendung hatte sie das Bewußtsein verloren und sich eine Stunde später einer Notoperation wegen einer Zyste an den Eierstöcken unterziehen müssen.

Mit dem hier kam sie gut zurecht.

Die Debatte drehte sich um Sexualverbrechen, Gott sei Dank. Sie brauchte ein provokatives Thema. Sie war so erschüttert, daß sie sich mit aller Kraft zusammennehmen mußte, während sie wie eine Tänzerin ihre Schritte durchging, automatisch darauf achtete, wann sie innehalten und einen anderen Gast ums Wort bitten mußte, wann sie eine deutliche Frage stellen oder das Publikum mit einbeziehen mußte.

Sie konnte die Vorstellung nicht aus ihrem Kopf verbannen, wie Greg überall bei ihr herumschlich ... in ihrem Haus, hier drinnen, in ihrem Studio. Dadurch, daß sie erst heute morgen den Entschluß gefaßt hatte, ihren Argwohn zu unterdrücken, wurde sein Eindringen noch verletzender.

Argwohn weswegen? Genau das war die Frage, mit der sie sich das ganze Wochenende herumgequält hatte ... die dazu geführt hatte, daß sie heute morgen zu einem Einlenken bereit gewesen war. Aber worauf war er aus? Ihr fiel nichts ein, das auch nur annähernd einen Sinn ergeben hätte, das zu den teuflischen Taten paßte, die er anscheinend beging.

Irgend etwas erregte ihre Aufmerksamkeit – nicht die vorgetäuschte Konzentration, die sie die ganze Sendung über beibehielt, sondern echtes Interesse. Einer der Polizisten redete gerade, ein Detective namens Mike Delano.

»Mike, das ist, glaube ich, wichtig. Sagen Sie das bitte noch einmal und langsam.«

Sie musterte ihn in Nahaufnahme im Monitor. Er hatte dichte Brauen, tintenschwarze Augen und ein breites, gespaltenes Kinn. Auf dem Bildschirm wirkte sein Blick schmerzlich und ernsthaft, nicht wie die maskenhafte Miene, die so viele Polizisten in der Öffentlichkeit zur Schau stellten.

»Ein Sexualverbrecher ist nicht einfach jemand, der sich im Treppenhaus eine Frau schnappt oder über ein Kind herfällt«, sagte er. »Es kann sich durchaus um jemanden handeln, mit dem man freiwillig geschlechtlich verkehrt, der Anzug und Weste trägt und einem Kaviar kauft.«

Lynn, die kaum Luft holen konnte, fragte: »Und was ist daran ein Verbrechen?«

»Dazu wollte ich gerade kommen«, sagte er gereizt, da er ihre Frage als Provokation mißverstand. »Wir haben es hierbei mit einem Verhaltensmuster zu tun, über das wir immer mehr erfahren. Er ist häufig attraktiv, so daß es ihm nicht schwerfällt, sich bei Ihnen einzuschmeicheln. Er schläft mit Ihnen, überhäuft Sie mit Aufmerksamkeiten. Alles kommt Ihnen himmlisch vor. Aber er ist krank, und daher verrät er sich letzten Endes irgendwie, und Sie weisen ihn zurück. Und genau ab diesem Zeitpunkt fängt er an, gefährlich zu werden. Die Leute denken dabei allgemein an so etwas wie Nachstellen. Wir bezeichnen es als pathologische Belästigung – mit anderen Worten: als Folter.«

Der Aufnahmeleiter gab ihr ein Zeichen, daß jetzt die Werbepause kam, doch Lynn konnte den Blick nicht vom Monitor abwenden.

Nun verstand sie allmählich, worauf Greg aus war.

6. KAPITEL

Sie saß auf einem Stuhl neben seinem Schreibtisch und wartete auf ihn, als er, eine Tüte mit seinem Mittagessen in der Hand, hereinkam. In der gestrigen Sendung hatte er einen Anzug mit Krawatte getragen. Heute hatte er Jeans und ein Tufts-Sweatshirt mit Kapuze an.

Sie betrachtete ihn, während er durch den großen Raum kam und den anderen Detectives zuwinkte. Als er sie sah, zögerte er, dann ließ er sich auf seinen Stuhl fallen und stellte die Tüte ab.

»Danke, daß Sie in der Sendung aufgetreten sind«, sagte Lynn. »Deswegen bin ich zwar nicht hier, aber trotzdem danke. Sie haben mir persönlich sehr geholfen.«

»Gut. Und warum sind Sie hier?«

Lynn stockte. »Gibt es hier irgendwo ein Büro, in dem wir reden können?«

»Das hier ist es. Nur keine Sorge«, sagte er mit einem Seitenblick auf seine Kollegen. »Ich glaube nicht, daß wir über irgend etwas reden werden, das die nicht jeden Tag zu hören kriegen.«

»Woher wollen Sie wissen, worüber ich mit Ihnen reden will?« fragte sie leise.

Mike Delano atmete tief durch. »Gestern spreche ich in Ihrer Sendung über Sexualverbrechen. Heute sitzen Sie noch vor dem Mittagessen an meinem Schreibtisch und bedanken sich dafür, daß ich Ihnen persönlich geholfen hätte. Wenn ich da nicht eins und eins zusammenzählen kann, gehöre ich zurück auf die Polizeischule. Möchten Sie einen?« fragte er und holte zwei Hot dogs aus seiner Tüte.

»Nein danke. Das, was Sie über pathologische Belästigung gesagt haben, hat mir sehr geholfen.«

Sie legte ihm kurz dar, was sie mit Greg erlebt hatte.

»Und jeder glaubt, es liegt an Ihnen«, schloß Mike an ihrer Stelle, während er Sauerkraut aus dem Wachspapier schaufelte und es auf sein halb gegessenes Hot dog packte.

Sie war kurz davor, in Tränen auszubrechen.

Unbewußt starrte sie auf das Stilleben mit Würstchen auf dem Schreibtisch. Seit Tagen hatte sie keinen Gedanken mehr an Essen verschwendet, doch mit einem Mal war sie hungrig.

»Um Himmels willen«, sagte Mike, »greifen Sie zu. Ich habe es Ihnen doch angeboten.«

»Ich denke nicht daran, Ihr halbes Mittagessen zu verspeisen.«

»Dann verspeisen Sie ein Viertel.« Er brach ein Würstchen entzwei und gab ihr die eine Hälfte. »Das gehört zu der Masche dieser Typen. Man kann ihr Treiben auf zweierlei Art auslegen. Ihr Freund möchte als harmlose Ringelnatter erscheinen, aber Sie wissen, daß er eine Viper ist. Sie sagten, er habe Ihnen eine Telefonnummer gegeben?«

Lynn nickte. »Aber wenn ich...«

»Lassen Sie mich raten. Es war eine Zwölf-achtundachtziger-Nummer.«

Sie legte das Würstchen hin. »Genau.«

»Jede Zwölf-achtundachtziger-Nummer mit bestimmten Fernsprechvermittlungsstellen im ganzen Land ist immer besetzt. Hochstapler benutzen sie. Wir benutzen sie.« Er beugte sich zu ihr, musterte sie eindringlich mit seinen großen, dunklen Augen. »Durch diese Tatsache sollten Ihre letzten Zweifel darüber, ob Ihr Typ ein faules Ei ist, aus der Welt geschafft sein.«

Lynn war das klargeworden, noch bevor Mike es ausgesprochen hatte. Das Hot dog lag wie ein Mühlstein in ihrem Magen, als sie sich auf dem harten Stuhl zurücklehnte. Sie verspürte heftige Erleichterung, übelkeiterregende Angst – alles auf einmal.

Sie hatte recht. Sie suchte nicht nach dem Haar in der Suppe, wollte sich nicht selbst bestrafen.

»Wie wird es weitergehen?« fragte sie.

»Woher, zum Teufel, soll ich das wissen?«

»Wenn ich mich richtig erinnere, haben Sie sich in der Sendung als Experten bezeichnet«, versetzte Lynn.

»Genau das bin ich auch. Nur bin ich deswegen noch lange kein Prophet. Sehen Sie, man kann nicht genau sagen, wie weit solche Typen gehen, das ist verschieden. Denen geht es in erster Linie um Beherrschung. Denen geht einer ab, wenn sie Sie herumschubsen können – sie tauchen auf, verschwinden, sind überall und nirgends und nie erreichbar. Ihm geht es in erster Linie darum, Ihnen das Leben unerträglich zu machen. Manchmal bekommen es die Jungs über und suchen sich eine andere Frau, manchmal treiben sie es bis zum Exzeß. Übrigens, wie war er im Bett?«

»Wir . . . Er . . .«

»Sie haben doch mit ihm geschlafen?«

»Ja, aber . . . Es kam mir so vor, als würde er es nicht nur gern tun, sondern auch genausogern darüber reden. Vielleicht sogar mehr. Mit ziemlich derber Ausdrucksweise, wenn Sie verstehen, was ich meine.«

»Ah«, sagte Mike. »Sonst noch was? Irgendwelche komischen Vorschläge?«

»Die Strumpfhose. Die mit dem offenen Schritt, von der ich Ihnen erzählt habe. Er bat mich ständig, sie zu tragen, damit er . . . sich über mich hermachen könnte. Er wollte mir seine Zunge mitten reinstecken. Zitat Ende. Er wollte es mit mir auf der Toilette von ein paar Freunden tun.«

Sie spürte, wie ihr übel wurde, und atmete tief ein.

»Dieses schmutzige Gerede. Haben Sie ihn aufgefordert, es sein zu lassen?«

»*Ja.*«

»Aber er hat's nicht getan.«

»Doch, manchmal hat er sich schon zurückgehalten. Er muß das Gefühl gehabt haben, ich würde dadurch lockerer, und dann wurde er noch dreister. Ich habe einer mit mir befreundeten Psychiaterin davon erzählt. Der Frau, die die Party gegeben hatte. Sie sagte, die Ausdrucksweise sei nicht schmutzig, sie sei sexy. Sie hat mir unterstellt, ich wüßte den Unterschied nicht.«

Mike heftete seinen Blick auf sie. »Ich glaube, Sie verstehen den Unterschied sehr wohl.«

Lynn rieb ihre kalten Hände aneinander. Es war kochend heiß in dem Raum, und unter ihrer Bluse rann der Schweiß. Sie war froh, daß sie mit noch mehr Einzelheiten aufwarten konnte – den Anrufen, dem Waschbär, den Pfirsichen – und dadurch nicht zu lange beim intimen Teil verweilen mußte. Es war ohnehin schon mehr als widerlich, daß sie jetzt dazu gezwungen war.

Sie schluckte. Sie hatte das Gefühl, sich übergeben zu müssen.

»Die Sachen, von denen Sie mir da erzählen, passen zu allem anderen.«

»Was meinen Sie damit?«

»Beherrschung.« Er breitete die Arme aus. »Es macht ihm Spaß, Sie auf Trab zu halten. Laß ihr einen Augenblick Ruhe, dann jag sie wieder hoch. Hau den Rückwärtsgang rein und gib ihr Gas.«

Sie fühlte sich mehr als unbehaglich, und wahrscheinlich keilte sie deswegen zurück. »Auf dem Tufts scheint man Ihnen ja schöne Metaphern beigebracht zu haben«, sagte sie mit einem funkelnden Blick auf sein Sweatshirt.

Mike schüttelte den Kopf. »Ich bin nicht aufs Tufts gegangen. Glauben Sie nie, *niemals*, das, was Sie vor sich sehen.«

Er holte einen Notizblock aus der Schreibtischschublade. »Machen wir uns an die Arbeit.«

Als Lynn an diesem Abend ihre Wohnungstür aufschloß, fühlte sie sich so erschöpft wie eh und je – aber auch ein bißchen erleichtert.

Ihre Unfähigkeit, die Menschen in ihrer nächsten Umgebung

davon zu überzeugen, daß sie nicht einfach nur unausgeglichen war, belastete sie enorm. Dann war da einerseits die kräftezehrende Vorbereitungsarbeit für die Pilotsendung zu erledigen, und zum anderen mußte sie fortwährend jedes Wort, das sie zu den ihr am nächsten stehenden Menschen sagen wollte, auf die Goldwaage legen – und sich zudem ständig fragen, welche Qualen ihr noch bevorstanden. Sie war völlig ausgelaugt.

Ihr Gespräch mit Mike Delano war der allererste Hoffnungsschimmer. Er glaubte ihr.

Nicht, daß sich tatsächlich etwas geändert hätte. Mike hatte sie gewarnt: Da bislang kein Verbrechen begangen worden sei, könne er nichts für sie tun.

»Diese Jungs wissen, daß wir nicht an sie rankommen«, hatte er gesagt. »Eine Unterlassungsklage? Vergessen Sie's. Die lachen Ihnen ins Gesicht. Hier in Massachusetts ist es gesetzlich verboten, jemandem nachzustellen, aber solange niemand ernsthaft bedroht wird, können wir die Kerle nicht mal festnehmen.«

Dennoch war es tröstlich gewesen, ihn nicken zu sehen, wo alle anderen den Kopf schüttelten, und als er sich jede Einzelheit aufschrieb, hatte sie nach der entsetzlichen Verwirrung und Ungewißheit während der letzten Wochen zum erstenmal das wohlig beruhigende Gefühl, in sicheren Händen zu sein.

Sie stellte ihre Einkaufstüte auf die Küchentheke und blickte durch die Fenster auf die Lichter der Schiffe im Hafen. Irgendwo trällerte ein säumiger Vogel sein Abendlied. Sie stellte Butter und Joghurt in den Kühlschrank, legte die Flunder zum Waschen in ein Sieb und machte sich daran, den Salat zuzubereiten.

Zum erstenmal seit Tagen hatte sie wieder Lust auf etwas anderes als Tee. An diesem Abend gab sie sich sogar der Hoffnung hin, die optimistischste der von Mike dargelegten Möglichkeiten könne eintreten – daß Greg des Spieles müde werden und einfach aus ihrem Leben verschwinden würde.

Sie schaltete die Lampen im Wohnzimmer ein und stellte den

Fernseher an. Sie öffnete die Jalousien und blickte erneut hinaus auf die Lichter und den funkelnden Widerschein auf dem Wasser.

Sie ging ins Schlafzimmer, um ihre Jeans auszuziehen. Sie setzte sich auf die Bettkante und streifte die Schuhe ab ...

... und erstarrte plötzlich, den einen schwarzen Pumps noch in der Hand.

Auf dem Boden, gleich neben dem Nachtkästchen, lag ein Fetzen Bonbonpapier.

Mühsam unterdrückte Lynn den Impuls, aus der Wohnung zu stürzen. Es war nur ein winziges Stück Papier. Vielleicht war es unter dem Bett gewesen. Es konnte ihr beim Staubsaugen entgangen sein.

Wie ein gehetztes Tier hastete sie im Schlafzimmer umher und überzeugte sich davon, daß nicht noch mehr davon herumlagen. Sie spähte unter die Möbel, fuhr mit den Fingern durch den dicken Teppich um das Bett.

Als das Zittern schließlich wieder nachließ, hob sie den Fetzen auf und ging ins Badezimmer, um ihn in die Toilette zu spülen. Sie knipste das Licht an. Wie erstarrt blieb sie stehen, und der Papierfetzen entglitt ihrer Hand.

Bonbonpapierchen. Auf dem Badezimmerboden lag wenigstens ein Dutzend davon.

»Haben Sie mir heute nachmittag eigentlich überhaupt nicht zugehört?«

»Haben Sie nicht gehört, daß *ich* gerade gesagt habe, er ist in meine *Wohnung* eingedrungen?«

»Aber das wissen wir doch gar nicht«, sagte Mike. »Wir wissen lediglich, daß Müll auf dem Boden herumlag. Wegen irgendwelcher Abfälle kann ich mir doch keinen Haftbefehl besorgen.«

Lynn lehnte sich an den Plastikwetterschutz des Münztelefons. Sie war ohne Mantel aus dem Hause gestürzt, und der Wind war naßkalt und schneidend. Sie klemmte den Hörer zwischen Hals und Schulter und verschränkte die Arme.

»Er wußte genau, was er wollte. Er ließ die Papiere nicht da liegen, wo ich sie sofort entdeckt hätte. Er weiß, daß ich von der Arbeit nach Hause komme und erst ein bißchen ausspanne, bevor ich mich umziehe. Er hat das eine Papier dort liegen lassen, wo ich es zuerst finden mußte. Er wußte, daß ich mir nicht ganz sicher sein konnte, und dann hat er sich überlegt, was ich anschließend tun würde!«

»Ich kann einen Streifenpolizisten vorbeischicken, der Ihre Wohnung durchsucht und sichergeht, daß niemand da ist.«

»Wir wissen beide, daß niemand da ist. Er hat sein Ziel erreicht. Sie wollen mir also erzählen, daß ich nichts weiter tun kann, als das Schloß austauschen zu lassen, wieder hineinzugehen und einfach abzuwarten, wonach diesem Irren als nächstes zumute ist.«

»Versteifen Sie sich doch nicht auf so was. Bringen Sie sich nicht um Ihre Kraft.«

»Können Sie nicht wenigstens seine richtige Telefonnummer herausfinden und ihn wissen lassen, daß ich Sie eingeschaltet habe? Wenn er weiß, daß die Polizei auf ihn achtet...«

Lynn rieb mit dem Daumen über Mikes Visitenkarte, während sie sich von ihm erklären ließ, daß Greg sich keiner Straftat schuldig gemacht habe.

»Das mag seltsam klingen«, schloß er, »aber hoffen Sie darauf, daß er nicht aufhört, sondern einfach aufs Nächstbeste verfällt – irgendein Ding, das so bedrohlich ist, daß es strafrechtlich relevant wird. Wenn er zum Beispiel bei Ihnen einbricht, statt den Schlüssel zu benutzen, den Sie ihm gegeben haben. Wenn wir genau wissen, daß er es gewesen ist, können wir vielleicht etwas unternehmen.«

Wenn er wollte, konnte er überall hineingelangen.

Das hatte er schon von kleinauf gelernt.

Nie im Leben hätte sich irgendein anderer Ackersklave auf die Abenteuer eingelassen, die Greg bereits mit zwölf Jahren auskostete.

Es hatte so angefangen wie alle Abenteuer zwölfjähriger Jungen, entstanden aus einer in diesem Alter nur natürlichen, unstillbaren Neugier. Er sehnte sich nach einer Gelegenheit, den Lebensstil der Herrschaften, über den er ständig Geschichten hörte, einmal mit eigenen Augen zu erleben.

Nicht natürlich war es indessen, daß seine Sehnsucht damit nicht endete. Nur zuzusehen reichte ihm bei weitem nicht. Er mußte sie am eigenen Leib erfahren, diese Verhaltensweisen und Geschmäcker und Gerüche, jede noch so kleine, mit den Sinnen erfaßbare Einzelheit ihres Lebens.

Jahre bevor er wußte, daß es so etwas wie nachgemachte Schlüssel überhaupt gab, bevor er jemals eine Eisenwarenhandlung gesehen hatte, war Greg ein Fachmann in der Kunst des Eindringens, Herumschleichens und Versteckens. Er lernte, wie man Riegel manipulieren mußte, damit man sie von außen aufschieben konnte. Er konnte klettern wie ein Eichhörnchen. Er benutzte Bäume und Mauersimse. Er zwängte sich in Geschirrschränke und kroch in Kammern, unter Tischtücher und hinter Möbelbezüge.

Genau dort wurde er auch zum ersten- und letztenmal entdeckt.

Ihr Name lautete Danita Colfax. Sie war fünfzehn und hatte schokoladenbraune, knabenhaft kurzgeschnittene Haare, doch ansonsten war sie sehr weiblich – und sie wurde seine erste Eroberung.

Er hatte sich eines Abends kurz vor dem Schlafengehen unter ihrem Toilettentischchen versteckt, als sie sich davor setzte und anfing, ihre Nägel zu feilen. Sie berührte ihn mit dem bloßen Fuß, schrie auf, riß den Tischbezug beiseite, und er war ertappt.

Er kroch heraus. Zunächst wollte er sich entschuldigen, sie um

Vergebung bitten und ihr die fürchterlichen Folgen schildern, die auf ihn zukommen würden, falls sie ihn verriet. Doch bevor er noch ein Wort herausbrachte, spürte er die Stimmung: Sie hatte Angst, zweifellos, fand ihn aber auch faszinierend.

Als er dann Danitas Blicke wie Kerzenflammen auf sich ruhen fühlte, spürte Greg, daß sich ihm hier Möglichkeiten eröffneten, an die er vorher ganz und gar nicht gedacht hatte.

Er wußte nur annähernd, worum es ging, doch das reichte.

Statt sich zu verbeugen und zu katzbuckeln wie ein Ackersklave, stand er so aufrecht da, wie er konnte. Er strahlte das Mädchen mit dem gleichen Lächeln an, mit dem er Erwachsene dazu brachte, ihm Süßigkeiten aufzudrängen. Er erklärte ihr, das mit dem Verstecken täte ihm leid, aber er habe es sich nicht verkneifen können, er möge sie doch so sehr.

An diesem Abend blieb er eine Stunde.

Danita fing an, ihn in ihrem Zimmer zu verstecken. Sie mochte Küsse und war glücklich und zufrieden, wenn sie mit ihm die halbe Nacht dasitzen konnte, ohne etwas anderes zu tun. Doch sobald der durch Danitas Mithilfe ermöglichte Aufenthalt den Reiz des Verbotenen verlor, brauchte Greg neue Vergnügungen. Als er sie versuchsweise dort berührte, wo er die Erwachsenen sich hatte berühren sehen, stellte er fest, daß ihr Widerstand bald nachließ und sie das ebensogern mochte.

Er drängte sie zu mehr.

Doch jede Schranke, die er überwand, führte zu einer weiteren Enttäuschung.

Er war zu jung und ungebildet, um zu begreifen, daß das Vergnügen in der Jagd an sich liegt – und selbst wenn dies der Fall gewesen wäre, wäre ihm nicht klargeworden, daß sein Verhalten schon im Alter von zwölf Jahren zwanghaft war.

Er wußte lediglich, daß ihm das ganze Küssen und Anfassen keinen Spaß mehr machte. Spaß machte es nur noch, wenn er Danita dazu bringen konnte, etwas zu tun, was sie nicht wollte.

Mike Delano stieg am Commonwealth aus der S-Bahn. Der Wind pfiff ihm um die Ohren, und so griff er unter seinen Parka und zog sich die Kapuze seines Sweatshirts über den Kopf.

Manchmal ging er so zur Arbeit und handelte sich gellendes Gelächter ein. Er sah damit aus wie ein Penner, bestenfalls. Ansonsten hatte er wahrscheinlich Glück, daß er noch nicht niedergeschossen worden war; er war nicht allzu groß, und der Kapuzenlook war die Uniform jugendlicher Straftäter.

Seine Wohnung lag an der Newbury, bei anständigem Wetter einen angenehmen Fußmarsch von der S-Bahn-Station entfernt, ansonsten aber ein Eisbad. Heute abend war das Wetter alles andere als anständig, und dabei war offiziell noch gar nicht Winter.

Wenn der erste Frost kam, fragten sich viele Jungs in der Arbeit Jahr für Jahr laut, was sie hier eigentlich trieben, statt am Steuer eines Luxuskabrioletts zu sitzen und durch West Palm Beach oder wo auch immer zu kutschieren.

Doch Mike fragte sich das nie, weder laut noch sonstwie.

Er war zweimal in Florida gewesen, in Arizona und Kalifornien je einmal. Das Übermaß an Sonne zerkochte einem die kleinen grauen Zellen. Noch mehr Verbrechen, und zwar von der allerübelsten Sorte, wahnwitzige, grauenhafte Sachen, die irgend jemand Krankhaftes aus reinem Spaß beging ... nackter Hirnriß war das! Durch die Sonne schien das alles erst richtig zu gedeihen, genau wie dieses trockene Dornengestrüpp, das man dort als Pflanzen bezeichnet. Ein wirklich erstaunliches Ausmaß an Schwachsinn.

Nein danke, da blieb er lieber hier.

Mit den einheimischen Sittenstrolchen ging es ihm genauso wie mit der kalten Witterung – er haßte sie instinktiv. Er kannte sich mit ihnen aus. Die Schlimmsten konnten es mit jedem Voodoozauber da unten aufnehmen, doch meistens hielten sie sich an ein ganz bestimmtes Muster ...

Dieses Arschloch, dieser Schleimer, der dieser Lynn Marchette nachstellte, war kein Einheimischer. Sie hätte ihm gar nicht sagen müssen, daß der Kerl von der Westküste war.

Vielleicht zischte er einfach wieder ab und ließ sie in Ruhe.

Vielleicht.

Ein Windstoß riß Mike die Kapuze vom Kopf, und er eilte um die Ecke auf die Newbury. Einen halben Straßenzug weiter knatterte die Markise über der Tür von Nancy Jeans Bar. Er blieb kurz stehen, dachte einen Augenblick nach und ging hinein.

Bei Nancy Jean war es warm, wie in einem Klassenzimmer, und das war auch einer der Gründe, weshalb er soviel Zeit in dem Laden zubrachte; am Bier lag es garantiert nicht, auch wenn er sich, um brav zu sein, jedesmal eins bestellte und nie austrank. An ihrem Chili lag es auch nicht – es schmeckte, als würde sie alte Armbanduhren kochen.

»Wie geht's?« begrüßte ihn Nancy Jean. »Mach schnell die Tür zu, Schätzchen.«

»Mach ich doch immer.«

Etwa ein Dutzend Stühle standen an der Bar, die Hälfte davon frei. Hinten befand sich ein Zimmer mit einer kleinen Tanzfläche, Tischen und hellerer Beleuchtung, als den Leuten recht war, doch Nancy Jean ging mit Licht genauso verschwenderisch um wie mit Hitze. Überall saßen Menschen, redeten miteinander und aßen. Offenbar war Nancy noch von niemandem darauf aufmerksam gemacht worden, daß Nichtraucherecken neuerdings gesetzlich vorgeschrieben waren, und so hing der blaue Dunst in sämtlichen Ecken.

Er hängte seinen Parka auf und nahm sich einen Hocker.

Nancy Jean ging hinter die Bar. Sie war keine einsfünfzig groß, doch der Boden hinter der Bar war durch Dielen aufgestockt, so daß ihr nußbrauner Bubikopf, das faltige Kinn und die großen, flachen Brüste über den Tresen ragten.

»Ein Miller, Schätzchen?«

»Klar.«

Er hatte zu Hause gegessen, aber ansonsten war es hier gemütlicher. Das ständige Stimmengewirr hätte die meisten Menschen, die den ganzen Tag in einem riesigen, lauten Raum arbeiteten, gestört, doch Mike fand es vergleichsweise entspannend. Wenn er seine Ruhe wollte, konnte er jederzeit nach Hause gehen.

Müßig verfolgte er das Geschehen auf dem kleinen Fernseher hinter der Bar. Ein Werbespot für eine Kunstfaser, dann ein kurzer Wetterbericht, genau das, was er sehen wollte – irgendeine Tussi, die aussah, als habe sie den Mund voller falscher Zähne, plapperte fröhlich über die Kältewelle.

Es war nicht Channel 3, wo er gestern gewesen war.

Dort gab's keine solchen Tussis.

Diese Lynn Marchette hatte mehr Format. Ein gutes Programm, möglicherweise eine gute Frau ... irgendwie kampflustig.

Aber das wäre er in ihrer Lage auch.

Verdammt, das war er, basta.

Der Schlosser, den Mike empfohlen hatte, war rasch gekommen, hatte seine Arbeit erledigt und war gegangen. Lynn schielte ständig zu dem neuen Schloß, während sie ihre Anrufe erledigte.

Natürlich hatte man in der Texaco-Zentrale in Los Angeles noch nie von Greg Alter gehört. Die einzige andere Person, die Lynn noch einfiel, war Joanne Barbato, die Frau von der Bailiss-Agentur.

Sie blickte auf ihre Uhr: zwanzig nach acht. Drei Stunden abziehen. Joanne mußte noch im Büro sein, vorausgesetzt, sie hatte keine geregelte Arbeitszeit.

Lynn konnte den noch immer im Sieb in der Küche liegenden Fisch riechen, als sie erneut die Fernsprechauskunft in Los Angeles anwählte. Sobald der Anruf erledigt war, wollte sie den Fisch einwickeln und wegwerfen.

Bringen Sie sich nicht um Ihre Kraft.

Sie brannte förmlich darauf, Greg einen Brief zu schreiben. Formulierungen schwirrten ihr durch den Kopf. Aber konnte sie sich darauf verlassen, daß ihn nicht jemand las, der die Situation nicht kannte und für den er einfach psychotisch klingen mußte?

»Zieh mich da bitte nicht mit rein«, bat Kara. »Ich habe seit diesem Sonntag nichts mehr von ihm gehört, und ich habe deswegen noch immer ein schlechtes Gewissen.«

»Weil es mir verheimlicht werden sollte«, sagte Lynn. »Diesmal geschieht es nicht nur mit meinem Wissen, du tust mir sogar einen Gefallen. Du brauchst nichts weiter zu tun, als ihm seine Postanschrift zu entlocken oder herauszubekommen, wie du ihm einen Brief zukommen lassen kannst.«

»Was ist, wenn er einfach nichts mehr von sich hören läßt?«

»Dann kannst du ihm den Brief natürlich nicht zukommen lassen. Aber wenn du es . . .«

Kara balancierte einen Notizblock, ein Klemmbrett und einen Aktenordner. Sie stellte alles auf den Boden und nahm sich einen Stuhl.

»Ich dachte, wir wollten über die Kinderpsychologen für die Pilotsendung sprechen. Deswegen bin ich hergekommen.«

»Tun wir auch«, sagte Lynn und tippte auf ihren Aktenordner. »Aber erst klären wir das hier. Hier ist der Brief. Warte, ich muß ihn noch in einen Umschlag stecken.«

Lynn überflog ihn noch einmal, bevor sie ihn zusammenfaltete. In ihrer kleinen, geschwungenen Handschrift stand da:

Greg – was Du tust, ist töricht. Deine Belästigungen sind nicht besser als Deine vergeblichen Liebesbemühungen im Bett. Deshalb laß diese dummen Spiele. Damit erreichst Du allenfalls, daß ich mich zu Tode langweile.

Lynn leckte die Gummierung an. »Sieh einfach zu, daß er ankommt. Mehr brauchst du nicht zu tun.«

»Kannst du das nicht selbst erledigen?« fragte Kara, als sie den Brief entgegennahm. Um mit ungewöhnlicher Schärfe hinzuzufügen: »Tut mir leid. Er geht dir ja absichtlich aus dem Weg.«

Lynn verkniff sich eine Erwiderung und sagte leise: »Habe ich dir das mit der Zwölf-achtundachtziger-Nummer erzählt?«

»Du hast mir erzählt, was man *dir* erzählt hat.«

»Kara, er ist in meine *Wohnung* eingedrungen. Wie kommst du nur dazu, Entschuldigungen für . . .«

»Keine Entschuldigungen. Erklärungen. Du hast ein paar Bonbonpapierchen gesehen. Sie könnten aus dem Müll geweht worden sein. Du hast ihm einen Schlüssel gegeben . . .«

»Ich hatte vergessen, daß er einen hat. Er hatte kein Recht, ihn zu benutzen.«

»Warum sollte er denn bei dir eindringen? Hör mal, wenn er wirklich so schlimm ist, wieso hast du dann eigentlich keine Angst um mich?«

»Mike Delano sagt, dieser Tätertyp schlägt nicht wahllos zu. Er sucht sich seine Opfer aus und verfolgt sie.«

»Wie beruhigend.«

Lynn biß die Zähne zusammen. »Laß das. Bitte. Danke für deine Hilfe. Ich konnte niemand anderen darum bitten.«

»Nichts zu danken.« Kara hob ihren Ordner vom Boden auf. »Laß dir nur eines gesagt sein. Du zitierst ständig diesen Mike Delano, als hätte er die Verfassung geschrieben. Fragst du dich nicht manchmal, ob es ihm nicht noch um etwas anderes geht?«

»Jedem geht es noch um etwas anderes.« Sie schlug den Ordner für ihre Pilotsendung auf.

Fröstelnd beugte sich Angela näher zu Booboo. »Ist das die Schlange für die Kartenbesitzer oder die für die Kartenkäufer? Ich weiß das nie.«

»Ich gehe mich erkundigen. Ihr zwei stellt euch derweil an.« Sein langer roter Schal wehte, als er auf den Eingang des Kinos zuschritt.

»Ich friere«, sagte Angela. »Schon jetzt. Ich hätte mich wärmer anziehen sollen.«

Wieder einmal kam Lynn, wie so häufig, zu dem Schluß, daß Angela zu den Menschen gehörte, die bei einem Gespräch völlig unpersönlich bleiben konnten. Alles, was Angela sagte, hätte auch einem Wildfremden gelten können.

»Dein Freund hat uns ein hübsches Päckchen geschickt«, sagte Angela.

Lynn fuhr herum. »Wer?«

»Greg natürlich.«

»Für Kartenbesitzer«, sagte Booboo schnaufend, nachdem er rasch zurückgelaufen war. »Ich habe die Karten. Ich vergesse immer, daß sie sieben-*fünfzig* kosten.«

»Du willst es dir nur nicht merken«, sagte Angela.

Er wollte etwas erwidern, doch Lynn unterbrach ihn. »Was für ein Päckchen habt ihr von Greg bekommen?«

Booboo blinzelte. »Chilischoten. Für meine Guacamole. Kannst du dich erinnern? Er sagte doch ...«

»Willst du sie etwa benutzen? Wirf sie weg. Oder nein – gib sie mir.«

Sie blickten beide an, Booboo besorgt, Angela irritiert.

Lynn spreizte die behandschuhten Finger. »Bitte, behandelt mich nicht wie eine Geisteskranke. Ich habe euch doch erzählt, was der Detective gesagt hat. Für diese Art von Belästigung gibt es gewisse Muster ...«

Booboo legte den Arm um sie. »Hey, nur mit der Ruhe. Kommt, genießen wir einfach den Film.«

Lynn blieb über Nacht bei Booboo und Angela und fuhr dann nach dem Frühstück heim. In ihrer Handtasche hatte sie ein Stück Bananenpfannkuchen für A-Hörnchen.

Das Päckchen von Greg lag in ihrem Kofferraum. Dort konnte es bleiben, bis sie es morgen zu Mike brachte.

In letzter Zeit hatte sie beim Aufschließen immer Angst, wenn sie nach Hause kam. Trotz des neuen Schlosses ging sie durch die ganze Wohnung und vergewisserte sich, daß niemand eingedrungen war.

Sie füllte die Futterkästen für die Vögel auf und hinterlegte den Pfannkuchen für A-Hörnchen. Sie war gerade wieder hereingekommen und beobachtete die vorsichtigen Annäherungsversuche des Tieres, als das Telefon klingelte.

»Alles erledigt«, sagte Kara.

»Du hast Greg den Brief geschickt?«

»Ja.«

»Wie hat es funktioniert? Hat er dir eine Adresse genannt oder einen Ort, an dem du ihn hinterlegen sollst?«

»Lynn, ich habe getan, was du wolltest. Ich habe die ganze Sache satt. Können wir uns die Ausquetscherei nicht schenken?«

»Ja. Tut mir leid.«

»Das braucht dir doch nicht leid zu tun. Komm einfach . . .«

»Was? Ich habe dich nicht verstanden.«

»Macht nichts. Wir sehen uns morgen. Tschüß.«

Lynn war sich nicht sicher, aber sie meinte, Kara könnte gesagt haben: »Komm einfach wieder *zu* dir.«

Außer Essen und Kochen gab es wenig, das Lawrence Marchette mehr liebte als die Patriots, die inzwischen auch von ihm verehrte Mannschaft seiner Wahlheimat. Die ganze Woche hatte er sich auf das Spiel an diesem Nachmittag gefreut.

Jetzt lag er auf der Couch, eine Schale mit Popcorn auf dem Schoß, und folgte dem Geschehen im zweiten Viertel des Spiels. Angela war in ihrem Fitneßstudio. Eigentlich hätte er sich pudelwohl fühlen müssen.

Er konnte es nicht.

Lynn war vor zwei Stunden gegangen. Bei der Umarmung zum Abschied hätte er sie beinahe gebeten, sie solle anrufen, sobald sie zu Hause sei – und er hätte auch seinerseits angerufen, hätte er nicht das Gefühl gehabt, daß er sie dadurch nur noch mehr aufbringen würde.

Doch er machte sich Sorgen.

Ein gellender Schrei aus dem Fernseher ließ ihn hochfahren. Herrgott noch mal! Ein Touchdown, und er hatte ihn verpaßt.

Er stand auf und holte sich ein Ale aus dem Vierpack, das Angela ihm aus einem irischen Importladen mitgebracht hatte. Er trank einen Schluck, doch er konnte sich nach wie vor nicht auf das Spiel konzentrieren.

Er erinnerte sich noch an den Tag, an dem Lynn in ihre Wohnung am Hafen gezogen war. Er und Angela und Lynns Freundin Kara und zwei von Karas Schwestern hatten ihr geholfen – eine prima Mannschaft.

Bis Einbruch der Dunkelheit hatten sie Kartons geschleppt, Teppiche ausgerollt und Möbel zurechtgerückt, und dann war Lynn mit ihnen essen gegangen und hatte darauf bestanden, für alle zu bezahlen.

Ihm sollte es recht sein. Ihm machte es Spaß zu wissen, daß seine Schwester sich die Wohnung und das Essen leisten konnte, zuzusehen, wie sie all das genoß.

Doch bevor sie aufgestanden und gegangen waren, hatte er einen Anflug von Zweifel über ihr Gesicht huschen sehen. Sie konnte es vielleicht vor anderen verbergen, aber nicht vor ihm, nicht vor dem Menschen, der jeden Augenaufschlag von ihr zu deuten wußte. Sie war wieder bei ihrer Lieblingsbeschäftigung, suchte nach dem Haar in der Suppe. Sie konnte sich einfach nicht zurücklehnen und das genießen, was sie hatte.

Doch das war schon eine ganze Weile her, und in letzter Zeit hatte er sie nicht mehr so oft dabei ertappt. Er hatte einfach nicht mehr darauf geachtet.

Lawrence ging in die Küche und holte sich einen Teller mit russischen Eiern aus dem Kühlschrank.

Und was, zum Teufel, war jetzt schon wieder los? Da brachte sie einen Kerl mit zu ihnen, einen klugen, anständigen, redegewandten Mann. Und das nur, um gleich darauf überzeugt zu sein, es mit einer Art Strolch zu tun zu haben.

Alles weitere hatte dann dieser verdammte Detective besorgt. Worauf wollte *der* überhaupt hinaus?

Grundsätzlich war festzuhalten, daß Lynn, die wegen der Übernahme vor Freude außer sich hätte sein müssen, immer aufgeregter wirkte, wenn er sie sah.

Bei diesem Gedanken setzte er sich abrupt auf, ohne weiter auf das Geschehen auf dem Bildschirm zu achten.

Die Übernahme.

Das mußte es sein.

Sie war schlicht und einfach nervös.

Sobald sie sich erst an dieses große neue Programm gewöhnt hatte, würde sie sich wieder fangen.

Das letzte Viertel fing gerade an. Jetzt war ihm schon eher nach Zusehen zumute.

Er dachte darüber nach, ob er sich mit Angela zusammensetzen und etwas austüfteln sollte, sobald sie nach Hause käme, doch er entschied sich dagegen. Angela glaubte sowieso, er mache sich viel zu viele Sorgen um seine Schwester.

Er trank einen Schluck Ale und konzentrierte sich auf die Schlußminuten.

»Einfach nur Chilischoten«, sagte Mike am Telefon. »Keine weiteren Zusätze. Ich hatte auch nicht damit gerechnet.«

»Eine Sorge weniger, nehme ich an.«

»Nehmen Sie an?«

Lynn lehnte sich auf ihrem Schreibtischstuhl zurück und streckte die Beine aus. Sie war den ganzen Tag am Telefon gewesen. Die Pilotsendung nahm allmählich Formen an; dank Karas heimlicher Beziehungen und den zahlreichen Bekanntschaften, die ihr noch einen Gefallen schuldeten, hatte Lynn an diesem Nachmittag persönlich mit Roseanne Arnold gesprochen, die so geklungen hatte, als sei sie ernsthaft an einem Gastauftritt interessiert.

Sie hatten noch immer keine Antwort von Oprah, deren Anwesenheit eine umwerfende Pilotsendung garantieren würde.

Arbeit war Lynns einziges Beruhigungsmittel, ihr Fixpunkt zwischen der ständig lauernden Depression und der stumpfen, nagenden Sorge, sich niemals entspannen zu können.

Sie war so müde.

»Ich meinte das hinsichtlich dessen, was Sie sagten. Daß ich hoffen sollte, daß er gegen ein Gesetz verstößt«, sagte sie.

»Und was dann?«

»Dann hätten Sie ihn.«

Darauf entstand ein beklemmendes Schweigen. Dann sagte Mike: »Ich kann es nur wiederholen – so einfach ist das nicht. Zunächst muß eine klare Bedrohung vorliegen. Wir müssen genau wissen, daß er es gewesen ist. Dann muß er festgenommen und angeklagt werden, und ich kann mir nicht vorstellen, daß dazu eigens Beamte nach Kalifornien geschickt werden. Danach ... Herrgott, ihm stehen zahllose Möglichkeiten zur Verfügung. Er wird sich einen Anwalt besorgen, er hat Rechte ...«

»Was für Rechte? Er versucht, mir absichtlich Angst einzujagen, mich fertigzumachen, mich zum Wahnsinn zu treiben. Niemand glaubt, was mit mir geschieht. Selbst meine beste Freundin und mein Bruder halten ihn für einen lieben Kerl, dem ich übel mitgespielt habe. Wenn das keine Folter ist ...«

»Doch, aber Sie dürfen einfach nicht Ihre ganze Hoffnung darauf ...«

»*Sie* waren doch derjenige, der mich ermutigt hat zu hoffen, daß Greg zu weit geht.«

»Ich habe gerade jemanden in der anderen Leitung. Ich muß auflegen.«

»Ich habe auch genau aufgepaßt, als Sie sagten, ich solle mich nicht um meine Kraft bringen lassen«, sagte Lynn. »Und weil ich das getan habe, glaube ich auch nicht, daß Greg uns enttäuschen wird.«

Doch er hatte bereits aufgelegt.

Lynn war im Regieraum, als Dennis Orrin den Kopf hereinsteckte. »Kann ich mal eine Minute mit Ihnen reden?«

»Klar.«

»Bern möchte heute gern zusehen«, sagte er, als sie herauskam. »Stört es Sie?«

»Überhaupt nicht. Sie hätten gar nicht erst fragen müssen.«

»Ich habe es ihr gesagt, aber sie ...«

»Ich wollte, daß er Sie darum bittet«, sagte Bernadine Orrin, während sie zu ihnen kam. »Ich wollte nicht, daß Sie mich für eine aufdringliche Prinzessin halten, auch wenn ich das im Grunde vielleicht sein mag. Dann geht das also in Ordnung?«

»Natürlich. Hoffentlich langweilen Sie sich nicht. Heute geht es um Osteoporose.«

»Zehn Minuten«, rief jemand aus dem Studio, und die Orrins verabschiedeten sich. Lynn sah zu, wie Bernadine mit Dennis davonspazierte. Ihr marineblauer Hosenanzug war ausgezeichnet geschnitten, so daß er ihre straffe, schmale Figur betonte; sie hatte kleine Hände und Füße und bewegte sich anmutig wie beim Jazztanz.

Bernadine war fünfzehn Jahre älter als sie – und trotzdem fühlte sie sich neben ihr wie eine schlaffe, lethargische alte Frau, die sich die Zeit mit Canasta vertrieb.

Mit einem Mal wurde Lynn von einer Art Panik erfaßt, dem gleichen Gefühl, das sie hatte, wenn sie Angela im Gymnastikanzug sah oder durch die Fernsehprogramme switchte und auf eine

Aerobicsendung stieß: Was taten diese Leute bloß, das sie auch tun mußte, wenn es für *sie* nicht zu spät sein sollte?

Der Aufenthaltsraum war voller Experten, die noch immer über ihre Vitamintherapien stritten – obwohl sie, wie Lynn bemerkte, Donuts vertilgten.

»Ein wunderbares Programm«, sagte Bernadine lächelnd zu Lynn und Kara. »Sehr ausgeglichen. Und diese junge Dame da« – sie winkte der Erfinderin der Trainingsmethode zu, die neben Kara stand – »kennt sich ja gut aus.«

»Vielen Dank«, sagte die Frau.

»Darf ich vorstellen – das ist Mrs. Orrin, die Frau unseres Generaldirektors«, sagte Kara.

»Nennen Sie mich Bernadine. Und Sie sind Elizabeth ...?«

»Elizabeth Vail.«

»Ihre Muskelspannungsmethode ist bestechend. Stimmt es, daß Sie im Broome Club arbeiten?«

»Ich bin dort Trainerin.«

»Das ist der Club meiner Schwägerin«, sagte Lynn. »Angela Marchette.«

»Ich werde auf sie achten«, erwiderte Elizabeth. »Sind Sie auch Mitglied?« fragte sie Bernadine.

Bernadine schüttelte den Kopf. »Ich bin bei Harbor Sports. Aber vielleicht wechsle ich. Jedesmal, wenn ich mich an eine Trainerin gewöhnt habe, geht sie wieder. Und ich mache keine Fortschritte.«

Kara und Lynn tauschten einen Blick aus. Kara berührte Bernadines schlanken Arm. »Nennen Sie das etwa keinen Fortschritt?«

Dennis kam herein. »Da bist du ja«, brüllte er Bernadine zu. »Was hältst du davon?«

»Ich bin froh, daß ich da war. Die Sendung war hervorragend. Ich erkundige mich bei Elizabeth gerade über den Broome Club. Muß man für ein ganzes Jahr bezahlen, oder kann man auch monatlich abrechnen?«

Elizabeth lächelte. »Im Augenblick gibt es gerade Sonderkonditionen. Drei Monate für neunundneunzig Dollar. Normalerweise kostet es neunundneunzig im Monat.«

»Gutes Angebot«, sagte Bernadine.

»In der Tat. Ich wollte nur, daß Sie alle Bescheid wissen.« Sie blickte in die Runde.

Meint sie etwa mich? Lynn stellte sich gerader hin und zog den Bauch ein. *Meint sie etwa, ich sei schlecht in Form?*

»Gestern bin ich mir wie ein verdammter Walfisch vorgekommen«, sagte Kara. »Weißt du noch, wie diese Trainerin den Broome Club beschrieben hat? Und dann hat sie auch noch genau zu mir geguckt. Am liebsten hätte ich mich übergeben. Beinahe hätte ich unsere Videobänder über Magersucht rausgeholt, nur um zu sehen, wie sie es machen.«

»Das ist krankhaft«, sagte Lynn.

»Ich weiß. Aber wenn ich nichts zu lachen gehabt hätte, hätte ich geweint.«

»Ich habe mich gemeint, nicht dich. *Ich* dachte, sie guckt genau zu *mir*.«

Das Telefon klingelte, und Kara hob ab. Es war Bernadine Orrin, die Lynn sprechen wollte.

»Ich bin gerade im Aufenthaltsraum. Ich habe eine persönliche Vorführung dieser Trainingsmethode vereinbart. Möchten Sie und Kara dabeisein? Oder sind Sie gerade beschäftigt?«

»Wir haben in fünfzehn Minuten eine Konferenz über die Pilotsendung.«

»Möchten Sie, daß wir in Ihr Büro kommen?«

Lynn zögerte, dann faßte sie einen Entschluß. »Okay. Kommen Sie her.«

»Hier, nehmen Sie die«, sagte Elizabeth Vail und reichte Lynn, Kara, Pam und Bernadine je eine Hantel.

»Die ist ja nicht besonders schwer«, sagte Lynn. »Aber die sind nur für Anfänger, nicht wahr? Später übt man mit viel größeren. Und genau das stört mich daran. Es ist anstrengend, und man kann sich leicht eine Zerrung zuziehen ...«

»Nein«, sagte Bernadine. »Genau das ist ja bei dieser Methode anders.«

Elizabeth nahm ihnen die Hanteln wieder ab und reichte ihnen andere. »Das sind Zwölfpfünder, die schwersten, die ich beim freien Hanteltraining verwende. Später werde ich Sie Bankdrükken üben lassen, aber mit einer fünfzehnpfündigen Hantel – nicht den schweren, mit denen Gewichtheber arbeiten.«

»Die hier sind nicht übel«, sagte Kara.

»Tja, mehr ist bei einem Frauenkörper für Muskelstärkung und Knochenaufbau gar nicht notwendig. Schließlich möchten Sie ja nicht wie Arnold Schwarzenegger werden – Sie möchten lediglich gut aussehen und gesund bleiben. Ich halte mich an diese Methode, und ich bin nicht besonders stark – aber ich bin gut in Form und tue alles, was nötig ist, um einer Osteoporose vorzubeugen.«

Bernadine ergriff eine weitere Zwölfpfundhantel und stemmte beide über ihren Kopf. »Sind Sie wirklich der Meinung, daß man sich damit in Form bringen kann?« fragte sie dann zweifelnd.

»Ja. Sie werden es feststellen.«

Kara blickte auf Bernadines schenkellangen, enggeschnittenen Rock. »Hilft einem das auch, etwas Gewicht zu verlieren?«

»An sich nicht«, entgegnete Elizabeth. »Wir bezeichnen freies Hanteltraining auch als Anaerobic. Wenn Sie Pfunde abbauen wollen, müssen Sie weniger Fett zu sich nehmen.«

»Haben Sie vielleicht eine Visitenkarte für meine Mutter?« fragte Pam.

Elizabeth reichte ihr eine. »Drei Monate für neunundneunzig Dollar, sagen Sie ihr das. Was halten Sie davon, meine Damen? Warum melden Sie sich nicht einfach an? Wenn es Ihnen nicht gefällt, haben Sie trotzdem nichts verloren. Von einigen Zentimetern einmal abgesehen.«

»Ich gebe Ihnen einen Scheck«, sagte Bernadine.

Dennis kam in das Konferenzzimmer. »Tut mir leid. Noch eine Agentin mit noch einer Kassette, die ich mir auf der Stelle anschauen mußte. Ich habe zehn Minuten gebraucht, um sie wieder loszuwerden. Sehen wir doch mal, wo wir stehen.«

Neben dem Tisch stand eine Staffelei mit einer Schiefertafel. Dennis beugte sich vor und las die Worte darauf.

SEXUELLER MISSBRAUCH VON PROMINENTEN stand dort. Rund um den Tisch saßen Lynn, Kara, Dennis und zwei Produktionsassistentinnen und sie starrten auf die Buchstaben.

Dennis rieb sich das Kinn. »Ich weiß nicht recht. Die Wortwahl ist mir zu beliebig. Es könnte auch heißen, daß die Prominenten den Mißbrauch begehen.«

»Wie wär's mit ›Sexuell mißbrauchte Prominente‹?« fragte Kara.

Lynn schüttelte den Kopf. »Damit klammern wir das Thema Kindheit aus.«

»›Sexueller Mißbrauch von Prominenten in der Kindheit‹«, sagte Dennis.

»Hm«, sagte Lynn. »Näher dran, aber da fehlt die Spontaneität.«

»Und es ist zu langatmig«, sagte Kara.

Dennis wischte die Schiefertafel ab und schrieb PROMINENTE, DIE ALS KINDER SEXUELL MISSBRAUCHT WURDEN.

Lynn kniff die Augen zusammen. »Es ist zwar noch langatmiger, aber es gefällt mir.«

»Mir auch«, sagte Kara. »Außerdem ist dadurch jeder Irrtum ausgeschlossen.«

»Wie steht's mit unseren Gästen?« fragte Dennis.

»Zwei Zusagen.« Kara klopfte auf ihren Ordner. »Sandra Dee und Marilyn Van Derbur werden per Satellit zugeschaltet. Roseanne Arnold wahrscheinlich auch. Bei Oprah wissen wir es noch nicht. Wir hoffen es aber.«

»Wer sind die Studiogäste?«

»Kinderpsychologen, vielleicht ein Sozialarbeiter. Wir sind noch nicht ganz sicher, wen wir sonst noch einladen sollen.«

Während sie zuhörte, wie Kara beiläufig den Aufbau der mit Sicherheit wichtigsten Sendung ihrer Karriere schilderte, spürte Lynn einen Anflug von Panik in sich aufsteigen.

Doch die legte sich und wich einer felsenfesten Überzeugung: Sie würde die Pilotsendung fertigstellen, die ihr die landesweite Übernahme bescheren würde.

Greg hatte sie Kraft gekostet, kostete sie noch immer Kraft. Aber er würde sie nicht ihren Job kosten.

Pam öffnete die Tür. »Lynn?«

»Ist es denn so wichtig, Pam? Wir möchten eigentlich nicht gestört werden.«

»Das hier ist gerade für dich gekommen, per Expreß.« Sie reichte Lynn einen Umschlag.

»Er ist außer Haus, Madam.«

»Können Sie sich mit ihm in Verbindung setzen? *Bitte!*«

»Wenn Sie mir sagen, worum es geht, kann sich vielleicht jemand anders ...«

»Mir kann niemand anders helfen.« Lynn ging mit dem Telefon in ihrem Büro auf und ab. »Ich muß mit Mike Delano sprechen.«

»Ich will sehen, was sich tun läßt.«

Mike rief ziemlich rasch zurück. »Was ist los, Lynn?«

»Ich habe gerade eine Expreßsendung von Greg bekommen. Einen *Drohbrief*. Ich hoffe, das reicht, damit Sie etwas unternehmen können, weil ...«

»Ich habe Sie nicht richtig verstanden. Sagen Sie das noch mal.«

»Ich kann Sie auch kaum verstehen«, schrie Lynn.

»Ich bin im Wagen. Reden Sie einfach laut und deutlich.«

»Ich habe einen Drohbrief von Greg bekommen. Und Mike -- er ist in meiner Handschrift geschrieben! Er hat meine Handschrift perfekt nachgeahmt!«

Einen Augenblick lang hörte sie nichts als statisches Rauschen und ihren eigenen Herzschlag. »*Mike?*«

»Ich bin in zehn Minuten da.«

»›Liebe Lynn‹«, las Mike, »›Du hast einen idiotischen Fehler gemacht, als Du Dich an mich gewandt hast.‹« Mike blickte auf. »›An mich gewandt‹? Was, zum Teufel, haben Sie denn getan?«

»Ich habe ihm einen Brief geschrieben und ihn aufgefordert, mich in Ruhe zu lassen.«

»Wie haben Sie ihm den zugestellt?«

»Kara hat das übernommen. Ich habe einfach darauf gehofft, daß er sich noch einmal mit ihr in Verbindung setzen würde, und sie gebeten, seine Postanschrift herauszubekommen oder ihn zu fragen, wo man den Brief hinterlegen kann.«

»Haben Sie ihn mit der Hand geschrieben?«

»Ja.«

»Toll. Sie haben es ihm ziemlich leichtgemacht.«

»Es hat seinen Zweck erreicht, nicht wahr? Ist ein Drohbrief etwa kein Verstoß gegen das Gesetz?«

»Ach, wollten Sie etwa darauf hinaus? Hat ihm sicher einen mächtigen Schlag versetzt.« Mike lehnte sich an ihren Schreibtisch und las: »›Wenn Du Dich anständig benommen hättest, hätte ich Dich in Ruhe gelassen. Ich bin Deiner ebenfalls überdrüssig, verstehst Du? Doch Du willst mich zu Deiner Marionette machen. Nun muß ich Dir zeigen, wer die Fäden in der Hand hat.

Bevor Du das nächste Mal dem lächerlichen Drang nachgibst, mich zu verärgern, solltest Du daran denken, wer am längeren Hebel sitzt, Lynn. Es wäre mir ein leichtes gewesen, Dir mit dem weißen Kleid weh zu tun. Denk mal daran! Weißt Du noch, wie ich es mir angesehen habe? Jede dieser Scheiben hätte wie eine Rasierklinge in Deine Haut eindringen können. Doch das wäre eine zu prompte Genugtuung ... und ich genieße Dich lieber für lange Zeit. Wollen wir doch mal sehen, wie sehr Du Dich langweilen kannst, Star. PS: Du hattest recht – in dem Badeanzug sieht man tatsächlich Dein wabbeliges Fleisch.‹«

Mike blickte zu Lynn auf. »Sie zittern ja.«

»Aber ich habe etwas erreicht. Sie sind hier. Was geschieht nun?«

»Wir ziehen jetzt Erkundigungen ein.«

Lynn rief Kara herein. »Kannst du dich noch an Mike Delano erinnern?«

»Ja.« Argwöhnisch blickte sie ihn an.

»Setzen wir uns doch«, sagte Mike. »Ich möchte mit Ihnen über diesen Brief sprechen. Lynn sagt, es handelt sich um eine Antwort auf denjenigen, den sie Ihnen für Greg gegeben hat.«

»Ja.«

»Und er hat sich mit Ihnen in Verbindung gesetzt?«

»Ja.«

Stirnrunzelnd sah Lynn sie an. Kara saß verkrampft auf der vorderen Stuhlkante und hatte die Finger ineinander verschlungen.

»Könnten Sie mir vielleicht mitteilen, wie das vor sich ging?«

»Er rief an.«

Mike nickte ermutigend, doch Kara fuhr nicht fort.

»Bitte, Kara, erzähl ihm doch alles«, sagte Lynn sanft.

Kara wandte sich um und funkelte sie an. Ihre wütende Miene war erschreckend. »Das kannst du nicht ernst meinen.«

»Aber natürlich. Wieso ...«

»Lynn.« Kara schüttelte den Kopf. »Ich glaube, wir sollten folgendes tun. Wir sollten wieder ins Konferenzzimmer gehen und mit unserer Besprechung fortfahren. Es lief gerade so gut ...«

»Was ist eigentlich mit dir los?« Lynn starrte ihre alte Freundin an. »Du kannst doch jetzt keinen Zweifel mehr haben.« Sie stand auf und riß Mike den Brief aus der Hand. »Hier ist der Beweis dafür, was Greg ist. Du hast doch mit eigenen Augen gesehen, wie sich dieser Teil des Rätsels erschlossen hat. Ich habe ihm durch dich eine Nachricht zukommen lassen und ihn darin gebeten, mich nicht mehr zu belästigen. Er macht sich die Mühe, meine Handschrift nachzuahmen, damit die Leute weiterhin denken, ich würde mir das alles nur einbilden, und erzählt mir etwas von Rasierklingen auf meiner Haut.«

Sie hielt Kara das Blatt hin. Das Papier zitterte. »Du warst doch dabei. Du hast doch alles miterlebt. *Du* weißt doch, daß ich mir das alles nicht bloß einbilde.«

Kara blickte erst auf den Brief, dann zu Lynn und Mike. Schließlich stieß sie heftig den Atem aus. »Als Greg anrief«, sagte sie, »war er ziemlich aufgebracht. Er wollte lediglich mit dir reden, alles wieder ins Lot bringen. Du hättest seine Stimme hören sollen, Lynn. Der Mann ist verrückt nach dir.«

Während sie ihr zuhörte, sie betrachtete, dachte Lynn: Das kann doch nicht sein.

»Als ich ihm sagte, daß ich einen Brief von dir hätte, konnte er es nicht abwarten. Er bestand darauf, daß ich ihn aufmachen sollte.«

Mühsam holte Kara Luft. Sie schaute weder Lynn noch Mike an. »Ich wußte nicht, was ich tun sollte. Ich wollte es hinter mich bringen. Deshalb habe ich . . . habe ich den Brief aufgemacht und ihm vorgelesen.«

Sie wandte sich an Lynn. »Ich bin mir nicht ganz sicher, aber ich glaube, er hat geweint. Mir war wirklich elend zumute, Lynn. Was du alles geschrieben hast! Wie kannst du einem Mann nur schreiben, daß er dich zu Tode langweilt, daß er im Bett eine Niete ist? Ich weiß, ich hätte den Brief nicht vorlesen dürfen. Tut mir leid, daß ich's getan habe.«

Sie stand auf. »Er konnte deine Handschrift gar nicht nachahmen, weil er den Brief nämlich nie zu Gesicht bekommen hat!« schrie sie Lynn an. »Ich kenne deine Handschrift besser als jeder andere. Schließlich muß ich sie jeden Tag lesen. Es gibt nur einen Menschen, der genauso schreiben kann wie du, und das bist *du*, Lynn!«

Sie schlug heftig nach dem Brief in Lynns Hand und rannte aus dem Büro.

7. KAPITEL

Lynn und Mike starrten zur Tür. Ein Blatt Papier flatterte auf den daneben stehenden Tisch.

Lynn kämpfte gegen die Tränen an, die ihr vor Schreck in die Augen gestiegen waren, dann ging sie zu ihrem Tisch und legte den Brief vorsichtig hin. Mike nahm ihn und steckte ihn in seine Jackentasche.

»Kara denkt, ich hätte ihn geschrieben«, sagte Lynn ungläubig. »Diesen Brief geschrieben und per Expreß an mich selbst gesandt.«

Mike schüttelte den Kopf. »Beruhigen Sie sich. Betrachten Sie es doch mal von ihrem Standpunkt aus.«

»Ich versuche es ja.« Doch sie war wie betäubt.

»Ich glaube, Sie sollten das machen, was Kara gesagt hat. Gehen Sie zu Ihrer Konferenz zurück.«

»Meinen Sie das ernst?«

»Todernst. Sie dürfen sich da nicht hineinsteigern. Kämpfen Sie dagegen an.«

»Wie wäre Ihnen denn zumute? *Ich* weiß, daß ich diesen verrückten Brief nicht an mich selbst geschickt habe. *Ich* weiß, daß da draußen ein kranker Mistkerl herumläuft, der sich daran aufgeilt, daß die Leute mich für übergeschnappt halten. Und *ich* bin diejenige, die mit ansehen muß, wie sämtliche Menschen, denen ich vertraue, ihr Vertrauen in *mich* verlieren.«

Lynns Hals schmerzte. Sie rieb ihn, während sie zu Mike sah, der sie mit bekümmertem Blick betrachtete. Bekümmert über das, was ihr angetan wurde? Oder über das, was sie sich selbst antat?

»Was gedenken Sie jetzt zu tun?« fragte sie.

»Zurück nach Dorchester fahren und versuchen, ob ich herausfinden kann, warum ein Siebenjähriger Verletzungen im Intimbereich und Herpes an den Genitalien hat.«

»O Gott!«

»Unterwegs bringe ich den Brief im Revier vorbei. Und ich brauche weitere Auskünfte von Ihnen. Wo sind Sie heute abend gegen sechs Uhr?«

Lynn rieb ihre kalten Hände aneinander. »Wahrscheinlich hier. Wenn ich nicht nackt losrenne und die ganze Stadt zusammenschreie.«

»Wir treffen uns dann draußen.«

»Ich habe Ihren Vorschlag befolgt. Ich bin zurück in die Konferenz gegangen.«

Mike zog die Augenbrauen hoch. »Und?«

»Na ja . . . ich habe meine Rolle gespielt. Ich war wieder die kesse alte Lynn, die ihre Pilotsendung vorbereitet.«

»Gut.«

»Wirklich? Vermutlich halten mich jetzt meine sämtlichen Kollegen für eine Märchentante. Hinterher habe ich versucht, mit Kara zu sprechen. Sie ist mir den ganzen Nachmittag aus dem Weg gegangen.«

Mike sah Nancy Jean auf den Tisch zukommen. »Hungrig?« fragte er Lynn. »Oder möchten Sie bloß einen Kaffee oder ein Bier?«

»Vermutlich sollte ich lieber etwas essen.«

»Heute abend gibt's Chili«, sagte Nancy Jean und legte die plastikbezogenen Speisekarten hin.

»Dann nehme ich das, bitte«, sagte Lynn. »Und Tee.«

Mike bestellte sich Hot dogs mit Sauerkraut. Als sein Essen kam, wurde Lynn durch den Geruch wieder an ihren Besuch auf dem Polizeirevier erinnert.

Voller Hoffnung war sie von dort weggegangen, hatte sich gut aufgehoben gefühlt: Das alles war nicht nur Einbildung, eine Neurose von ihr, irgendeine Macke. Das, was Greg tat, war abartig, und die Polizei würde ihn fassen.

»Wie ist das Chili?«

»Na ja . . . durchwachsen.«

»Hier ist sogar das Bier durchwachsen.«

Eine Zeitlang aßen sie schweigend weiter. Dann sagte Mike: »Der Brief wurde von West Los Angeles ans Federal-Express-Büro am Morrissey Boulevard geschickt. Sonst haben wir nichts weiter rausgefunden.«

Lynn blickte auf. »Das hatte ich auch nicht zu hoffen gewagt. Wenn er so unvorsichtig wäre, müßten wir uns nicht mehr damit herumschlagen.«

Mike drehte mit seiner Gabel das Sauerkraut auf wie Spaghetti. »Sie haben keine Ahnung, wie die Polizei arbeitet. In den meisten Fällen warten wir einfach ab, bis der böse Bube über seinen eigenen Schwanz stolpert.«

»Und wenn er's nicht tut?«

»Dann warten wir weiter.«

Lynn hatte genug. Sie legte ihren Löffel neben den Chiliteller.

Mike blickte darauf. »Ich hätte Sie vielleicht vorwarnen sollen. Möchten Sie Nachtisch? Der Maispudding ist gut. Alles andere ist furchtbar.«

»Nur noch einen Tee.«

»Erzählen Sie mir etwas von Kara«, sagte Mike. »Sie ist Ihre Assistentin und Ihre Freundin, stimmt's? Eine gute Freundin?«

»Eine sehr gute. Sie ist wie die Schwester, die ich nicht habe. Und ich bin die Schwester, die sie zu immer neuen Erfolgen anstachelt.«

»Ist sie alleinstehend?«

»Ja.«

»Männer?«

»Sie war mal verlobt, mit einem Publizisten von Channel 7. Sie hatte auch noch ein paar andere Beziehungen. Im Augenblick nichts Festes.«

»Sie scheint Greg zu mögen.«

»Das geht doch jedem so.« Lynn wurde leicht übel, wenn sie daran dachte, wie leicht und lösbar ihr die ganze Angelegenheit an jenem Tag auf dem Polizeirevier vorgekommen war. »Wie Sie bereits ausführten: Alle glauben, es läge an mir.«

Er kippte den Stuhl etwas nach hinten und betrachtete sie. Im hellen Licht der Kneipe schimmerten seine Augen tiefschwarz. Unmöglich zu sagen, was er dachte.

Dieses Mal brach Lynn das Schweigen. »Sind Sie noch immer davon überzeugt, daß es *nicht* an mir liegt?«

»Meinen Sie damit, ob ich ihn nach wie vor für einen Psychopathen halte? Und ob ich das tue!«

»Soweit es Sie betrifft« – Lynn suchte nach den richtigen Worten – »hat sich also wegen diesem Brief nichts geändert. Sie hegen auch jetzt keinerlei Zweifel daran, daß alles, was ich sage, der Wahrheit entspricht.«

Mike hatte seinen Stuhl nach wie vor zurückgekippt. Nichts bewegte sich. Lynn empfand die Stille, als würde ihr ein eisiger Dolch ins Herz gestoßen.

»Ich habe Ihnen doch schon mal gesagt, Sie sollen sich nicht an solche Begriffe klammern ...«

»Sind wir deswegen hier und nicht in Ihrem Büro? Wollten Sie mich etwa nach einem miserablen Tag erwischen, wenn ich müde und außer mir bin und weiß Gott was alles gestehe?«

Er stellte seinen Stuhl wieder aufrecht. »Wir sind hier, weil bei mir im Laden kein Platz war und ich abends normalerweise Hunger habe. Auf alles weitere will ich gar nicht erst antworten.«

»Aber Sie ...«

»Und außerdem war ich mit meinen Fragen noch nicht fertig. Ist Kara auf Sie eifersüchtig?«

Noch ein Dolchstoß. »Versuchen Sie etwa, mein Augenmerk in eine andere Richtung zu lenken?«

»Ich versuche zu begreifen, was hier eigentlich vor sich geht«, sagte er gepreßt. »Ist sie nun eifersüchtig oder nicht?«

»Wegen Greg?«

»Wegen Greg, wegen Ihrem Job, Ihrem Schmuck, was Sie wollen.«

»Könnte schon sein«, sagte Lynn zögernd. »Das habe ich mich inzwischen auch schon gefragt.«

Er zuckte mit den Schultern. »Könnte Kara den Brief geschrieben haben?«

»*Nein.*«

»Könnte sie gelogen haben, als sie sagte, sie hätte ihm Ihren Brief gar nicht gegeben? Damit Sie dumm dastehen? Vielleicht hat sie ja auch die Wahrheit gesagt, aber sie ist, ohne mit der Wimper zu zucken, zu dem Schluß gelangt, daß Sie das hier geschrieben haben.«

Heftig schüttelte Lynn den Kopf. »Könnte schon sein, daß sie ein bißchen eifersüchtig ist, aber Kara würde niemals ... nein, dazu ist sie gar nicht fähig.«

Leise sagte Mike: »Zu schade, daß sie zu Ihnen offenbar nicht das gleiche Vertrauen hat.«

Während sie den ärgsten Schmerz unterdrückte, sagte Lynn ebenso leise: »Das hat sie.«

Er entgegnete nichts, ließ nur das beklemmende Schweigen zwischen ihnen lasten.

»Manchmal, in einer Krisensituation«, sagte Lynn, »verliert Kara die Beherrschung. Sie regt sich fürchterlich auf und schlägt wild um sich. Das ist schon vorgekommen.«

»Nachtisch, Schätzchen?« fragte Nancy Jean. »Ich habe Zimtkuchen, Maispudding, Käsekuchen mit Ananas und Schokorolle.«

Mit einem Mal verspürte sie eine Riesenlust auf Schokolade, und sie bestellte sich eine.

»Maispudding«, sagte Mike.

»Eiscreme drüber?«

»Ja, gern. Zwei Kugeln.«

Nancy Jean ging. »Das wird Ihnen noch leid tun«, sagte Mike.

Die Kneipe leerte sich allmählich. Lynn blickte auf ihre Uhr: kurz vor acht. Ihr Wagen stand noch immer im Parkhaus von Channel 3. Sie dachte daran, daß sie allein nach Hause fahren mußte, und erschauderte.

»Schokorolle«, sagte Nancy Jean und trug sie auf. »Maispudding.«

Lynn kostete ihren Nachtisch. Mike hatte recht: ein trockener brauner, mit Rasiercreme gefüllter Schwamm. Sie legte die Gabel hin.

Er schob ihren Teller zur Seite und stellte ihr einen anderen hin, auf dem sein halber Pudding lag, gekrönt von einer schmelzenden Eiscremekugel.

»Oh«, sagte sie. »Danke schön.«

»Bitte. Und beim nächsten Mal hören Sie auf mich.«

Bis zur Mittagspause am folgenden Tag hatte Lynn Kara noch immer nicht zur Rede stellen können. Seit der Morgensendung hatte sie sich kaum blicken lassen, und wenn, dann war sie anscheinend beschäftigt oder zu sehr abgelenkt.

Bernadine rief an.

»Ich kann jetzt wirklich nicht sprechen«, sagte Lynn.

»Sie klingen ja furchtbar. Stimmt irgend etwas nicht?«

»Es ist . . . schwierig.« Lynn merkte, daß sie den Hörer förmlich umklammerte, und lockerte ihre Finger etwas.

»Ich will Sie gar nicht aufhalten. Ich bin im Broome Club. Ich habe nur angerufen, um Sie zu fragen, ob Sie sich mir anschließen wollen. Kara hat anscheinend kein Interesse.«

»Haben Sie mit ihr gesprochen? Heute?«

»Erst vor einer Minute. Sie war ausgesprochen abweisend. Oh, warten Sie mal. In Ordnung. Lynn? Elizabeth läßt Ihnen ausrichten, diese Übungen seien sehr gut gegen Streß.«

»Ich glaube, wir sollten jetzt gehen. Gemeinsam«, sagte Lynn, darum bemüht, sich durch Karas verstockte Miene nicht abweisen zu lassen. »Wir müssen miteinander reden, und hier kriege ich dich offenbar nicht dazu. Wir müssen ja keine Übungen machen, wenn du nicht willst. Dort gibt's auch ein Dampfbad, eine Snackbar . . .«

»Hör auf, mich so zu bedrängen.« Kara verschränkte die Arme. »Und hör auf, so zu tun, als ginge es hier um irgendwelchen Kinderkram. Ich bin ziemlich sauer.«

»Ich auch«, sagte Lynn leise und wich einen Schritt zurück. Vor lauter Eifer, endlich mit Kara ins Gespräch zu kommen, hätte sie sie beinahe gegen den Getränketisch im Aufenthaltsraum gedrängt.

»Du hast mich da in eine Situation hineingezogen«, sagte Kara, »aus der ich einfach raus will. *Raus.* Ich weiß nicht, wie du auch nur auf den Gedanken kommst . . .«

»Wie kannst du so etwas sagen, Kara? Wir sind seit zehn Jahren Freundinnen und Kolleginnen. Du kennst Greg doch kaum – und dennoch hast du überlegt, ob du ihm vielleicht eher trauen solltest als mir?«

»Ich kann bloß dem trauen, was ich mit Augen und Ohren wahrnehme.«

»Aber Greg hat das doch beeinflußt!«

»Jedenfalls hatte er keinerlei Einfluß auf das, was *du ihm* geschrieben hast!«

»Es war grob, ich weiß. Wäre er für jemand anderen bestimmt gewesen, hätte ich sicher auch andere Worte gewählt. Doch die Polizei erzählt mir ständig, sie sei machtlos, solange Greg nichts Schlimmeres anstellt. Ich wollte ihn zu etwas verleiten, damit er endlich *aufhört!*«

Eine Minute lang saßen sie schweigend da, blickten einander an und hingen, ohne es zu wissen, dem gleichen Gedanken nach: *Und dabei war ich mir so sicher, daß ich sie hundertprozentig kennen würde.*

»Du glaubst also wirklich« – Lynn hatte Angst, sie könnte zu weit gehen, doch noch mehr Angst hatte sie davor, es nicht zu tun –, »daß ich diesen Drohbrief an mich selbst geschrieben habe.«

Kara preßte die Lippen aufeinander und blickte weg, während Lynn voller Schmerz wartete.

Schließlich sagte Kara: »Ich weiß nicht, was ich davon halten soll. Ständig frage ich mich, wieso du so was machen solltest. Aber dann muß ich wieder an diese Handschrift denken, deine Handschrift, die ich so gut kenne...«

»Er hat sie nachgeahmt, Kara. Er kann alle möglichen irren Sachen, er...«

»Er ist kein Hexer, Lynn!«

Lynns Schmerz verwandelte sich allmählich in Wut. Bittere Worte lagen ihr auf der Zunge. Als Schockreaktion war Karas gestriges Verhalten gerade noch akzeptabel, doch jetzt war es einen Tag später, und sie hatte ein Recht auf ein gewisses Maß an Verständnis.

Doch bevor Lynn noch eine heftige Erwiderung ausstoßen konnte, ertönten auf dem Flur Stimmen: eine Schulklasse, die den Aufenthaltsraum besichtigen wollte.

Lynn biß die Zähne zusammen und stürzte hinaus, bevor sie sich für die Besucher zu einem Lächeln zwingen mußte.

Gregs Vermieterin mißbilligte laute Musik oder einen zu weit aufgedrehten Fernseher. Genau das war Mrs. Minots Wortwahl: *mißbilligen.* Und sie stellte ihre Mißbilligung auch deutlich unter Beweis; er wußte genau, bei welcher Lautstärke er sie am Telefon hatte.

Eigentlich legte er persönlich gar keinen Wert auf zu große Lautstärke, aber es war ein praktisches Mittel, das mehreren Zwecken zugleich diente.

Es erweckte erstens den Eindruck, Lautstärke sei die größte Sünde, die ihr Mieter im oberen Stockwerk begehen könnte.

Zweitens lenkte es sie von seinen anderen Marotten ab, zum Beispiel, daß er niemals Gäste hatte, keinerlei persönliche Post oder Telefonanrufe bekam – obwohl er, vorsichtig, wie er war, beides gelegentlich vortäuschte.

Und es gab Mrs. Minot einen Grund, mit ihrem gutaussehenden, redegewandten Mieter in Kontakt zu bleiben. Und niemand wußte besser als Greg, wie sehr sie dies brauchte, war es doch seine Hauptbeschäftigung, derartige Bedürfnisse zu erzeugen.

Nicht, daß er mit der guten Frau irgend etwas vorgehabt hätte. Er wollte sie genau dort haben, wo sie war. Nichts ging über eine höchst angesehene Vermieterin, unter deren Deckmantel auch er jederzeit schlüpfen konnte.

Er konnte sie jetzt hören, wie sie unter ihm herumtrampelte. Sie färbte ihre Haare; er konnte die Chemikalien riechen. Er verfolgte so etwas genau. Es war ganz nützlich zu wissen, wann sie sich von Türen und Fenstern fernhielt.

Er schaltete eine weitere Lampe ein, änderte dann seine Meinung und knipste sie wieder aus. Das Mondlicht hatte heute abend einen warmen Vanilleton. Es erleuchtete den ganzen Himmel und glitzerte auf den Weihnachtskerzen, mit denen die Palme das ganze Jahr über geschmückt war.

Bald schon würde er sie wieder einschalten können.

Er wußte, daß Lynn Weihnachten liebte. Sie hatte es ihm gesagt.

Diesmal würde sie es nicht lieben.

Er kuschelte sich in seinen Lieblingssessel.

Wo Lynn sich wohl im Augenblick aufhielt? Nur zu gerne stellte er sich seinen Star vor, zittrig und aufgeregt. Inzwischen mußte sie ganz schön paranoid sein, nachdem ihr sämtliche Freundinnen und Kollegen aus dem Weg gingen.

Schon der Gedanke an all das, was er noch mit ihr vorhatte, erregte ihn. Und sie konnte sich nicht einmal davor fürchten, da sie keine Ahnung hatte, wie umfassend seine Fähigkeiten eigentlich waren.

Er genoß es derart, daß er es jedesmal ein Stückchen weiter trieb.

Er hatte diese Methode ebenso mühsam gelernt, wie ein Glasbläser sein Handwerk lernen muß – aber natürlich ohne einen Lehrer. Nur durch eigenes Probieren und durch Fehler.

Mit der kleinen Danita hatte es seinerzeit angefangen.

Er hatte nicht gewußt, was sie mochte, hatte bei jedem neuen Stadium ihrer Affäre gemeint, er sei am Ziel... bis der nächste Kitzel gekommen war.

Auf diese Weise hatte er gelernt, was das Allerbeste war – der Nachtisch, der krönende Abschluß.

Bei Danita war er noch unbeholfen gewesen. Dennoch war ein wunderbares Ergebnis herausgekommen, und dabei hatte er sich nur auf seinen Instinkt verlassen. Am Ende zappelte sie an einem unsichtbaren Faden, wurde als Herumtreiberin beschimpft, und ihre Schönheit war ruiniert von dem Elend, das an ihr zehrte.

Er hatte sie verändert.

»Er hat sich den Aufkleber bei der Poststelle einer Firma am Hollywood Boulevard geschnappt«, sagte Mike, der die Notizen auf seinem Schreibtisch ordnete, während er mit Lynn am Telefon sprach. »Die Poststelle gehört einem Buchführungsunternehmen. Die haben ihre vorgedruckten Luftfrachtaufkleber einfach da herumliegen. Er ist wahrscheinlich einfach reinspaziert, hat einen genommen und ist wieder rausspaziert. Nur bei einem einzigen ist der Verbleib ungeklärt.«

Sie sprachen noch eine Weile miteinander. Er ging mit ihr erneut ein paar frühere Punkte durch.

»Ich habe doch alles schon so oft geschildert«, sagte sie. »Da gibt es nichts Neues mehr.«

»Glauben Sie das nicht. Oft tauchen entscheidende Einzelheiten auf, ohne daß man sich dessen bewußt ist.«

»Eine entscheidende Einzelheit kann ich Ihnen verraten. Ich weiß, wie er meine Handschrift nachgeahmt hat.«

Mike hatte keinen der automatisch alle Gespräche aufzeichnenden Telefonanschlüsse benutzt, doch nun drückte er auf einen Knopf und setzte damit sein Aufnahmegerät in Betrieb. Sobald er das kaum hörbare Rauschen vernahm, mit dem die Kassette anlief, fragte er: »Und zwar?«

»Von meinem Einkaufszettel. Er war vor einer Weile verschwunden. Ich hatte ihn mit einem Magneten an der Kühlschranktür befestigt, und eines Tages war er weg. Möglicherweise hat er auch noch andere Papiere mitgenommen. Bei mir liegen jede Menge Papiere herum. Den Großteil davon würde ich nie und nimmer vermissen.«

»Haben Sie auch eine Erklärung dafür, wieso er es so gut hinbekommen hat?«

»Ich weiß nicht«, sagte Lynn. »Eines seiner zahlreichen Talente, nehme ich an.«

Ihm fiel auf, wie provozierend er klang. Er wechselte das Thema. »Wie geht's Ihrer Assistentin heute? Reden Sie wieder miteinander?«

»Nicht viel«, sagte Lynn, die genau wußte, daß er wieder diese Miene aufgesetzt hatte, diesen herausfordernden Blick, den sie bei Nancy Jean erlebt hatte, als sie seiner Stichelei über mangelndes Vertrauen auf den Leim gegangen war.

Schließlich versprach er ihr, sie anzurufen, falls es irgendwelche Neuigkeiten geben sollte, und legte auf.

Er schaltete den Recorder ab, griff nach unten und nahm die Kassette heraus. Er hielt sie einen Augenblick in der Hand, stieß dann seinen Stift hinein und zerbrach sie mit Bedacht.

Lynn kam sich entsetzlich befangen vor, während sie in Strumpfhose und engem Gymnastikanzug, die sie mit Bernadines Hilfe im Laden des Broome Club ausgesucht hatte, durch den Übungsraum stolzierte. Doch sie wurde ständig in Bewegung gehalten, und die schweißtreibende Beschäftigung lenkte sie von dem Gefühl ab, in einen Alptraum mit allerlei verformten Ungeheuern geraten zu sein.

»Zwei Programme für zwei Tage«, hatte die Trainerin vor einer Woche gesagt, während sie mit krakeligen Strichen das Diagramm für eine Beinhebeübung gezeichnet hatte. »Man baut zu sehr ab, wenn man zu schnell anfängt. Sie können doch zweimal die Woche kommen oder nicht?«

»Ich will's versuchen.«

Nun, da sie zum drittenmal in aller Frühe mit ihren Übungen begann, stellte Lynn zu ihrer Überraschung fest, daß sie keine Angst mehr vor der zehnminütigen Schufterei auf dem StairMaster hatte.

»Ihr Körper gewöhnt sich an die Bewegung«, erklärte Elizabeth. »Durch die Belastung von Herz und Kreislauf werden Chemikalien ausgeschüttet, und nach einer gewissen Zeit freut sich Ihr Körper darauf.«

Hauptsache, es funktioniert, dachte Lynn.

Als sie Lynn etwas später zeigte, wie sie ihren Bizeps aufbauen konnte, sagte die Trainerin: »Es wird nicht lange dauern, bis Sie sehen, wie die Muskeln kräftiger werden.«

»Meinen Sie?« fragte Lynn.

»Klar. Sie sind ja sowieso ziemlich gesund und fit. Die meisten Mitglieder müssen erst mal ihr Übergewicht abbauen und schlechte Angewohnheiten ablegen.«

»Und ich dachte schon, nur ich wäre schwammig.«

»Schwammig?« Elizabeth klopfte mit einem Stift auf Lynns Oberarm. »Normalerweise werden Frauen ab Mitte Dreißig hier etwas schlaffer. Sie haben einen anständig ausgebildeten Trizeps.«

»Das ist ja ermutigend. Abgesehen von meiner Schwägerin und Bernadine Orrin hatte ich niemanden, mit dem ich mich vergleichen konnte.«

Die Frau lächelte. »Bernadine ist eine Klasse für sich. Ihre Schwägerin habe ich noch nicht kennengelernt. Aber wenn Sie wirklich einen Vergleich wollen, brauchen Sie sich nur umzugucken.« Sie blickte auf ihre Uhr. »Halb acht. Haben Sie es eilig?«

»Um Gottes willen, ja. Ich muß zur Arbeit.«

»Aber erst werde ich Sie stretchen, sonst hassen Sie mich morgen. Das werden Sie zwar sowieso tun, aber das hier hilft etwas.«

Während sie sich nach einer kurzen Dusche abtrocknete, dachte Lynn darüber nach, ob sie hinsichtlich des Clubs nicht einen weiteren Vorstoß bei Kara riskieren sollte. Durch die entspannte Atmosphäre könnte vielleicht alles wieder ins Lot kommen. Lynn vermißte das alte Vertrauensverhältnis sehr. Denn der labile Waffenstillstand zwischen ihnen, der hauptsächlich darin bestand, daß sie einander anschwiegen oder sich aus dem Weg gingen, war dafür kein Ersatz.

Als sie den Club verließ, begegnete Lynn Angela, die gerade kam. Sie wollte sich mit einem kurzen Hallo davonstehlen, doch Angela sagte: »Ich muß dir etwas erzählen.«

»Was?«

»Lawrence war gestern beim Arzt. Er hat erhöhten Blutdruck.«

»Davon hat er mir gar nichts gesagt. Ist es schlimm?«

»Nicht dramatisch, aber ... du könntest ihm helfen, Lynn. Ich weiß, daß er sich furchtbare Sorgen um dich macht. Wenn du vielleicht ein bißchen leisetreten könntest bei dem, was du ihm erzählst ...«

Das Lustige dabei war, daß Danita Greg beigebracht hatte, wieviel befriedigender es war, etwas zu tun, als nur zuzugucken. Und deshalb hatte er einige der Techniken, mit denen er in freier Natur herumgespielt hatte, auf die Menschen im Haus angewandt.

In den Gemüse- und Blumengärten, in denen die Ackersklaven Tag um Tag schufteten, gab es reichlich Gelegenheiten zum Experimentieren. Er hatte herausgefunden, daß er Samenkörner auf eine bestimmte Weise abbinden mußte, um mißgebildete Pflanzen zu erzeugen: gekrümmten Spargel, Sonnenblumen, bei denen die Hälfte der Blütenblätter fehlte, winzige, verkümmerte Korianderblätter. Mit Bedacht plazierte Steine führten dazu, daß Pflanzen mit aller Kraft zum Licht wuchsen und herrlich verrückt aussahen.

Er fing an, winzige Mengen Kräuter unter die Sachen im Haus zu mischen, die die Menschen aßen, tranken oder mit denen sie sich betupften. Er wußte im allgemeinen, welche Pflanzen er nehmen mußte, da die Feldarbeiter sie gegen alle möglichen Krankheiten verwendeten und daher ihre Wirkstoffe kannten. Außerdem erweiterte er sein Wissen, indem er genau darauf achtete, zu welchen Ergebnissen seine Taten führten.

Und die Ergebnisse waren vielfältig. Mit der Zeit konnte er anhand des Verhaltens, der Hautfarbe oder des Uringeruches genau feststellen, wer in der Familie dies oder das zu sich genommen oder verwendet hatte. Zermahlene und getrocknete Süßholzwurzel beispielsweise förderte den Kreislauf und erzeugte ein rotes Gesicht. Bei Schwertlilienextrakt mußte man ständig zur Toilette. Gregs Lieblingspflanze aber war weißer Chili, winzig kleine Blüten, die, wenn sie unters Essen gemischt wurden, dazu führten, daß man geschwollene, mit roten Bläschen übersäte Lippen bekam.

Doch als er älter wurde, langweilten ihn die begrenzten Möglichkeiten auf dem Herrensitz, und er dachte immer öfter darüber nach, seine Familie zu verlassen. Als seine Eltern kurz nacheinander den Fiebertod starben, konnte er seinen Entschluß in die Tat umsetzen. Nun waren nur mehr seine Schwestern übrig, die ihn ohnehin niemals interessiert hatten.

Daher brach er nach San Diego auf, ließ seine pharmazeutischen Spiele und die wohlhabenden Opfer hinter sich und lernte mit der Zeit, wie leicht und lohnend es war, Veränderungen bei Menschen zu bewirken, ohne etwas anderes als seine persönlichen Vorzüge einzusetzen: seine Anziehungskraft, Intelligenz und Raffinesse.

Trotz des Trainings war Lynn als erste im zwölften Stock. Neben der Glastür zur Anmeldung stapelte sich bereits die Post. Lynn, die von der Sorge um Booboo und dem Ärger über die Fürsorglichkeit ihrer Schwägerin abgelenkt war, wollte die Post zunächst einfach liegenlassen, änderte dann aber ihre Meinung.

Während sie nach ihren Schlüsseln langte, blätterte sie durch die Umschläge. Dabei fielen ihr einige in Übergröße auf, die einander glichen und mit maschinengeschriebenen Aufklebeadressen versehen waren. Sie nahm einen Schlüssel, schlitzte den an sie adressierten Umschlag auf und zog den darin steckenden Gegenstand heraus: ein Foto.

Ein Blick auf die nackte Frau mit den in einer pornographischen Pose gespreizten Beinen genügte. Mit pochendem Herzen rannte Lynn zum Schreibtisch in der Anmeldung und zerknüllte in der linken Hand das Bild, während sie mit der rechten bereits nach dem Papierkorb unter dem Schreibtisch griff.

Doch dann hielt sie mit ausgestreckten Händen inne, als ihr vollends zu Bewußtsein kam, was auf dem Bild zu sehen war.

Das mit Glockenblumen gemusterte Kissen unter dem nackten Hintern war *ihr eigenes Kissen.*

Sie strich das Bild wieder glatt und starrte darauf. Es stimmte. Es war das Kissen aus ihrem Bett. Es war ihr Bett. Und die Frau, um Gottes willen, das war sie.

Greg war in jener Nacht besonders zauberhaft gewesen, hatte immer wieder ihren Rücken gestreichelt, und sie hatte das Wechselspiel zwischen seinen warmen Händen und der frischen Herbstluft genossen, die durch das offene Schlafzimmerfenster hereindrang. Er hatte ihr ein Kissen unter Kopf und Schultern gelegt und ein weiteres unter den Hintern, hatte flüsternd gemurmelt, wie süß und sanft ihre Haut da unten sei. Elton John und fließende Pianomusik, wie Lynn jetzt wieder einfiel, und ihre Leiber hatten sich im Rhythmus der sprudelnden Töne gewiegt.

Derart entspannt, war es ihr, obwohl das Schlafzimmer nur im Halbdunkel lag, nicht einmal im Traum eingefallen, eine etwas vorteilhaftere Haltung einzunehmen, als Greg aufgestanden war, um ein neues Kondom zu suchen . . .

Bei dieser Gelegenheit mußte er es getan haben. Er hatte nicht nur das Kondom geholt, sondern auch eine lichtstarke Kamera. Und er hatte auf sie angelegt und abgedrückt und ihren Körper in dieser unfaßbar erniedrigenden Einstellung festgehalten – ein Zerrbild aus quellendem Fleisch, Haaren, Häutchen und sogar etwas Feuchtigkeit.

Die Bilder gingen im ganzen Sender herum. Ein Wachmann namens Jaime Cortez machte es sich zur Aufgabe, jedes, das er finden konnte, einzusammeln und zu vernichten. In zwei Fällen nahm er sie, laut Kara, sogar dem technischen Personal ab, das sie behalten wollte.

»Tut mir leid«, sagte Kara, als Lynn fünfundzwanzig Minuten vor Sendebeginn betont aufrecht auf ihrem Schreibtischstuhl saß und darauf wartete, daß das Tylenol ihre Kopfschmerzen lindern möge. Sie mußte sich hinunter ins Studio schleppen, sie mußte eine prima Sendung machen, sie mußte eine eiserne Wand um sich aufrichten wider diese scheußliche Demütigung, diesen Skandal. »Tut mir leid, daß das passiert ist. Und daß ich die ganze Woche so ein Biest war.«

Lynn blickte sie an. Es war das erste Mal an diesem Morgen, daß sie jemandem in die Augen sehen konnte.

»Ich habe mit Mary gesprochen«, fuhr Kara fort. »Mit ihrer Hilfe bin ich überhaupt erst drauf gekommen, daß ich deswegen sauer war, weil ich dachte, du würdest alles vermasseln. Ich hatte Angst, du würdest uns beiden diese Übernahme kaputtmachen. Daher habe ich meine Angst auf alles mögliche übertragen, wo sie nichts zu suchen hatte. Und es tut mir leid. Ich bin eigentlich gar nicht wegen dir hier. Aber jetzt schon.«

8. KAPITEL

Normalerweise mochte Greg keine Rothaarigen. Doch die Frau hatte wunderschöne, feingeschnittene Züge, einen Schmollmund, rosa Steine an den Ohren ... und alles zusammen gefiel ihm so gut, daß er ihr in einen Buchladen folgte.

Er achtete derzeit nicht groß auf Frauen; im Augenblick war sein Bedarf reichlich gedeckt. Seit die Sache mit Lynn angefangen hatte, hatte er für sein Wohlbefinden nicht mehr viel Abwechslung gebraucht.

Die Frau blieb vor einem Regal stehen. Er stand ein paar Meter hinter ihr und reckte den Hals, um zu sehen, was sie aussuchte. *Methoden der Erwachsenenbildung.* Vielleicht war sie eine Art Lehrerin. Er verspürte ein Ziehen in seinem besten Körperteil. Er durfte nicht dauernd an Lynns Vorzüge denken. Sie verdarb ihm den Geschmack auf alltägliche Frauen. Die Herausforderung war ja soviel köstlicher.

Durch das Schaufenster fiel die Sonne ein und überzog das Haar der Frau mit einem feurigen Schimmer. Greg sah zu, wie sie das Buch durchblätterte; sie wirkte, als könne sie mit einem Blick selbst die komplizierteste Statistik erfassen.

Er mußte sich den Mund zuhalten, sonst hätte er losgekichert.

Doch dabei handelte es sich nur um seinen angenehmsten Charakterzug – seinen Sinn für Humor. Lynn hatte ihm das oft bestätigt.

Wäre ganz amüsant zu wissen, was sie jetzt wohl von seinem Sinn für Humor hielt.

Er konnte sich noch an ein anderes Mal erinnern, wo er das extra lichtstarke, für Nachtaufnahmen geeignete Objektiv benutzt hatte: Marti, die Coiffeuse aus Calistoga, Kalifornien. Damals hatte er bereits seine Tradition persönlicher Liebesnamen begründet, und sein Liebesname für sie lautete Pony, angeregt durch ihr rotbraunes Haar, das sie immer mit einem Band zusammenraffte.

Er hatte mehrere Schnappschüsse von ihr, wie sie sich mit herunterhängenden Haaren und in die Luft gerecktem Hintern über einen Stuhl beugte – ein hübscher Hintern, der unbedingt einen zweiten Gummi wert war, so hatte er sich mit aufrichtigem Bedauern entschuldigt, als er sie eine Minute allein gelassen hatte, um zur Kamera zu greifen.

Am Abend darauf, es war Sonntag, stahl er sich in ihren Schönheitssalon, klebte die Fotos, Bild nach außen, von innen an das Schaufenster, so daß sie sie erwarteten, wenn sie am Montagmorgen ihren Laden aufschließen würde, und blockierte die Tür, bevor er sich wieder davonmachte.

Hervorragende Arbeit.

Von Lynn gab es nur eine Aufnahme. Sie war Reporterin, hatte scharfe Sinne; er hatte schon bei dem einen Mal befürchtet, sie könnte das Klicken der Kamera hören.

Doch sie hatte nichts gehört, und nun hatte er statt eines popeligen Friseurladens einen ganzen Fernsehsender zu seiner Bühne erkoren.

Herrgott, sie inspirierte ihn.

Voller Vergnügen malte er sich aus, wie sie sich fragte, was wohl als nächstes kommen würde. Er genoß den Gedanken daran, wie die Polizei, oder wer auch immer, hinter jeder noch so kleinen Spur herhechelte, falls es überhaupt welche gab, bei Federal Express und jedem dämlichen Postamt nachfragte. Aber vermutlich legte Lynn Marchette gar keinen Wert darauf, wegen ein paar kleiner Tricks das Geld der Steuerzahler zu verschwenden.

Vielleicht später.

Die Frau ging zur Kasse und bezahlte zwei Bücher. Als er ihr zum Ausgang folgte, sah Greg kurz ihr Spiegelbild in der Glastür. Sie war entzückend, der Größe nach wie für ihn geschaffen. Ein Augenzwinkern, und er könnte sie haben.

Doch wieder einmal stellte er fest, daß er sich nichts daraus machte.

Lynn, das war das wahre Vergnügen. Er konnte nur noch an Lynn denken.

»Ich habe Sie zu erreichen versucht«, sagte Mike. Er stand in der Tür von Lynns Wohnung und trug schwarze Jeans, einen olivgrünen Parka und das unvermeidliche Sweatshirt. Diesmal stand *B. C.* darauf. »Ich habe vor einer Stunde bei Ihnen im Büro eine Nachricht hinterlassen.«

Lynn trat einen Schritt zurück und ließ ihn herein. »Ich bin heute ausnahmsweise mal früher nach Hause gegangen.«

Sie hatte aufgehört, Tylenol zu schlucken; die Tabletten hatten sowieso nichts gegen die Kopfschmerzen ausgerichtet. Es hatte sie ihre ganze Energie gekostet, die Sendung durchzustehen, und das in dem Wissen, daß jeder im Studio und in der Regie noch vor kurzem ihre Vagina betrachtet hatte.

»Die Fotos wurden an zwei Orten aufgegeben«, sagte Mike. »In West Los Angeles und in Studio City. Einfach in den Postkasten geworfen.«

Lynn ging zurück zur Couch. Auf dem Kaffeetisch stand ein Eisbeutel. Nach der letzten Wurzelkanalbehandlung hatte ihr der Zahnarzt Percodan verschrieben, aber sie war noch nicht in der Apotheke gewesen. »Haben Sie etwa deswegen angerufen?«

»Nein. Ich habe angerufen, weil ich Ihr Einverständnis brauche, bevor ich Los Angeles mit weiteren Einzelheiten versorgen kann.«

»Was für Einzelheiten?«

»Wer Sie sind«, sagte er.

»*Nein*. Hören Sie, ich meine das nicht abweisend, aber ich

möchte einfach nicht, daß die Polizei in Los Angeles erfährt, daß es sich um mich handelt.«

»Überlegen Sie es sich noch mal«, sagte Mike. »Wenn es irgendwo Unterlagen über den Kerl gibt, dann dort. Außerdem sind sie die einzigen im ganzen Land, die eine eigens auf derartige Fälle spezialisierte Einheit haben.«

»Aber wozu brauchen sie meine Personalien, um Ihnen Auskünfte zu liefern?«

»Die brauchen einen Grund, bevor sie sich intensiver darum kümmern. Und was für eine Karte soll ich sonst ausspielen? Es liegt kein Verbrechen vor, nicht mal ein...«

»Er hat mich durch dieses abscheuliche, ekelhafte Bild gedemütigt, das er heimlich aufgenommen hat. Er hat mir in einem Brief gedroht...«

Mike schüttelte den Kopf.

»Ein Bild von Ihnen aufzunehmen oder es an jemanden zu verschicken, ist kein Verbrechen. Was den Brief angeht, so hat er Ihnen nur mitgeteilt, was er *nicht* angestellt hat. ›Es wäre mir ein leichtes gewesen, Dir weh zu tun... doch das wäre eine zu prompte Genugtuung.‹ Sehen Sie, Lynn, der Kerl ist, und das sage ich nur ungern, viel zu intelligent. Strenggenommen hat er sich nicht einmal dadurch schuldig gemacht, daß er Ihnen nachgestellt hat. Ich kann es einfach nicht rechtfertigen, allzu viele Arbeitsstunden darauf zu vergeuden. Und selbst wenn man ihn findet, können wir bei diesem Stand der Dinge nichts weiter tun, als mit ihm reden.« Er sah sie stirnrunzelnd an. »Haben Sie was Anständiges gegen Ihre Schmerzen genommen?«

»Tylenol, heute morgen. Es hat nicht geholfen.«

»Echte Aspirin sind nach wie vor am besten. Haben Sie welche da?«

»Ich bin mir nicht sicher.«

Er machte sich nicht erst den Umstand, sie vorher zu fragen, sondern steuerte zielsicher auf ihr Badezimmer zu. Lynn hörte ihn Schränke öffnen. Sie stand auf und wollte ihm folgen – doch statt dessen blieb sie stocksteif stehen, als ihr eine von Mikes Bemerkungen einfiel.

Ich kann es einfach nicht rechtfertigen, allzu viele Arbeitsstunden darauf zu vergeuden.

Was tat er dann eigentlich hier?

Wieso kümmert er sich dann weiter um den Fall?

Um ein nicht begangenes Verbrechen aufzuklären? *Oder weil er glaubte, er habe es hier mit einer krankhaften, von Wahnvorstellungen heimgesuchten Fernsehtante zu tun?*

Abgrundtiefe Panik stieg in Lynn auf. Sie atmete tief ein, um das wacklige Gefühl zu vertreiben, und ging dann zielstrebig auf das Badezimmer zu.

Mike kauerte vor dem Schränkchen unter dem Waschbecken und kramte darin herum. Er drehte sich um und hielt ihr eine Packung Aspirin hin.

Lynn sah ihn an. »Wieso sind Sie eigentlich hier, wenn Sie es nicht rechtfertigen können, zuviel Zeit auf meinen Fall zu vergeuden?«

Er taxierte sie mit einem kurzen, abschätzenden Blick, so als kontrolliere er ein Thermometer. Dann erhob er sich.

Sie war in Strümpfen, und er trug Stiefel, doch ihre Augen waren nahezu auf gleicher Höhe. Sie zitterte vor Schmerz, Angst und Zorn, doch sie hielt seinem Blick stand. »Sie halten mich für eine Psychopathin«, sagte sie. »Sie wiegen mich im Glauben, Sie seien auf meiner Seite, aber das sind Sie gar nicht. Sie graben mir eine Grube und warten darauf, daß ich hineinfalle!«

Sie erwartete, daß er zurückbrüllen würde, bettelte geradezu darum, weil sie endlich die Wahrheit hören wollte, einfache Sätze und Antworten, ein schlichtes Ja oder ein klares Nein.

Egal, was dabei herauskommen mochte, es konnte nur besser sein als dieses ungewisse Dahintreiben von einem Schrecken zum nächsten.

Doch statt dessen ging er an ihr vorbei und holte aus der Küche ein Glas Wasser für sie, bevor er wieder ins Wohnzimmer trat.

»Kommen Sie her«, sagte er nach hinten gewandt. »Setzen Sie sich.«

Sie blieb stehen, wo sie war. »Versuchen Sie bloß nicht, mich herumzukommandieren. Sie sind mir eine Antwort schuldig.« Ihre Kopfschmerzen wurden von Sekunde zu Sekunde schlimmer.

Er reichte ihr drei Aspirin und das Wasser.

»Ich werde Ihnen alle Antworten liefern, die Sie wollen. Aber erst schlucken Sie die hier.«

Sie kehrte zur Couch zurück und nahm die Tabletten, eine nach der anderen.

Mike zog den Sessel näher zum Tisch und setzte sich ihr gegenüber hin. Er beugte sich vor und sah sie eindringlich an. »Zugegeben, ich war zuerst versucht, das zu glauben«, sagte er. »Als Ihre Assistentin Sie bezichtigt hat – Ihre Freundin . . .« Er schüttelte den Kopf. »Es hat einfach nicht hingehauen. Der verdammte Brief hat nicht hingehauen. Das mit der nachgemachten Handschrift . . . nie im Leben.«

Er beugte sich noch ein Stück vor. »Ja, ich habe über Sie nachgedacht. Hätte ja sein können, daß Sie die öffentliche Aufmerksamkeit ein bißchen hochkitzeln wollten. Aber einen Tag später bin ich zu dem Schluß gekommen, daß Sie nichts damit zu tun haben. Diesen Mist mit dem wabbeligen Fleisch im Badeanzug hätten Sie nicht geschrieben.«

»War das der einzige Grund?« fragte sie.

»Nein. Aber es ist der einzige, der konkret auf der Hand liegt. Und diese Bilder heute . . .« Er schüttelte den Kopf. »Reicht Ihnen das als Antwort?«

»Nein«, sagte sie. »Ich verstehe noch immer nicht, wieso Sie sich weiter damit beschäftigen.«

Er seufzte. »Weil wir es hier mit einem Abartigen zu tun haben, der durch alle Raster fällt. Mit einem völlig neuen Kaliber von Schmutzfink. Ihre Schrift so zu fälschen, daß nicht mal Ihre Assistentin einen Unterschied feststellt . . . heimlich per Nachtsichtkamera ein Foto zu schießen und es in der Gegend herumzuschicken . . .«

»Was ist damit? Reden Sie weiter.«

»Ich weiß es nicht. Genau das ist es ja. Bis zu dem Brief hat alles ins übliche Muster gepaßt. Eigentlich hätte man annehmen können, daß er sich mit der Zeit langweilt, sich jemand anderen vorknöpft und Sie in Ruhe läßt. Aber jetzt . . .« Er zuckte mit den Schultern. »Ich glaube nicht, daß es dazu kommen wird. Wahrscheinlich wird es schlimmer und schlimmer werden.«

Dennis rückte ihr einen Sessel zurecht. »Wie geht's Ihrem Kopf heute?«

Besser als meiner Würde, hätte Lynn am liebsten gesagt. Im Laufe der Nacht hatte sie irgendwann begriffen, daß mit dem Foto genau diese Wirkung beabsichtigt war: Sie sollte sich verkriechen und allen, die es gesehen hatten, aus dem Weg gehen.

Lassen Sie sich nicht um Ihre Kraft bringen.

»Ich könnte jetzt natürlich um den heißen Brei herumreden«, sagte Dennis, »aber damit wäre Ihnen und mir auch nicht geholfen. Lassen Sie mich nur eines sagen: Angesichts der ganzen Aufmerksamkeit, die Sie in Ihrer Sendung Obsessionen und Nachstellungen widmen, ist es schon eine gottverdammte Ironie, daß Sie das jetzt selbst mitmachen müssen.«

Lynn setzte sich jetzt aufrechter hin. »Danke für Ihr Verständnis, Dennis.«

»In Hollywood ist das derzeit eine regelrechte Seuche. Ich lese ständig darüber. Aber ich hätte nie gedacht, daß ich so etwas mal hautnah erlebe.«

»Ich auch nicht«, sagte Lynn.

»Kommt mir so vor, als müßten wir ständig daran erinnert

werden, daß Ruhm auch seine Kehrseiten hat. Wenn man sich öffentlich präsentiert, hat man eben keinen Einfluß darauf, wen man alles anlockt. Irgendein Spinner bekommt eine fixe Idee, meint, er hätte einen Anspruch auf einen ... Sagen Sie, was unternimmt eigentlich die Polizei? Ich werde denen mal ein bißchen Dampf machen.«

»Ein Detective hat die Sache in die Hand genommen – er war als Gast in einer Sendung. Aber allzuviel kann er nicht unternehmen. Es liegt kein Verbrechen vor.«

»Quatsch. Wie ist der Mann dann in Ihre Wohnung gekommen, als er das Bild gemacht hat?«

In diesem Augenblick wurde Lynn klar, daß Dennis überhaupt nichts von Greg wußte. Sie hatte angenommen, daß mittlerweile mindestens ein Dutzend Versionen von der Geschichte im Sender kursierten.

»Der Mann ist nicht gerade ein Fremder«, sagte sie. »Wir hatten eine Beziehung. Aber es wurde irgendwie komisch, und ich habe dann Schluß gemacht. Und von da an schickte er mir Sachen, stellte mir nach. Er hat mir einen Drohbrief in meiner eigenen Handschrift geschrieben ...«

»War das der Grund, weshalb wir die Konferenzen über die Pilotsendung verschieben mußten?«

»Ja.«

»Sagten Sie, in Ihrer *Handschrift*?«

»Er hat sie so gut nachgeahmt, daß nicht einmal Kara einen Unterschied bemerkt hat.«

»Wann hat er dieses Bild aufgenommen?«

»Er hat es heimlich getan, als wir noch zusammen waren.«

Dennis blickte sie eine Minute lang an, ohne ein Wort zu sagen. »Und wie lange waren Sie zusammen?«

»Nur zwei Wochen. Er wohnt in Los Angeles. Wir haben uns dort kennengelernt, als ich mit den Leuten von QTV verhandelt habe.«

Es klopfte an Dennis' Tür, und Kara kam herein. »Ich habe gerade mit Oprahs Assistentin telefoniert. Die denken ernsthaft über die Pilotsendung nach. Sie meint, du solltest Oprah anrufen.«

»Jetzt?«

»Jetzt.«

9. KAPITEL

Noch nie hatte Greg soviel Spaß beim Vorbereiten seiner Überraschungen gehabt.

Normalerweise konnte er nur eine Person überraschen. In Lynns Fall dagegen hatte er ein Publikum, wenn er alle ihm offenstehenden Möglichkeiten ausschöpfte. Und das würde er, unbedingt. Heute erst hatte er sich das notwendige Zubehör besorgt, das er bei seinem nächsten Abstecher in ihr Revier einsetzen wollte.

Er war noch nicht annähernd fertig mit ihr.

Normalerweise, das hatte er sich zur Regel gemacht, war er an diesem Punkt mit ihnen durch. Er hatte sein Andenken, und von da an passierte nicht mehr genug, als daß es ihn weiter interessiert hätte.

Gelegentlich war er sogar mit ihnen fertig, bevor sie es waren. Manchmal kamen sie sogar auf die fixe Idee, er wolle mit seinen Geschenken und Spitzfindigkeiten eine wahre und echte Beziehung aufbauen . . . wie Hunde, die zu blöde sind, um zu begreifen, daß das Filet madig geworden ist.

Bei diesen seltenen Anlässen bedauerte es Greg manchmal, daß er freischaffender Alleinunterhalter in Sachen Liebe war und daher niemanden hatte, den er an dem Spaß teilhaben lassen konnte.

Er dachte an das dunkeläugige Rehlein. Lange Beine, ein schmales Gesicht, das ihn auf ihren Liebesnamen gebracht hatte. Tina. Süß und wild darauf, ihm zu gefallen. Er hatte sie in einem kleinen, mit Hängepflanzen geschmückten Café in Studio City kennengelernt. Da er zuerst mit dem Rücken zu ihr gesessen hatte, war es zunächst wie eine Art Hörspiel gewesen.

Er hatte gegrillten Lachs gegessen und aus reinem Vergnügen zugehört. Sie war mit ihrem Mann da, und der Bursche bestritt das ganze Gespräch, während Tina nur ab und zu ein paar entzückte oder bestätigende Ausrufe beisteuerte.

Doch als er auf seinen Kaffee wartete, fiel Greg ein gewisser Unterton auf, und er hörte genauer hin. Tinas Mann – Jeremy hieß er – hatte drei oder vier Wodka intus und trieb ein Spielchen mit ihr. Systematisch verstellte Jeremy Tina jede Möglichkeit, das Essen ohne irgendeinen verbalen Fehltritt hinter sich zu bringen, auf den er sich augenblicklich stürzen konnte. Nach und nach trieb Jeremy sie in die Enge.

Zu derartigen Taktiken hatte Greg sich nie herablassen müssen. Mit so etwas gab sich nur der Durchschnittstyp ab, der damit die ehrenwerte väterliche und großväterliche Tradition fortsetzte. Doch das hieß keineswegs, daß er so etwas nicht zu schätzen wußte, wenn er zufällig darauf stieß – so wie ein Feinschmecker, der gelegentlich auch Appetit auf einen hübschen Hamburger hat.

Daher lauschte Greg gespannt, was ihm da sozusagen zum Nachtisch geboten wurde, als Jeremy Tina geschickt in die Falle lockte. Der Mann erzählte ihr eine verwirrende, zusammenhanglose Geschichte, und als sie Fragen stellte, warf er ihr vor, nicht richtig zugehört zu haben . . . bis er schließlich zum Gnadenstoß ausholte.

»Du hast nicht zugehört. Du hörst *nie* zu«, hatte Jeremy gezischt.

»Doch. Das tue ich immer.«

»Du bist so scheißegoistisch. Immer muß sich alles um *dich* drehen. Weißt du eigentlich, wie restlos satt ich deinen Blödsinn habe?«

»Hör auf zu brüllen –«

»Verdammte Scheiße noch mal, schreib mir nicht vor, was ich zu tun habe!«

Plötzlich hatte Greg einen Einfall, wie er die kleine Posse in ein richtiges Theater verwandeln konnte.

Nachdem er bezahlt hatte, stand er aus seiner Sitznische auf. Er ging an ihren Tisch und blickte von oben auf sie herab. Jeremy war rot angelaufen und wollte gerade aufstehen; Tina hatte tapfer die Arme verschränkt, doch ihre Mundwinkel zuckten.

Sanft sagte Greg zu Tina: »Entschuldigen Sie, aber ich habe Ihr Gespräch zufällig mitgehört. Kommen Sie, ich rufe Ihnen ein Taxi.«

Jeremy ging an die Decke. »Wer, zum –«

»Halten Sie den Mund«, sagte Greg. »Sie schikanieren diese Frau. Suchen Sie sich doch einen echten Gegner, wenn Sie den harten Kerl spielen wollen.« Greg tätschelte Tinas Schulter. »So etwas brauchen Sie sich nicht bieten zu lassen. Kommen Sie, gehen wir.«

Am Ende des Abends hatte Greg ein Zimmer in einem Motel genommen, die ganze Nacht mit ihr dagesessen, ihre Hand gehalten und alte Filme angeguckt, bis sie an seiner Brust einschlief.

Es war geradezu lächerlich einfach gewesen, sie zu erobern. Tina hatte sich von Jeremy scheiden lassen, eine eigene Wohnung gemietet und bei der Einrichtung und Ausstattung ständig um seinen Rat gebeten. Zum Abschluß des dritten Aktes hatte Greg, nachdem er sie wieder aufgebaut hatte, Tina nach und nach ebenso in die Ecke getrieben wie Jeremy, aber natürlich weitaus subtiler. Doch es ging so mühelos vonstatten, daß es ihn eher langweilte, als daß es ihm Spaß machte.

Er konnte durchaus mit Jeremy mitfühlen.

Sie hatte Jeremy offenbar nie vermißt, aber an ihm hing sie, wie Greg sich erinnerte, wie eine Klette. Egal, was er anstellte, um sie zu ernüchtern, sie bemühte sich nur noch mehr, ihm zu gefallen. Sie liebte ihre Tätowierung, und hätte er sie darum gebeten, hätte sie sich auch eine auf die Leber machen lassen. Für sie war keine seiner Forderungen unzumutbar, keine Stellung zu erniedrigend. Wenn er es wollte, schrubbte sie dreimal den Boden, tauschte ihre sämtliche Garderobe aus, kroch im Chinarestaurant unter den Tisch und blies ihm einen.

Selbst als er ihr den Laufpaß gab, war das nicht deutlich genug für sie. Egal, was er ihr schickte oder schrieb, sie wollte nicht von ihm lassen. Wollte ihn nicht gehenlassen, fuhr nächte- und tagelang in Los Angeles herum und suchte ihn.

Ein- oder zweimal hatte sie ihn sogar gefunden. Eine interessante Erfahrung. Noch nie zuvor hatte er so im Mittelpunkt gestanden.

Doch genau das war schließlich das Kennzeichen des wahren Abenteurers, nicht wahr? Allzeit bereit und willens zu sein, auch die durch den Reiz des Unverhofften eintretenden Komplikationen auszukosten.

Dann war da Abel gewesen, sein Sitznachbar während eines Fluges von Sacramento nach San Diego – Greg hatte ihn wegen seiner beeindruckenden Ausdauer so genannt.

Da bei diesem speziellen Job alle Spesen übernommen wurden, war Greg in der ersten Klasse geflogen. Und weil ihm nach Feiern zumute war, hatte er den Champagner genossen, der floß ...

»Champagner«, hatte der Mann mit der beginnenden Glatze vorgeschlagen, worauf sie beide herzlich lachen mußten.

Sie hatten einander vorgestellt, und Greg hatte ihm eine seiner zahlreichen Visitenkarten überreicht. Demnach war er Ethan Richards aus Sacramento – doch hatte er die Karte erst kürzlich vom richtigen Ethan erhalten, einem Makler aus Sacramento, den er im Foyer des Marriott kennengelernt hatte.

Abel trug ein Sportsakko von Hugo Boss – und Lidstrich. Als er nach einem Hummer Mornay und ein paar weiteren Gläsern Champagner vorschlug, sie sollten sich auf die Toilette zurückziehen und gemeinsam einen Joint rauchen, war Greg einverstanden ... und sah voller Interesse zu, wie Abel den Rauchdetektor außer Betrieb setzte, die Tüte anzündete und, nachdem sie damit fertig waren, das Sportsakko und alles andere ablegte.

Eine Woche lang hatte Greg jeden Abend mit Abel verbracht. Dann, als seine Arbeit so gut wie beendet war, hatte er sich noch einen ganz besonderen Spaß herausgenommen und Abel ein paar Geschenke gemacht, die er sinnigerweise an seinen Arbeitsplatz schickte: die schärfsten Hefte voller Muskelmänner und eine Magnumflasche Champagner mit einem an den Hals gebundenen Dildo.

Doch Abel ließ sich ebensowenig abwimmeln wie Tina.

Wieder zurück in Los Angeles, fielen Greg ständig die Kleinanzeigen in den Zeitungen auf: »ETHAN« – »ABEL« VERMISST DICH: MELDE DICH. Als er das nächste Mal beruflich nach Sacramento kam, wurde er im Marriott erwartet, da Abel gesehen hatte, wie er ein Streichholzheftchen von dort benutzt hatte.

Also drehte sich Greg einmal mehr mit dem Wind und nutzte die Situation. Er wiegte Abel im Glauben, sie hätten nach wie vor ein inniges Verhältnis, machte ihn scharf – und verschaffte sich so einen himmlischen Ausgangspunkt für einen weiteren Hagel teuflischer Tricks.

Sollte nur keiner sagen, er könne nicht spontan sein.

Am Dienstag nach Thanksgiving war es bedeckt und stürmisch. Die Ampeln schaukelten wie wild, und die Luft war voller Staub, unsichtbar zwar, aber man spürte ihn zwischen den Zähnen.

Lynn schloß die Tür zu ihrer Wohnung auf. Nur mit Mühe gelang es ihr, die Anspannung zu ertragen. Ständig fragte sie sich, was Greg wohl als nächstes tun würde. Ständig fragte sie sich, was ihre Freunde und Bekannten denken mochten.

Angela hatte ihr zu mehr Training geraten. Sie schien zufrieden, daß Lynn endlich in ihren Club ging, kommandierte sie dort aber herum und schrieb Lynn ständig vor, was sie ihrer Meinung nach tun sollte. Weil sie ihr zudem vorwarf, Lawrence mache sich zuviel Sorgen um sie, ging Lynn ihr am liebsten aus dem Weg.

Aber sie war Angelas Bitte nachgekommen. Booboo wußte nichts von dem Foto. Sein Blutdruck war in Ordnung.

Lynn schloß die Tür hinter sich, legte den Stapel Post auf den Tisch und ließ sich auf das Sofa sinken.

Der Wind pfiff um ihre Balkontür.

Sie war versucht hinauszugehen; bei derartigem Wetter hatte sie stets den Wunsch, es hautnah zu spüren, zu sehen, wie es sich auf ihrer Haut anfühlte, was es im Hafen anrichtete.

Doch sie war zu müde.

Sie griff nach ihrer Post. Zwischen den Briefen und Drucksachen befand sich unter anderem ein steifer brauner Umschlag. Sie nahm ihn mit in die Küche und schlitzte ihn mit einem Messer auf.

Und blieb wie erstarrt an der Küchentheke stehen.

Es war dasselbe scheußliche Foto, das an sämtliche Leute bei Channel 3 verschickt worden war – doch diesmal war es leicht verändert. Dort, wo sich ihre Brustwarzen befunden hatten, waren nur mehr blutige rote Löcher. Ein Steakmesser ragte zwischen ihren Beinen hervor, und von den Glockenblumenlaken tropfte Blut auf den Teppich.

Irgend etwas war mit ihren Muskeln nicht in Ordnung. Sie wollte das abscheuliche Bild fallen lassen, konnte es aber nicht. Sie hielt es einfach hoch, starrte es an, berührte die Blutstropfen . . .

Dann, mit einem Mal, löste sich die Starre in ihren Händen. Sie warf das Bild zu Boden, trat darauf und wollte es mit ihren Stiefeln zermalmen.

In einem Anflug von Vernunft fragte sie sich, ob sie wirklich etwas zerstören sollte, das als Beweismittel dienen könnte. Doch in einem weiteren Anflug fragte sie sich, wieso sie sich die Freude eigentlich nicht gönnen sollte.

Der Wind draußen heulte um den Balkon. Das Geräusch war jetzt alles andere als verlockend oder freundlich.

Sie unterdrückte ihre Panik. Wenn sie sich nicht mit aller Kraft zusammenriß, würde sie losschreien.

Doch die Angst drohte sie zu überwältigen.

Sie sollte lieber Mike anrufen.

Sie trug das Telefon zur Couch, wählte die Nummer des Polizeireviers und hörte das Besetztzeichen.

Ein Besetztzeichen?

Sie mußte sich verwählt haben.

Sie versuchte es noch einmal. Jetzt kam schon bei der ersten Ziffer das Besetztzeichen.

Die Panik überwältigte sie. Sie konnte sie an allerlei komischen Stellen spüren: unter ihrer Zunge, unter den Armen.

Wieder wählte sie die Nummer. Hörte das Besetztzeichen, wählte noch einmal.

Das Licht ging aus.

Sie schrie, sprang auf und stieß mit dem Knie an das Kaffeetischchen. Sie rannte zur Tür, riß sie auf, wollte in den dunklen Flur hinausstürzen, stürmte dann, die Hände wie Fühler ausgestreckt, so schnell wie möglich zurück und holte ihren Mantel und ihren Regenschirm.

Kein Fahrstuhl. Sie tastete sich die dunkle Treppe hinunter und schwenkte dabei, da ihr kein anderes Mittel zur Verteidigung einfiel, den Regenschirm vor sich hin und her wie ein Blinder seinen Stock.

Sie stieß die Tür vom Treppenhaus zum Foyer auf und sah erlösenden Lichterglanz – Straßenlampen! Sie rannte zur Tür, warf sich dagegen und taumelte hinaus in den Wind und die Normalität.

»Das liegt am Wetter«, sagte Mike. »Überall in der Stadt gibt's Stromausfälle. Wo stecken Sie? Unter wessen Nummer habe ich eigentlich angerufen?«

»Ich bin bei Kara. Ich hab mir ein Taxi genommen. Mike, ich konnte nicht einmal die Polizei anrufen!«

»Na ja, an so einem Abend ruft jeder an. Sie sind nicht die einzige, die Angst bekommen hat.«

»Aber ich bin die einzige, deren Licht ausgerechnet an einem Abend ausgeht, an dem ich so ein . . . ein bösartiges Ding von einem geisteskranken, gefährlichen –«

»*Lynn!*« unterbrach er sie. »Sie müssen das etwas leichter nehmen. Wenn Sie die Nerven verlieren, dann nutzt das bloß ihm.« Ein Piepsen ertönte. »Mein Hähnchen ist fertig. Bleiben Sie dran.«

Nicky blickte zu Lynn auf. Sie streckte die Hand aus und kraulte ihm den Kopf.

Mike kam zurück. »Ich muß jetzt was essen. Ich hatte heute Dienst von sieben bis sieben, und ich habe Hunger.«

»Kann vielleicht ein Beamter mein Haus überprüfen?«

»Heute abend? Soll das ein Witz sein?«

»Nein, ganz im Gegenteil. Ich möchte sichergehen, daß sich niemand an der Stromversorgung zu schaffen gemacht hat.«

»Mit der Stromversorgung ist nichts anderes passiert als überall. Zur Zeit gibt's in der ganzen Stadt schwarze Löcher. Schon schlimm, daß es gerade heute abend passieren mußte, aber das ist bloß ein Zufall. Darf ich Ihnen einen Rat geben?«

»Welchen?«

»Tun Sie so, als ob es Ihnen nichts ausmacht. Schlafen Sie heute nacht bei Kara, wenn es sein muß, aber verhalten Sie sich von morgen an so, als sei überhaupt nichts vorgefallen.«

Nicky stupste sie mit der Schnauze an, während Lynn sich auf Mikes Worte konzentrierte. »Leugne ich damit nicht bloß die Tatsachen?«

»Nein, das ist die Rollenspielmethode. Es verleiht Ihnen Kraft und nicht ihm. Es ist genau das, was wir immer zu Opfern sagen. Sie haben zwar keinen Einfluß darauf, was er tut, aber für Ihre Reaktion darauf sind Sie selbst verantwortlich. Sie müssen jetzt die Beherrschung behalten, Lynn. Sie dürfen sich gar nicht erst vorstellen, daß dieser Abartige an die Ostküste fährt, um Ihnen den Strom abzustellen.«

»Ich muß das einfach hinkriegen«, sagte Lynn zu Elizabeth Vail. »Streßabbau ist einer der Hauptgründe, weshalb ich mich im Club angemeldet habe. Aber anscheinend funktioniert es nicht.«

Sie saßen einander am Schreibtisch im Büro des Fitneßstudios gegenüber. Elizabeth stand auf, rollte das Blutdruckmeßgerät heran und befestigte die Manschette an Lynns Arm.

»Hundertzehn zu siebzig. Bestens«, sagte Elizabeth. »Wann waren Sie zum letztenmal zur Untersuchung?«

»Etwa vor einem Jahr. Ich bin nicht krank. Ich bin nur total nervös. Ich habe entsetzliche Kopfschmerzen . . .«

»Machen Sie vor und nach dem Training Ihre Dehnübungen?«

»Normalerweise vergesse ich sie.«

Elizabeth stand auf. »Kommen Sie mal mit nach unten.«

Sie führte Lynn in den Massageraum. Weiches Licht fiel auf die pfirsichfarbenen Wände und den Teppichboden, auf dem ein gepolsterter, mit einem frischen Laken bezogener Tisch stand; die Luft roch nach Duftseife.

Elizabeth drehte an den Lautsprecherknöpfen und dämpfte die Fahrstuhlmusik. »Frühlingswald? Nein, Wasserfall, glaube ich«, sagte sie, und ein sanftes Plätschern erfüllte den Raum.

Sie bat Lynn, sich auf den Tisch zu legen. Während der nächsten halben Stunde zog, knetete und streckte Elizabeth jedes Glied. Sie nahm sich Lynns Nacken vor, von dem die Kopfschmerzen ausgingen, und wandte ihre besondere Aufmerksamkeit dem oberen Rückenbereich und dem Schultergürtel zu.

»Sie haben zwar Kopf- und Nackenschmerzen, aber die entstehen hier«, sagte Elizabeth. »Ein schlimmer Arbeitstag, und in diesem Dreieck im oberen Rückenbereich kommt es zu Verspannungen. Wenn diese Verspannungen überhand nehmen, bilden sich Knoten. Bei den meisten Menschen entstehen daraus Rükkenkrämpfe – Sie bekommen statt dessen Kopfschmerzen.«

Ich wünschte, schlimme Arbeitstage wären der einzige Grund für meine Verspannungen, dachte Lynn, als sie die sanft über das Plätschern hinweggesprochene Erklärung hörte.

Am Ende aber fühlte sie sich wirklich besser.

»Zum erstenmal seit drei Tagen habe ich nicht mehr das Gefühl, ich hätte einen Korkenzieher im Rücken.«

»Soll ich Ihnen Bewegungsübungen fürs Büro zeigen, damit es erst gar nicht zu Verspannungen kommt?«

»Ja. Zu schade, daß Sie keine Hausbesuche machen.«

»Manchmal mache ich welche.«

»Wirklich?«

»Bei Ihnen oder Bernadine würde ich das tun.«

»Besten Dank.«

Elizabeth zuckte mit den Schultern. »Sie haben mir beide sehr geholfen. Seien wir doch mal ehrlich: Ihr beide seid überall bekannt, ihr macht einen fitten Eindruck, und jeder weiß, daß ich euer Trainingsprogramm zusammengestellt habe. Wenn ich eines Tages meinen eigenen Laden aufmache, möchte ich, daß Frauen wie Sie und Bernadine zu meinen Kundinnen zählen – und ihre Freundinnen mitbringen.«

Die Bilder der toten Mädchen waren an eine Korktafel in Lynns Büro geheftet.

Eine kurze Einstellung von der Collage war für die Programmvorschau verwendet worden. Die Gesichter ließen einen nicht los: fünf süße Teenager, die schwanger geworden und gestorben waren, weil sie niemandem etwas hatten verraten wollen.

Lynn lehnte sich auf ihrem Schreibtischstuhl zurück und sah eine nach der anderen an, wie sie es seit Wochen tat. Sie wußte genau, welche ein Mal an der Augenbraue hatte oder bei welcher die Zähne leicht vorstanden, wenn sie lächelte.

Fünf Mädchen; fünf Mütter und fünf Väter, die ohne zu zögern ihre rechte Hand opfern würden, wenn sie dafür noch einmal die Gelegenheit bekämen, ihren Töchtern die Unterstützung zuteil werden zu lassen, für die es längst zu spät war.

In zwei Stunden würden diese Eltern bei ihr im Studio sein und den Zuschauern im ganzen Land ihre Geschichten erzählen.

»Nervös?« fragte Kara, die mit zwei Kaffeetassen hereinkam.

»Ja.«

Kara strich über Lynns Ärmel. »Du siehst toll aus.«

»Wirklich?« Lynn stand auf und führte das ganze Kleid vor – schneeweißer Wollkrepp mit einem hohen Kragen, der die untere Gesichtspartie betonte. »Ich habe es extra für heute aufgehoben. Ich hoffe nur, alles läuft gut. Sollte es eigentlich. Das Thema geht an die Nieren. Die Eltern werden den Leuten in Erinnerung bleiben. Es bleibt einem gar nichts anderes übrig, als Mitgefühl mit diesen Mädchen zu haben. Die Sendung wird in zweiundzwanzig Städten ausgestrahlt. Noch habe ich mich nicht mit Kaffee bekleckert.«

Dreizehn Minuten nach Sendebeginn sagte Dennis, der vom Regieraum aus zusah, plötzlich: »Was, zum Teufel, ist denn das?«

Kara sah zu Lynn, die gerade mit einem Mikrofon quer über den Set ging. Kara riß die Augen auf. Lynns Kleid war hinten klatschnaß und rot – anscheinend Blut.

»Abbrechen!« befahl Kara dem Regisseur.

»Aber . . .«

»Sofort abbrechen! Blende sie aus!«

Kara riß die Tür auf und lief hinaus ins Studio. Technisches Personal scharte sich um Lynn, um ihr den Grund für den ganzen Aufruhr zu erklären. Kara drängte sie in eine leere Garderobe.

»Das ist ja unglaublich!« sagte Lynn. »Wie kann mir nur – dabei habe ich nicht einmal meine Periode!«

»Woher kommt es dann? Soll ich einen Krankenwagen rufen?«

»Nein! Ich möchte zurück ins Studio. Ich brauche ein neues Kleid, rasch.«

Kara rannte hinaus, stieß auf Pam, schickte sie in Lynns Büro, um frische Kleidung zu holen, und wollte zurück zu Lynn stürzen. Doch Dennis hielt sie auf.

»Nein«, sagte er, als sie ihn eingeweiht hatte. »Lynn tut keinen Schritt, bevor sie nicht von einem Arzt untersucht wurde. Die Sendung ist abgesetzt. Die sollen eine Best-of-Zusammenstellung laufen lassen und sagen, daß wir die extra aktualisiert haben.«

Greg hatte den Fernseher längst vorher eingeschaltet. Idiotische Werbespots – neue, angeblich bessere Waschpulver und Fertigteige. Hausfrauenkam.

Sie zeigten wieder die Vorankündigung für die Abtreibungssendung – »Darum geht es heute bei Lynn Marchette, in fünfzehn Minuten!« –, die er schon früher gesehen hatte.

Er konnte sich noch gut daran erinnern, wie Lynn und Kara über diese Sendung gesprochen hatten, wie begeistert sie darüber gewesen waren, daß sie in Chicago und Los Angeles zu sehen sein würden, in Miami und in Blablabla.

Er saß auf dem Drehsessel in seinem Wohnzimmer und hatte sich ganz und gar auf den Bildschirm konzentriert. Er wollte sich keine Sekunde der Sendung entgehen lassen.

Die Show fing an. Die Eltern wurden vorgestellt, Bilder der toten Kinder gezeigt.

Greg hatte einen trockenen Mund. Er brauchte unbedingt ein Glas Wasser. Er würde ohnehin nichts sehen, solange Lynn sich nicht hinsetzte, und das tat sie erst, wenn der erste Teil vorbei war. Dennoch stellte er den Ton lauter, bevor er in die Küche ging – für alle Fälle.

Sobald er sich wieder gesetzt hatte, trank er einen Schluck Wasser. Als Lynn Platz nahm, wurde es spannend.

Nichts.

War sein kleiner Trick etwa fehlgeschlagen?

Das Telefon klingelte, und er schrak auf.

Er überlegte kurz, ob er den Anrufbeantworter weiterlaufen lassen sollte, beschloß dann aber abzuheben.

»Mister Sellinger? Es ist furchtbar laut da oben bei Ihnen.«

Er wand sich innerlich, als er die quäkende Stimme der Alten hörte. Lästig war sie immer, aber im Augenblick trieb sie ihn schier zum Wahnsinn. »Tut mir leid, Mrs. Minot. Ich sorge für Abhilfe.«

Sie wollte noch etwas erwidern, doch er legte auf. Er würde sie später schon wieder beruhigen können.

Er drehte den Ton leiser und schaute dann zu der Uhr am Videorecorder. Zehn Minuten waren um.

Wenn nicht bald etwas passierte, mußte er annehmen, daß sie seine Überraschung rechtzeitig bemerkt hatten.

Aber wie? Es war narrensicher gewesen. Kein Mensch außer Lynn saß auf dem Talkmasterstuhl. Die Kapseln waren so gut wie unsichtbar.

Elf Minuten. Er umklammerte die Armlehnen seines Stuhls.

Er bemerkte, daß er die Luft anhielt, und atmete langsam aus.

Schließlich setzte er sich unmittelbar vor dem Fernseher auf den Teppich. Seine Augen schmerzten, als starre er in eine glühende Sonne.

Lynn deutete auf das Mikro, zog es zurück und spazierte, den Rücken der Kamera zugewandt, über den ganzen Set – und da war es plötzlich. Er hatte vergessen, daß es ein paar Minuten dauerte, bis die Farbe wirkte. Ihr ganzes Kleid war hinten knallrot!

Der Ton fiel aus, dann das Bild. Das Erkennungszeichen der Marchette-Show tauchte auf. Anschließend kam ein Werbespot.

Zwei weitere Spots, dann drei Programmhinweise. Anschließend die Stimme des Ansagers: »Die zu diesem Zeitpunkt vorgesehene Sendung mußte leider unterbrochen werden. Statt dessen zeigen wir Ihnen nun ›Das Beste von Lynn Marchette‹, extra für Sie zusammengestellt. Bleiben Sie dran.«

»Köstlich!« schrie Greg und sprang auf. Er trommelte mit den Fäusten auf dem Fernseher. Er tanzte auf dem Teppich, applaudierte sich selbst, während er in die Küche und wieder zurück tanzte.

Er konnte sich bestens ausmalen, was im Regieraum von Channel 3 los war. Lachend prustete er los, als er sich Lynn und Kara und alle anderen vorstellte.

Er lachte noch immer, als er zum klingelnden Telefon tanzte, um Mrs. Minot zu beruhigen.

»Wieso ist so etwas nicht gesetzeswidrig?« fragte Lynn. »Er hat eine wichtige und teure Livesendung ruiniert!«

»Darauf hat mich Ihr Chef erst vor einer Viertelstunde hingewiesen«, sagte Mike mit einem Seitenblick auf Lynns Bürotür, durch die gerade Dennis und Kara verschwunden waren. »Ich sage es Ihnen noch einmal. Ich weiß nicht, wie er an die Kapseln gekommen ist. Wie gesagt, normalerweise markiert man Geldscheine mit ihnen. Aber selbst wenn er sie gestohlen hätte, wäre rein rechtlich nicht viel zu machen. Das hier ist allenfalls eine zivilrechtliche Sache, aber nichts für die Polizei.«

Lynn rieb sich die Augen.

Mike betrachtete sie. Ihre verkrampften Schultern verrieten, unter welcher Anspannung sie stand. Sie war leichenblaß.

Überrascht stellte er fest, daß ihm eine innere Stimme sagte, er solle diese Schultern berühren, ihre Hand drücken, sie trösten.

»Dennis meinte, daß wir vielleicht einen Privatdetektiv engagieren sollten«, sagte Lynn.

»Wozu? Es gibt keinerlei Anhaltspunkte.«

»Das weiß er. Am Ende hat er sich auch dagegen entschieden.

Aber er will alle möglichen weiteren Sicherheitsvorkehrungen treffen.«

»Woher wußte Greg, daß es genau diese Sendung war, die er ruinieren mußte?« fragte Mike.

»Oh, das hat er von mir. Er hat mich ausgehorcht, und ich habe ihm alles mögliche über die Sendungen erzählt, die für mich wichtig sind und auch an der Westküste ausgestrahlt werden sollten. Diese hier habe ich ihm in allen Einzelheiten geschildert. Ich war so stolz darauf, das Vertrauen dieser Eltern gewonnen zu haben.«

»Wie, glauben Sie, ist er reingekommen?«

»Ich bin da mit Kara einer Meinung. Er muß sich einen Abdruck von den Schlüsseln gemacht haben, als sie ihn ins Studio gelassen hat – oder von meinen, vorher schon. Dabei war ich ihm ebenfalls mehr als behilflich. Meine Schlüssel sind mit Schildchen gekennzeichnet.«

Mike ging zur Tür. »Er ist anscheinend wild entschlossen, Ihre Karriere zu vermasseln. Und das wird ihm auch gelingen, wenn er so weitermacht wie bisher.«

10. KAPITEL

»Warum hast du mir nichts davon erzählt?« wollte Booboo wissen.

»Okay, vielleicht hätte ich es tun sollen. Ich hätte wissen müssen, daß du es ohnehin herausfindest.«

»Darum geht es doch gar nicht!« Lynn hielt den Telefonhörer ein Stück weg, doch die Stimme ihres Bruders dröhnte noch immer durch. »Da wird meine Schwester mit Blut besudelt, und wie es der Zufall will, sehe ich an diesem Tag nicht mal die Sendung und muß es mir von einem meiner Kassierer berichten lassen –«

»Nicht mit Blut. Es war Farbe zum Markieren von Geldscheinen.«

»Dieses Zeug? Wie ist er da rangekommen?«

»Ich *weiß* es nicht!«

»Du hättest es mir erzählen müssen.«

»Ich wollte nicht, daß du dir Sorgen machst.«

»Wenn ich weiß, daß du mir etwas verheimlichst, mache ich mir nur noch mehr Sorgen. Ich frage mich, was du mir sonst noch alles vorenthältst. Du hattest recht mit diesem Typ. Ich wünschte, ich hätte auf dich gehört, solange ich ihn noch in die Hände hätte kriegen können.«

Lynn schloß die Augen, während sie mit einem hohlen Gefühl im Bauch daran dachte, daß sie ihm nach wie vor etwas verheimlichte: Da war immer noch das in ihrem Schlafzimmer geschossene Foto, von dessen Existenz offenbar noch nichts in die Gerüchteküche vorgedrungen war.

Noch bevor die Sendung über Fürsorgeerziehung zu Ende war, wußte Lynn, daß ihr Programm selten stärker gewesen war.

Mittlerweile war für sie jeder Tag, an dem weder ihr noch der Sendung ein Schaden zugefügt wurde, ein Grund, dankbar zu sein.

Als der Abspann lief, stand das Studiopublikum auf und applaudierte.

Dennis schüttelte Mike Delano, den Sozialarbeitern und den beiden halbwüchsigen Gästen die Hand, als sie das Studio verließen. Mary Eli umarmte Lynn kurz und eilte hinaus.

Kara kam den Flur entlanggerannt. »Ich habe gerade einen Rückruf von Oprahs Büro bekommen. Sie sagt ja. Sie wird an der Pilotsendung live über Satellit teilnehmen!«

Lynn schloß die Augen. »Gott sei Dank. Ich hatte solche Angst, sie könnte ablehnen.«

Um sechs tauchte Bernadine mit Champagner auf, und sie versammelten sich alle zu einer kleinen Feier in Dennis' Büro.

»Wie fühlen Sie sich?« fragte Bernadine Lynn.

»Großartig«, log Lynn. Ihre Freude über die gute Nachricht war verflogen.

Sie rief sich ständig ins Bewußtsein, wie glücklich sie sich schätzen könne, versuchte sich Mut einzureden. Sie war eine starke Persönlichkeit, die im Licht der Öffentlichkeit stand; ihr Peiniger war weit weg, stellte keine körperliche Bedrohung dar. Es ging ihr nicht so wie diesen armen Frauen, die Tag für Tag ihren brutalen Ehemännern gegenübertreten mußten, die bei allem, was sie taten, ihre Gegenwart zu spüren bekamen.

Doch der Mut hielt nie lange an.

Solange sie von all diesen Fragen gequält wurde, würde sie keine gute Sendung mehr zustande bringen.

Was würde Greg ihr bis zur Aufzeichnung der Pilotsendung noch alles antun? Seine üblichen Streiche, die sie langsam in den

Wahnsinn trieben? Oder hatte er sich inzwischen neue Gemeinheiten ausgedacht? Was war, wenn er ihr in eine weitere Sendung hineinpfuschte? Würde Dennis vielleicht entscheiden, daß sie wegen einer möglichen Sabotage auf die Aufzeichnung der Pilotsendung verzichten sollten?

»Sie haben ja noch gar nichts von Ihrem Champagner getrunken«, sagte Bernadine leise.

Lynn trank einen Schluck und versuchte, ein Lächeln zustande zu bringen, doch Bernadine sagte: »Ist alles in Ordnung? Doch offensichtlich nicht, wenn ich Sie so ansehe.«

»Ich . . . stehe etwas unter Druck.«

Bernadine sprach weiterhin mit gesenkter Stimme, als sie fragte: »Geht es um den Mann, der Sie belästigt hat? Dennis hat mir davon erzählt.«

Lynn blickte die elegante Frau mit dem straffen Körper an, die so gar nicht dem Klischee von der Gattin des Chefs entsprach. Ihre Augen waren mitfühlend und intelligent. Bernadine, so schien es, bot ihr an, die Last mit ihr zu teilen.

»Es ist die Hölle«, sagte Lynn. Sie spürte, wie ihr Tränen in die Augen stiegen.

»Was kann ich tun?« fragte Bernadine. »Ich kann zuhören. Möchten Sie mit mir darüber sprechen?«

Lynn zögerte, und Bernadine sagte: »Das ist jetzt nicht der richtige Zeitpunkt. Aber lassen Sie nicht den Kopf hängen, meine Liebe. Sie werden ganz groß herauskommen. Darauf sollten Sie sich jetzt erst mal konzentrieren.«

Als der Abspann zu Ende war, drückte Greg auf die Pausentaste des Videorecorders. Interessante Show; Lynn hatte sich ganz gut im Griff. Zu schade, daß er sie nicht öfter live sehen konnte.

Zu schade, daß es auch den Zuschauern im ganzen Lande nicht anders ergehen würde.

Zeit für seine Studien.

Da er den großen Augenblick noch etwas hinauszögern wollte, ging er zum Fenster und genoß den Anblick der wie Edelsteinketten glitzernden Lichter der Stadt. Dann zog er die Jalousien herunter, um die Einzelheiten am Bildschirm besser erkennen zu können, und spulte zurück.

Jetzt zum Befindlichkeitsbarometer.

Er spulte die Kassette ein paarmal vor und zurück und drückte die Pausentaste, wenn Nahaufnahmen von Lynns Gesicht oder lange Einstellungen von ihr in der Totalen kamen. Er konzentrierte sich auf den Anfang und das Ende der Sendung, wenn sie, wie er bemerkt hatte, weniger angespannt war.

Sein Herz schlug höher. Zweifellos ein Fortschritt.

Die schlaffe Haut im unteren Gesichtsbereich ließ ihn die Belastung erkennen, unter der sie stand. Die Veränderungen in ihrer Körpersprache fühlte er eher, als daß er sie genau ermessen konnte. Doch ihre Bewegungen waren eine Idee steifer, da war er sich ganz sicher. Sie trippelte nicht mehr so locker im Studio herum wie früher.

Erregt spulte er das Band wieder zurück, suchte diesmal nach der Tätowierung. Leider ging die Kamera nur wenige Male so nahe heran, daß er unten an ihrem Bein etwas erkennen konnte, doch dann entdeckte er einen feinen Umriß. Sie war noch nicht ganz verblaßt.

Es tat ihm noch immer leid, daß er sie nicht wie alle anderen zu einer richtigen Tätowierung hatte überreden können.

Doch das wurde dadurch, daß er ihr ständig auf den Fersen bleiben konnte, mehr als wettgemacht.

Früher hatte er sich immer heimlich heranschleichen müssen, wenn er einen Blick darauf hatte erhaschen wollen – meist nur ein kurzer, flüchtiger Eindruck, nicht zu vergleichen mit der glorreichen Möglichkeit zum genauen Studium, die ihm der Videorecorder bot.

Keines seiner anderen Opfer war Fernsehstar gewesen.

Er konnte sich noch genau erinnern, wie er Lynn zum erstenmal leibhaftig gesehen hatte.

Es war bei Geoffrey's an der Bar gewesen, als sie inmitten der Leute von QTV gestanden hatte. Ihre Ausstrahlung hatte ihn regelrecht in Bann geschlagen. Verglichen mit dem offiziellen Foto von ihr in der *Broadcast* war sie eine geradezu strahlende, pulsierende Erscheinung gewesen.

Diese Haut.

Die Hände.

Ihre zierliche Gestalt.

Man konnte ihre Vitalität förmlich spüren, diese unaufhörliche, unerschütterliche Hochspannung, die Lynn Marchettes Persönlichkeit ausmachte.

Er hatte sich an jenem Abend vorsichtig an sie heranpirschen müssen, damit später niemand mehr genau sagen konnte, mit wem er eigentlich gekommen war.

Es war überraschend gutgegangen. Ein rundum gelungener Abend voller Überraschungen – möglicherweise seine beste Eröffnungsvorstellung überhaupt.

Eine Menge Aufwand.

Aber er hatte sich auch glänzend amüsiert.

Er kringelte sich immer noch vor Lachen, wenn er daran dachte, wie Kara und Lynn ihm die Funktionsweise des Satellitenfernsehens hatten erklären wollen.

Mike legte nochmals zwanzig Pfund auf und rutschte unter die Hantel. Das machte 170; seine Grenze war erreicht. Eigentlich hätte er dabei eine Hilfestellung gebraucht, aber er wollte keine. Wenn man keine Hilfestellung hatte, blieb einem nichts anderes übrig, als sie selbst hochzubringen.

Er hob die Hantel aus dem Haken, ließ sie ab und spürte, wie seine Arme auf die Beanspruchung reagierten, wie Brust- und Schultermuskeln einsatzbereit wurden. Langsam wuchtete er sie hoch, konzentrierte sich darauf, gleichmäßig zu stemmen . . . und zu drücken, weiter und weiter, bis hin zu diesem unerreichbaren Punkt und darüber hinaus.

Er ruhte sich eine Weile auf der Bank aus. Die Klimaanlage im Kraftraum lief; der Schweiß rann ihm über Brust und Körper, und er fröstelte leicht. Er griff nach seinem Handtuch.

Am anderen Ende des Kraftraumes befanden sich die Foltermaschinen. Mike, der freies Hanteltraining vorzog, mochte sie nicht. Doch der andere Grund, weshalb er diesen Bereich mied, war der Fernseher, der dort hing.

Er befaßte sich sowieso schon zuviel mit Lynn Marchette, ohne daß er sie am Bildschirm sah. Und selbst zu dieser späten Abendstunde liefen noch Programmhinweise auf ihre Sendung.

An jenem Abend in ihrer Wohnung war es ihm wie Schuppen von den Augen gefallen.

Da war Lynn gewesen, die ihn lauthals zu Rede gestellt hatte. Vor lauter Schreien waren ihre Kopfschmerzen noch schlimmer geworden, und er hatte ihr Aspirin gegeben.

In Wirklichkeit aber war ihm mit jähem Bedauern klargeworden, daß er sie am liebsten in die Arme genommen hätte.

Die nächsten paar Tage hatte er sich eingeredet, daß er diesen Impuls nicht gehabt hatte.

Dann kam die Sendung, an der er teilgenommen hatte, und alles war wieder da. Er mußte sie ununterbrochen ansehen. Einer der Privatsheriffs, die jetzt den Sender bewachten, hatte es bemerkt und Mike einen warnenden Blick zugeworfen.

Er trainierte noch eine Weile mit leichteren Gewichten, drückte ein letztes Mal zum Ausspannen und ging unter die Dusche.

Beim Einseifen mußte er daran denken, wie sie mit den Kids in der Sendung umgegangen war. An das, was sich in ihrem Gesicht gespiegelt hatte.

Er trat unter der Dusche hervor und nahm sich ein sauberes Handtuch.

Besser, er gewöhnte sich diese Gedanken schnellstens ab.

Seine Beziehung zu Lynn war eine rein berufliche, und es war klar, daß sich das niemals ändern würde.

Er ließ den Spindschlüssel an der Anmeldung und trat hinaus in die feuchte Nacht.

Möglicherweise hatte es nichts zu bedeuten. Möglicherweise lag es nur daran, daß er zum erstenmal näher mit einer Prominenten zu tun hatte.

Möglicherweise tat sie ihm nur leid. Vielleicht bekam er das alles ja in den Griff und konnte ihr aus der Sache heraushelfen, und dann würde dieses Gefühl nachlassen.

Genau das mußte es sein.

»Mist«, sagte Dennis.

»Was ist los?« rief Bernadine.

Dennis stand in seiner Kleiderkammer und wühlte in seinen Pullovern. »Verdammt noch mal. Ich kann den braunen mit dem V-Ausschnitt nicht finden. Hast du ihn zur Reinigung gebracht?«

»Nein.«

Wütend schob er die Kleiderbügel hin und her.

»Könntest du mir vielleicht verraten, was dir durch den Kopf geht?«

»Bloß, daß mein Sender zum Teufel gehen wird.«

»Er wird nicht zum Teufel gehen.« Bernadine ging in ihr Badezimmer und öffnete das Guckloch, eine kleine Verbindung zwischen den beiden Räumen, die sie hatten einbauen lassen, damit sie sich bei solchen Gelegenheiten unterhalten konnten, ohne schreien zu müssen. »Worüber sorgst du dich denn am meisten?« fragte sie.

»Mord. Gewalt. Obdachlosigkeit. Drogenkriminalität ...«

»Ernsthaft.«

»Die Nachrichtenmoderation. Sämtliche Probekassetten, die ich mir ansehe, sind gleich – ein nichtssagendes Gesicht, das einen einfach nur anstarrt. Außerdem geht mir die Marchette-Show nicht aus dem Kopf.«

»Die Show? Oder Lynn?«

»Beides.«

»Ich weiß, daß sie in Schwierigkeiten steckt. Und sie ist ziemlich angespannt. Aber die Sendung ist so gut wie eh und je.«

»Wirklich?« fragte Dennis. »Merkst du keinen Unterschied?«

»Eigentlich nicht.«

»Auf mich macht sie den Eindruck, als sei sie völlig mit den Nerven am Ende«, sagte Dennis. »Wir müssen ihre Pilotsendung unter Dach und Fach bringen. Und dafür muß sie in Bestform sein.«

»Ich hoffe nur, der Polizei gelingt es, diesen Kerl zu schnappen, der es auf sie abgesehen hat.«

»Schlimm genug, daß es sich um jemanden handelt, mit dem sie ein Verhältnis hatte.«

»Woher weißt du das denn?«

»Sie hat es mir selbst erzählt.«

»Wie ekelhaft«, sagte Bernadine. »Wie konnte sie nur ... tja, aber wer weiß? Ich drehe jetzt die Dusche auf.«

»Mach das Guckloch zu«, sagte Dennis, doch sie hatte bereits angefangen. Dampf drang zu ihm durch, bevor er die Klappe auf seiner Seite schließen konnte.

»Sie sollte an die Öffentlichkeit gehen«, sagte Detective Howard Landrau. »Lärm schlagen. Den Scheißkerl verscheuchen.«

»Das will sie aber nicht. Außerdem könnte der Schuß auch nach hinten losgehen. Könnte sein, daß er darauf steht«, sagte Mike.

Landrau zuckte mit den Schultern. »Alles andere funktioniert aber auch nicht, hab ich recht?«

»Wir haben noch nichts anderes probiert.« Mike blickte zu der Akte Marchette auf seinem Schreibtisch. »Der Kerl hat darauf geachtet, daß er nicht straffällig wird. Was Nachstellen und Belästigung angeht, herrschen in Kalifornien die gleichen Gesetze wie bei uns – es muß eine greifbare physische Bedrohung vorliegen. Ich habe nicht genug vorliegen, um es dem Staatsanwalt vorzutragen, deshalb halte ich offiziell nicht einmal Ausschau nach ihm. Aber offiziell oder nicht: Ich stoße nicht mal auf ein Staubkorn. Er ist wie ein Phantom.«

»Rede mit ihr, ob sie nicht vielleicht doch damit herausrücken will. Jede Wette, daß ihr das mehr Publicity einbringt, als sie verkraften kann.«

»Detective Delano.« Kara gab den Hörer an Lynn weiter.

»Hallo, Mike. Gibt's was Neues?«

»Nein. Ich rufe eigentlich nur an, um Ihnen noch einmal vorzuschlagen, mit der Sache an die Öffentlichkeit zu gehen. Einer meiner Kollegen ist auch der Meinung.«

Lynn lehnte sich weit auf ihrem Stuhl zurück und starrte an die Decke. Kara hatte das Büro verlassen, so daß sie jetzt allein war.

»Nein«, sagte sie. »Erklären Sie mir doch bitte, was sich dadurch ändern würde.«

»Bestenfalls wird er aus dem Unterholz aufgescheucht, mag aber kein Licht und verkriecht sich für immer. Diese Wichser spielen zwar gern Verstecken, wollen aber nicht gefunden werden.«

»Oder?«

»Die Publicity macht ihn erst richtig scharf. Sie müßten eine Erklärung veröffentlichen, Interviews über sich ergehen lassen – habe ich recht? Schließlich geht es hier um eine Riesengeschichte, um einen Fernsehstar, der von einem Sittenstrolch belästigt wird.«

»Ja.«

»Das wäre der schlimmste Fall. Er scheut nicht das Licht, sondern sonnt sich darin.«

Sie schüttelte den Kopf, hörte ihm aber weiter zu. Nur zu gut konnte sie sich vorstellen, wie sie überallhin verfolgt wurde, wie ständig das Telefon klingelte, eine Lawine von Post einging, sich die obszönen Geschenke häuften, bis sie sie schließlich unter sich begruben.

Während Kara darauf wartete, daß Lynn das Telefongespräch beendete, nutzte sie die Zeit, um die Post durchzusehen. Lynns Mitgliedskarte vom Broome Club war da. Kara legte sie auf Lynns Stapel und musterte die Broschüre, die im gleichen Umschlag gesteckt hatte.

Wo fanden die bloß die Leute, die für diese Dinger posierten? Die Körper an den Übungsgeräten hätten vollkommener nicht sein können. Es war so entmutigend.

Sie legte den Prospekt zu der Karte und sortierte weiter, doch die festen Schenkel auf den Bildern wollten ihr nicht aus dem Kopf gehen.

Immer wieder hatte sie sich versprochen, etwas gegen ihre teigigen Beine zu tun, den unmöglichen Hintern. Bei zwei Clubs hatte sie sich Unterlagen bestellt, ohne sie nachher auch nur zu lesen.

Und nun fing Lynn – als wäre sie nicht schon perfekt genug – auch noch mit diesem Fitneßtraining an.

So etwas trieb Kara fast zum Wahnsinn.

Lynn legte auf und ging in ihrem Büro auf und ab. Sie sah hinaus auf den Straßenverkehr. Es war ein entmutigender Anblick.

In jedem dieser Fahrzeuge saß mindestens eine Person, der sie das Recht einräumte, über sie zu urteilen, wenn sie öffentlich verkündete, daß sie von einem sadistischen Ungeheuer gequält wurde.

Im Augenblick sah sie mindestens fünfzig Fahrzeuge. Man rechne das auf eine Stunde, einen Tag oder eine Woche hoch. Zähle noch ein paar Beifahrer hinzu.

Tausende allein in Boston, danach Hunderttausende in anderen Städten, wenn die Story aufgegriffen wurde. Und die anderen Medien: die Regenbogenpresse, die Fernsehsender.

Und wie sah ihre Opferrolle eigentlich genau aus, über die sie das Urteil anderer einzuholen gedachte?

Obwohl sie schon einen Haufen gescheiterter Beziehungen hinter sich hatte, hatte sie sich auf einer Dienstreise von einem attraktiven Mann ansprechen lassen. Sie hatte den Abend mit ihm verbracht und ihn schon eine Woche später zu sich nach Hause eingeladen. Sie hatte jede Nacht mit ihm geschlafen, hatte ihn ihren Freunden und ihrer Familie vorgestellt, die ihn allesamt anhimmelten. Er hatte ihr und ihnen zauberhafte Geschenke gemacht.

Dann endete die kurze Beziehung, weil sie sein Verhalten merkwürdig fand, obwohl es alle anderen für großartig hielten.

Dann drängte er sie, es sich noch einmal zu überlegen.

Danach sorgte er für ein paar Ereignisse, die niemandem weh taten und die ihm ohnehin nicht nachgewiesen werden konnten . . . und bei denen einige ihrer engsten Bekannten das Gefühl hatten, sie mißverstehe da etwas.

Was erwartete sie eigentlich von diesen Hunderttausenden von Leuten, wenn nicht einmal ihre liebsten Freunde sicher waren, ob sie ihr glauben sollten?

Lynns Atem hatte sich in einem Dunstkreis am Fenster niedergeschlagen. Mit der Fingerspitze zeichnete sie ein Gesicht mit Augen und Nase, aber ohne Mund.

Es lag eine unsägliche Ironie darin. Ihr, die darauf beharrt hatte, alles müsse ans Tageslicht gebracht werden, blieb nichts anderes übrig, als alles im Dunkeln zu belassen.

»Ich habe ein paar Expander und Handeisen mitgebracht«, sagte Elizabeth. »Oder wollten Sie nur ein paar Dehnübungen machen?«

Lynn rieb sich den Hinterkopf. »Beides, glaube ich.«

»Kopfschmerzen?«

»Gerade im Entstehen. Danke, daß Sie gekommen sind.«

»Gern geschehen. Sie klangen ziemlich abgekämpft, als Sie angerufen haben. Bernadine Orrin sagt, Sie machen gerade eine schwere Zeit durch.«

Kara kam mit einigen Papieren herein, als Lynn Armübungen mit einem Expander machte.

»Willst du dich nicht anschließen?« fragte Lynn.

»Nein«, sagte Kara kurz angebunden.

»Es ist gar nicht so schwer...«

»*Nein.* Ich bin bloß gekommen, weil ich deine Unterschrift für das hier brauche.«

Als Kara wieder weg war, mußte Lynn daran denken, wie sehr ihr das Gefühl fehlte, sich mit Kara freimütig über alles unterhalten zu können. Sie haßte den Keil, der durch Karas Sorgen um die Sendung und die Übernahme zwischen sie getrieben wurde.

»Ich stehe im Augenblick wirklich eine schwere Zeit durch«, antwortete sie Elizabeth. Allmählich verstand sie, warum ein persönliches Verhältnis zur Trainerin so beliebt war, ein Trend, den sie immer für albern gehalten hatte. Es war nicht besonders schwer, jemanden schätzen zu lernen, bei dem man sich entspannen konnte, der einen gesundheitlich weiterbrachte und sich ebensosehr als unparteiischer Kummerkasten eignete wie eine Friseuse oder ein Barkeeper.

Vor allem, wenn man niemand anderen mehr hatte, der unparteiisch war.

»Kann sein, daß wir die Pilotsendung absetzen müssen«, sagte Dennis. »Wir können nicht riskieren, daß sie sabotiert wird.«

Lynn verkrampfte unter dem Schreibtisch die Hände. »Seit dem einen Mal hatten wir keine Probleme mehr mit unserem Programm.«

»Aber er hat diese Sendung gezielt ausgesucht. Schließlich war das unser landesweiter Einstieg.«

»Auf jeden Fall sollten wir keine überstürzte Entscheidung treffen«, wandte Kara ein. »Ich erkundige mich gerade über besondere Sicherheitsvorkehrungen. Warten wir doch, bis ich mehr weiß.«

»Noch etwas«, sagte Dennis. »Sie sind nicht in Bestform, Lynn. Sie stehen unter ziemlichem Streß, und das sieht man.«

»Ich versuche mein Bestes, Dennis. Sie wissen, daß ich alles im Griff habe. Es könnte viel schlimmer sein.«

»Schon, aber ist das die richtige Voraussetzung für einen landesweiten Versuchsballon, wenn wir sagen, daß es schlimmer sein könnte?«

Als Dennis gegangen war, sagte Kara: »Ich will nicht, daß die Pilotsendung abgesetzt wird. Wir haben uns die Beine ausgerissen, um alles hinzubekommen.«

»Ich will das auch nicht. Aber lieber verzichte ich darauf, weil wir den Zeitplan geändert haben, als daß ich sie mir von Greg ruinieren lasse.« Lynn zwang sich zu einem schiefen Lächeln. »Ist das nicht der blanke Hohn? Früher war ich immer diejenige, die sich ihre Chancen selbst ruinierte. Und kaum habe ich es geschafft, ist Greg da, um alles zu versauen. Wo ist da der Unterschied? Wozu braucht man da überhaupt eine Chance?«

Noch zehn Tage bis Heiligabend; dann würde er die Lichter an seiner Weihnachtspalme einschalten.

Ein wunderbares Jahr.

Sein Rhythmus konnte nicht besser sein.

Zu den Feiertagen hatte er noch nie jemanden in diesem Stadium gehabt. Dadurch boten sich allerlei entzückende neue Raffinessen an.

Zum Beispiel diejenige, die er gerade vorbereitete.

Greg saß ein paar Minuten da und betrachtete das Telefon – das

Gerät, mit dem er Lynn die nächste Überraschung zu bereiten gedachte.

Eine technisch höchst anspruchsvolle Überraschung, scheinbar jedenfalls – doch bis auf die Drucktasten hatte er dazu keinerlei Technologie gebraucht.

Bei einem Techniker, für den der Bau von Empfangs- und Sendestationen für Satellitenfunk so selbstverständlich war wie für andere Menschen das Einschalten ihrer Geschirrspülmaschine, erzeugten derartige Spielereien allenfalls ein Gähnen.

Schon als er zum erstenmal ein Bild von Lynn gesehen hatte, hatte er gewußt, daß sie etwas Besonderes sein würde.

Ein großes Brustbild in einer TV-Illustrierten. Sie hielt darauf einen Preis, den man ihr für ihre Sendung verliehen hatte. An den Augen sah man ihr an, wie geehrt sie sich fühlte, an ihrer ganzen Haltung konnte man erkennen, wie stolz sie war.

Er war hoch oben auf einem Funkturm gewesen, hatte Kaffee getrunken und in der Zeitschrift geblättert, als er das Bild gesehen hatte.

Greg trank seinen Kaffee gerne dort oben; so konnte er sich darauf verlassen, daß er seine Ruhe hatte. Nicht einmal die angeblich schwindelfreien Indianer fühlten sich in solcher Höhe so wohl wie er. Das war auch einer der Gründe, weshalb er in der Branche so viel verdiente.

Und da war also Lynn und lächelte ihn aus der Illustrierten an. Er hatte sich noch nie eine anhand eines Bildes ausgesucht, aber diese hier ...

Auf dem Foto konnte er genug von ihrem Körper erkennen, um zu wissen, was sich unter der konservativen Bluse verbarg. Schmale Schultern, ein bißchen knochig vielleicht, eine schwungvolle Taille. Ansehnliche Brüste. Kleine, jungfräuliche Brustwarzen.

Und dazu dieses Sprühen, dieser Stolz, diese Kraft ...

Was er da alles verändern konnte!
Diese hier mußte er einfach haben.

Der kleine Spaß, den er gerade vorbereitet hatte, würde eine echte Überraschung werden. Ein kleiner Spaß zur rechten Zeit... das war schließlich der Sinn der Sache.

Und danach war Lynns Weihnachtsgeschenk an der Reihe.

Am Samstag, dem 19. Dezember, wurde Lynn bewußt, daß sie ihre Weihnachtseinkäufe nicht länger aufschieben konnte. In den Läden war vermutlich die Hölle los, wie immer am letzten Wochenende vor dem Fest. Ansonsten hätte sie nur noch die Möglichkeit, wie alle anderen Spätentschlossenen bis Heiligabend zu warten, doch allein schon der Gedanke daran deprimierte sie mehr, als wenn sie es gleich erledigte.

Sie stand früh auf und verbrachte eine Stunde im Broome Club. Angela war da, sah ihr zu, plapperte auf sie ein und korrigierte ihre Haltung auf dem StairMaster. Schließlich verzog Lynn sich ins Dampfbad, wo sich zwei Frauen in ihrem Alter darüber ausließen, wie sie gemeinsam eine Silvesterparty geben könnten, ohne einen Tag Urlaub fürs Kochen aufwenden zu müssen.

Vergebens versuchte sich Lynn zu erinnern, wann sie sich zum letztenmal den Luxus gegönnt hatte, sich über eine derartige Nichtigkeit den Kopf zu zerbrechen.

Vom Club aus fuhr sie zum Quincy Market. Seit dem Tag mit Greg war sie nicht mehr hiergewesen. Die Tätowierung war jetzt fast verschwunden. Sie konnte nur mehr einen Hauch davon erkennen. Doch sobald sie hineinging, kehrte die Erinnerung wieder: das Schaben der Nadel, das prickelnd frische Glücksgefühl.

Sie kam gerade an einem Sportartikelgeschäft vorbei, als ihr einfiel, daß sie sich noch nichts zu ihrem persönlichen Schutz gekauft hatte, wie Mike es ihr aus psychologischen Gründen immer wieder geraten hatte. Sie hatte die Einkaufsliste für ihre Geschenke bereits in der Hand, doch dieser kleine Abstecher war die Mühe wert.

Sie kaufte sich ein Tränengasspray, und der Verkäufer, ein kräftiger Mann mit Bart, lächelte sie an, als er das Wechselgeld auf dem Ladentisch abzählte.

In der Markthalle blickte sie auf ihre Liste. Sie ging zu einer Hinweistafel und legte sich im Kopf ihren weiteren Weg zurecht. Unter Umständen konnte sie die ganze leidige Angelegenheit in drei bis vier Stunden hinter sich bringen.

Sie steuerte eine Filiale von *Crabtree & Evelyn* an. Angela hatte deren Lorbeeressenzen so gern; eines der Geschenke, das sie sich für sie ausgedacht hatte, war ein Korb mit Shampoo, Raumspray, Duftkissen und Seife, alles mit Lorbeerduft. Auch für Kara wollte sie dort etwas kaufen. Danach wollte sie zu Eddie Bauer gehen und etwas für Booboo und Dennis besorgen.

Der Quincy Market war zwar überlaufen, aber dennoch herrschte Feiertagsstimmung. Weihnachtslieder erklangen, aber Gott sei Dank nicht laut und plärrend. Alle Menschen schienen zu lächeln.

Crabtree & Evelyn war gestopft voll. Ein winziger Laden, höfliches, aber überfordertes Personal, lange Menschenschlangen.

Zwanzig Minuten später hatte sie einen großen, hellgrünen Korb voller Lorbeerprodukte sowie, ganz unverhofft, ein Bündel Kleiderbügel für Dessous. Und noch einmal zwanzig Minuten später stand sie an der Kasse. Sie holte ihre Visa-Karte heraus.

Die Kassiererin führte sie ein, hielt inne, unterhielt sich flüsternd mit einer anderen Kassiererin. Dann wandte sie sich wieder Lynn zu und streckte ihr die Hand mit der Karte entgegen – sie war in zwei Teile zerschnitten.

Lynn, die gerade einen Ständer mit Weihnachtskerzen betrachtet hatte, starrte sie an. »Was soll denn –«

»Wir haben hier eine Einzugsaufforderung, Madam. Das heißt, daß Visa uns auffordert, Ihre Karte zu vernichten.«

»Das ist doch unmöglich!«

»Ich habe es dreimal versucht.«

»Das ist doch lächerlich! Da muß irgend etwas mit Ihrem Gerät nicht in Ordnung sein.« Lynn nahm die beiden Stücke und gab der Kassiererin ihre American-Express-Karte.

Dieses Mal sah sie die Aufforderung auf dem Gerät mit eigenen Augen: »Karte einziehen.«

Wieder reichte ihr die Kassiererin die beiden Hälften. »Möchten Sie vielleicht bar bezahlen, Madam? Leider kann ich keinen Scheck annehmen, ohne eine Bestätigung von einer größeren ...«

»Wieviel macht es denn?«

Langsam, wie ein fernes Donnergrollen, kam ihr die Erkenntnis, und mit einem Mal wurde ihr eiskalt ums Herz.

»Zweiundsechzigdreißig«, sagte die Kassiererin.

»Soviel habe ich nicht in bar.«

Während sie verzweifelt nach einem Ausweg suchte und zugleich gegen das aufkeimende Entsetzen ankämpfte, überlegte sie kurz, ob sie das Tränengas zurückgeben und lieber den Korb mit dem Geld bezahlen sollte.

Doch das nützte strenggenommen gar nichts.

Außerdem ging es gar nicht so sehr darum, daß sie den Korb kaufte – sie wollte Bescheid wissen.

Deshalb holte sie ihre beiden anderen Karten heraus, die MasterCard und ihre Optima, gab sie der Kassiererin und sagte: »Versuchen Sie es doch mal damit.«

Die Menschen in der Schlange hinter ihr verloren allmählich die Geduld. Jemand rief ihr von hinten zu: »Die kriegen dafür eine Belohnung von der Kreditkartenfirma, wissen Sie.«

Jemand anders sagte: »Das ist Lynn Marchette.«

Jetzt wurde rundum getuschelt. Am besten, sie drehte sich einfach um und rannte hinaus.

Doch sie mußte Bescheid wissen.

»Diese hier sollen ebenfalls eingezogen werden, Madam.« Die Kassiererin reichte ihr vier weitere Kartenstücke.

»Was genau bedeutet das? Daß Ihr System einen Hinweis erhalten hat, ich hätte meine Rechnungen nicht bezahlt?«

»Ja, Madam.«

Nun wußte sie Bescheid.

Während sie darauf wartete, daß Lynn die Tür öffnete, bewunderte Mary die Aussicht aus dem Flurfenster. Das Wasser mit seinem ewigen Wogen hatte etwas Beruhigendes an sich.

»Hallo«, sagte Lynn.

»Hallo. Ich hoffe, es stört dich nicht, daß ich vorbeigekommen bin.«

Lynn schüttelte den Kopf und zog die Tür auf.

Mary folgte ihr ins Wohnzimmer. Viele Jahre lang hatte sie gelernt, ihre Patienten so präzise wie möglich einzuschätzen, und als sie jetzt nach einer Zustandsbeschreibung suchte, fiel ihr lediglich *teilnahmslos* ein.

»Du hast am Telefon geklungen, als wärst du völlig außer dir«, sagte Mary. Sie hängte ihren Mantel über einen Stuhl.

»Du hast zu einer... Du hast mich zu einem fürchterlichen Zeitpunkt erwischt.« Lynn rieb sich die Augen, die bereits gerötet waren. Ihr Make-up war verschmiert.

»Was hast du seit meinem Anruf unternommen?«

»Mit Mike Delano geredet. Die Kreditkartenfirmen angerufen. Natürlich gibt es nicht den geringsten Beweis, daß es Greg gewesen ist.«

Mary ging zur Couch, setzte sich neben Lynn und ergriff ihre Hand. Ihre Finger waren eiskalt.

»Du bist zu still«, sagte Mary. »Ich weiß, daß ich an dir herumgenörgelt habe, weil du immer so angespannt bist. Aber ich sehe dich lieber angespannt als apathisch.«

»Dich kann man wohl nie zufriedenstellen«, sagte Lynn und

verzog leicht den Mund. Mary hoffte, daß es sich dabei um den Versuch eines Lächelns handelte.

»Was können wir tun, damit du wieder auf die Beine kommst?«

Lynn sagte ruhig: »Greg finden und ihn mit einem stumpfen Messer aufschlitzen.«

»Ich dachte eher an etwas anderes«, sagte Mary. »Laß uns einkaufen gehen. Du kannst deine Besorgungen über meine Karte laufen lassen und mir einen Scheck geben.«

»Nein ...«

»Sag nicht nein. Hier herumzuhocken bringt dich auch nicht weiter. Ich weiß, wie schwer dir die Sache mit Greg zusetzt, aber im Augenblick kommt es vor allem darauf an, daß du deine Weihnachtseinkäufe erledigst. Ich weiß, daß dir nicht danach zumute ist ...«

»Stimmt.«

»Ein um so besserer Grund, es erst recht zu tun.«

Lynn seufzte und stand auf.

»Gut«, sagte Mary. »Du machst mir Sorgen, wenn du nicht genügend Reaktion zeigst, verstehst du? Bist du denn nicht *stinksauer* auf diesen Hundesohn?«

»Doch«, sagte Lynn. »Das habe ich dir doch gesagt. Ich möchte ihn am liebsten umbringen. Aber ich befolge Mikes Ratschlag und tue so, als hätte ich alles im Griff.«

Mary holte ihre Autoschlüssel heraus. Sie suchte nach einer taktvollen Formulierung. »Ich weiß, daß Mike sich mit solchen Fällen auskennt. Und ich pflichte ihm bei, daß es lebenswichtig ist, seine Gefühle im Griff zu haben. Aber du willst doch sicher nicht ständig vortäuschen, daß nichts geschehen ist.«

»Ich täusche gar nichts vor, Mary. Es ist nur so, daß ich im Rampenlicht stehe, und mein ganzer Gefühlshaushalt hängt in Fetzen, und ich halte sie hoch und versuche mich damit zu bedekken. Anscheinend gibt es niemanden, der mich beschützen kann, aber Mike versucht es wenigstens.«

Mary wand sich innerlich. Sie war Lynns Freundin, nicht ihre Therapeutin, und Pauschalurteile standen ihr nicht zu. *Aber:* Anhand ihres persönlichen Eindrucks sowie aufgrund dessen, was Kara ihr anvertraut hatte, lautete ihr Urteil, daß Mike Delano ein grober, diktatorischer Klotz war, der andere Leute gern nach seiner Pfeife tanzen ließ. Und das sollte der Mann sein, dem Lynn jetzt vertraute?

Lynn hatte sie und Gideon gefragt, warum die Polizei nicht mit mehr Nachdruck dafür sorgen könne, daß die Belästigungen aufhörten.

Lag es vielleicht sogar in Mikes Interesse, daß die Belästigungen andauerten? Damit Lynn ihn weiterhin brauchte?

Wo sonst fand er so leichten Zugang zu den Medien? Welche anderen Möglichkeiten hatte er denn schon, sich an jemanden wie sie anzuhängen?

Später, beim Abendessen, erklärte Mary Gideon: »Ich weiß nicht, ob ich ihr damit überhaupt einen Gefallen getan habe.«

»Was können wir denn schon tun? Sie versucht, tapfer zu sein, und wir unterstützen sie. Und darum geht es doch. Sie hat es mit einem Wahnsinnigen zu tun.«

»Er ist ein Wahnsinniger. Aber sie hat ihn sich ausgesucht.«

»Damit gibst du dem Opfer die Schuld.«

»Ich gebe ihrem Geschmack die Schuld.«

Gideon schwieg und überließ seiner Frau das, was sie in besseren Augenblicken ihren Patienten überließ: ein Gefühl gedanklich auf das Grundsätzliche zu reduzieren.

»Ich will ja nur herausfinden, warum mir so etwas nie passieren könnte«, sagte Mary, während sie darüber nachdachte, nach welchen Kriterien sie früher ihre Männer ausgesucht hatte.

»Das ist nur menschlich.«

»Wie siehst du es denn?«

Gideon lächelte freudlos. »Ich glaube genau das, was ich jede

Woche mindestens fünf Achtkläßlern erzähle. Die Vergangenheit läßt sich nicht mit der Gegenwart vergleichen. Wen kümmert es, nach welchen Kriterien sie sich früher jemanden ausgesucht hat? Tatsache ist, daß sie *jetzt* in der Klemme steckt.«

»Genau.«

»Wieso können wir nicht etwas unternehmen? Wenn ich nur dran denke, daß dieser Kerl hier in unserem Haus war . . .«

»Sie hat abgenommen«, sagte Mary bedrückt. »Und ihre Hände zittern. Ich habe ihr vorgeschlagen, eine Weile bei uns zu bleiben, aber sie möchte nicht.«

Gideon zog die Augenbrauen hoch. »Glaubst du, dieser Scheißkerl könnte ihr etwas antun?«

Mary schüttelte den Kopf. »Das bezweifle ich. Normalerweise tritt ein solcher Persönlichkeitstyp nicht gern aus dem Hintergrund hervor. Aber was heißt bei einem Psychopathen schon *normalerweise?* Selbst dieser Detective hat ihr erklärt, man könne nicht voraussagen, wie er sich verhalten werde.«

»Dieser Detective hat's dir wirklich angetan, stimmt's?«

Mary schnaubte nur verächtlich. »Wenn du mich auf die Palme bringen willst, dann mach bloß so weiter.«

»Augenzeugen behaupten, sie hätten gesehen, wie das Personal in dem Geschäft Ihre sämtlichen Kreditkarten entzweigeschnitten hat. Acht bis zehn Karten, darunter eine AmEx-Platin.«

Lynn kannte diesen Kniff, wäre aber unter Umständen dennoch darauf hereingefallen, wenn sie nicht mit einem derartigen Anruf gerechnet und sich entsprechend darauf vorbereitet hätte.

»Nun, wir recherchieren gerade für eine Sendung zum Thema Kreditkarten. Mehr kann ich Ihnen dazu leider nicht sagen.«

»Recherchieren Sie etwa selbst? Sie allein?« fragte der Reporter des *American Herald*.

»Natürlich nicht ich allein. Aber die Leute kennen meine Mitarbeiter nicht und rufen dann bei den Zeitungen an.«

»Dann hat das also«, fuhr der Reporter fort, »nichts mit der Sendung zu tun, für die Sie soviel Werbung gemacht und dann einfach abgesetzt haben? Oder mit den Gerüchten, im Sender seien Nacktfotos herumgereicht worden?«

»Nein.«

»Technische Probleme, jede Menge Gerüchte und unbezahlte Rechnungen . . . da könnte man sich schon fragen, ob man es nicht mit persönlichen Schwierigkeiten zu tun hat.«

Der Telefonhörer an Lynns Ohr war naß vor Schweiß, doch der Reporter konnte Lynns Ohr nicht sehen. Sie legte alle Kraft in ihre Stimme.

»Überhaupt nicht.«

Lynn beendete das Gespräch und legte auf. Sie griff nach einem Kleenex und tupfte sich vorsichtig über das Gesicht, um ihr Make-up nicht zu verschmieren. Dann ging sie hinunter ins Studio.

»Die Polizei behauptet ständig, sie könne gar nichts tun. Aber ich bin am Ende, verstehen Sie. Jedesmal wenn ich hoffe, daß es vorüber ist, macht er etwas anderes, etwas Neues und Ekelerregendes.«

Helene Skolnik nickte. Sie war Privatdetektivin und nutzte normalerweise jede Gelegenheit, um zu beweisen, daß sie der Polizei überlegen war. Aber diesmal bot sich keine.

»Die haben recht«, sagte Helene. »Es gibt keinerlei Ansatzpunkt. Es würde Sie bloß einen Haufen Geld kosten, wenn ich jetzt rüber nach Los Angeles fahre und Ihnen hinterher auch nicht mehr sagen kann.« Sie beugte sich über den Schreibtisch. »Hat er denn niemals von Ihrem Telefon aus irgendwo angerufen? Vielleicht einen Kreditkartenbeleg liegenlassen?«

Lynn schüttelte den Kopf.

»Falls Sie vielleicht mal einen Blick in seine Brieftasche . . .«

»Habe ich nicht. Und außerdem habe ich das Wort *falls* gründlich satt.« Lynn erhob sich.

Helene hielt ihr die Hand hin. »Ich wünschte, ich könnte Ihnen helfen.«

»Das wünschte ich auch. Ich wünschte, irgend jemand könnte es.«

In der gleichen Nacht, Stunden später, saß Mike aufrecht in seinem Bett und betrachtete seine Hand, mit der er Lynns Finger gehalten hatte.

Er hatte dagesessen, ihr in ihrer Qual zugehört und den süßen Duft ihres Parfüms in sich aufgenommen.

Er hatte gewartet, bis sie sich abgeregt hatte, und ihr dann einmal mehr zur guten alten Rollenspielmethode geraten . . . ein bißchen Selbstsuggestion.

Und die ganze Zeit über war er auf den Hautkontakt fixiert gewesen, ihre Berührung, während er alles andere automatisch abgespult hatte.

Er schaltete das Licht aus und kroch unter die Heizdecke. Seit mehr als zwei Jahren sorgten die Glühfäden für die einzige Hitze, die dieses Bett erlebte.

Zuvor hatte es ein Jahr lang Renata gegeben – Renata, die ihn gelehrt hatte, sich nie wieder auf eine Beziehung mit einer Kollegin einzulassen. Davor hatte es Dee gegeben, und es hatte nicht lange gedauert, bis er mit seinem Bett und ein paar anderen Habseligkeiten zu ihr gezogen war. Dee war prima, und sie liebte ihn auch, aber als er acht Monate später feststellte, daß er diese Liebe niemals würde erwidern können, hatte er sich hier eingemietet und sein Bett hergeschafft. Das andere Zeug, das in entschieden besserem Zustand gewesen war, hatte er ihr vermacht.

Seit der Trennung von Renata hatte seine ganze Leidenschaft den geprügelten und mißhandelten Menschen gegolten, denen er ständig im Dienst begegnete. Manchmal kam es ihm so vor, als verwende er seine ganze Energie darauf; niemals empfand er bei einer Frau dieses verzehrende Gefühl, das ihn angesichts eines blutüberströmten Babys in einer Mietskaserne oder eines schmutzverklebten, unter Schock stehenden Vergewaltigungsopfers überkam.

Er war nach wie vor dankbar dafür, daß dieses Bett leer war, von ihm und den Heizdrähten einmal abgesehen.

Er schlief prima darin. Die Nachtruhe war seine Erlösung, das völlige Abschalten, durch das er jedesmal soweit hergestellt wurde, daß er am nächsten Tag erneut antreten konnte.

Er wußte gar nicht, weshalb ihm das heute nacht so schwerfiel.

Nach einer Stunde stand er auf, machte sich ein Salamisandwich und aß es halb auf. Den Rest wickelte er ein, ging wieder ins Bett, schlief ein und wachte wie üblich um sechs Uhr auf. Er hatte das Gefühl, heftig geträumt zu haben, doch er konnte sich an nichts mehr erinnern.

11. KAPITEL

Am Dienstag vor Weihnachten fand die alljährliche Party bei Channel 3 statt. Es war ein großes Ereignis, zu dem alle möglichen Menschen Zugang hatten, nicht nur die Mitarbeiter. Dennis förderte gern den familiären Zusammenhalt, und so lagen Päckchen mit Geschenken für alle Kinder und Haustiere unter dem großen Baum.

Lynn hatte Stechpalmenzweige im Haar. Zunächst war es ihr lächerlich vorgekommen, aber eigentlich war es nicht schlimmer als die ganze andere Maskerade, die sie bei ihrem Rollenspiel verwendete.

Sie betrachtete Bernadine, die, elegant und gelassen wie immer, zwischen den Gästen umherging. Eigentlich müßte ich das ebenfalls tun, dachte sie. Doch dieses Jahr war es eine Qual. Sie konnte nie wissen, ob sich die Menschen, denen sie die Hand schüttelte, dabei nicht vorstellten, wie sie auf dem Glockenblumenkissen ausgesehen hatte...

Zwei Männer vom Partyservice plauderten mit ein paar Leuten aus dem Broome Club. Lynn wollte sich gerade zu ihnen gesellen, als sie Booboo und Angela entdeckte, und so ging sie statt dessen in ihre Richtung.

»Dennis möchte, daß du ebenfalls die Runde machst«, flüsterte Kara. »Ich leiste derweil deiner Familie Gesellschaft.«

Lynn, um eine freundliche Miene und straffe Haltung bemüht, ging im Studio umher und begrüßte die Leute. Als sie wieder zurückkam, redete Booboo gerade mit Elizabeth Vail.

»Besitzen Sie etwa einen Zauberstab?« fragte er sie. »Meine Frau und ich versuchen Lynn schon seit Jahren zum Fitneßtraining zu überreden.«

Lynn verstand die Antwort nicht und Booboo offenbar ebensowenig; er beugte sich näher zu Elizabeth. Wie von einem Magnetfeld angezogen, drehte sich Angela, die bei einer etwas weiter entfernten Gruppe stand, abrupt um. Sie beobachtete sie einen Augenblick, dann drängte sie durch die Menschenmenge hindurch zurück.

Als sie wieder zu ihnen stieß, war Elizabeth mit einem der Männer vom Partyservice beschäftigt. Angela nahm ihren Mann am Arm.

»Wohin bist du denn am Samstag so plötzlich verschwunden?« fragte sie Lynn. »Ich wollte dich fragen, ob du mit mir zum Lunch gehst.«

»Ich mußte meine Einkäufe erledigen«, antwortete Lynn. Sie wollte das Thema wechseln. Doch ihr lieber Bruder, der, ob es ihr paßte oder nicht, immer auf einer Wellenlänge mit ihr war, nutzte den Augenblick und fragte: »Keinerlei Ärger mehr seit der roten Farbe?«, und so mußte sie ihm das Fiasko mit den Kreditkarten beichten.

»Warum hast du mich nicht sofort angerufen?« fragte Booboo verärgert. »Was wird eigentlich unternommen? Nimmt die Polizei die Sache inzwischen ernst, oder ist nach wie vor nur dieser gottverdammte Detective damit befaßt, der selbst gerne Fernsehstar werden möchte?«

Ärger und Unwillen stiegen in ihr auf. »Mike will kein –«

»Vielleicht interessiert er sich ja für Lynn«, sagte Angela.

»Das ist Blödsinn«, entgegnete Lynn, »und eine Beleidigung außerdem.«

Auf der Rückfahrt nach Salem sagte Angela: »Sie hätte mich nicht so anfauchen sollen.«

»Sie hat sich gemaßregelt gefühlt.«

»Tja, dann ist sie aber ganz schön über das Ziel hinausgeschossen.«

»Sie ist angespannt. Versuch sie doch mal zu verstehen. Schließlich mußt du auch nicht ständig auf der Hut sein.«

»*Ich* steige auch nicht mit einem x-beliebigen Verrückten ins Bett!«

Obwohl er die Lichter das ganze Jahr über an der Palme hängen ließ, schaltete Greg sie nur an Heiligabend ein.

Genau das hatte er vor kurzem getan. Nun saß er da und genoß den Anblick.

Eigentlich sollte ich ein Glas Eierlikör trinken, dachte er. Aber Alkohol kam an einem Abend, an dem er ein derart wichtiges Vorhaben ausführen wollte, nicht in Frage.

Überdies hatte er für Lynns Weihnachtsüberraschung noch allerhand zu erledigen.

Draußen war es jetzt dunkel. Die farbigen Lichter blinkten. Sie bildeten einen reizvollen Kontrast zu den dunkelgrünen Palmwedeln.

Er mochte Kontraste.

Er ging in die Küche, um sich einen Leckerbissen zu Gemüte zu führen. Die sternförmigen Plätzchen, die Mrs. Minot vor seine Tür gestellt hatte, standen auf der Anrichte. Er legte zwei auf einen Teller. Dann gab er Kaffee in den Filter, streute etwas Zimt darüber und atmete genießerisch ein, als sich der Duft in der Küche ausbreitete.

Als der Kaffee fertig war, nahm er ihn mit ins Wohnzimmer. Zufrieden setzte er sich in seinen Fernsehsessel.

Ein wohlüberlegter Kauf, dieser Sessel, vor allem in Anbetracht des Objekts seiner Vorbereitungen. Der Bescherten sozusagen.

Er trank den Kaffee aus. Der Zimt hatte eine belebende Wirkung, wenn man ihn ab und zu verwendete. Er mochte ihn vor allem in mondhellen Nächten, mit etwas Alkohol, und bei festlichen Anlässen, so wie heute abend.

Und welcher Anlaß konnte angesichts der Lichter, der Feiertagsstimmung und seiner Pläne festlicher sein als dieser?

Er mußte noch etwas erledigen: ein Geschenk für Mrs. Minot kaufen. Er würde es irgendwo kaufen, wo er zusehen konnte, wie die Leute mit ihren Kreditkarten bezahlten, da er vor seinem geistigen Auge noch einmal die Szene von Lynns Blamage an der Kasse Revue passieren lassen wollte.

Danach mußte er mit der Arbeit beginnen.

Kara nahm ein Stück Feigenkonfekt aus der Schachtel und drückte eine Tablette in die weiche Füllung. Sie bückte sich und fütterte Nicky damit.

»Ich glaube, ich sehe nicht recht«, sagte Lynn.

»Er braucht sein harntreibendes Mittel. Entweder ich mache es uns beiden schwer und stopfe es ihm ins Maul, oder ich verstecke es. Was kann ich dir anbieten? Kaffee?«

»Gar nichts. Ich bleibe nicht lange. Ich wollte dir nur dein Geschenk vorbeibringen.«

Sie hatte Kara lange, kupfrig glänzende Ohrringe geschenkt, die zu ihren Haaren paßten. Kara hatte ihr drei Geschenke überreicht: Lederhandschuhe, einen Kristallanhänger und eine Chanelseife.

Nein, meine Schwester Theresa hat recht, dachte Kara. Beim Beschenken spielen Schuldgefühle keine Rolle, überhaupt keine.

Theresa war außerdem der Meinung, Homosexuelle sollten nicht wählen dürfen.

Doch trotz der drei Geschenke war Kara in Lynns Gegenwart nervös, konnte nicht umhin, sie ständig zu mustern.

Und das, was sie sah, beruhigte sie keineswegs.

»Wohin willst du denn jetzt?« fragte sie Lynn.

»Nach Hause.«

»Verbringst du Heiligabend etwa allein?«

Sie hätte lügen sollen. »Ja«, sagte Lynn.

Kara sah zu, wie Lynn ihre Geschenke in eine Einkaufstüte packte. Ihre Hände zitterten.

»Ist alles in Ordnung?«

»*Ja*. Ich habe es nur satt, daß mich die Leute ständig danach fragen.«

Kara verkniff sich die nächste Frage, die sie eigentlich hatte stellen wollen. Doch die Symptome waren alarmierend. »Du ... du nimmst doch nichts, oder?«

Lynn seufzte. »Natürlich nicht. Nichts als Aspirin oder Tylenol. Ich bin von nichts abhängig – außer vielleicht von meinem Training. Manchmal kommt es mir so vor, als sei es das einzige, was mich davon abhält, aus dem Fenster zu springen.«

Reib's ihr nur rein, dachte Kara, und ihre Schuldgefühle waren schlimmer denn je.

Letztes Jahr hatte Lynn einen Baum auf den Balkon gestellt, und Kara und sie hatten Apfelmost angesetzt. Mary und Gideon und Booboo und Angela waren gekommen, und sie hatten gemeinsam den Baum geschmückt.

Als sie jetzt da draußen stand, erinnerte sich Lynn wieder daran, wie sie sich lachend auf dem engen Balkon zugeprostet hatten. Gideon und Booboo hatten gemeinsam Weihnachtslieder gesungen, und der kalte Wind hatte ihre Stimmen verweht.

Heute abend stand kein Baum auf ihrem Balkon. Sie hatte daran gedacht, sich einen künstlichen zu besorgen – besser als gar keiner.

Doch dann war sie zu dem Entschluß gekommen, daß es der Gipfel der Heuchelei wäre, wenn sie sich zwanghaft um einen Baum bemühte.

Draußen im Hafen ertönte eine Boje; es klang so lieblich wie die Windglocken bei Booboo und Angela.

Noch nie hatte sie Heiligabend allein verbracht.

Sie hätte es auch diesmal vermeiden können. Wahrscheinlich hätte sie es tun sollen.

Laut dem Wetterbericht im Radio sollte es Schnee geben, doch bislang war die Nacht klar.

Lynn zog ihren Parka enger um sich und starrte zu den benachbarten Häusern hinüber. Überall Lichter und gelegentlich ein Lachen. Leise Geräusche. Heute blieben die Familien unter sich. Für die meisten Menschen fingen die Feierlichkeiten erst morgen an.

Sie hätte nach Salem fahren und über Nacht bei Booboo und Angela bleiben können. Kara hatte sie heute nachmittag überreden wollen, bei ihr zu bleiben. Mary und Gideon waren zum Abendessen ausgegangen wie immer an Heiligabend. Gideon bestand stets auf Hummer. Sie hatten sie gedrängt, sich ihnen anzuschließen.

Aber sie hatte einfach das Gefühl gehabt, daß sie heute abend nicht in der Lage wäre, ihnen etwas vorzumachen. Der morgige Tag würde sie noch genug Kraft kosten.

Ihre Einkäufe waren auf Marys Drängen hin erledigt, die Geschenke verteilt. Die für die Familie wollte sie mitnehmen; sie waren eingepackt und lagen bereit.

Das Licht ließ nach. Lynn blickte auf und sah Wolken dahinjagen, die rasch den Mond und die Sterne verdeckten.

Sie ging wieder hinein. Falls es wirklich schneite, mußte sie einen ordentlichen Haufen Samenkörner auf dem Balkon hinterlassen.

Sie holte eine frische Packung aus der Küche, suchte nach der Schale mit den gerösteten Erdnüssen, die sie als Weihnachtsgeschenk für A-Hörnchen und die Vögel gekauft hatte, und ging wieder hinaus. Innerhalb weniger Minuten hatte es angefangen zu schneien.

Dicke Flocken fielen bereits vom Himmel. Der Hafen sah aus wie eine Schüttelkugel.

Sie zog ihre Kapuze hoch und streute die Samenkörner und Nüsse in die Balkonecke, wo sie vor dem Wind geschützt waren. Dann schlüpfte sie rasch wieder hinein, damit der Teppich trocken blieb. Doch sie konnte nicht verhindern, daß von ihrer Jacke ein paar Tropfen darauf fielen.

In Angelas Familie hatte man sich immer schon am Heiligen Abend beschenkt. Sie hätte diese Tradition gern beibehalten; es war so gemütlich, zusammenzusitzen und gegenseitig Geschenke auszutauschen. Am ersten Weihnachtsfeiertag roch es nach Essen, und das Licht war hell und unfreundlich.

Doch bei den Marchettes war es üblich, die Geschenke am ersten Feiertag auszupacken. Bei den Marchettes gab es so wenig Brauchtum, daß Lawrence das Gefühl hatte, es sei wichtig, das vorhandene zu wahren.

Deshalb brachten sie den Heiligabend damit zu, den Baum zu schmücken und Geschenke einzupacken.

»Haben wir noch Ersatzbirnen?« fragte Booboo, während er die Kabel am Baum befestigte.

»Hier.« Angela reichte ihm eine Packung. »Das sind alle.«

»Ich mach's schon.« Er schraubte eine neue Glühbirne ein und schlüpfte unter den Zweigen und Tannennadeln hervor.

»Magst du einen Cognac?« Angela reichte ihm ein Glas.

»Ah.« Booboo ließ sich auf einen Stuhl sinken und trank einen Schluck.

Nach einer Minute sagte Angela: »Du wirkst kein bißchen fröhlich.«

»Nein?«

»Nein. Überhaupt nicht weihnachtlich.«

Booboo schaute in sein Glas. Langsam drehte er es in den Händen. »Ich mußte gerade an den letzten Heiligabend denken. Weißt du noch? Wir waren bei Lynn. Es hat Spaß gemacht.« Er starrte weiter auf seinen Cognac. »Im Augenblick macht ihr überhaupt nichts Spaß. Sie steht beruflich ganz oben, und sie kann es kein bißchen genießen.«

Er stellte sein Glas ab und stapelte ein paar noch nicht verpackte Schachteln auf dem Tisch.

»Das ganze Zeug hier habe ich für sie gekauft – eine Anstecknadel, einen Kaschmirschal, einen Futterkasten und . . . na ja, du hast es ja gesehen. Aber was ich wirklich möchte, ist, daß meine Schwester sich wieder freuen kann. Und genau das kann ich ihr nicht geben.«

Bestürzt sah Angela, wie Tränen über seine Wangen liefen.

Er rieb sich die Augen. »Ich fühle mich so hilflos.«

»Ich weiß.« Angela tätschelte seine Hand. »Kann ich irgend etwas tun?«

Booboo zuckte mit den Schultern. »Genau das frage ich mich auch. Was kann *ich* tun?«

»Tja«, sagte Angela, »wahrscheinlich können wir zur Zeit nichts weiter tun, als ihr ein möglichst schönes Weihnachtsfest zu bereiten.«

Booboo liebte seine Frau sehr, aber in manchen Augenblicken verschlug es ihm bei ihren Worten die Sprache, und er wußte nicht genau, auf welcher Grundlage sie überhaupt miteinander sprechen konnten. Jetzt sah er sie an und wünschte sich, dies möge kein derartiger Augenblick sein. Er wünschte sich, sie möge seine Besorgnis teilen und ihn von diesem Gefühl der Hilflosigkeit befreien, das auf ihm lastete.

Doch vergebens suchte er in Angelas Gesicht ein Zeichen dafür, daß sie offen für seine Nöte war. Ihre Miene verriet wie üblich nur die Bereitschaft zu Allerweltsgefühlen: bitte nichts allzu Kompliziertes; nichts Tiefgründiges.

Booboo stand auf. »Ja«, sagte er. »Genau das können wir tun.« Er reichte Angela eine Schachtel mit Christbaumschmuck und machte ebenfalls eine auf.

Bernadine schloß ihren Spind. Sie zog ihre Sporttasche zu,

schlüpfte in ihren Mantel und ging nach oben. Im Büro des Fitneßstudios stieß sie auf Elizabeth.

»Frohe Weihnachten«, sagte Bernadine.

»Oh, Ihnen ebenfalls. Hübscher Mantel. Ist das Fuchs?«

»Danke«, sagte Bernadine. »Es ist Iltis.«

»Ein Geschenk?«

»Nicht von diesem Jahr.«

Elizabeth lächelte. »Fragen Sie sich, was es dieses Jahr geben wird?«

»Mein Mann würde mir schon reichen. Er sollte heute abend von einer Reise zurückkommen. Aber jetzt ist Schnee gemeldet. Hören Sie, war Lynn hier?«

»Gestern.«

»Was für einen Eindruck hatten Sie von ihr?«

»Sie reißt sich zusammen«, sagte Elizabeth. »So was ist manchmal nicht leicht. Sie hat mir von der großen Sendung erzählt, auf die sie sich gerade vorbereitet, und von diesem alten Freund, der ihr ständig das Leben schwermacht.«

»Ich mache mir Sorgen um sie«, sagte Bernadine. »Sie sieht von Tag zu Tag schlechter aus.«

Sie ging hinaus zu ihrem Wagen. Es war nicht allzu kalt; es sah nach Regen aus.

Als sie rückwärts vom Parkplatz des Broome Club stieß, überlegte sie kurz, ob sie das Radio anstellen sollte, entschied sich aber dagegen. Es würde sie auch nicht fröhlicher stimmen. Wenn Schnee angekündigt würde, stand lediglich zu befürchten, daß Dennis nicht nach Hause kam, und wenn nicht, würde sie annehmen, daß es sich nicht um eine aktuelle Vorhersage handelte.

Bernadine fuhr auf die Schnellstraße. Die ersten Wassertropfen tauchten auf ihrer Windschutzscheibe auf.

Als sie auf die Ausfahrt zu ihrer Wohngegend abbog, fiel bereits so viel Niederschlag, daß sie die Scheibenwischer brauchte. Und jetzt handelte es sich eindeutig um Schnee.

Wieder und wieder richtete sie den Blick zum Himmel. Sie achtete auf Flugzeuge, sah zwei und war schon wieder zuversichtlicher.

Bis sie in ihre Einfahrt fuhr, fielen Millionen dicker, fetter Flocken, die alles bedeckten. Der Weg zum Haus war bereits zugeschneit.

»Gottver*flucht*«, stieß Bernadine hervor und schlug mit der Faust auf das Lenkrad.

Fünftausend Meter über Boston schälte Dennis Orrin gerade die Cracker, die vom Abendessen der USAir übriggeblieben waren, aus der Verpackung und blickte düster aus dem Fenster auf die rasch dichter werdenden schwarzen Wolken.

Er hatte irgendwo gelesen, daß dynamische Führungskräfte seines Schlags im Flugzeug immer einen Platz am Gang wählten. Aber verdammt noch mal, er *wollte* einen Fensterplatz haben. Er genoß es, wenn seine Maschine zur Landung auf dem Logan Airport ansetzte und die Lichter der Stadt immer größer wurden und ihn willkommen hießen.

Diesmal hätte er vermutlich nicht nur am Gang, sondern in der Mitte der gottverdammten 747 sitzen müssen, um nicht mit ansehen zu müssen, wie seine Chancen, am Heiligabend nach Hause zu kommen, rascher dahinschwanden als die knochentrockenen Cracker.

Sie kreisten jetzt schon seit über vierzig Minuten.

Dennis war mit den beschönigenden Formulierungen des Bordpersonals soweit vertraut, daß er aus den Ansagen etwas heraushörte, was vielen seiner Mitreisenden entging – daß das Wetter ungeachtet des heiteren Geplauders von Flugkapitän Fröhlich, der ihnen immer wieder mitteilte, an welcher Stelle in der Warteschleife sie sich befanden, immer schlechter wurde und der Flughafen bald dichtmachen würde, während sie und fünf oder sechs andere Flugzeuge hier oben weiter im Kreis herumkurvten.

Ein voller Fehlschlag: Die Reise war genauso ergiebig gewesen wie dieses Gekreise.

Zwei Tage lang hatte er in Los Angeles und San Francisco Nachrichtenmoderatoren begutachtet. Heerscharen von gutaussehenden, interessant klingenden Männern und Frauen in allen möglichen Größen und Hautfarben, die geraden Blickes in die Kamera gucken konnten und trotzdem so aussahen, als kämen sie allesamt vom gleichen Fließband.

Er verspeiste den letzten Cracker und stopfte das Zellophanpapier in seine leere Kaffeetasse.

Jetzt fiel Schnee. Er kam ganz plötzlich, und in Minutenschnelle wurde aus sanft fallenden Flocken ein dichtes Gestöber. Gleichzeitig stieg die Maschine höher, und Dennis reckte den Hals und sah, wie die Stadt zurückfiel. Vor einer Minute hatte er noch Autoscheinwerfer und Schiffe im Hafen erkennen können; jetzt sah er nur noch weißes Treiben.

Er fühlte sich eingesperrt.

Es lag nicht am Flugzeug. Es lag nicht einmal am Sitzplatz, obwohl es ihm vorkam, als würden die von Jahr zu Jahr kleiner und böten immer weniger Raum für Ellbogen und Beine.

Es lag an der anscheinend ausweglosen Situation, in der er sich befand.

Nicht einmal mehr drei Monate, dann war Les weg, und wenn er, Dennis, nicht rechtzeitig einen Nachfolger engagierte, dann konnte er den Leuten abends um sechs oder nachts um elf nichts weiter als einen leeren Stuhl bieten.

Gut, er könnte vorübergehend Vanessa oder Irving von den Mittagsnachrichten einsetzen, aber auf Dauer war das keine Lösung; wenn man nicht augenblicklich damit anfing, die Zuschauer an den neuen Moderator für die Abendnachrichten zu gewöhnen, sanken die Einschaltquoten.

Er hatte sich eine Kassette nach der anderen angesehen. Er hatte sich Bilder und Lebensläufe und grinsende Agentengesichter angesehen, bis alles zu einem einzigen Phantomgesicht mit Schnurrbart, Ohrringen und Lippenstift verschwommen war.

Lag es etwa an ihm?

War er so ein verstaubter alter Knochen, daß *er* nicht mehr mitkam?

Er sah wieder hinaus. Dichtes Schneetreiben jetzt. Er hoffte nur, daß Bernadine inzwischen zu Hause war und sich nicht da draußen herumtrieb. In der warmen Wohnstube würde jetzt der bunte Christbaum leuchten, darunter die Geschenke, unter anderem auch das mit Perlen und Diamanten besetzte Armband, das er mit Pams Hilfe für Bernadine ausgesucht hatte. Sie und die Mädchen hantierten vermutlich in der Küche herum, und auf der Anrichte würden Leckereien stehen, die weitaus besser schmeckten als der Müll, mit dem er hier verköstigt worden war.

Würde er heute abend noch etwas davon mitbekommen? Oder mußten sie noch stundenlang kreisen, bis sich die Wolkendecke hob, so daß er erst nach Hause käme, wenn alle im Bett waren?

Eingesperrt, eingesperrt.

Er holte tief Luft und atmete lautstark aus, so daß die Frau links neben ihm einen argwöhnischen Blick in seine Richtung warf.

Die Einschaltquoten bei seinen Nachrichten waren großartig, aber sie würden unweigerlich sinken, und er mußte eine Möglichkeit finden, dies zu verhindern. Und was war mit dem Mittelpunkt seines Universums, der Marchette-Show? Würde es soweit kommen, daß er die auch ersetzen mußte?

Inzwischen verfolgte er am Bildschirm in seinem Büro jede einzelne Sekunde ihrer Sendung. Es war so, als stelle man eine Gegensprechanlage neben ein schlafendes Baby.

Sie sah elend aus, aber sie wurstelte sich durch. Manchmal kam es ihm so vor, als halte sie alles mittels einer unsichtbaren Schnur zusammen, die von ihr zu den Gästen und dem Publikum verlief. Man mußte nicht einmal den Ton anstellen, um das zu spüren.

Er konnte nur hoffen, daß mit ihr wieder alles in Ordnung kam.

Die Katastrophe bei der Satellitenausstrahlung . . . was für eine unfaßbare Zeit- und Geldverschwendung! Von dem Eiertanz, den er bei den ganzen vergrätzten Sendern hatte aufführen müssen, gar nicht zu reden.

Und wenn die Pilotaufzeichnung vermasselt wurde . . . nein, daran durfte er nicht einmal denken.

Er wünschte, die Polizei könnte mehr tun. Er wünschte, er und alle anderen könnten mehr tun – außer irgendwelche uniformierten Wachmänner zu engagieren, die allesamt vorzeitig die Schule hatten verlassen müssen.

Kein Wunder, daß all das schwer auf ihm lastete. Ihm war bang ums Herz. Er lief auf Sand, und die Wellen brachen sich an seinen Knöcheln und spülten den Boden weg, auf dem er stand.

Und er war oben in der Luft, während seine Familie unten auf ihn wartete, und wenn nicht ein Wunder geschah, konnten sie den ganzen Heiligabend vergessen . . .

Ping, schallte es aus den Lautsprechern.

»Liebe Leute, wir haben lange gewartet, in der Hoffnung, wir könnten heute abend alle noch nach Hause kommen. Aber wie wir, äh, gerade von der Flugleitung erfahren, lassen die Witterungsbedingungen keine Landung zu. Wir werden deshalb nach New York ausweichen . . .«

»Tut mir leid, aber das sagt mir gar nichts.«

Mike saß über seinen Schreibtisch gebeugt. Jemand hatte Bonbongirlanden von Lampe zu Lampe gespannt, und der ganze Raum roch nach Süßigkeiten.

Er legte den Hörer ans andere Ohr. »Wie wär's, wenn Sie mal in Ihrem Computer nachsehen, ob Sie auf einen ähnlichen Tathergang stoßen?«

»Sobald ich dazu komme, das Formular auszufüllen«, erwiderte die Kriminalpolizistin in Los Angeles. Sie hieß Abigail Stern und klang, als habe sie während ihrer Heiligabendschicht weitaus Besseres zu tun, als einem Bostoner Cop bei der Suche nach einem Abartigen in Los Angeles zu helfen, über den sich nichts in den Akten finden ließ. »Sie haben hier schon mal angerufen, nicht wahr?«

»Ein-, zweimal.«

Tatsächlich hatte er schon mehrmals angerufen – jedesmal, wenn eine neue Belästigung vorgefallen war, und manchmal auch nur, um wieder einen klaren Gedanken fassen zu können. Er nahm an, daß er unterbewußt hoffte, irgendein altgedienter Polizist möge aufspringen und sagen: »Sie meinen den Spinner mit dem Reizwäschefimmel! Warten Sie, ich hole die Akte.«

Er stellte noch ein paar weitere Fragen, die aber aufgrund Detective Sterns begrenzter Möglichkeiten zu nichts führten. Schließlich legte er auf, kippte seinen Schreibtischstuhl nach hinten und sagte sich, daß es höchste Zeit sei, nach Hause zu gehen.

Seine Schicht war vor zwei Stunden zu Ende gewesen. Ein paar Kollegen hatten ihn eingeladen, mit ihnen zu einer Weihnachtsfeier zu kommen, doch er hatte abgelehnt, da der frühe Abend der beste Zeitpunkt für ein Telefongespräch nach Kalifornien war.

Er hatte lange genug am Schreibtisch gesessen. Allmählich kam er sich vor, als sei er an dem gottverdammten Stuhl festgeklebt.

Zum zwanzigstenmal wünschte er, er könnte den Zeitaufwand und die Kosten für einen Flug dorthin irgendwie rechtfertigen. Wenn er persönlich dorthin fahren könnte, könnte er aufgrund seiner Erfahrungen und der ihm eigenen Arbeitsweise vielleicht auf neue Erkenntnisse stoßen. Er könnte bessere Fragen stellen und sich auf das Wesentliche konzentrieren: hinschauen, zuhören und die Einzelheiten einwirken lassen, bis er ein eigenes Bild von der Sache hatte.

Doch bevor er dazu die Erlaubnis erhielt, mußte er es erst mit einem wirklichen Verbrechen zu tun haben.

Und er war tausendfach dankbar darum, daß es nicht so war.

Mit diesem Gedanken stemmte er sich von seinem Stuhl hoch.

Er nahm seine Jacke. Erst an der Tür bemerkte er den Schnee. Fluchend zog er seine Kapuze hoch.

Er ging in Richtung der S-Bahn-Station.

Er fragte sich, was Lynn heute abend wohl machte.

Ob sie wohl allein in ihrer Wohnung war? Oder erledigte sie ihre Weihnachtseinkäufe? Im Grunde konnte er sich kaum vorstellen, daß sie einkaufen ging oder jemanden besuchte oder vorsichtig ihre Strümpfe neben dem Kamin aufhängte.

Seiner Meinung nach war sie vermutlich allein und fühlte sich miserabel.

An der nächsten Ecke war ein Münztelefon, und er warf schon eine Straße vorher einen langen Blick darauf.

Aber wenn er das tat, schuf er das, was ein des Lesens und Schreibens nicht mächtiger Vorgesetzter von ihm immer einen ›Präsidentfall‹ nannte. Noch hatte er mit keiner Geste verraten, daß ihm auch privat etwas an ihr lag.

In jüngster Zeit hatte er sich oft dabei ertappt, wie er an sie dachte. Eines Nachts hatte er geträumt, sie lägen in seinem Bett und schliefen miteinander.

Fiebrig erregt war er aufgewacht, konnte noch genau spüren, wie samtig sich ihre Schenkel unter seiner Hand anfühlten. Den ganzen Tag lang hatte ihn die Erinnerung an dieses erotische Traumgespinst heimgesucht.

Noch einen halben Block bis zum Telefon.

Er hätte seitenweise Gründe dafür aufzählen können, warum es besser gewesen wäre, an dem verdammten Ding vorbeizugehen.

Aber, Herrgott, er wollte anrufen.

Jetzt war er da, der Hörer lag in seiner Hand, und das Freizeichen verlangte nach einem Entschluß.

Doch sein gutgeschulter Verstand hatte inzwischen die Regie übernommen und den möglichen Ablauf für ihn durchgespielt. Dadurch wurden ihm beide Möglichkeiten seines Vorhabens klar: das, was er sich erhoffte, und das, was wahrscheinlich geschehen würde.

Natürlich hoffte er im Grunde seines Herzens, daß sein Traum auf irgendeine Art wahr werden würde. Daß zumindest die Mauern zwischen ihnen fallen würden.

Wahrscheinlich aber würde folgendes geschehen: Von ihr würde keinerlei Reaktion kommen, und er würde genau das gleiche machen wie immer, nämlich den unbeteiligten Berufssamariter spielen. Besser, wenn er den Hörer gleich wieder einhängte.

Aber er hatte ihn noch immer in der Hand – und er zog seinen Handschuh aus, warf einen Vierteldollar ein und fing an, ihre Nummer zu wählen.

Während er die Zahlen eintippte, sah er, daß die Schneeflocken schneller herabrieselten. In Sekundenschnelle war sein Ärmel damit bedeckt. Er drehte sich um und sah, daß der Gehsteig und die Straße mit einem Mal weiß waren.

Er verzog das Gesicht, hängte den Hörer ein und lief weiter.

Ein bißchen verschätzt, dachte Greg. Er hatte gedacht, die Geschäfte hätten an Heiligabend länger geöffnet. Doch der Geschenkladen, wo er etwas für Mrs. Minot hatte aussuchen wollen, hatte schon geschlossen.

Er machte einen kleinen Schaufensterbummel. Bei *Leaves 'n' Loaves* entdeckte er ein Sortiment englischer Marmelade mit Biskuits, doch als er hineingehen wollte, wurde auch hier gerade abgeschlossen.

Weil er keine unnötige Aufmerksamkeit auf sich ziehen wollte, wandte er sich ab, als habe er es sich anders überlegt, und spazierte von dannen.

Er zwang sich, langsamer zu gehen. Disziplin war nützlich, Disziplin half ihm beim Denken.

Also. Worum mußte er sich zuallererst kümmern?

Um ein Geschenk für Mrs. Minot.

Das durfte er nicht einfach sausenlassen. Wenn er klug war, achtete er darauf, daß ihm ihr Wohlwollen auch künftig erhalten blieb.

Er ging weiter.

Er mußte lediglich ein offenes Geschäft finden, in dem er ein angemessenes Geschenk besorgen konnte. Dann würde er nach Hause eilen, es einpacken und ihr überreichen. Danach konnte er den nächsten Schritt des Abends in Angriff nehmen.

Er kam zu der Buchhandlung, wo er der Frau mit den rosa Ohrringen und der Vorliebe für Fachbücher gefolgt war. Sie hatten noch geöffnet. Er ging hinein.

Er war sich nicht sicher, ob seine Vermieterin überhaupt las. In ihrer Wohnung hatte er nur Illustrierte herumliegen sehen.

Er ließ sich von seinem Gefühl leiten, während er durch das Geschäft ging.

Weiter hinten entdeckte er einen Tisch, auf dem stapelweise große, geschmackvoll aussehende Bildbände lagen. Sein Blick fiel auf einen mit einem Schloß auf dem Schutzumschlag. Eine Geschichte königlicher Prachtbauten.

Er blätterte es durch. Großzügig gestaltet, jede Menge Bilder. Dicke, protzige Seiten.

Das war es.

Mit einem kreischenden Rückkopplungsgeräusch erwachte die Lautsprecheranlage zum Leben.

Eine Stimme verkündete: »Liebe Kunden. Es ist jetzt neunzehn Uhr fünfzehn. Wir schließen in zehn Minuten. Bitte begeben Sie sich mit Ihren Einkäufen nach vorne.«

Er ging zur Kasse, stellte sich an und zahlte. Und wieder erinnerte er sich voller Genuß an Lynns Entsetzen, als sie genauso angestanden hatte.

Er klemmte sich die Tüte unter den Arm und ging hinaus in den unaufhörlich rieselnden Schnee.

Voller Freude blickte er, als er sich seinem Haus näherte, zu dem Strahlenglanz farbiger Lichter am Fenster auf. Es war ein entzükkendes Schauspiel.

Nicht annähernd so einzigartig wie das Schauspiel, das er Lynn morgen zum Geschenk machen wollte, aber auf seine Weise durchaus amüsant.

Er ging hinauf zu seiner Wohnung und stellte im Vorbeigehen fest, daß Mrs. Minot zu Hause war. Sie bereitete das Abendessen zu.

Irgendwas mit Thunfisch. Ein Schmortopf.

Er holte Geschenkpapier heraus und packte das Buch ein. Liebevoll betrachtete er den Kassenzettel, während er daran dachte, wie Lynn bei *Crabtree & Evelyn* an der Kasse gestanden hatte.

Er war allenfalls fünfzehn Meter von ihr entfernt gewesen und hatte zugesehen, wie sie ihre Einkäufe erledigt hatte. Dann war er ein Stück weitergegangen, weil er nicht zu lange an der gleichen Stelle hatte stehen wollen, war aber gerade rechtzeitig zurückgekommen, um mitzuerleben, wie sie ihre Kreditkarte am Kassenschalter gezückt hatte.

Kreditkarten.

Die dritte und die vierte.

Das Schauspiel hatte sein Herz heftiger schlagen lassen. Die Körpersprache der Beteiligten war ein Genuß gewesen – ihre, die der Kassiererin und der Menschen in der Schlange hinter ihr. Dann das nicht wahrnehmbare Zeichen an die anderen Kassiererinnen, daß etwas nicht stimmte, worauf die ihre Aufmerksamkeit sofort Lynn zugewandt hatten.

Die Schere. Die Kartenstücke.

Über Lynns Gesicht, dieses Wechselbad der Gefühle ... bis alles in einem hoffnungslosen Zusammenbruch ihrer Kraft gipfelte.

Greg hatte es förmlich in sich aufgesogen, es sich eingeprägt wie einen Schnappschuß, den er immer wieder betrachten und von neuem genießen konnte.

Er war mit dem Aufräumen fertig und blickte auf seine Uhr. Er würde mit dem Geschenk hinuntergehen und in aller Höflichkeit Mrs. Minots Einladung zum Tee ablehnen, die ihrer Meinung nach an Heiligabend angebracht war.

Das Christkind kam in die Stadt.

12. KAPITEL

Am ersten Weihnachtsfeiertag war im Foyer von Lynns Apartmenthaus kein Mensch zu sehen.

Auf dem Teppich im Fahrstuhl lagen matschige Klumpen geschmolzenen Schnees, und sie achtete darauf, daß ihre auf dem Boden abgestellte Geschenktüte nicht damit in Berührung kam, während sie zu ihrer Etage hinauffuhr. Ihr neuer Schal, ein Vogelbuch und die Anstecknadel befanden sich ebenso darin wie ein Paket mit übriggebliebenem Essen, das sie auf Booboos Geheiß hatte mitnehmen müssen: dicke Scheiben Roastbeef, geröstete Zwiebeln und Käsekuchen.

Während sie die Tüte auf einem Arm balancierte, stieß sie ihre Wohnungstür auf und ging hinein . . .

Und wußte augenblicklich, daß etwas verändert war.

Das Licht im Flur brannte – sie hatte es wie üblich angelassen. Ansonsten war es in der Wohnung dunkel.

Sie blieb im Flur stehen, ließ die Hand am Türknauf. Sie lauschte eine Weile, hörte aber nichts als das Rauschen des eigenen Blutes in ihren Adern. Langsam wandte sie den Kopf und blickte sich um, bereit, sofort zu reagieren, falls sich ihr Argwohn bestätigen sollte.

Da war nichts.

Während sie in der offenen Tür stand, ging sie im Kopf noch einmal die Augenblicke durch, bevor sich ihr sechster Sinn gemeldet hatte.

Im Fahrstuhl nach oben. Auf ihrer Etage ausgestiegen. Die schwere Tüte in der Hand, Zwiebelgeruch. Schlüssel ins Schloß, die Tür geöffnet, die üblichen leisen Geräusche ... irgendwelche ungewöhnlichen Töne? Nein.

Was sollte sie jetzt tun? Wieder gehen, die Polizei anrufen und darum bitten, daß sie jemanden vorbeischickte, der mit ihr hineinging?

Sie blieb noch eine Minute stehen. Sie hörte das Summen des Kühlschranks in der Küche. Vor einem der Fenster blinkte etwas; die Uhr am Videorecorder sprang von 6:57 auf 6:58.

Nichts Außergewöhnliches.

Sie stieß die Tür ganz auf, ging zu den Lichtschaltern an der Flurwand und drückte darauf.

Jetzt hatte sie mehr Licht. Warmes, beruhigendes, freundliches Licht, das in ihre ordentliche Wohnung fiel.

Allmählich wurde sie wirklich zickig.

Sie atmete tief durch, warf einen Blick ins Wohnzimmer, ging dann wieder hinaus, holte die Tüte herein und schloß die Wohnungstür ab.

Sie ging in die Küche, stellte die Tüte auf die Theke und wollte gerade einen Rundgang durch die anderen Zimmer machen, als sie bemerkte, daß ihre Hände feucht waren.

Sie stieß einen angeekelten Ton aus. Offenbar war sie in dem schmutzigen Fahrstuhl doch nicht so vorsichtig gewesen, wie sie gemeint hatte.

Sie nahm ein Geschirrtuch und begann die Küchentheke abzuwischen.

Zuerst fiel ihr auf, daß das feuchte Zeug klar war, nicht schmutzig. Dann stutzte sie angesichts der Konsistenz. Das Zeug war dick. Nicht wäßrig, sondern schleimig.

Sie erstarrte.

Jetzt hörte sie ein Geräusch im Badezimmer, eine Art Schaben und Kratzen. Angst schoß ihr in die Beine und schnürte ihr den Hals zu.

Sie ließ das Küchentuch fallen, rannte zurück zur Wohnungstür und zerrte mit schlüpfrigen Fingern am Riegel. Jetzt konnte sie im Lichtschein auch die großen, glänzenden feuchten Flecken auf dem Teppichboden sehen.

Wieder hörte sie über ihr angstvolles Keuchen hinweg ein anderes Geräusch. Als sie sich umdrehte, gefror ihr für einen Augenblick das Blut in den Adern.

Mit wackelndem Kopf kam ein riesiger Waschbär aus ihrem Schlafzimmer getorkelt. Blasige Speichelfäden troffen von seinem Maul.

Lynn schluchzte vor Entsetzen auf. Dann packte sie den Riegel mit beiden Händen, schob ihn zurück, stürzte hinaus und schlug die Tür hinter sich zu.

Als Mike ins Foyer gestürmt kam, begab sich gerade ein Vertreter des Veterinäramtes in Begleitung zweier Polizisten hinauf zu Lynns Wohnung.

»Wo, zum Teufel, sind die Sanitäter? Hat man Sie noch nicht untersucht?«

»Nein«, sagte Lynn. »Werde ich –«

»Was haben Sie da im Gesicht? Sind Sie mit dem Speichel –«

»Das war ich. Es ist von mir. Ich habe geweint. *Nicht!*« brüllte sie, als er nach ihren Händen langte. »Fassen Sie mich nicht an! Es ist alles voll damit!«

»*Ruhig.*« Er griff nach ihrem Handgelenk und leuchtete mit der Taschenlampe auf ihre Finger.

»Sie sind verrückt«, sagte sie. Ihre Stimme war unstet, so als drohe sie jeden Moment zu erlöschen wie eine flackernde Lampe im Sturm. »Jetzt ist es auch an Ihnen.« Sie begann wieder zu weinen.

Inzwischen hatte der Tumult auch noch andere Menschen ins Foyer gelockt.

»Alles in Ordnung«, erklärte ihnen lautstark ein Polizist. Er war in Begleitung eines Mannes in einem Overall, der eine Stange mit einer Fangleine am Ende trug. »Irgend etwas hat sich in die Wohnung geflüchtet, und wir holen es wieder heraus.«

»Um was handelt es sich denn?« fragte eine Frau in engen Jeans und Häschenpantoffeln, doch niemand antwortete ihr.

»Ich kann nicht genug sehen«, knurrte Mike. Rasch blickte er sich um. Dann zog er Lynn in die Nische mit den Briefkästen und schaltete erneut die Taschenlampe an. Er beugte sich so dicht über ihre Hände, daß er sie beinahe mit der Nase berührte. Langsam ließ er den Strahl der Taschenlampe über jeden Zentimeter Haut wandern. Er prüfte die Nagelhaut und sah unter den Nägeln nach.

»Gott sei Dank«, sagte er schließlich. Er blickte zu Lynn auf und sah ihr in die Augen. »Da ist nichts.«

»Aber ich weiß, daß ich mit dem Speichel in Berührung gekommen bin. Ich habe ihn überall an den Händen . . .«

»Aber bloß an den Händen. Sonst nirgendwo. Und Sie wurden nicht gebissen. Stimmt's?« wollte Mike wissen.

»Nein, aber was ändert das schon? Dieses Tier . . . der Speichel . . . Ich habe jetzt die Tollwut. Und Sie auch.« Tränen tropften von ihrem Kinn. Sie blickte nach unten und sah auf seine Hand, mit der er ihre noch immer festhielt.

»Nein, die haben wir nicht. Nicht, wenn keine Schnitte oder sonstigen Wunden vorhanden sind. Das Virus kann die menschliche Haut nicht durchdringen, solange keine Verletzung vorhanden ist.«

»Sind Sie sicher?«

»Ja. Sie müssen sich untersuchen lassen, aber ich glaube, Sie sind okay. Was genau ist denn passiert? Ich habe nur eine kurze Nachricht bekommen.«

Er bemühte sich mit aller Macht darum, ihr zuzuhören, während sie es ihm berichtete, konnte sich aber nicht konzentrieren. Zu sehr war er sich ihrer kleinen, schmutzigen heißen Hände in seiner großen, verschwitzten Pranke bewußt. Er konnte sie beim besten Willen nicht loslassen.

Er erfaßte ihre Worte soweit, daß er sich die ganze finstere Szene ausmalen konnte. Das, was er hörte, erfüllte ihn mit Entsetzen, doch seine Unfähigkeit, sie loszulassen, entsetzte ihn fast noch mehr.

Er mußte sie loslassen.

Er konnte nicht.

Er wollte sie am liebsten persönlich waschen, ihre Hände einseifen und abtrocknen.

Die Arme um sie legen und sie dicht an sich drücken. Mit den Fingern in ihrem Haar spielen.

Den noch immer bebenden Mund küssen.

Sie zum Strahlen bringen, damit das Ungeheuer vertrieben würde, das sie schikanierte, peinigte und um ihre Kraft brachte.

»Es handelt sich um fragiles Virus«, erklärte die Ärztin in der Notaufnahme. Sie streifte ihre Handschuhe ab und warf sie in einen Abfalleimer. »Das Virus wird neutralisiert, sobald der Speichel trocken ist. Sie haben Glück gehabt. In vierundzwanzig Stunden können Sie wieder nach Hause. Haben Sie einen Platz, wo Sie heute nacht bleiben können?«

»Ja«, sagte Lynn. Sie hatte Kara angerufen, die gerade nach Hause gekommen und jetzt mit frischer Kleidung unterwegs zum Krankenhaus war.

Die Ärztin beugte sich über ihr Klemmbrett und ergänzte die Aufzeichnungen, die die Schwester bei der Aufnahme gemacht hatte. Sie hielt inne, blätterte zurück und überflog das Geschriebene.

»Hier steht nicht, wann es passiert ist«, sagte die Ärztin.

Lynn hob zu einer Antwort an, ließ es dann aber sein. Sie wußte einfach viel zu wenig.

Um sich auf das *Wann* festlegen zu können, mußte man das *Es* bestimmen. Das entscheidende Ereignis.

Und auf welches entscheidende Ereignis sollte sie sich überhaupt beziehen? Es gab deren so viele, ständig passierte wieder etwas Neues; es war wie ein Sumpf, und Lynn war zu müde, zu abgekämpft und zu erschüttert, um sich auf ein bestimmtes Ereignis festlegen zu können.

Doch sie mußte. Die Ärztin wartete.

Sie legte sich auf der Bahre zurück und starrte die runde Lampe an der Decke an.

Handelte es sich bei diesem *Es* um den Schleim an ihren Händen, von dem sie angenommen hatte, er werde sie töten?

Oder war dieses *Es* einfach Greg selbst?

Vielleicht bezog sich dieses *Es* ja auf alles, mit dem Greg sie folterte. Denn natürlich handelte es sich um Folter; anders konnte man es nicht bezeichnen. Lynn erschauderte, als ihr mit etwas logischem Denken das Offensichtliche bewußt wurde, das, was man erkennen mußte, wenn man sich das Gesamtbild betrachtete: Wohin führte denn Folter, wenn nicht zu noch mehr Folter und schließlich zum Tod? Doch dabei durfte sie gar nicht erst verweilen, sonst kam sie endgültig unter die Räder. Deshalb überlegte sie weiter.

Es konnte auch die Reise nach Los Angeles sein, als sie Greg kennengelernt hatte.

Oder sein Besuch in Boston. Ihre überschwengliche Freude. Vielleicht hatte *Es* etwas damit zu tun, daß sie miteinander geschlafen hatten.

Wieder erschauderte sie.

Vielleicht hatte *Es* gar nicht direkt mit Greg zu tun.

Es konnte auch um die Übernahme gehen.

Oder, noch grundsätzlicher, um die Sendung an sich.

Ihre Augen schmerzten. Sie rieb sie, nahm aber die Hände nicht wieder weg.

Was war mit ihren Händen? Hatte *Es* etwas mit ihren Händen zu tun? Nicht mit dem Glibber, den hatte sie bereits aufgezählt, und außerdem waren sie jetzt sauber.

Aber als Mike sie ergriffen hatte, waren sie es nicht gewesen.

Und das hatte ihr Qualen bereitet.

Sie setzte sich aufrecht, nahm die Hände von ihren Augen und starrte sie an.

Sein Gesicht fiel ihr wieder ein, sein Blick, als er sich rasch davon überzeugt hatte, daß sie keine Verletzungen an den Händen hatte. Nicht gerade der unerschütterliche Detective. Nicht gerade der umsichtige Freund und Helfer.

Und was war mit ihr selbst? Ihrer Trostlosigkeit, als er nicht auf ihre Einwände eingegangen war, wo sie ihn doch nur hatte beschützen wollen. Ihren Schmerz, als sie geglaubt hatte, er habe sich ebenfalls angesteckt.

Doch auch dabei durfte sie nicht verweilen, sonst kam sie ebenfalls unter die Räder.

Der erwartungsvolle Blick der Ärztin änderte sich. Jetzt war sie besorgt. Lynn sah, wie sich ihr ebenmäßiges Gesicht bewegte, dann der Mund, als sie etwas fragte, vermutlich, ob mit ihr alles in Ordnung sei.

Doch das war es nicht, es sei denn, es war in Ordnung, wenn man sah, wie jemand redete, aber nichts als das Wort *Es* hören konnte, das immer lauter und schneller wiederholt wurde, und dann leiser und schneller, bis man überhaupt nichts mehr hörte.

»Ich habe Tee gemacht«, sagte Kara. »Oder möchtest du lieber Wein? Ich würde mich an deiner Stelle mit Keksen vollstopfen. Leg dich hin, ja?«

Lynn gehorchte, wurde aber sofort von einem Schwindelgefühl erfaßt und setzte sich wieder auf. Bei der Einlieferung ins Krankenhaus hatte man darauf bestanden, ihr ein Beruhigungsmittel zu geben, und sie hatte noch immer das unwirkliche Gefühl, in Watte gebettet, von einem Wall aus Federn umgeben zu sein, der die Wirklichkeit ausklammerte.

Das Telefon klingelte. Kara ging hin und nahm ab.

»Mike Delano«, sagte Kara und brachte Lynn den schnurlosen Apparat.

»Ich habe gehört, daß Sie in der Notaufnahme das Bewußtsein verloren haben«, sagte Mike.

»Ja. Aber man hat mir gesagt, ich könne beruhigt nach Hause gehen. Mike, was ist *passiert?* Es war Greg, er muß es gewesen sein, nicht wahr? Wie ist er hineingekommen? Woher stammt der Waschbär? Meine Wohnung –«

»Ihre Wohnung ist ein einziges Chaos. Aber sobald der Speichel getrocknet ist, besteht keine Gefahr mehr. Er ist reingekommen«, fuhr Mike fort, »indem er Ihr Schloß aufgebrochen hat. Offenbar haben Sie es nicht bemerkt, als Sie die Tür aufgeschlossen haben.«

»Ich habe es nicht gesehen. Ich hatte nur den Eindruck, daß irgend etwas seltsam war...«

»Wann?«

»Nachdem ich die Tür geöffnet hatte.«

»Und Sie sind trotzdem reingegangen? Was, zum Teufel, ist eigentlich mit Ihnen los?«

»Ich war mir nicht sicher! Mein eigener Verfolgungswahn macht mich langsam wahnsinnig. Wenn ich auf alles achten würde, was mir verdächtig vorkommt, müßte ich mich in einen Laufstall setzen und dürfte nie wieder herauskommen!«

»Schreckhaftigkeit ist eine Sache, Instinkt eine ganz andere. Sie müssen lernen zu unterscheiden. Ihr Überleben hängt –«

»Meiner Ansicht nach hängt mein Überleben davon ab, daß die Polizei endlich etwas unternimmt! Können Sie sich nicht wenigstens *jetzt* offiziell um ihn kümmern? Das ist eine Straftat –«

»Ich kann versuchen, ob ich einen Haftbefehl wegen Einbruchs bekomme. Aber sicher ist das keinesfalls. Schließlich wurde nichts entwendet. Es gibt keinerlei Hinweis darauf, wer eingebrochen ist.«

»Er hat mir einen Hinterhalt gelegt. Ein tollwütiges Tier –«

»Das ist kein Verbrechen.«

»Das ist eine *tödliche Waffe!*«

»Ja? Dann zeigen Sie mir doch den Paragraphen, in dem das steht!«

»Ich bin doch nicht diejenige, die sich hier um Paragraphen kümmern sollte!« schrie Lynn.

Doch er hatte bereits aufgelegt.

Greg trank einen Schluck Kaffee mit Zimt und beschloß, die Lichter an der Palme bis morgen brennen zu lassen.

Welch ein Weihnachten!

Er war seit halb fünf auf und hundemüde. Aber es handelte sich eher um eine Art gelösten Erschöpfungszustand, wie er häufig auf ein besonders gelungenes Unternehmen folgt.

Mittlerweile müßte die Polizei sämtliche Spuren seiner Tat zusammengetragen haben – den leeren Käfig vom Tierlaboratorium im Kemp Park, die fehlenden Handschuhe, die aufgebrochenen Schlösser im Laboratorium und an Lynns Tür.

Absichtlich stümperhaft aufgebrochen – er wollte sie im Glauben wiegen, er sei nicht mit einem Schlüssel hineingekommen, nachdem sie das alte Schloß hatte auswechseln lassen.

Den alten Schlüssel hatte er noch immer. Er war in der Ecke hinter der Schlafzimmerkommode, wo sich auch seine anderen Scherzartikel befanden: die Frankiergeräte, die Wanzen, die Fotoausrüstung, Handwerkszeug zum Nachmachen von Schlüsseln und fertige Schlüsselkopien. Aber diesen bewahrte er in einem lackierten Kästchen auf, das nur die Schlüssel enthielt, die ihm im Lauf der Jahre aus Liebe ausgehändigt worden waren.

Insgesamt siebenundsechzig Stück inzwischen.

Er holte ein Bonbon aus der Tasche, wickelte es aus und steckte es sich genüßlich in den Mund.

Lynn hatte sich nicht angesteckt. Das hatte er bei der Polizei erfahren, ein Unterfangen, das neben dem Erkundigen auch noch einem anderen Zweck gedient hatte: Er hatte bewiesen, daß er bei der Polizei als Polizist durchging.

Es würde ihm noch höchst gelegen kommen.

Er trank seinen Kaffee aus, spülte die Tasse ab und stellte die Musik an. Ein scharfer Beat, nicht gerade nach Mrs. Minots Geschmack, aber die war schon vor einer Stunde zu Bett gegangen. Inzwischen war er mit ihren allabendlichen Gewohnheiten derart vertraut, daß er sie förmlich riechen und hören konnte. Er mußte dazu nicht mehr in ihre Wohnung eindringen und ihrem Schnarchen lauschen.

Er tänzelte über den Teppich ans Fenster und beobachtete den abendlichen Weihnachtsverkehr auf dem Morrissey Boulevard.

Er achtete darauf, daß seine fünf Sinne stets in Schwung blieben, denn durch sie bezog er seine Erkenntnisse, auch wenn es ihm längst keinen Spaß mehr machte, damit herumzuspielen.

Für Veränderungen sorgte er noch immer gerne. Diese Art von Andenken brauchte er nach wie vor – durchbohrte Ohren oder Nasen oder eine Tätowierung, die sie sich ein ganzes Leben lang anschauen mußten, die sie immer wieder daran erinnerten, wer sie dazu überredet hatte.

Doch auch diese Veränderungen hatten sich im Lauf der Jahre weiterentwickelt. Seine alten Tricks mit Wurzeln oder Samenkörnern waren vergleichsweise kindisch gewesen; nur heimlich und verstohlen hatte er das weitere Geschehen miterleben können.

Kein Vergleich mit der Befriedigung, die er heute empfand, da es seine Person und keine anonyme Tat war, die diese Veränderungen bewirkte.

Da sein unmittelbares Eingreifen nicht nur eine Zugabe zum Geschehen war.

Es *war* das Geschehen.

Es waren nicht viele Autos auf der Straße. Auf dem Morrissey Boulevard war es relativ ruhig. Zwei Straßenblocks weiter südlich hatte lediglich ein Seven-Eleven geöffnet, soweit Greg das vom Fenster aus erkennen konnte, und sonst nichts. Selbst das Schreibbüro, das normalerweise rund um die Uhr offen hatte, war dunkel.

In Cincinnati hatte er einmal ein Mädchen aus einem Schreibbüro gehabt, eine Texterfasserin. Sehr schmal, aschbraunes Haar, das sie zu einem Knoten hochgesteckt hatte. Als sie sich endlich ihrer Kleidung entledigt hatte, was, wenn er sich recht erinnerte, fünf geschlagene Tage lang gedauert hatte, war sie regelrecht dürr und knochig gewesen.

Durchbohrte Ohren hatte er ihr als Andenken hinterlassen.

Er machte sich nichts aus Dürren – für seine raffinierteren Taktiken waren die einfach nicht empfänglich genug. Trotzdem hatte es nach der Tippse noch ein paar gegeben, die ihm richtig Spaß gemacht und sich auch hüsch verändert hatten. Die Grundschullehrerin zum Beispiel, die er Miss Chips getauft hatte; sie hatte sich für ihn die Schulter tätowieren lassen. Später hatte er sie in einen der härtesten Stripclubs von Las Vegas mitgenommen und ihr hinterher eingeredet, es mache ihn gewaltig an, wenn sie so etwas für ihn privat vorführe.

Die Videokamera in der Lampe nahm sie überhaupt nicht wahr. Allerdings nahm sie den Haufen durchgedrehter Schulkinder wahr, als sie ein Video über die Geheimnisse des Vogelfluges vorführen wollte – diese Kassette war wirklich verdammt scharf gewesen.

Die Musik wurde von einem langsamen Stück abgelöst. Er war jetzt ziemlich schläfrig. Er mußte gähnen – Zeit, ins Bett zu gehen.

Er stellte das Radio ab, zog sich aus und ging zufrieden schlafen.

Mike Delano saß mit gekrümmtem Rücken an seinem Schreibtisch und brütete über einer leeren Kaffeetasse.

Er steckte bis zu den Ohren in Stapeln von Papierkram und wollte sich langsam und methodisch hindurcharbeiten.

Kaugummi für den Kopf. Man konnte über allerhand nachdenken, während man den Schreibkram wegackerte – was bis morgen geschehen mußte, dem letzten Tag des Jahres 1992.

Das einzige Problem dabei war, daß man von ihm erwartete, daß er ab und zu auch etwas Sinnvolles zu Papier brachte.

Jetzt kam der Bericht über den Waschbären, den man aus Lynn Marchettes Wohnung geholt hatte. Laut Untersuchungsbericht war er tollwütig gewesen, natürlich. Er überlegte, ob er Lynn anrufen und es ihr mitteilen sollte, aber ihre letzten Gespräche seit der Auseinandersetzung zu Weihnachten waren eher offiziell, kurz und förmlich gewesen.

Vor zwei Wochen hatte er miterlebt, wie seine Schwester Claire ihren Sohn angeschrien hatte, nachdem der Kleine vor einem Auto auf die Straße gerannt war. Das war durchaus menschlich: den eigenen Schrecken am falschen Objekt auslassen. *Jetzt, wo ich weiß, daß er nicht tot ist, möchte ich ihn am liebsten umbringen.*

Genau das hatte er auch mit Lynn gemacht.

Sein Telefon klingelte.

»Delano.«

»Frohes neues Jahr«, sagte eine Frauenstimme.

»Wer ist am Apparat?« knurrte er.

»Detective Abigail Stern. Von der Polizei in Los Angeles. Könnten Sie mir vielleicht Ihre Faxnummer geben?«

Er setzte sich aufrecht hin. »Für was?«

»Für ein Führerscheinbild von einem gewissen Gerard Sellinger. Männlich, weiß, dunkelbraune Haare, einsfünfundachtzig groß, sechsundachtzig Kilo schwer, geboren am achten Elften dreiundfünfzig. Dazu die Anzeige einer Barbara Alice Hysmith vom zweiten Siebten achtundachtzig. Belästigung nach vorausgegangener Beziehung, möglicherweise Hausfriedensbruch, da-dada, keinerlei Straftat nachweisbar. Belästigende Anrufe, da-da-da, und so weiter und so fort. Und dann kommen wir zum *letzten* Absatz, wo wir erfahren, daß Barbara Alice von dem feinen Herrn mehrmals wider Willen pornographische Unterwäsche erhalten hat.«

»Ich kann's nicht glauben«, sagte Mike. Sein Herz hämmerte.

»Das ist noch nicht alles. Unser Computer lieferte erst etwas, nachdem unser Spezialist die Einzelheiten in fünf oder sechs verschiedenen Konfigurationen eingegeben hatte, und das Bild wurde hinzugefügt, weil es sich um ein Paßbild aus der Zeit der Anzeige handelt. Aber die Anzeige wurde nicht gegen Gerard Sellinger erstattet. Die Erstatterin der Anzeige kannte ihn unter dem Namen Greg Walter.«

»Heiliger Bimbam.«

»Und Sie haben mich für eine Pfeife gehalten.«

Während er zu Channel 3 fuhr, hatte Mike das Fax auf dem Beifahrersitz derart intensiv vor Augen, als handle es sich um ein glühendes Kruzifix.

Er war zum Faxgerät gerannt, um zuzusehen, wie das Bild herauskam, und dann hatte er dagestanden und grimmig die nach und nach auftauchenden Züge gemustert: Haaransatz, Augenbrauen, Nase, dann hinunter zu den Lippen und dem Kinn . . . und wieder hoch zu den Lippen.

Schmale Oberlippe, sehr volle Unterlippe, der ganze Mund breit, filmstarmäßig.

Er starrte eine ganze Weile darauf.

Allein der Gedanke daran, was dieser Mund berührt hatte, schmerzte ihn mehr, als er es für möglich gehalten hätte.

Howard Landrau hatte sich zu ihm gesellt, um zu sehen, was ihn so fesselte.

»Alec Baldwin?« fragte Howard.

»Das würde dir so passen.«

»Wer ist es dann?«

»Ein Abartiger namens Gerard Sellinger. Bei uns unter dem Namen Greg Alter bekannt. Der Wichser, der hinter der Marchette her ist.«

»Hat sie ihn schon identifiziert?«

»Das kommt noch.«

Landrau schwieg kurz, dann sagte er vorsichtig: »Du treibst ziemlichen Aufwand mit diesem Fall.«

Mike zuckte mit den Schultern. »Große Fernsehsendung. Jede Menge Druck von der Direktion.«

Nun, da er allein am Steuer saß und sich durch den Spätnachmittagsverkehr am Morrissey Boulevard voranķämpfte, setzte er sich mit dem Vorwurf auseinander.

Er hätte keine Rechenschaft dafür ablegen müssen, daß er das Bild persönlich zu Lynn brachte. Es war durchaus üblich, daß man auf die Reaktionen des Opfers achtete und feststellte, wie lange es zur Identifikation brauchte.

Doch das war auch der einzige Grund, auf den er keinen weiteren Gedanken verschwenden mußte. Was alles übrige betraf, so mochte er zwar Landrau keine Antwort schuldig sein, doch sich selbst schuldete er eine.

Er wendete in Lynns Fall tatsächlich bemerkenswert viel Zeit auf. Und Energie: Er dachte in der Arbeit daran, aber nicht nur in der Arbeit, auch unter der Dusche und im Supermarkt.

Im Grunde genommen tat er genau das, was er eigentlich nicht tun konnte – er jagte einen Mann, der im Sinne des Gesetzes kein Verbrechen begangen hatte.

Selbst dieses Bild, diese Trophäe. Was wollte er damit anfangen? Er hatte viel Lärm um nichts gemacht, wie ein Hund, der kläffend hinter Autos herhetzt, und nun hatte er etwas erwischt. Aber welchen Nutzen konnte er daraus ziehen? Nach der Tollwutgeschichte hatte sich der Staatsanwalt überzeugen lassen, daß eine Gefährdung der öffentlichen Sicherheit vorlag, und einen Haftbefehl bewilligt, doch wegen so einer popeligen kleinen Straftat ließ man ihn noch lange nicht nach Los Angeles fahren und eine Verhaftung vornehmen. Selbst wenn das Arschloch vor seiner Tür auftauchen und sagen sollte: »Hallo, ich bin Gerard Sellinger alias Greg Alter, nehmen Sie mich doch fest«, müßte er erst noch vor Gericht überführt werden.

Mike bremste vor einer Ampel und starrte auf seine Finger, mit denen er unruhig auf dem Lenkrad herumtrommelte. An der Ecke war ein Seven-Eleven. Vielleicht sollte er kurz anhalten, ein Soda kaufen und sich etwas abregen, bevor er weiter zu Channel 3 fuhr.

Die Ampel sprang um, und er änderte seine Meinung. Er gab Gas und fuhr weiter.

Er wußte, wie er vorgehen würde. Er würde dieses Bild überall verteilen, an den Flughäfen, in Hotels, bei Taxi- und Mietwagenfirmen und allen Reisebüros oder Transportunternehmen, auf die der Kerl für seine Trips von Los Angeles nach Boston zurückgreifen mochte. Er würde den Kollegen in Los Angeles noch ein bißchen einheizen, damit sie ihr Revier etwas genauer abkämmten. Und irgendwie würde er Sellinger/Alter/Drecksack finden – und nach Los Angeles fliegen.

Er bräuchte sich niemandem gegenüber dafür zu rechtfertigen. Er würde sich einfach freinehmen und die Reise aus eigener Tasche bezahlen. Und er würde weiter mit ganzer Kraft an den anderen Fällen arbeiten.

Und zu guter Letzt würde er die Verantwortung dafür übernehmen, weshalb er all das tat.

»Ich hasse Bauchmuskelübungen«, sagte Lynn.

Elizabeth legte ein Handtuch auf die gepolsterte Trainingsbank. »Die haßt jeder. Aber wir müssen sie machen. Die Muskeln im unteren Bauchbereich bilden eine Art Gerüst für Ihre gesamte Rumpfmuskulatur.«

»Ein natürlicher Hüftgürtel«, sagte Bernadine, die auf der Bank nebenan lag und anscheinend nicht außer Atem zu bringen war.

Elizabeth lachte, doch Lynn konnte nicht mitlachen. Sie wußte nicht mehr, wann sie ohne ihr bewußtes Dazutun zum letztenmal ein fröhliches Gesicht gemacht hatte.

Die quälende Ungewißheit, wann oder wie Greg den nächsten Psychoangriff auf sie unternehmen würde – dazu der Druck, stets und ständig strahlen zu müssen –, führte zu grellen Kopfschmerzen und knackenden Verspannungen.

»... achtundvierzig, neunundvierzig, fünfzig«, zählte Elizabeth gerade zu Ende. »Sie können sich jetzt etwas ausruhen. Ordentlich schwitzen. Sie arbeiten tüchtig mit, Lynn. Wie geht's mit den Kopfschmerzen?«

»Etwas besser.«

»Ehrlich? Oder wollen Sie Ihre Trainerin anschwindeln?«

»Sie sind wirklich besser geworden. Aber in einer halben Stunde werden sie wieder da sein. Ich muß zur Arbeit.«

Elizabeth setzte sich auf die Bank, die Bernadine inzwischen verlassen hatte. »Ich mische mich eigentlich nicht gern in die gesundheitlichen Angelegenheiten meiner Kundinnen ein. Aber vielleicht sollten Sie wegen Ihrer Kopfschmerzen mal mit einem Arzt reden.«

»Ich habe sie schon mein ganzes Leben lang. Sie kommen von den Verspannungen. Und im Augenblick bin ich verspannt bis zum Gehtnichtmehr.«

»Wegen der großen Aufzeichnung, die Ihnen bevorsteht?«

»Zum Teil ...«

»Ich versuche mir ja vorzustellen, wie so etwas ist«, sagte Elizabeth. »Ich kann verstehen, welche Verantwortung auf einem lastet, wenn man ständig auf dem Posten und konzentriert sein muß. Ich muß das in meinem Beruf auch. Aber vor Hunderttausenden von Menschen? Ich wäre ein Wrack.«

Lynn wischte sich mit ihrem Handtuch das Gesicht ab. Die letzten Überreste ihres Studio-Make-ups blieben daran haften.

»Daran liegt es nicht«, entgegnete Lynn. »Ich habe diese Verantwortung gewollt. Sie ist eine Auszeichnung. Ich würde nie so arrogant sein, mich darüber zu beklagen.«

Lynn wollte sich nicht über Menschen wie Greg auslassen. So etwas wollte niemand hören, egal, was alle anderen sagten. Es war krankhaft, und es färbte auf sie ab, und die anderen hatten Angst, es könne auch auf sie abfärben.

Wie oft hatte sie schon erlebt, daß sich Gäste in ihrer Sendung über Menschen beschwerten, die sich von niemandem beistehen lassen wollten – und doch mußte auch sie ständig gegen den Impuls ankämpfen, sich auf der Stelle zu verkriechen.

Doch manchmal hatte sie das Gefühl, als werde sie von Emotionen zerrissen, wenn sie sie nicht herausließe.

»Ich habe Ihnen doch von dem Mann erzählt«, sagte Lynn, »der mich einfach nicht in Ruhe läßt...«

»Geht das denn immer noch weiter?«

»Es ist schlimmer geworden. Er ist in meine Wohnung eingebrochen und hat dort einen tollwütigen Waschbären ausgesetzt.«

»Um Himmels willen, Lynn!«

Während sie die ganze Geschichte erzählte, achtete Lynn genau auf Elizabeths Gesicht, doch statt Argwohn, Abscheu oder Abwehr sah sie dort nur Mitleid und Entsetzen.

Elizabeth umschloß Lynns Hand. »So etwas sollte kein Mensch durchmachen müssen. Kein Wunder, daß Sie sich so herumquälen. Es tut mir so leid für Sie.«

Lynn schöpfte neue Kraft; der emotionale Beistand spornte sie an. »Vielen Dank.«

Im Dampfbad schob Bernadine gerade eine lose Haarsträhne unter die Badekappe und streckte die Beine auf der Holzbank aus.

Angela Marchette kam herein. Sie begrüßten einander.

Bernadine fragte sich, inwieweit Angela darüber informiert war, in welcher Zwickmühle Lynn sich befand. Lynn und ihr Bruder standen einander sehr nahe, doch Bernadine meinte auch, eine gewisse Distanziertheit zwischen Lynn und Angela festgestellt zu haben.

Noch bevor Bernadine etwas einfiel, wie sie Angela vorsichtig auf das Thema ansprechen könnte, sagte diese: »Wie gut kennen Sie eigentlich diese Elizabeth?«

Verwundert drehte sich Bernadine um. »Sie ist meine Trainerin. Sie ist sehr gut.«

»Ich meine persönlich. Ist sie verheiratet?«

»Nein.«

»Sie besucht Lynn auch im Sender und übt dort mit ihr. Haben Sie das gewußt?«

»Ja«, sagte Bernadine. »Mit mir übt sie auch dort.«

Angela schüttelte den Kopf.

Bernadine wartete, doch Angela fuhr nicht fort. Schließlich fragte sie: »Stimmt irgend etwas nicht?«

»Tja«, sagte Angela. »Ich denke mir bloß, Sie sollten vielleicht wissen, daß sie eine Vorliebe für anderer Leute Ehemänner hat.«

Das Personal von der Tagesschicht war bereits gegangen, als Lynn zum Sendegebäude zurückkam. In der Anmeldung vor ihrem Büro herrschte Halbdunkel. Als sie aus dem Fahrstuhl trat, dauerte es einen Augenblick, bis sie bemerkte, daß Mike Delano in einem der Sessel dort saß.

Er erhob sich. »Man sagte mir, Sie kämen bald wieder. Ich habe beschlossen zu warten.«

»Was gibt es?« fragte Lynn kalt.

Er hielt die Mappe hoch. »Ich muß Ihnen etwas zeigen. Gehen wir in Ihr Büro.«

Sie führte ihn hinein und schaltete das Licht ein. Es fiel ihr schwer, ihn anzublicken. Sie erinnerte sich genau an den Moment, als er ihre Hände untersucht hatte. Außerdem war sie immer noch wütend auf ihn, weil er in einem so verletzlichen Augenblick einen derart harschen Ton angeschlagen hatte.

Mike, der sie beobachtete, wartete, bis sie ihm ihre Aufmerksamkeit schenkte. Dann klappte er die Mappe auf und entnahm ihr das Bild.

»Oh!« schrie sie und griff danach. Sie keuchte, dann hielt sie es, von jähem Abscheu erfaßt, weit von sich weg.

Mike sah sie an. Volltreffer.

»Bevor Sie sich zu sehr in die Sache hineinsteigern«, sagte er. »Das Ganze ist keinesfalls so klar, wie es aussieht.«

»Wieso nicht? Wir haben doch jetzt alle Informationen, die Sie brauchen. Seine *Anschrift* –«

»Eine Sackgasse. Dort haben inzwischen zwei andere Mieter gewohnt. Und wie schon gesagt, wir können wegen so einem Fall nicht einfach losziehen, Leute festnehmen und sie quer durch das ganze Land zur anderen Küste verfrachten. Deshalb –«

»Aber wenn Sie seine Adresse herausfinden und seine Aktionen überwachen, dann können Sie ihn eventuell leichter fassen, wenn er *hier* ist. Und wenn er erkennt, daß Sie ihm auf der Spur sind, hält er sich vielleicht zurück. Richtig? Was ist mit dieser Barbara Alice Hysmith? Haben Sie sie angerufen? Darf *ich* sie anrufen?«

»Ich habe sie noch nicht ausfindig gemacht.«

Lynn ging zum Fenster. Mike beobachtete sie, während sie hinaus zu den hell erleuchteten Bürohäusern blickte.

Ihre Haare waren zerzaust und wurden lediglich durch zwei Elfenbeinkämme vom Gesicht ferngehalten. Die Spitzen waren noch naß vom Duschen. Ein flauschiger hellblauer Pullover, der am Rücken etwas hochgerutscht war – entweder war er eingelaufen, oder sie wurde durch die Übungen breitschultriger.

Darunter war sie bis zum Zerreißen angespannt.

Er hätte gern den Arm um sie gelegt. Um sich abzulenken, faltete er die Mappe wieder zusammen und schloß die Lasche.

»Wir werden das Bild in Umlauf bringen«, sagte Mike. »Kopien gehen an die Leute im Kemp Park, die Wachmänner hier im Sender, die Leute in Ihrem Haus . . .«

Lynn wandte sich um. »Nicht in meinem Haus bitte. Meine Nachbarn sind schon nervös genug. Ich möchte nicht, daß sich der *Herald* noch einmal dafür interessiert. Es hat mich ohnehin schon ziemliche Mühe gekostet, die Betreffenden davon zu überzeugen, daß es keine Geschichte gibt.«

Er trat näher zu ihr hin. »An Ihrer Stelle würde ich mir das noch mal genau überlegen. Ich weiß, daß Sie jegliches öffentliche Interesse an der Sache vermeiden wollen, aber es wäre eine verdammt gute Möglichkeit, die Leute bei uns zu etwas mehr Einsatz zu zwingen. Was wetten wir, daß mein Chef das Ganze hier nicht so schnell abbläst, wenn die Zeitungen davon berichten, daß ein Fernsehstar in Gefahr ist?«

»Das habe ich mir auch schon überlegt. Aber QTV würde sich so schnell von mir verabschieden, daß ich nicht einmal einen Luftzug spüren würde. Die wollen eine sprühende, gesunde, überzeugende Talkmasterin. Keine tragische Opfergestalt.« Sie lachte, ohne zu lächeln. »Würden Sie es vielleicht mir überlassen, mich damit herumzuschlagen, wie ironisch das Ganze ist?«

Anstatt ihr zu antworten, wechselte er das Thema. »Haben Sie sich schon entschieden, ob Sie wieder in Ihre Wohnung ziehen wollen?«

Er sah, wie sie tief durchatmete. »Auch das habe ich mir überlegt. Ich möchte mir diese Stanleytür einbauen lassen, von der Sie mir erzählt haben. Anschließend ziehe ich wieder bei Kara aus.«

Auf dem Weg nach draußen überprüften drei Wachmänner seinen Ausweis; anschließend mußte er sich auch noch abmelden.

Das ermutigte ihn.

Der Gedanke daran, wie ungeschützt sie war, machte ihn wahnsinnig. Es gefiel ihm ganz und gar nicht, daß sie wieder bei sich zu Hause einziehen wollte. Aber er hatte gewußt, daß es so kommen würde. Ihre Tapferkeit war es, die er am meisten an ihr mochte.

Er würde ebenfalls tapfer sein müssen.

Greg hatte seine Trophäe sicher in seiner Jackentasche verstaut, als er sich aus Karas Haus herausstahl.

Dieser Hund war lästig, aber nicht gefährlich. Er hatte gewußt, daß er ihn nicht beißen würde, aber auf den Lärm hätte er gut verzichten können.

Jedenfalls hatte er das, weshalb er eingestiegen war, und dem Hund hatte er auch nichts tun müssen.

Mit Tieren hatte er sich bei seinen Abenteuern nur selten herumplagen müssen. Er konnte sich noch an zwei Vögel erinnern und an mehrere Katzen. Die Frauen im Mittleren Westen mochten Tiere nicht so besonders. In Kalifornien hatte er es, wenn er sich recht entsann, mit zehn oder zwölf Hunden zu tun gehabt. Einer seiner männlichen Liebhaber hatte ebenfalls einen Hund besessen, ein kläffendes kleines Pelzknäuel.

Hatte er dieses Gekläffe abgestellt? Er konnte sich nicht mehr genau erinnern. An das Herrchen dagegen entsann er sich noch ganz deutlich: Buddy, ein großer Typ, der sich gern Großer nennen ließ. Buddy hatte nach seiner Pfeife getanzt wie ein Flummiball, hatte sich beide Ohren durchstechen lassen, seine Schamhaare gefärbt. Er war viel leichter als die meisten Frauen zu überreden gewesen. Hatte sich auch später besser gehalten. Er hatte gequiekt und gejault, als Greg den Druck verstärkt hatte, war von einer Wohnung zur anderen gezogen, bis Greg in Wisconsin seiner überdrüssig geworden war und die Gelegenheit beim Schopf ergriffen hatte, als man ihm eine Stelle in einer Satellitenempfangsstation angeboten hatte.

Das unstete Leben war einer der Vorteile sowohl für seinen Beruf wie auch für seine Berufung. Abgesehen davon, daß es an sich schon Spaß machte, mochte Greg daran auch die besondere Würze, die es seinen Abenteuern verlieh. Immerhin war es ihm dadurch möglich, die Leute darüber im ungewissen zu lassen, wo er wirklich wohnte, und rasch anderweitig zu planen, falls es die Situation erforderte.

Nicht, daß er von vornherein damit gerechnet hatte, daß die Affäre mit Lynn derart weite Reisen erfordern würde. Woher hätte er auch wissen sollen, als er ihr in Boston ein paarmal gefolgt war, daß er ihr bis nach Los Angeles würde hinterherfahren müssen? Und dann auch noch ausgerechnet zu Geoffrey's?

Doch durch die Reise nach Kalifornien hatte sich schließlich eine unerwartete Gelegenheit ergeben. Mehr als einmal hatte er sich schon darüber kaputtgelacht, wie leicht er ihnen allen hatte weismachen können, daß er an der Westküste wohne. Was für eine Eingebung, die Gelegenheit beim Schopf zu ergreifen und die erste Begegnung dort stattfinden zu lassen.

Er kam an einer Gruppe von Fußgängern vorbei, die darauf wartete, daß die Ampel grün wurde, und einander ein frohes neues Jahr wünschten. Er lächelte ihnen zu, und sie lächelten zurück.

An Silvester war jeder fröhlich.

Ein neues Jahr, Zeit, daß sich etwas änderte, ein neues Feld bestellt wurde.

Seinerzeit, unter den Ackersklaven, hatte man ihn immer für einen Spinner gehalten, wenn er so etwas gesagt hatte. In seiner Familie hatte man den Anbruch eines neuen Jahres nie als etwas Besonderes betrachtet. Es war eine Nacht wie jede andere, in der man trotz des Lärms von den großen Herrenhäusern zu schlafen versuchte, so gut es ging, bevor man wieder aufwachte und dort weitermachte, wo man tags zuvor aufgehört hatte.

Tja. Er hatte bewiesen, wie idiotisch das war – an vielen Silvesterabenden und bei zahllosen anderen Anlässen.

Und mit jedem köstlichen Abenteuer, jedem köstlichen Streich bewies er es ständig aufs neue.

Kara sah zu, wie Lynn sich die Schürze umband. »Du bist so dünn.«

Lynn holte eine Schale mit Krabben aus Karas Kühlschrank. »Ich weiß«, sagte sie bedrückt.

Nicky sprang um ihre Füße herum.

»Beklag dich ja nicht drüber. Ich wünschte, ich würde soviel wiegen wie du. Nicky, laß das. Ganz schön aufgekratzt heute abend, der Kleine.«

Lynn stellte die Krabben auf den Tisch. »Nein. Nein, wünsch dir das nicht. Das, was ich durchmache . . . das ist es nicht wert, dünn zu sein oder irgend etwas anderes.«

»Das habe ich auch nicht gemeint. Ich wollte damit nur sagen, daß du gut aussiehst. Ist dir nicht aufgefallen, wie dieser Delano dich die ganze Zeit ansieht?«

Lynns Wangen wurden heiß, doch sie sagte: »Das gehört zu seinem Job. So betrachtet er jeden.«

»Wenn er jeden so betrachten würde wie dich, würde er sich ruckzuck eine Tracht Prügel einhandeln. Jedenfalls, Selbstverachtung ist ein Teil des Opferverhaltens, weißt du noch?«

Sie schwiegen eine Weile, während sie die Krabben für das Abendessen zubereiteten.

»Wir haben früher oft gemeinsam gekocht«, sagte Lynn.

Kara nickte.

Lynn griff nach dem Knoblauch. »Wieso haben wir das eigentlich so vernachlässigt?«

»Zuviel zu tun. Zuviel anderer Mist. Jedenfalls, was meine Seite angeht.«

»Du mußt dich nicht –«

»Ich meine damit nicht nur wegen Greg. Ich habe immer noch Schuldgefühle, weil ich an dir gezweifelt habe. Ich habe damit gemeint – na ja, es klingt schrecklich angesichts dessen, was du gerade durchmachst, aber . . . ich bin eifersüchtig. Du und Bernadine und alle anderen, ihr bewegt euch in eurer handverlesenen Gesellschaft von lauter Fitneßfanatikern. Ich bin diejenige, die von keinem bemerkt wird. Ihr redet ständig, als würde es mich gar nicht geben –«

»Tut mir leid. Ich habe nicht –«

»Ich wähle mir am Telefon die Finger wund, und du stehst vor der Kamera, bist erfolgreich und mächtig und hinreißend. Manchmal habe ich das Gefühl, du wärst der Film, und ich dürfte lediglich im Publikum sitzen.«

Tränen liefen über ihre Wangen. Erschrocken ließ Lynn das Schneidebrett fallen und nahm Kara in die Arme. »Weine doch nicht. Du weinst doch nie.«

»Ich weiß.«

»Du sagst doch immer, du willst gar nicht vor die Kamera.«

»Will ich ja auch nicht. Ich möchte nur, daß ich bei dem, was ich mache, genauso herausragend bin wie du bei deinen Sachen.«

»Aber das bist du, Kara! Du bist doch der alleinige Grund dafür, daß unsere Sendung diesen Stellenwert hat. Ich kann nur mit dem arbeiten, was du mir lieferst. Wenn du nicht wärst, bräuchten wir an die Pilotsendung gar nicht erst zu denken.« Lynn verzog das Gesicht. »Falls wir sie überhaupt noch machen.«

»Das werden wir.«

Lynn rieb sich die Augen. Früher hatte sie es kaum erwarten können, morgens zur Arbeit zu gehen; mit ihren sämtlichen Sinnen hatte sie sich auf das konzentriert, was sie im Studio erwarten mochte. Geschah etwas Unvorhergesehenes, ging es ihr hinterher nur noch besser. Überraschungen machten sie nur stärker, und das Publikum empfand diese Spannung mit ihr, um ihr hinterher außer sich vor Begeisterung zu applaudieren.

Und jetzt hatte es jemand geschafft, alles ins genaue Gegenteil zu verkehren.

War es egoistisch von ihr, daß sie dennoch auf der Pilotsendung bestand? Hatte sie wirklich bedacht, was sie wollte, was sie allen anderen schuldig war?

»Ich bin mir nicht sicher. Ich frage mich allmählich, ob wir sie nicht besser verschieben sollten.«

»Lynn, hör zu. Du mußt diese Pilotsendung machen. Wenn nicht, gibst du klein bei. Wir werden alle erforderlichen Maßnahmen ergreifen, damit uns niemand ins Handwerk pfuschen kann.

Wir werden in ein anderes Studio umziehen, zehnmal soviel Wachpersonal engagieren, sämtliche Verbindungen geheimhalten. Aber laß dir von Greg nicht auch noch deine Pilotsendung wegnehmen.«

Als Lynn später aus der Dusche stieg, blickte sie zur Badezimmeruhr. Viertel vor eins. Mittlerweile hatte auch das Gehupe auf der Straße aufgehört.

Sie nahm ihre Duschhaube ab und ließ ihr Haar auf die Schultern fallen.

Ist dir nicht aufgefallen, wie dieser Delano dich die ganze Zeit ansieht?

Was Mike wohl heute abend machte?

Wahrscheinlich saß er mit ein paar Kollegen in einer Bar, einen kühlen Drink vor sich, im Hintergrund Gelächter und Pianomusik.

Vielleicht aber auch nicht. Vielleicht verbrachte er den Abend ja auch in trauter Zweisamkeit mit einer Frau.

»Möchtest du auch etwas geeisten Joghurt?« rief Kara, und dankbar riß sich Lynn von ihren Phantasien los und griff nach ihrem Nachthemd.

»Eine von *dreien*«, wiederholte Mike und hielt dabei die Finger hoch.

»Was ist mit einer von dreien?« fragte ein anderer Polizist, der gerade zu Mikes Gruppe stieß.

»Eine von drei Frauen, die in diesem Land notfalldienstlich behandelt werden muß, ist ein Opfer von ehelicher Gewaltanwendung.«

»Du spinnst doch. Sind das neue Zahlen?«

»Was ich gern wissen würde«, sagte jemand anders, »ist, ob das immer schon so schlimm war. Wird heute mehr Gewalt in der Ehe ausgeübt als früher? Oder sind wir nur sensibler dafür geworden und nehmen es eher wahr?«

»Lasagne ist fertig«, rief Grace Landrau zu ihnen herüber.

Die anderen begaben sich in die Eßecke, und Mike folgte ihnen. Er hatte den ganzen Abend Chips geknabbert und war nicht besonders hungrig. Er aß ein paar Happen Lasagne und stocherte im Rest herum.

Nicht lange nach dem Essen löste sich die Party auf.

Auf dem Nachhauseweg zögerte er kurz, als er bei Nancy Jean vorbeikam, dann ging er hinein. In der Kneipe war der Teufel los, und er wäre beinahe wieder gegangen. Doch Nancy Jean entdeckte ihn, streckte ihm die kurzen Arme entgegen und ließ sich von ihm umarmen. Dann aber bemerkte sie seine Miene und führte ihn zu einem freien Tisch im dunkelsten Winkel ihres sonst bahnhofshallenartig ausgeleuchteten Etablissements.

Er hatte gedacht, die Ausgelassenheit werde ihn anstecken, doch dem war nicht so. Nicht, daß er bedrückt gewesen wäre; eher fühlte er sich rastlos und unentschieden, so als wälze er sich im Bett herum und könne keine Ruhe finden.

»Ich habe deine Freundin im Fernsehen gesehen«, sagte Nancy Jean. Sie stellte ein Bier und eine Plastikschale mit Brezeln vor ihn hin. »Sie hat irgendwelche Ernährungsspezialisten zum Thema Fett befragt. Über alles, wo welches drin ist. Seitdem biete ich statt Erdnüssen so was an. Erzähl ihr das mal.«

»Werd ich tun«, erwiderte Mike.

»Oder noch besser: Bring sie mal wieder mit, und ich erzähl's ihr selber.«

Während Mike zusah, wie sie sich durch das Getümmel zurück zur Bar drängte, wurde ihm bewußt, daß er sich von Minute zu Minute unwohler fühlte.

Er hatte das Versprechen noch nicht eingehalten, das er sich selbst gegeben hatte.

Er starrte auf sein leeres Bierglas. Er stand auf, um sich Nachschub zu besorgen, doch dann wurde ihm plötzlich klar, daß dies lediglich ein weiteres Hinhaltemanöver war.

Er setzte sich wieder hin.

Er hatte sich geschworen, daß er die Verantwortung dafür übernehmen würde, weshalb er sich so ernsthaft mit Lynns Fall befaßte.

Es war Unsinn, sich selbst etwas vorzumachen. Es würde sich nicht alles von selbst fügen, bloß weil er sich nicht darum kümmerte. Wenn er es wenigstens herausließ, dann konnte er vielleicht den nächsten Schritt tun und sich überlegen, wie er weiter vorgehen wollte, egal, wie kläglich er auch ausfallen mochte.

Also. Warum tat er das alles?

Weil er in sie verliebt war.

Er starrte weiter auf das leere Glas, bis er den Kopf in den Armen vergrub.

13. KAPITEL

»Möchten Sie, daß ich mit Ihnen reingehe?« fragte Mike.

Lynn blickte auf die neuen Schlüssel in ihrer Hand, dann sah sie zu ihm auf. »Das wäre nett.«

Er hielt ihr die Bürotür auf.

Sie fuhr nach Hause, Mike hinter ihr her. Er zeigte ihr, wie die neue Tür funktionierte, wies sie auf die sieben Riegel an der Innenseite hin, die ganz gewöhnlich aussehenden Schlösser außen, zu denen jeweils ein eigener Schlüssel gehörte, den man mehrmals umdrehen mußte.

»Planen Sie fünf Extraminuten ein, wenn Sie zur Arbeit oder sonstwohin gehen«, sagte Mike. »Denn Sie müssen auch von außen wieder absperren.«

Als die Tür offen war, blieb sie unsicher stehen und ging dann hinein.

»Es riecht nach Krankenhaus«, sagte sie.

»Das ist das Desinfektionsmittel. Bald riecht alles wieder so wie vorher. Wissen Sie, was Katzen tun?«

»Was?« Sie sah sich im Flur um und ging dann ins Wohnzimmer.

Mike verdrehte die Augen. Er faselte daher wie ein halskettchenbehängter Stenz in einer Bar für einsame Herzen. Er schwieg und hoffte, sie würde nicht weiter nachhaken, doch sie wandte sich ihm zu. »Was tun Katzen denn?«

»Sie müssen fremde Gegenstände riechen, damit sie sich in ihrer Umgebung wohl fühlen. Wenn Sie eine Papiertüte in Ihre

Wohnung mitbringen und sie herumstehen lassen, zerfetzt sie die Katze, damit sich der Geruch ausbreitet.«

»Sie würden vermutlich niemals eine Papiertüte herumstehen lassen«, sagte sie zu seiner Überraschung.

Sie lief im Wohnzimmer umher, untersuchte den Teppich. Ging dann in die Küche. Mike, der ihr in gehörigem Abstand folgte, wollte, daß sie sich erst wieder an ihre Wohnung gewöhnte.

Sie ging ins Schlafzimmer. Er wollte einerseits zurückbleiben, wollte es andererseits aber auch sehen. Schließlich blieb er in der Tür stehen und blickte sich um, als interessiere ihn das Ganze überhaupt nicht.

War die übrige Wohnung weitläufig und elegant, so schien das Schlafzimmer ihr Schlupfwinkel zu sein. Familienfotos, ein Bügelbrett, das so aussah, als mache sie sich nur selten die Mühe, es wieder zusammenzuklappen. Ein weich wirkendes großes Bett.

Sobald sein Blick darauf gefallen war, konnte er ihn nicht wieder abwenden.

Das Bett war ordentlich gemacht, aber in seiner Phantasie sah er sie mit diesem Drecksack auf dem geblümten Laken liegen. Und wie schon zuvor, als das Foto des Kerls aus dem Fax gekommen war, sehnte er sich mit jeder Faser seines Körpers danach, den Burschen krankenhausreif zu schlagen.

Nachdem sie in ihren Kleiderschrank gesehen hatte, trat sie an ihm vorbei aus dem Zimmer, und er wich rasch einen Schritt zurück, als ihr Parfüm zu ihm drang.

Seine Brust schmerzte.

Sie ging wieder in die Küche und kramte dort herum. Ihr Anrufbeantworter stand unter dem Telefon. Sie drückte auf die Abspieltaste.

»Hallo«, ertönte eine Männerstimme.

Fragend blickte Mike zu Lynn, und sie sagte: »Mein Bruder.«

Die Nachricht war noch nicht zu Ende. »Ich wollte dich nur

wieder daheim begrüßen. Ich hoffe, es geht dir gut.« Er klang besorgt.

Danach: »Miß Marchette, Praxis Dr. Gurian. Ihre Krone ist fertig. Rufen Sie doch bitte wegen eines Termins an.«

Danach eine quäkende Kinderstimme: »Nein, bitte tu mir nicht weh! Nein, nein, neiiiin. Ach, das tut so weh!«

Mike sah, wie Lynns Gesicht sich verzog. Erst war sie verwirrt, dann erschreckt und schließlich von Panik ergriffen, als die Stimme fortfuhr: »Bitte, ich bin doch nur ein kleines Backenhörnchen. Mach mich nicht tot!« Danach ein würgendes Ächzen.

»Nein. Nein«, schrie Lynn, rannte zur Balkontür und riß sie auf. Mike, der hinter ihr herlief, spürte, wie ihm ihr Schrei durch Mark und Bein fuhr.

Inmitten verstreuter Samenkörner lag A-Hörnchen auf dem Balkon. Um den Hals trug er einen von Karas Liz-Taylor-Serviettenringen, und sein Genick war gebrochen.

Weinend lag sie in Mikes Armen. Sein Sweatshirt war bereits klatschnaß. Er spürte ihren Körper unter seinen Händen, Knochen und Muskeln, das herzzerreißende Schluchzen, das aus ihrem tiefsten Inneren kam, von dort, wo er nicht hinkonnte.

Schließlich beruhigte sie sich wieder soweit, daß er sie zur Couch führen und hinsetzen konnte. Dann holte er eine Tüte aus der Küche, ging wieder hinaus auf den Balkon und legte den armen kleinen Kerl hinein.

Er wußte, daß sie ihn ins Herz geschlossen hatte. Sie hatte ihm ein paarmal erzählt, daß sie immer die Vögel und dieses kecke Backenhörnchen fütterte.

Damit stand fest, daß dieser Psychopath noch zu ganz anderen Dingen fähig war. Denn anhand der Spuren war klar, daß er von außen über die Balkone hochgestiegen war.

Egal, wie er es angestellt hatte, eins war sicher: Er war zweimal quer durchs ganze Land gereist, und beim zweitenmal hatte an allen Flughäfen und bei sämtlichen Mietwagenfirmen sein Bild vorgelegen.

»Sie sollten hier ausziehen«, sagte Mike.

»Ich denke nicht daran auszuziehen. Wenn er mich heraushaben will, muß er das Haus in die Luft sprengen.«

Sie rieb sich den Nacken. Bohrende, unbarmherzige Kopfschmerzen stiegen in ihrem Hinterkopf hoch.

Heute nacht würde sie etwas nehmen müssen.

Die Trauer um A-Hörnchen und das ekelerregende Wissen darum, daß er wieder in ihr Privatleben eingedrungen war, ließen ihr Tränen der Hilflosigkeit in die Augen steigen.

»Ist das auf dem Band *seine* Stimme?«

»Ich nehme es an. Wer sollte es sonst sein?« fragte sie.

»Ich möchte ja bloß, daß Sie sie identifizieren, falls Sie können. Damit wir es genau wissen.«

»Wir wissen es doch schon.«

Sie schwiegen mehrere Minuten lang. Schließlich sagte Lynn: »Gott sei Dank waren Sie heute abend hier.«

Mike betrachtete sie. Ihr Gesicht war von getrockneten Tränen verklebt, und ihre Augen wirkten verzweifelt, trostlos, gehetzt – sie spiegelten nur zu deutlich wider, daß sie sich der Ausweglosigkeit ihrer Lage mehr denn je bewußt war.

Wieder wollte er sie in die Arme nehmen.

Er mußte schleunigst hier weg.

»Ich muß los«, sagte er.

Sie wandte sich ihm zu. Sie sagte kein Wort.

Er deutete zur Balkontür. »Es gefällt mir ganz und gar nicht, daß Sie so ungeschützt sind. Warum gehen Sie nicht zurück zu Kara und bleiben heute nacht dort?«

»*Nein.* Ich will in meiner Wohnung bleiben. Ich kann nicht einfach so zusehen, wie er mir Stück für Stück alles wegnimmt.«

Er schüttelte den Kopf.

»Was haben Sie mit A-Hörnchen gemacht?« fragte sie.

»Da draußen gelassen, in einer Tüte. Ich nehme sie mit.«

Sie fing wieder an zu weinen. »Warum hat er das nur getan? Wie kann man nur ein so hilfloses kleines Etwas töten?«

Sie vergrub den Kopf in den Händen. Ihre Schultern bebten.

Er wußte noch genau, wie sie sich anfühlten.

Er mußte unbedingt von hier weg.

Doch dann hörte er einfach auf nachzudenken, ging zu ihr hin, zog sie von der Couch hoch und hielt sie fest, und diesmal war es anders.

Diesmal lehnte sie sich nicht nur an ihn, sondern kam ihm entgegen, drückte ihn an sich, klammerte sich fest.

Er hielt den Atem an, wagte sich nicht einzugestehen, daß er sie spürte, daß sie sich so eng umschlungen hielten.

Doch sie zog ihn noch näher. Vergrub das Gesicht an seiner Schulter. Und dann legte sie den Kopf zurück und blickte ihn an, und er sah ihre traurigen Augen, den geöffneten Mund, die getrockneten Spuren des Kummers auf ihrer Haut.

Er konnte einfach nicht anders – er legte die Hände an ihren Kopf und küßte sie.

Ihm war nicht bewußt gewesen, daß er sich vorgestellt hatte, wie wohl ihr Mund schmecken mochte. Nun kostete er ihn.

Er hatte das Gefühl, als befinde er sich in einem Film, den er selbst inszenierte, als wechsle er ständig zwischen Schauspieler und Zuschauer hin und her.

Sein Rücken brannte unter ihren Händen.

Er hatte Strähnen ihres Haares in den Händen und drückte so fest zu, als könne er mit ihrem Körper auch die Situation in den Griff bekommen.

Doch es war lächerlich. Er hatte sich vergessen und war auf dem besten Wege, sich mit jeder weiteren Sekunde mehr zu vergessen.

Sie fühlte Mikes Rücken unter ihren Händen. Sie verspürte den Wunsch, unter sein Sweatshirt zu greifen und die warme Haut zu spüren, doch sie gab ihm nicht nach.

In gewisser Weise hatte sie das Gefühl, als gehörten sie zueinander, als seien ihre Leiber miteinander verschmolzen. Andererseits war ihr, als befinde sie sich in einem bösen Traum.

Sie spürte seine Lippen auf ihrem Mund, seine Hände in ihrem Haar. Sie konnte den Herzschlag in seiner Brust spüren. Sein Gesicht war rauh und stoppelig. Sie berührte seinen Nacken. Die Haare dort waren überraschend weich. Sie ertappte sich dabei, wie sie seinen Mund noch fester auf den ihren drückte, als könnte sie damit den Schmerz für immer aussperren.

Wieder weinte sie, und während sie ihn küßte, kam es ihr vor, als könne sie nie wieder damit aufhören.

Mike hörte ihr Schluchzen, spürte ihre zuckenden Mundwinkel. Er hätte am liebsten selbst aufgestöhnt, doch er nahm sich mit aller Kraft zusammen. Mit jeder weiteren Sekunde, mit jeder Berührung, wurde er tiefer in den Strudel hineingezogen.

Er spürte ihre Tränen auf seinem Gesicht, spürte, wie sie sich mit ihrem nicht enden wollenden Kuß vereinigten. Er hielt inne und strich ihr mit dem Daumen über die Wangen.

Sie drängte sich wieder an ihn. Ihre Schenkel preßten sich durch den Wollrock an die seinen.

Gleich würde er den Verstand verlieren.

Er drückte sie noch enger an sich, küßte sie heftiger, bis sich Lynn mit einem keuchenden Schluchzen aus seinen Armen wand.

Schwer atmend stand sie da und wich seinem Blick aus. Auch sein Atem ging schwer; glühendheiß kam er tief aus seiner Brust.

»Was ist mit dir?« fragte er schließlich. Er mußte einfach wissen, was in ihr vorging.

Sie schüttelte den Kopf. »Ich fühle mich, als wäre ich wahnsinnig geworden.«

Mike sah sie an. Für einen endlos langen Moment richtete sie ihre Augen auf ihn, bevor sie weitersprach.

»Ich hatte plötzlich das Gefühl . . . als befände ich mich in einem Alptraum. Als wenn man in der Klemme steckt und dagegen ankämpft, aber einfach nicht herauskommt.« Jetzt strömten Tränen über ihr Gesicht; wütend wischte sie sie weg.

Mike ging zur Balkontür, schob sie auf und kam mit der Tüte zurück. Er nahm sein Sakko.

»Es tut mir leid«, sagte Lynn.

Er winkte ab. »Bist du sicher, daß du heute nacht hierbleiben willst? Willst du nicht doch lieber zu Kara fahren?«

»Nein.«

Wieder winkte er und ging hinaus.

Lynn hörte, wie die Fahrstuhltür auf- und wieder zuging. Es war nicht leicht, aber schließlich gelang es ihr, ihre Tränen zu unterdrücken.

Anstatt zu träumen, wachte sie immer wieder auf. Und jedesmal, wenn sie aufwachte, sah sie das tote A-Hörnchen vor sich, dessen Anblick ihr im Schlaf erspart geblieben war. Sie konnte sich nicht von den Bildern losreißen, sah immer wieder Greg, der dem Tier auflauerte, es einfing, tötete. Sah, wie er auf ihren Balkon stieg und es dort hinlegte, damit sie es inmitten der Samenkörner fand.

Vielleicht hätte sie doch lieber zu Kara gehen sollen. Doch in ihrem tiefsten Inneren hatte sie das Bedürfnis hierzubleiben. Je mehr Greg ihr Leben zerstörte, desto mehr klammerte sie sich an das, was ihr geblieben war.

Gott sei Dank war Mike bei ihr gewesen.

Sie vermißte ihn, genoß aber zugleich auch ihre Einsamkeit.

Sie hatte keinerlei Erklärung für ihr Verhalten, und mit Sicherheit auch keine für Mikes. Nutzte er tatsächlich nur die Situation aus, und zwar auf mehr als nur eine Art?

Einerseits sehnte sie sich nach seiner Umarmung, seiner Wärme. Andererseits war sie entsetzt über sich selbst.

Dieses Gefühl überwog.

5. Januar

Zu schade, daß Lynn kein frohes neues Jahr erlebte.

Ich genieße es, daß sie nie weiß, wann die nächste Überraschung kommt.

Ich genieße es, wenn ich zusehen kann, wie sie unter meinen Streichen immer kleiner wird.

»Ich weiß nicht mehr, ob die Serviettenringe verpackt waren, als ich sie dir geschenkt habe. Vielleicht hätten wir es gar nicht bemerkt, wenn einer gefehlt hätte«, sagte Lynn.

Kara schüttelte den Kopf. »Wahrscheinlich hat er schon damals gefehlt.«

»Er wußte von Anfang an, daß die Serviettenringe für meine beste Freundin bestimmt waren. Deswegen hat er so darauf bestanden. Er wußte genau, daß er sie noch einmal benutzen können würde, um Mißtrauen zwischen uns zu säen.«

Pam kam herein. »Ich habe mit allen Studios, die Kara mir aufgelistet hat, wegen der Pilotsendung gesprochen. Dabei sind zwei übriggeblieben. Beide sind für Satellitenausstrahlung geeignet. Vom sicherheitstechnischen Standpunkt ist wohl das Revere Studio am besten.«

Das Telefon klingelte, und Pam nahm ab. »Detective Delano«, sagte sie und reichte Lynn den Hörer.

Lynn spürte, wie sie errötete. »Hallo. Nicht schlecht, danke. Am vierzehnten Februar, aber am Freitag in einer Woche wollen wir uns um fünfzehn Uhr zusammensetzen und über den Programmablauf sprechen. Auch mit dir und den anderen Beteiligten. Nein, der Termin für die Aufzeichnung steht noch nicht fest. Dennis überläßt es mir, und ich habe mich noch nicht definitiv entschieden. Aber auf jeden Fall fahren wir mit der Vorbereitung fort. Okay. Tschüß.«

»Muß er eigentlich unbedingt dabeisein?« fragte Kara.

»Ja.«

»Er nutzt dich aus. Er will am Ruhm teilhaben.«

»Er hat beruflich mit Kindesmißbrauch zu tun. Er kann seine ganze Erfahrung beisteuern. Und *ich* fühle mich bestimmt sicherer, wenn ich einen Polizisten dabeihabe.«

Dennis hatte Grippe. Seine Hände waren heiß, die Augen schwer, und seine Gedanken schweiften ständig ab.

Er lag im Bett und verfolgte die Abendnachrichten mit Dan Rather. Dan trug jede Story so vor, als handle es sich um eine Tragödie von weltbewegendem Ausmaß, selbst unwichtigste Kleinigkeiten.

Während er so dalag, geschah etwas Merkwürdiges. Er wurde zu Dan. Er, Dennis Orrin, moderierte die Abendnachrichten.

Er sah sich dabei zu, wie er sich mit der genau richtigen Mischung aus Autorität und Mitgefühl der Kamera zuwandte. Erlebte mit, wie der Filmbeitrag endete und sein Gesicht am Bildschirm auftauchte.

Bernadine kam herein und riß ihn aus seinem Traum.

»Geht's dir besser?« fragte sie.

»Ich fühle mich grauenhaft. Als würde ich jede Sekunde den Löffel abgeben.«

»Kann ich dir irgend etwas bringen?«

»Nein! Ich kann nichts bei mir behalten, verdammt noch mal!«

»Sei nicht so miesepetrig.«

»Tut mir leid«, sagte er, aber es klang wenig glaubhaft.

»Was, zum Teufel, ist denn das?« fragte Mike Lynn.

Er hatte ein Nummernschild für ein Kinderfahrrad mit der Aufschrift SEAN auf dem Tisch entdeckt.

»Das gehört mir«, sagte Kara. »Ein Geburtstagsgeschenk für meinen Neffen.«

»Kaufen Sie ihm etwas anderes. Schmeißen Sie das Ding auf den Müll. Es sei denn, Sie *wollen*, daß ihn sich irgendein Perverser schnappt.«

»Ich bin wirklich nicht der Meinung –«

»Haben Sie vorhin bei der Besprechung nicht zugehört? Ich habe doch ausdrücklich gesagt, man soll Kindern keine Kleidungsstücke oder Nummernschilder oder was auch immer schenken, auf denen ihr Name steht.«

Sie waren im Anschluß an die Besprechung für die Pilotsendung, die im Konferenzzimmer von Channel 3 stattgefunden hatte, in Lynns Büro gegangen. Kara hatte den nichtprominenten Gästen – Mike und eine Polizeikollegin, eine Sozialarbeiterin, der Organisator eines New Yorker Notfalldienstes für mißbrauchte Kinder, ein Hypnotherapeut, der auf die Behandlung von inzestgeschädigten Erwachsenen spezialisiert war, und Mary Eli – den Programmablauf dargelegt.

»Alles klar«, sagte Kara.

»Das sauge ich mir schließlich nicht aus den Fingern, okay? Da draußen gibt es wirklich Ungeheuer.«

Kara stand auf und ließ Lynn und Mike allein. Lynn sah Mike mit blitzenden Augen an: »Willst du es dir eigentlich mit allen meinen Freundinnen verscherzen? Schlimm genug, daß du Mary angebrüllt hast.«

»Die blonde Psychologin? Jawohl, ich habe sie angebrüllt. Dauernd diese verdammten Fragen, was wir zu deinem Schutz unternehmen ...«

»Und du hast dich verteidigt.«

»Ich habe dich verteidigt. Die Fragen waren nicht so simpel, wie sie geklungen haben. Sie nimmt deine Situation nicht ernst genug.«

»Woher nimmst du dir das Recht ...«

»Verdammt noch mal, du solltest froh sein . . .«

Lynns Telefon klingelte. Es war für Mike. Als er das Gespräch beendet hatte, sagte er: »Das war mein Büro. Ich habe von morgen bis Montag frei. Das ist auch der eigentliche Grund, weshalb ich nach der Besprechung mit hierhergekommen bin: Ich wollte dir sagen, daß ich nach Los Angeles fahre und mit Barbara Hysmith reden werde.«

Lynn schluckte. »Du hast sie ausfindig gemacht?«

»Die Kollegen in Los Angeles.«

»Ich möchte mitkommen.«

Damit hatte er nicht gerechnet. »Nein.«

»Ich bezahle die Reise.«

»Es geht nicht ums Geld.«

Schon der Gedanke, drei Tage mit ihr zusammenzusein, war grotesk, zumal auf Reisen, wo sich eine gewisse Intimität unmöglich vermeiden ließ. Seit jenem Abend in ihrer Wohnung hatte er sich vorgenommen, seine Gefühle für sie ein für allemal im Zaum zu halten. Sich wieder auf seinen ursprünglichen Vorsatz zu besinnen und ihre Begegnungen rein beruflich zu gestalten. Basta.

Doch sie bettelte so inständig. Er betrachtete ihr Gesicht; es war schmaler und blasser geworden, seit er sie vor anderthalb Wochen zum letztenmal gesehen hatte. So lebhaft hatte er sie seit Wochen nicht mehr erlebt. Er brachte es nicht einmal übers Herz, ihr zu gestehen, daß die Reise gar nicht offiziell bewilligt war.

Letzten Endes konnte er es ihr auch nicht verwehren.

Barbara Hysmith wohnte in einem sandfarbenen zweistöckigen Haus am Crescent Boulevard in Glendale. Im Innenhof standen Zitronenbäume, ein Dreirad und Picknicktische.

Barbara war etwa fünfunddreißig, ziemlich groß und hatte lange, eine Idee zu dicke Beine. Sie hatte zauberhaft reine Haut und glattes braunes Haar, das sie zu einem Zopf geflochten hatte. Sie trug einen Baumwollrock und eine olivgrüne Bauernbluse.

»Sie sind beim Fernsehen. Ich habe Sie gesehen«, sagte Barbara zu Lynn, als sie die Tür öffnete. »Ich dachte, es geht darum, Greg Walter ausfindig zu machen. Falls Sie vorhaben, ein Interview –«

»Nein, nein, nein«, erwiderte Lynn. »Ich bin mitgekommen, weil ich ebenfalls ein Opfer von ihm bin. Ich kenne ihn als Greg Alter.«

Danach war Barbara schnell aufgetaut. Sie hatte Greg in einem Beach-Club in Monterey kennengelernt, und von da an waren sie zusammengewesen.

»Zuerst war es klasse«, sagte Barbara. »Er war so aufmerksam. Er hat mir teure Kleider gekauft. Er war hinreißend zu meinen Freunden. Aber nach einer Weile wurde mir das Ganze zu schlüpfrig. Er wollte uns im Bett filmen. Er wollte alles mögliche Zeug und hat mich für verklemmt gehalten, wenn ich nicht mitgemacht habe.«

»Wie hat es geendet?« fragte Mike.

»Hat es ja nicht. Jedenfalls nicht, als ich es wollte.« Ihre Augen waren fahl. »Er wollte mich nicht in Ruhe lassen. Hat mir Pornozeug geschickt, Reizwäsche und so. Einen blutverschmierten Dildo. Hat wie echtes Blut ausgesehen. Ständig rief er mich an und legte sofort wieder auf, manchmal die ganze Nacht lang. Aber wenn ich ihn anrufen wollte, war ständig besetzt.«

»Können Sie sich noch an die Nummer erinnern?«

»Die habe ich nie vergessen – fünf-vier-drei-eins-zwo-acht-acht.« Sie wandte sich an Lynn. »Die Leute von der Polizei haben mir erzählt, Sie hätten ebenfalls eine Tätowierung.«

»Ich hatte eine. Aber es war keine dauerhafte. Sie ist wieder weggegangen.«

Barbara hob den Rock. Auf ihrem Schenkel prangten das bekannte Lippenpaar und der Buchstabe G.

»Zuerst wollte ich ein Messer nehmen und es einfach herausschneiden«, sagte Barbara. »Ich will es noch immer.«

»Ich bin ziemlich sicher, daß es noch jede Menge andere gibt«, sagte Detective Abigail Stern. »Nie bekommen die Opfer seine Wohnung zu Gesicht. Sein Auto ist unter falschem Namen gemietet, und was er von seiner Arbeit erzählt, ist erfunden. Das ist lange einstudiert. Und ein Mann, der derart verrückt ist, nimmt sich nicht nur ein oder zwei Frauen vor und sagt dann: ›Gut, das reicht mir.‹ Die Mehrzahl der Frauen hat es wahrscheinlich nur nicht gemeldet.«

»Dafür hat er gesorgt«, sagte Mike. »Der Kerl ist ziemlich gerissen, wenn es darum geht, Schuld- und Schamgefühle zu erzeugen. Herrgott, hier bei euch scheint's eine ganze Menge solcher Drecksäcke zu geben.«

»Lassen Sie das bloß nicht meinen Vorgesetzten hören. Der ist bloß zum Surfen da.«

Lynn hörte ihrem Geplänkel zu. Detective Stern war eine zierliche achtundzwanzigjährige Kriminalpolizistin, die Mike anerkennend musterte, obwohl er anscheinend keine Notiz davon nahm. Aus irgendeinem Gefühl heraus mißbilligte Lynn das Interesse der Frau, doch sie unterdrückte es und erinnerte sich daran, daß sie Detective Stern einiges zu verdanken hatte.

»Wie stehen die Chancen«, fragte Lynn sie, »daß wir noch weitere Opfer von ihm finden? Ich möchte wissen, was ihn dazu bringt, mit seinem Terror aufzuhören.«

Sie zuckte mit der Schulter. »Wir haben keine Ahnung, genausowenig wie Detective Delano. Aber Sie sind eine Prominente, und das könnte auch der Grund sein, weshalb er bei Ihnen nicht lockerläßt. Denn auch wenn Sie Ihren Fall nicht an die Öffentlichkeit bringen, sind Sie doch ständig öffentlich zu sehen. Ihr Bekanntheitsgrad ist wie eine Art Drahtseiltanz für ihn.«

»Vermutlich hat sie recht«, sagte Mike. »Aber sie hat auch damit recht, daß er sich immer mehr zurückziehen wird, je bekannter du wirst. Er mag ja verrückt sein, aber trotzdem geht ihm seine

Sicherheit über alles. Welche Chancen hätte ein Abartiger, der Oprah Winfrey nachstellen will?«

»Barbara Hysmith mußte zweimal umziehen. *Zweimal.*«

»Wenigstens hat er sie dann in Ruhe gelassen«, entgegnete Mike.

»Vielleicht konnte er sie nach dem zweiten Mal bloß nicht mehr ausfindig machen.«

»Er hat sie einmal ausfindig gemacht, und er hätte sie wieder ausfindig machen können, wenn er gewollt hätte. Er hatte sich einfach lange genug mit ihr amüsiert. Wahrscheinlich hatte er einfach die nächste an der Angel.«

Teils schweigend, teils ins Gespräch vertieft, saßen sie in ihrem gemieteten Buick und mußten beide erst einmal die Erkenntnisse verdauen, die sie auf dem Polizeirevier erhalten hatten.

»Ich bin Barbara dankbar dafür, daß sie so offen mit uns geredet hat«, sagte Lynn. »Gott sei Dank habe ich mir keine richtige Tätowierung machen lassen. Stell dir vor, ich müßte damit für immer leben.« Sie lachte freudlos; zu etwas anderem schien sie neuerdings nicht mehr in der Lage zu sein.

Sie fuhren durch Straßen mit niedrigen pastellfarbenen Häusern und exotischen Bäumen und Sträuchern. Voller Beklemmung mußte Lynn daran denken, wie phänomenal sie Los Angeles auf den ersten Blick gefunden hatte. Wie ihr ureigener fliegender Teppich war ihr die Stadt damals vorgekommen.

Sie bogen ab, und Lynn sah kurz ihr Spiegelbild im Wagenfenster. Sie wirkte verhuscht und eingeschüchtert. Schuldbewußt richtete sie sich auf, reckte den Kopf.

»Hast du gehört, was Barbara über ihr Selbstbewußtsein gesagt hat?« fragte Lynn.

»Sie hat gesagt, sie kann sich ohne Kleider nicht mehr anschauen.«

Lynn nickte. »Ich auch nicht.«

Er musterte sie von der Seite.

»Als du auf der Toilette warst«, fuhr Lynn fort, »habe ich ihr erzählt, daß Greg mir einen Badeanzug gekauft und anschließend gesagt hat, man sehe mein wabbeliges Fleisch. Sie sagte, er habe ihr einmal zugerufen, sie solle nackt ins Wohnzimmer kommen. Er wußte, daß sie gerade aus der Dusche kam. Sie dachte, er wolle nur herumalbern, und folglich hat sie es getan. Wie sich herausstellte, war gerade der Mann vom Kabelfernsehen da.«

»Herrgott.«

»Und das ist noch nicht alles. Nachdem er angefangen hatte, ihr Sachen zu schicken, bekam sie einen Brief, angeblich vom Fernsehmechaniker, in dem stand, wie fett und häßlich sie wäre. Bis in alle Einzelheiten.«

»Psychotisch nennt man so was, glaube ich.«

»Er schleicht sich in dein Unterbewußtsein und beschmutzt dein Selbstwertgefühl. Die arme Frau.«

Wieder schielte Mike zu ihr hin, auf die Formen, die er inzwischen nur zu gut kannte. Schlanke Arme und Beine, flacher Bauch. Unmöglich, daß jemand, der einen solchen Körper besaß, ihn als abstoßend empfinden konnte. Doch in all den Jahren, in denen er sich mit dem schlimmsten Abschaum an Sexualverbrechern herumschlagen und die psychischen und emotionalen Trümmer ihrer Opfer hatte aufklauben müssen, hatte er mehr über die seelischen Auswirkungen ihrer Taten erfahren, als irgendwer ertragen konnte.

Sie kamen gerade an einem kleinen Einkaufscenter vorbei. Mit einem Mal blieb er stehen. »Da«, sagte er und deutete hin.

»Was ist da? Wo sind wir?«

»Geh in das Bekleidungsgeschäft. Kauf dir einen Badeanzug. Erzähl mir keinen Mist. Ich habe schließlich auch ja gesagt, als du mit mir nach Los Angeles fahren wolltest...«

Er mußte weitere sieben Minuten lang auf sie einreden, doch dann tat sie es, und in der Zwischenzeit ging er in eine Drogerie und kaufte eine Einwegkamera.

»Selbstdarstellungstherapie«, sagte er lediglich, als sie weiterfuhren.

Er parkte gegenüber von einem öffentlichen Badestrand in der Nähe von Malibu. Dann bat er sie, in eine Kabine zu gehen und den Badeanzug anzuziehen.

»Geh den Strand entlang«, sagte er, als sie wieder herauskam. »Ich werde dir folgen.«

Wieder mußte er sie erst überzeugen, doch schließlich spazierte sie barfuß über den Sand vor ihm her, während er die Kamera auf sie richtete.

Er verschoß fast den ganzen Film – machte nicht nur von ihr Bilder, sondern auch von Männern, die ihre Blicke über ihren Körper schweifen ließen.

Er war sich nicht sicher, ob er ihr damit etwas Gutes tat.

Aber auf diese Weise konnte er sich wenigstens mit etwas beschäftigen, solange er mit dieser Frau in der weiten Welt unterwegs war. Und vielleicht ließ sich dadurch dieses innere Ausbluten stoppen, das ihn immer mehr beunruhigte, dieser langsame, aber ständige Energieverlust.

14. KAPITEL

»Sie ist wo?« fragte Dennis.

»In Los Angeles. Sie kommt heute abend zurück«, sagte Kara. »Geht es Ihnen wieder etwas besser?«

»Mal so, mal so.« Dennis hatte geduscht, sich angezogen und zur Arbeit gehen wollen, doch als ihm auf dem Weg zur Garage wieder übel geworden war, hatte er seinen Entschluß rückgängig machen müssen. »Teilen Sie ihr bitte mit, sie möchte mich anrufen, sobald Sie etwas von ihr hören.«

Bernadine hörte, wie er im Wohnzimmer auflegte. »Gehst du jetzt wieder ins Bett?« rief sie.

»*Nein.*«

Bernadine war sichtlich verärgert, als sie hereinkam und unwirsch ein leeres Glas abräumte, und einmal mehr gelobte er, sich zu bessern. Doch dann mußte er wieder an die Schwierigkeiten im Sender denken. Der fehlende Nachrichtenmoderator, die Marchette-Show, die Pilotsendung für QTV.

»Wie hält sich Lynn eigentlich im Fitneßstudio?« fragte er plötzlich.

»Lynn?« Bernadine zog die Stirn in Falten. »Wie meinst du das?«

»Was treibt sie dort?«

»Dasselbe wie ich, mehr oder weniger. Hanteltraining, Foltermaschinen, Bodenübungen.«

»Verhält sie sich manchmal unberechenbar? So als sei sie außer sich?«

»Was erwartest du denn? Sie ist ängstlich und angeschlagen. Sie leidet unter heftigen Kopfschmerzen.«

Bernadine wartete, und als er nichts erwiderte, fragte sie: »Warum?« Doch er antwortete ihr nicht.

Sie befanden sich irgendwo über Indiana, als Mike sagte: »Erzähl mir noch mal von dem Abend, an dem du ihn kennengelernt hast.«

»Das sind wir doch schon fünfzigmal durchgegangen.«

»Erzähl's mir trotzdem noch mal. Vielleicht fällt dir ja noch etwas ein.«

Also lehnte sie sich auf dem engen Sitz zurück und schilderte diesen ersten Abend ein weiteres Mal. Anschließend ging Mike Gregs Besuch in Boston mit ihr durch, und weil er an diesem Tag noch keine gute Tat vollbracht hatte, ließ er das Thema Sex aus und leitete direkt zur Party der Elis, den Geschenkpaketen und den Anrufen über.

Der Pilot hatte gerade angekündigt, daß unter ihnen der Eriesee liege, als Mike sagte: »Okay, er ruft also an, und du hast den Eindruck, daß er im Auto sitzt.«

»Ich weiß, daß er im Auto war. Er hat es doch gesagt.«

»Wiederhol das Gespräch noch mal.«

»Ich sagte, daß ich die Sache beenden wollte, solange sie noch jung sei. Er sagte, das könne ich ihm nicht antun. Er fragte mich, ob ich mich noch an den Abend erinnern könnte, an dem wir uns kennengelernt hätten, und sagte, er rufe aus Malibu an, aus der Nähe dieses Restaurants. Er wollte unbedingt wissen, wie er mich wieder glücklich machen könne. Daß es ihm so kalt –«

»Versetz dich zurück. Achte auf sämtliche Geräusche«, sagte Mike. »Es könnte sein, daß er dich hinsichtlich seines Aufenthaltsortes bewußt irreführen wollte. Klingt es vielleicht so, als ob er von einer Tankstelle aus anruft? Aus einer Fabrik? Hörst du das Meer?«

Sie versuchte langsam zu atmen, wollte alles noch einmal nachempfinden. »Autos summen vorbei. Es klingt wie eine Schnellstraße.«

»Fährt er auf einer Schnellstraße?«

»Ich glaube schon.«

»Dann zittert also seine Stimme ein bißchen. Möglicherweise wird die Verbindung schlechter.«

»Nein.«

»Klingt es so, als hätte er angehalten?«

»Ja.«

»Erzähl weiter.«

»Ich sagte, möglicherweise *sei* ich ja kalt. Und er . . . und er . . .«

Lynn setzte sich plötzlich kerzengerade auf.

Mike straffte sich. »Was ist los?«

»Deswegen wußte ich ja, daß er angehalten hatte. Da war ein Autoradio im Hintergrund, so als wäre ein anderer Wagen kurz dort stehengeblieben. Aber hör zu, mir ist das vorher nie bewußt geworden – es war die Bob-Hemphill-Show!«

»Was meinst du damit?«

»Bob Hemphill kann man nur lokal empfangen. Man kann ihn nur in Ostmassachusetts hören. Greg kann überhaupt nicht in Kalifornien gewesen sein! Er war in Boston! Er hat mich aus Boston angerufen!«

Anderthalb Tage lang beschimpfte Mike sich als Arschloch.

Nur ein Arschloch fuhr vom einen Ende des Landes zum andern, um anschließend festzustellen, daß er sich vermutlich von vornherein am richtigen Ort befunden hatte.

Dann machte er sich daran, die einzelnen Teile des Puzzles zusammenzusetzen.

Such den Abartigen nicht dort, wo er zu sein vorgibt. Kauf ihm das nicht ab.

Such in hier, in unmittelbarer Nähe.

Verteil nicht sein Bild in der ganzen Weltgeschichte und wundere dich dann, wenn ihn niemand anreisen sieht.

Denk an alles, was er ihr erzählt hat. Überlege dir, wie es wirklich gewesen sein könnte.

Und schau nicht nur in die andere Richtung. *Denke* in die andere Richtung. Versetze dich in den Kerl hinein, halte von dort aus Ausschau und mache ihn auf diese Weise ausfindig.

Er sieht genauso schlecht aus wie ich, dachte Lynn, als sie Dennis' kreidebleiche Haut und die eingefallenen Wangen sah. Sein Anzug schien eine halbe Nummer zu groß, und über seinen Augenbrauen standen Schweißperlen.

»Kara hat mir erzählt, Sie seien wütend gewesen, weil ich am Montag nicht hier war«, sagte sie.

Dennis wischte sich über die Stirn. »Es ging nicht darum, daß Sie nicht hier waren. Sie haben weiß Gott genug um die Ohren. Außerdem war ich selbst nicht da. Es geht eher darum . . . Ich habe das Gefühl, ich verliere den Kontakt zu Ihnen.«

»Oh, Dennis!«

»Ist mit Ihnen alles in Ordnung, Lynn? Oder muß ich mir ernsthaft Sorgen machen?«

Lynn zögerte. Sie sahen einander über den riesigen Schreibtisch mit der Karaffe, den Kassetten und den Klarsichtmappen hinweg an.

Sie war sich im Grunde ganz sicher, was er sie eigentlich fragen wollte, und nahm an, daß dies beabsichtigt war. Dennis war immer ihr Freund und Verbündeter gewesen, aber er war auch der Mann, der am anderen Ende dieses ozeandampfergroßen Schreibtisches saß, und wenn er sich bewußt undeutlich ausdrücken mußte, um Klarheit zu bekommen, dann würde er das auch tun.

Wenn er aber andererseits nicht erklärte, worauf er genau hinauswollte, konnte sie sich aussuchen, was sie ihm erzählen wollte.

Inzwischen konnte sie sich glücklich schätzen, wenn sie nachts drei Stunden am Stück schlief, doch das wollte sie ihm nicht verraten.

Auf jeder Straße drehte sie sich achtmal um und fühlte sich dennoch verfolgt. Sie konnte nicht mehr von ihrem Wagen bis zur Tür oder von einem Taxi zu ihrem Büro gehen, ohne sich vorzustellen, daß heimliche Blicke auf sie gerichtet waren. Doch damit würde sie Dennis ebenfalls nicht behelligen.

Ihre Kopfschmerzen waren so schlimm, daß sie manchmal das Gefühl hatte, ein Meteoritenschauer prassle auf ihren Schädel ein. Wenn sie schlief, träumte sie von Valium in einem Kaviarglas. Doch das würde sie Dennis ganz gewiß nicht auf die Nase binden.

»Wenn Sie damit meinen, wie ich mich im Hinblick auf die Pilotsendung zu verhalten gedenke«, sagte sie und lehnte sich zurück, »dann kann ich nur antworten, daß ich nach wie vor zu meiner Entscheidung stehe. Ich werde mich Montag wieder bei Ihnen melden.«

Nach der Arbeit ging Lynn in den Broome Club. In ihrem Aktenkoffer befanden sich, in ein Kleenex eingewickelt, fünf Tylenol mit Kodein.

Sie war gerade anderthalb Minuten auf dem StairMaster, als Bernadine auf das Gerät daneben stieg.

»Wie geht es Ihnen? Wie war Ihre Reise?«

Lynn war kurz versucht, ihr eine ehrliche Antwort zu geben. Etwas von ihrem Elend herauszulassen. Irgendwie brachte es Bernadine immer wieder fertig, sich anzubieten, wenn Lynn gerade ein Ventil brauchte. Und im Augenblick brauchte sie es dringend.

Doch sie konnte Dennis unmöglich die tapfere, streng professionell eingestellte Moderatorin vorspielen und dann all ihre Ängste bei seiner Frau abladen. Deshalb antwortete sie: »Das läßt sich nicht so einfach beantworten. Warum verraten Sie mir nicht lieber, wie es *Ihnen* geht?«

»Mit mir ist alles in Ordnung.«

Doch das stimmte nicht. Jeder konnte erkennen,wie verkrampft sie lächelte, wie steif sie sich bewegte. Selbst Lynn.

»Was für einen Eindruck macht Dennis auf Sie?« fragte Bernadine.

»Keinen allzu guten. Aber dieser Grippevirus soll auch ziemlich schlimm sein.«

»Ich meine eher seine Laune. Er ist neuerdings so anders.«

»Er steht mächtig unter Druck«, sagte Lynn und dachte, daß sie zusätzlich dazu beitrug.

»Vielleicht bin ich ja nur eine unter Verfolgungswahn leidende Ehefrau, aber wissen Sie, er reist viel herum, er ist immer öfter im Sender, und wenn er nach Hause kommt, trampelt er herum wie ein Elefant...« Sie hielt inne. »Könnte es sein, daß Dennis eine Affäre hat?«

Lynn wandte sich zu Bernadine um, geriet ins Stolpern und mußte sich an den Handstützen festhalten. »Meinen Sie das ernst?«

»Ja. Durchaus.«

Lynn überlegte sich, was sie darauf antworten sollte. Dennis war der letzte, dem sie eine Affäre zutraute. Außerdem hatte er unmöglich die Zeit dazu.

Sie beschloß, schlicht und einfach das zu sagen, was sie dachte. »Sie und Dennis stehen sich wahrscheinlich näher als die meisten Paare. Bei einer so engen Beziehung kann es immer wieder mal vorkommen, daß man sich etwas voneinander entfernt.« Sie sah Bernadine fest an. »Ich glaube, er befindet sich derzeit in einer ziemlich schwierigen Situation, und das läßt er eben an denen aus, die gerade in der Nähe sind. Ich glaube nicht, daß es eine andere Frau gibt. Herrgott, Bernadine, Sie und ich und all die anderen – irgend jemand ist doch den ganzen Tag ständig um ihn herum.«

Lynn beendete die erste Reihe von Übungen auf der Drückbank, und Elizabeth nahm die Hantel wieder weg. Sie setzte sich auf und wollte sich etwas ausruhen, als sie Mike Delano mit einem Umschlag in der Hand in den Fitneßraum kommen sah.

»In deinem Büro hat man mir gesagt, du wärst hier. Ich habe hier Kopien von den Gesetzestexten, die du für die Aufzeichnung wolltest. Ich wollte sie nicht auf der Müllhalde liegenlassen, die du als deinen Schreibtisch bezeichnest.«

Elizabeth hielt ihr die Hantel hin. »Machen Sie nicht zu lange Pause.«

Schuldbewußt legte sich Lynn wieder hin und absolvierte ihre Übungen. Sie konnte Mikes kritischen Blick spüren.

»Die ist zu leicht für sie«, sagte Mike.

»Das ist . . . Absicht«, stieß Lynn zwischen zwei Übungen hervor.

»Das Schwerste, was ich ihr gebe, ist die Hantel mit Fünfern«, sagte Elizabeth.

Mike blickte sich im Fitneßraum um und ging geradewegs zu einer Stemmhantel. »Die hier wiegt fünfundvierzig. Die kannst du doch mit Leichtigkeit drücken.«

»Ich möchte nicht zu kräftig werden.«

»Frauen sollten unterschiedliche Übungen mit leichteren Gewichten machen«, sagte Elizabeth. »Die schweren Gewichte sind fürs Krafttraining, nicht zum Muskel- und Knochenaufbau. Ich verwende sie nicht und meine Kundinnen auch nicht.«

»Sie könnte sie ja dynamisch negativ einsetzen.«

»Damit belastet man die Ellbogen zu sehr.«

»Nicht, wenn man –«

»*Mike*«, sagte Lynn.

Später, beim Dehnen, sagte Elizabeth: »Ihr Rücken ist ja mächtig verknotet.«

Lynn schloß die Augen. »Meine Situation ist auch ziemlich schwierig im Moment.«

»Ist es immer noch nicht besser geworden?«

»Nein. Es wird immer schlimmer.«

»Bernadine wollte mich über Sie und diesen Mann ausfragen. Ich wußte nicht, was ich sagen sollte – inwieweit Ihr Chef etwas wissen darf. Also habe ich gewissermaßen das Thema gewechselt.«

»Vielen Dank.«

»Beugen Sie die Schulter nach links. Ich dachte, es liegt vielleicht an Ihrem Freund, daß Sie so verspannt sind. Er kommt mir ziemlich streitsüchtig vor.«

»Er ist streitsüchtig. Aber er ist nicht mein Freund.«

»Das ist vielleicht gar nicht so schlecht«, sagte Elizabeth. »Ihren Worten nach zu schließen, haben Sie sowieso schon mehr Ärger am Hals, als Sie gebrauchen können.«

»Das mit Sicherheit. Sie klingen ja so, als wüßten Sie, wovon Sie sprechen.«

Elizabeths Hände glitten langsamer über ihre Schulterblätter. »Ich . . . Es . . .«

Lynn wartete, daß sie fortfuhr, doch als dies nicht geschah, sagte sie: »Tut mir leid. Manchmal stelle ich einfach automatisch Fragen. Sie müssen nicht darauf antworten.«

»Es ist bloß . . . eine sehr lange Geschichte.« Elizabeths Hände nahmen ihre entspannende Tätigkeit wieder auf.

»Haben Sie jetzt einen Besseren?«

Elizabeth lächelte. »Ich arbeite daran.«

Lynn streckte die Arme aus, während Elizabeth ihren Bizeps durchknetete. »Ich weiß auch, wovon ich rede.«

»Sie?«

»Das ist doch einer der Gründe, weshalb ich mich auf Greg eingelassen habe, den Mann, wegen dem es mir jetzt so beschissen geht«, sagte Lynn. »Er war so nett und zuvorkommend, als ich ihn kennengelernt habe. Er schien so anders als die Typen, mit denen ich früher zusammen war. Wie wenig ich doch . . .«

Lynn schloß wieder die Augen. Sie stellte sich vor, sie befände sich in einer grünen Oase. Sie lauschte dem Rauschen des Wasserfalls.

Sie konnte spüren, wie ihr Rücken lockerer wurde. Sie genoß die vorübergehende Ruhe, die friedlichen Waldgeräusche und die Hände, die ihre Muskulatur lockerten.

Mehr konnte sie vorerst nicht erwarten.

Lynn saß eine Weile im Dampfbad, und als die Hitze nachließ, bespritzte sie den Thermostat mit dem dicken, an der Wand angebrachten Wasserschlauch und erzeugte so noch ein paar Minuten heißen Dampf. Sie mußte daran denken, daß ihr ganz persönlicher Thermostat inzwischen ebenso reagierte, nur daß die Temperatur mit jedem neuen Schlag, den Greg ihr versetzte, weiter sank, anstatt zu steigen.

Sie zog sich an und holte ihr Schminktäschchen aus dem Aktenkoffer. Sie blickte auf die in Kleenex gewickelten Tabletten, nahm aber keine. Sie sah den Stapel mit den Bildern aus Kalifornien, die Mike ihr vor ein paar Tagen gegeben hatte. Sie nahm die Fotos heraus und betrachtete sie sich genauer.

Der Strandspaziergang war eine der merkwürdigsten Erfahrungen während ihres dreitägigen Erlebnismarathons gewesen.

Sie blätterte die Bilder durch. In dem schwarzen Badeanzug wirkte sie dürr und farblos.

Aber Mike hatte recht gehabt: Die Blicke, die auf sie gerichtet waren, besagten etwas anderes.

Sie betrachtete sich jedes Bild, suchte nach einer anderen Frau, der diese Blicke eventuell gelten konnten. Doch da war sonst nichts.

Lynn war vier Straßen von ihrem Haus entfernt und wartete darauf, daß die Ampel umsprang, als die Beifahrertür aufgerissen wurde und Greg in den Wagen sprang.

Entsetzt riß sie den Mund auf, brachte jedoch keinen Ton hervor. Das Blut hämmerte in ihren Adern.

Automatisch langte sie nach dem Türgriff, doch Greg war schneller. Er betätigte die Zentralverriegelung.

Lynn drückte auf die Hupe.

Greg lachte. »Laß das. Niemand wird sich darum kümmern. Na, wie ist es dir in letzter Zeit ergangen?«

Das glucksende Kichern, das sonnengebräunte Gesicht, das herrliche Lächeln ... wie ein lebender Toter, der so lange echt aussieht, bis er vor einem zu Staub zerfällt.

Lynn zitterte am ganzen Körper. Doch mit einem Mal faßte sie neuen Mut, spürte plötzlich diesen Energieschub, der ihr immer dann zu Hilfe kam, wenn sie in ihrer Sendung nur noch ein paar Sekunden Zeit hatte, um eine Katastrophe zu verhindern.

»Du kranker Mistkerl«, stieß sie so heiser vor Haß und Abscheu hervor, daß ihr die Worte im Hals schmerzten. »Hast du immer noch nicht genug? Geht es mir immer noch nicht elend genug?«

Gregs Lächeln wurde breiter, und er griff ihr zwischen die Beine.

Mit einem Mal verlor sie den Mut. Sie schrie und war immer noch am Schreien, als er sich schon wieder zu Fuß durch den Verkehr drängte, bis sie ihn nicht mehr sehen konnte.

Natürlich nahm Lynn die Tabletten. Nicht alle fünf, aber noch bevor sie zu Hause war, schluckte sie zwei und anschließend noch eine.

Sie konnte weder Kara noch Mike erreichen.

Sie dachte an ihren Bruder. Booboo anzurufen hieße, das Versteckspielen aufzugeben, das sie auf Angelas Geheiß hin immer noch betrieb. Denn nach wie vor erging sich ihre Schwägerin in ominösen Andeutungen über den Blutdruck ihres Bruders. Doch ihrem Bruder das tatsächliche Ausmaß der Gefahr vorzuenthalten, in der sie schwebte, hatte ihr auch das Gefühl vermittelt, sie habe die Situation zumindest etwas im Griff. Je weniger Booboo über ihre Lage wußte, desto geringer war die Wahrscheinlichkeit, daß er darauf bestand, sie solle in Salem bleiben oder ihn bei ihr wohnen lassen oder, auch das war möglich, nicht mehr auf Sendung gehen.

Jetzt war es schließlich soweit: All diese Möglichkeiten kamen ihr nicht annähernd mehr so schrecklich vor wie das, was tatsächlich geschah.

Doch während sie noch hin und her überlegte, rief Mike zurück.

Sie nutzte sofort die Gelegenheit, aus ihrer Wohnung herauszukommen, und traf sich mit ihm bei Nancy Jean.

Zunächst packte sie wieder das Entsetzen.

Während sie auf dem harten Stuhl saß, spürte sie wieder Gregs Finger in ihrem Schoß, den Druck seiner Hand.

Sie hätte noch einmal duschen sollen.

Doch das war lächerlich.

»Ich muß ständig daran denken, daß Barbara Hysmith zweimal umgezogen ist«, sagte sie. »Ob er mich auch dazu zwingen will? Aber solange ich im Fernsehen auftrete, ist es doch egal, wo ich wohne. Er kann mich jederzeit ausfindig machen. Es sei denn, er legt es darauf an, daß ich meine Sendung aufgebe.«

»Und – würdest du das tun?«

»Ich hätte es selbst nie geglaubt. Aber vielleicht sollte ich die Pilotsendung nicht machen.«

Mike schüttelte den Kopf. »Ich glaube, du solltest sie machen. Mach diese Sendung, und du bist wie eine Art Reklameballon. Du hängst oben am Himmel, klar und deutlich sichtbar. Es ist ziemlich schwer, an so etwas Großem und Strahlendem herumzupfuschen, das jeder im Auge hat.«

Mike klang vernünftig und logisch, doch innerlich tobte er vor Zorn über Gregs neuesten Anschlag. Er versuchte seine Gefühle zu unterdrücken, und so starrte er auf den kleinen Fernseher über der Bar, wo gerade eine Nachrichtensendung lief. In dem Filmbeitrag stieg ein abgerissenes, verwahrlostes Kind in einen Polizeiwagen.

»Katie Beers«, sagte Lynn. »Das ist vielleicht eine Geschichte.«

»Ja und nein. Es gibt Millionen, denen es so wie ihr geht. Kaum wird ein Kind gerettet, glaubt jeder, alles wäre noch mal gut ausgegangen, und das ganze Land atmet erleichtert auf. Alle denken, jemand wird sich schon um das Thema Kindesmißbrauch kümmern.«

Lynn blickte ihm in die Augen. »Sag das bei der Pilotsendung.«

»Das werde ich auch.« Er starrte sie an. »Du willst sie also doch machen?«

»Ich möchte schon. Aber ich habe furchtbare Angst. Was ist, wenn Greg sie ruiniert? Er weiß, daß diese Pilotsendung die Chance meines Lebens ist. Er weiß, daß er mich durch nichts so sehr verletzen und demütigen kann, wie wenn er mir das nimmt. Und er wird immer dreister und gefährlicher.«

»Dem kann ich nur zustimmen.«

»Aber du meinst, ich sollte trotzdem weitermachen.«

Mike beugte sich vor. »Wir haben jetzt einen Vorteil. Wir wissen, daß er entweder hier in der Gegend wohnt oder zumindest viel mehr Zeit hier verbringt, als er uns glauben lassen möchte. Wir blicken nicht mehr nur in Richtung Kalifornien, während er sich hier, unter unseren Augen herumtreibt. Und er weiß nicht, daß wir es wissen. Folglich konzentrieren wir uns auf die Überwachung des Revere Studios und der technischen Einrichtungen. Jede Person, die für das Projekt wichtig ist, bekommt einen Wachmann zugeteilt. Und da viele Augen auch mehr sehen, entdecken wir ihn vielleicht diesmal und können uns von ihm zu dem Stein führen lassen, unter dem er sich verkriecht. Vielleicht erwischen wir ihn auch, während er etwas anstellt, wofür wir ihn eine ganze Latte länger einsperren können als für bloßes Nachstellen.«

Mike nahm sich eine Handvoll Salzstangen und verspeiste alle auf einmal.

»Und noch eins«, sagte er. »Diese Sendung ist wichtig. Sie sollte ausgestrahlt werden. Die Leute sollten sie sehen.«

Lynn wagte sich eine ganze Weile nicht mehr auf den Balkon hinaus, da sie ständig an das tote A-Hörnchen denken mußte. Doch schließlich zwang sie sich dazu. Sie mußte das wenige festhalten, das ihr verblieben war, und diese mächtige Woge, in die Greg sich verwandelt hatte, spülte immer mehr Liebgewonnenes aus ihrem Leben fort.

Heute abend war es da draußen eiskalt.

Daheim in Greeneville hatte sie immer gehört: »Heißer Tee hält das Blut warm«, doch sie hatte bei Nancy Jean schon zwei Tassen getrunken, und ihr Blut war dennoch genauso kalt wie ihr ganzer Körper.

Drinnen klingelte das Telefon, und sie eilte hinein. Es war ihr Bruder.

»Ich wünschte, du würdest es dir noch mal überlegen, ob du nicht eine Weile hier wohnen willst«, sagte er.

»Ich habe schon darüber nachgedacht. Danke für das Angebot. Aber . . .«

»Das ist kein Angebot, Schwesterherz. Ich . . . ich bitte dich flehentlich darum.«

»Ach, Boo.«

»Du kannst doch genausogut von hier aus zur Arbeit fahren. Angela tut das auch, und Millionen anderer Menschen ebenfalls. Du hast hier allen Komfort. Sogar dein eigenes Badezimmer. Frühstück im Bett. Alles, was du willst.«

»Aber ich . . .«

»Okay, okay. Ich abonniere dir zusätzlich *USA Today*.«

»Schau, ich war eine Woche von hier weg. Ich habe diese neue einbruchssichere Banktresortür. Ich möchte einfach in meiner

Wohnung bleiben. Ist das so furchtbar?« Lynn rieb sich den Nacken. »Tut mir leid, daß ich dich angeblafft habe ...«

»Ist schon in Ordnung. Wir sind zur Zeit alle mit den Nerven runter.«

Die ganze Woche über war es kühl. Der Wind pfiff durch die Straßen und blies einem den Dreck aus den Rinnsteinen ins Gesicht, bis man schmutzige Haare und ein gerötetes Kinn hatte.

Drei Tage vor der Pilotaufzeichnung setzte sich Greg eine Pelzmütze auf, zog einen dicken Mantel und seine Lieblingsspringerstiefel an und unternahm einen Spaziergang über den Morrissey Boulevard, vorbei an Channel 3.

Er wußte, daß die Aufzeichnung im Revere Studio stattfinden sollte. Natürlich wußte er auch genau, wo sich dieses befand. Er kannte jeden Eingang, die Größe der Deckenfliesen, die Anzahl der Kabinen auf den Damen- und Herrentoiletten und die Marke des Deodorants, das man dort in den Garderoben verwendete.

Aber das war erst in drei Tagen, und heute war heute, und schon zu einer Zeit, als dieses Abenteuer mit Lynn noch in der Planungsphase gewesen war, hatte er nichts mehr geliebt, als in unförmige Kleidung zu schlüpfen, seine Haltung und seinen Gang zu verändern und inmitten der dahinhastenden Angestellten diese Straße entlangzulaufen.

Es war das genaue Gegenteil von Versteckspielen und zugleich das beste Versteckspiel, das es gab.

Inzwischen sah er sich die Sendung jeden Tag an, wenn möglich live, aber wenn er arbeiten mußte, gab er sich auch mit einem Mitschnitt zufrieden.

Lynn hatte sich deutlich verändert, auch wenn sie es zu kaschieren versuchte. Wenn er die jüngsten Aufnahmen mit denen von vor drei Monaten verglich, so hatte sie seiner Schätzung nach inzwischen etwa elf Pfund Gewicht verloren. Sie hatte Fältchen über der Oberlippe. Manchmal zitterten ihre Hände; man konnte es deutlich sehen, wenn sie das Mikro von der einen Hand in die andere nahm. Im Auto hatte er festgestellt, daß auch ihr Haar stumpfer wurde.

Inzwischen war es ihm piepegal, daß er sie nur zu einer Biotätowierung hatte überreden können. Über solche Kinkerlitzchen war er längst hinaus. Eine derart grundlegende und systematische Veränderung mitzuerleben, wie er sie auf den Kassetten sehen konnte – das war ein größerer Lohn, als er ihm jemals zuteil geworden war.

Eine pummelige Frau mit Fausthandschuhen und strahlendweißen Zähnen zwinkerte ihm im Vorbeigehen lächelnd zu. Er lächelte leicht zurück und beließ es dabei.

Er war mit Lynn noch nicht annähernd fertig.

So lange hatte ihn noch niemand fasziniert. Es war schon erstaunlich.

Ihn derart auf Trab zu halten und jeden Tag noch erregender zu wirken . . . der Preis ging eindeutig an Lynn. Seinen Star. Den Schatz seines Videorecorders.

Seine Traumfrau.

»Die betteln förmlich um Demos. Sogar die großen Sender«, sagte Vicky Belinski. »Sobald sie Oprah *und* Roseanne hören, können sie nicht schnell genug eine Kassette kriegen.«

Lynn war aufgedreht und angeekelt zugleich. Alle großen Sender im Land warteten auf ihre Pilotsendung. Alle großen Sender im Land lauerten nur darauf, daß sie es vermasselte.

»Sie werden allmählich ganz schön bekannt, meine Liebe«, fuhr Vicky fort. »Ich muß kaum noch erklären, wer Sie sind. Len und ich sind sehr, sehr gespannt.«

Lynn wünschte, sie könnte zu Vicky Belinski sagen: Ein Verrückter stellt mir nach und hat eine meiner Sendungen ruiniert. Ich habe solche Angst, daß er es auch bei der Pilotsendung versuchen könnte.

Es bestand durchaus die Möglichkeit, daß sie auf Mitgefühl stieß, wenn sie von ihren Ängsten erzählte. QTV wollte sie, weil sie menschlich und echt war, und es konnte durchaus sein, daß Vicky darauf sagen würde: Wieso haben Sie mir davon nichts erzählt; dafür haben wir doch Verständnis; wie können wir Ihnen helfen?

Aber QTV war auch eine erfolgreiche, profitorientierte Firma und daran gewöhnt, sich die Crème de la crème unter den Fernsehtalenten an Land zu ziehen. Die waren nicht darauf angewiesen, mit jemandem zusammenzuarbeiten, der nicht makellos und vollkommen war.

»Noch drei Tage«, sagte Vicky.

Lynn faltete ihre Hände und antwortete: »Ich kann es kaum erwarten!«

11. Februar

Ich wußte, daß Lynn anders sein würde. Ich wußte, sie würde die größte Herausforderung meines Lebens werden.

Manch andere sah besser aus, war jünger, liebreizender. Aber keine war so mitreißend, so umschwärmt wie sie.

Sie ist jetzt nervöser denn je. Sie weiß nicht, was sie erwartet.

Ich genieße es, wie sie zittert.

Im ganzen Land geachtet? Im ganzen Land berühmt?

Wir werden sehen.

Am 13. Februar führte Bernard Stricker Lynn, Kara und Dennis durch die Revere Studios und erklärte ihnen die Sicherheitsvorkehrungen. Er war sehr groß, schlank und hatte eine sanfte Stimme.

»Hier ist der einzige Eingang für das Publikum«, sagte Stricker. »Zwei meiner erfahrensten Leute werden vor Ort sein, wenn Ihr Personal das geladene Publikum einläßt. Natürlich werden sie die entsprechenden Fotos vorliegen haben. Alle anderen Zugänge zum Gebäude werden verschlossen und verriegelt sein.«

Er führte sie zum Regieraum und ins Studio. Überall befanden sich Wachmänner.

»Hat man Ihnen sämtliche Sicherheitsmaßnahmen zu Ihrer vollsten Zufriedenheit erklärt? Die Vorkehrungen zur Kommunikation mit Ihren über Satellit zugeschalteten Gästen, die Notstromaggregate, die Kennworte?«

»Das hat man«, sagte Dennis. »Dennoch möchte ich, daß die Wachmänner die ganze Zeit über da sind.«

»Meine Leute arbeiten hier in Schichten rund um die Uhr. Außerdem habe ich drei Mann extra für Sie abgestellt, die Sie von heute abend um zehn Uhr bis zum Ende der morgigen Aufzeichnung nicht aus den Augen lassen werden.«

»Mein Vorgesetzter hat einen Mann zu deiner Bewachung beordert«, erklärte Mike Lynn. »Von heute abend bis zur Aufzeichnung.«

Lynn hatte den Anruf bei der Anmeldung entgegengenommen, wo sie gerade ein Fax von Vicky Belinski mit einer Aufstellung der interessierten Werbepartner las.

»Aber ich habe doch schon jemanden. Stricker hat uns allen Aufpasser zugeteilt.«

»Ich möchte, daß ein richtiger Polizist bei dir ist.«

»In Ordnung«, sagte Lynn. »Vielen Dank.« Sie wünschte, beide wären da, und vielleicht noch ein paar andere, die ihr im Helikopter überallhin folgten. Sie hatte keineswegs das Gefühl, ausreichend geschützt zu sein.

»Gehen Sie schlafen?« fragte Lynns vom Revier abgestellte Wache. Er hieß Norman Lee und war ein uniformierter Polizist mit kurzen hellbraunen Haaren und breiten Schultern. Er saß auf der Couch und las im *Globe*. Auf dem Glastisch vor ihm standen ein Teller mit einem dicken Sandwich und ein Glas Cola.

Sie lächelte matt. »Ich will es zumindest versuchen.«

»Okay, bis dann.«

Lynn wusch sich und zog ihr Nachthemd an. Glücklicherweise hatte sie heute abend keine Kopfschmerzen. Nicht, daß sie Tabletten genommen hätte, falls sie welche gehabt hätte. Die kodeinhaltigen Tylenol, die sie sich gelegentlich zugestand, wenn die Schmerzen unerträglich wurden, kamen überhaupt nicht in Frage, wenn sie in wenigen Stunden auf Sendung gehen mußte.

Sie ging ins Bett und las in dem Buch, das Mary ihr geliehen hatte: *Narzißtische Eltern und das sexuell abnormale Kind weiblichen Geschlechts.* Sie ging davon aus, daß sie dabei entweder einschlafen oder etwas lernen würde. Beides traf zu. Sie schlief, bis um zwanzig vor sieben ihr Wecker klingelte.

Sie aß Grapefruit und ein Brötchen. Sie trank eine Tasse Kaffee, goß sich noch eine ein und nahm sie mit in die Dusche.

Sie war überrascht, daß sie so problemlos hatte schlafen können. Es war ein beruhigendes Gefühl angesichts der ganzen Aufregung. Gottlob hatte offenbar ihre professionelle Einstellung die Oberhand behalten. Sie hatte sich einfach vorgestellt, wie sie auf die Bühne kam, zum Mikro griff, sich mental und körperlich für den Beginn der Sendung wappnete.

Das hatte ihr Greg nicht rauben können. Sie war bereit.

Sie hatte Lust auf die Sendung. Mit jeder Faser ihres Körpers, mit Augen und Ohren, Händen und Intellekt wollte sie das Beste aus sich, ihren Gästen und dem Publikum herausholen.

Sie trank einen Schluck Kaffee und ließ das heiße Wasser über ihren Rücken rinnen.

Sie befand sich bereits auf einer Wellenlänge mit ihnen.

Officer Lee spülte seinen Teller und die Tasse ab. Die Kaffeekanne war leer, und er spülte sie ebenfalls ab und wischte die Küchentheke ab.

Das Telefon klingelte.

»Bei Marchette, Lee am Apparat.«

»Norman? Mike Delano hier. Wir haben hier im Revere Studio einen Notfall. Fellman ist bereits unterwegs, um dich abzulösen.«

»Soll ich nicht lieber warten –«

»*Nein*, verdammt noch mal! Setz dich in Bewegung! Es ist dringend!«

Lee legte auf und griff nach seiner Jacke. Er klopfte an die Badezimmertür, doch sie ließ das Wasser laufen und konnte ihn nicht hören. Er wartete einen Augenblick, klopfte noch einmal, überlegte kurz, ob er die Tür einen Spalt aufmachen und rufen sollte. Doch damit würde er die arme Frau nur zu Tode erschrekken.

Wenn Detective Delano einem befahl, man solle sich in Bewegung setzen, dann hielt man sich besser daran. Zeit, daß er sich auf die Socken machte.

Er ging hinaus und musterte stirnrunzelnd die Schlösser an der Stanley-Tür. Er zögerte noch einen Augenblick, überlegte sich, ob er nicht lieber warten sollte, bis die Frau die Tür wieder abschloß. Mittlerweile würde auch Fellman hier eintreffen.

Doch dann erinnerte er sich daran, wie drängend Detective Delanos Tonfall gewesen war, und er überlegte es sich anders und eilte davon.

Lynn rieb ihre Haare trocken und massierte das Gel ein. Dann schaltete sie den Fön ein.

Als sie fertig war, steckte sie die wilde Lockenmähne mit zwei Kämmen zurück. Ihre Kleidung hatte sie auf dem Bett zurechtgelegt. Sie hüllte sich in ein Handtuch und öffnete die Badezimmertür.

Aus dem Augenwinkel nahm sie eine Bewegung neben sich wahr. Noch bevor sie bewußt darauf reagieren konnte, drehte sie sich instinktiv zur Seite. Dann traf sie ein gewaltiger, betäubender Schlag seitlich am Kopf, und sie stürzte zu Boden.

15. KAPITEL

Um zehn nach acht wurde Kara von einem der Wachmänner in das Revere Studio begleitet. Sie begab sich ins Studio, wo Pam gerade Gebäck neben die Kaffeemaschine stellte. Im Regieraum trafen die Tonleute letzte Vorbereitungen.

Um Viertel nach acht blickte Kara auf die Uhr, ging zum Telefon neben dem Regieraum und rief bei Lynn an. Als nach dem siebten Läuten immer noch niemand abnahm, ging sie mit den Technikern noch einmal die Einsätze durch und sah zu, als diese den Satellitenanschluß testeten. Danach rief sie, vermutlich nur zu ihrer eigenen Beruhigung, bei sämtlichen prominenten Gästen an.

Um halb neun war Kara zwar erleichtert, daß mit den technischen Einrichtungen anscheinend alles in Ordnung war, doch sie machte sich Sorgen um Lynn. Sie hatte um acht Uhr kommen wollen. Sie rief noch zweimal an.

Es sah Lynn gar nicht ähnlich, daß sie mehr als fünf oder allenfalls zehn Minuten zu spät kam. Oder ihren Anrufbeantworter anzustellen vergaß.

Andererseits aber war ein Polizist bei ihr, der sie auch herbringen sollte. Vielleicht gab es ja einen Grund, einen Umweg zu fahren.

Um Viertel vor neun war das gesamte Publikum auf seinen Plätzen. Mary traf ein, dann die anderen Studiogäste und schließlich Dennis, Vicky und Len.

Mike kam knapp eine halbe Minute vor Norman Lee herein.

Lynn kam mit einem Mal wieder zu sich. Ihr Kopf schmerzte unerträglich. Um sie war Dunkelheit, und sie lag seitlich zusammengekrümmt auf etwas Kaltem, Hartem.

Sie hob den Kopf und schrie augenblicklich auf, als ein rasender Schmerz ihre linke Wange und das Auge durchzuckte. Vorsichtig führte sie die Hand an die Stelle und spürte Blut.

Der Schmerz beeinträchtigte ihr Denkvermögen, daher drückte sie dagegen und konzentrierte sich mit aller Macht.

Während sie das tat, raste ihr Herz, bis sie das hämmernde Pochen in ihrer Schläfe kaum mehr wahrnahm.

Sie zwang sich, ruhiger zu atmen, und ließ die Szene vor ihrem geistigen Auge noch einmal ablaufen.

Die Dusche. Der Haarfön. Das Telefon. Nein, an das Telefon erinnerte sie sich nicht; sie hörte es wirklich schwach klingeln.

Sie streckte den Arm aus.

Wolle. Mäntel. Ein vertrauter Geruch: Lavendel, ihre Duftsäckchen.

Das Telefon hörte auf zu klingeln, fing dann erneut wieder an.

Was war mit der Aufzeichnung? Hatte sie etwa die Aufzeichnung verpaßt?

Sie versuchte aufzustehen, doch ihr war entsetzlich schwindlig. Und kalt. Sie war nackt.

Sie streckte die Hand nach dem Türgriff aus. Die Tür war verschlossen. Jemand hatte sie niedergeschlagen und sie dann hier drinnen eingeschlossen.

Wieder klingelte das Telefon.

Mühsam zog sich Lynn an den Mänteln hoch. Sie lehnte sich mit ihrem ganzen Gewicht gegen die Tür und drückte.

Nichts – und es tat weh.

Fieberhaft überlegte sie, wie sie mehr Druck auf die Tür ausüben konnte. Sie brauchte mehr Platz. Rund um sie hingen Mäntel.

Sie fing an, sie herunterzureißen.

Ihr Herz hämmerte wie wild. Die Kleiderbügel zerkratzten ihre nackte Haut.

Wieder warf sie sich gegen die Tür, diesmal mit voller Wucht. Sie gab keinen Millimeter nach.

Tränen traten ihr in die Augen und vermischten sich mit dem Blut. Ihr Gesicht mußte ein einziges Chaos sein. Ihre Hände waren feucht und klebrig. Sie trat gegen die Tür, handelte sich aber lediglich verstauchte Zehen und eine geprellte Ferse ein.

Sie sank zu Boden und suchte in den Mänteln und Kleiderbügeln nach irgend etwas, mit dem sie die Tür aufbrechen könnte. Schließlich stieß sie auf ihre alte Bowlingkugel.

Mike, Norman, Lee, Kara und Dennis stürmten zu Lynns Wohnungstür. Mike stieß sie sofort auf.

Lynn lehnte an der Wand neben der Kleiderkammer. Ihre Haare waren neben dem einen Auge zu einem blutigen Klumpen verklebt. Sie hielt ein Handtuch vor ihren Körper. Sie war über und über mit Blut verschmiert. Eine Bowlingkugel lag im Flur.

Kara schrie auf. Mike widmete sich kurz Lynns Verletzung, während Lee die anderen Zimmer überprüfte.

Kara griff nach einem Mantel, hängte ihn Lynn um und führte sie zur Couch.

Mike bombardierte sie mit Fragen. Sie antwortete, so gut sie konnte.

»Mehr kann ich dir nicht sagen«, erklärte Lynn schließlich. »Officer Lee war hier, als ich unter die Dusche ging, und hinterher habe ich ihn nicht mehr gesehen.«

»Er ist zum Studio gefahren«, sagte Mike. »Er bekam einen Anruf, angeblich von mir, daß ein Notfall vorliegen würde. Der Anrufer sagte ihm, ein Mann sei unterwegs, um ihn abzulösen.«

»Es war Greg«, sagte Lynn deprimiert.

»Aber Sie haben ihn doch gar nicht gesehen«, warf Dennis ein.

»Nein.«

»Sie müssen unbedingt zur Notaufnahme«, sagte Mike. »Dieser Riß ist zwar nicht tief, aber er muß genäht werden.«

Lynn schlang den Mantel enger um sich. Sie war blaß und benommen. »Was wollen Sie denn Vicky und Len erzählen?« fragte sie Dennis.

»Weiß der Himmel.«

»Ich rede mit ihnen«, sagte Kara. »Du bist einem Verbrechen zum Opfer gefallen. Basta. Sie waren sowieso gerade in der Regie, als Officer Lee kam. Sie haben nichts mitbekommen.«

»Helfen Sie doch Lynn bitte beim Anziehen«, sagte Mike, »bevor Sie irgend etwas anderes unternehmen. Ich bringe sie ins Krankenhaus.«

Während der Taxifahrt zurück zum Revere Studio fragte Dennis Kara: »Glauben Sie das etwa alles?«

»Meinen Sie damit, ob ich glaube, daß es genauso war, wie Lynn gesagt hat? Warum sollte ich nicht?«

Dennis saß kerzengerade und stocksteif neben ihr. »Sie können mich ruhig als Skeptiker bezeichnen, aber wenn ich weiß, daß jemand früher einmal Probleme mit Drogen hatte, und ich erlebe ausgerechnet an dem Morgen, an dem seine wichtigste Sendung aufgezeichnet werden soll, daß er dermaßen groggy und deprimiert ist und eine Verletzung am Kopf hat, dann nehme ich ihm nicht so ohne weiteres ab, daß er von einem mysteriösen Unbekannten bewußtlos geschlagen wurde. Vielleicht war sie nur zugedröhnt und hat sich den Kopf angestoßen.«

»Und sich selbst in der Kleiderkammer eingeschlossen?«

»In der Kleiderkammer haben wir sie nicht gesehen.«

»Sie nimmt keine Drogen. Sie hat lediglich ein paar Tabletten gegen ihre Zahnschmerzen genommen. Falls sie damit irgendwelche Probleme hatte, so ist das längst vorbei.«

»Woher wollen Sie das denn so genau wissen?« fragte Dennis.

Lynn lag auf der Seite, während der Arzt die Haut an ihrer Schläfe nähte. Das Lidocain, das man ihr injiziert hatte, mußte auch ihre Gefühle betäubt haben. Es kam ihr so vor, als empfinde sie überhaupt nichts mehr, nur noch stumpfe farblose Dumpfheit.

Allerlei Fragen gingen ihr durch den Kopf, die sie Mike und Kara und Dennis stellen wollte. Vermutlich sollte sie auch Booboo anrufen.

Aber sie wußte nicht, wo sie anfangen sollte.

Im Grunde genommen wollte sie gar nichts, weder Fragen stellen noch etwas hören.

Sie war nicht einmal bereit, sich mit der grundsätzlichen Frage auseinanderzusetzen, wo sie heute nacht schlafen sollte. Sie machte sich keinerlei Sorgen, sie hatte keinerlei Angst.

Und genau *das* machte ihr angst.

»Man hat mich gebeten«, sagte der Arzt in beiläufigem Plauderton, während er etwas abschnitt, das sie nicht erkennen konnte, »Sie nicht zu fragen, wie es dazu gekommen ist.«

»Ich wurde niedergeschlagen«, sagte Lynn. »Aber ich habe weder die Person noch die Waffe gesehen, falls es eine gab.«

»Sind Sie auf der Straße überfallen worden?«

»Nein. Es ist . . . ziemlich kompliziert.«

»Darf ich etwa auch nicht erfahren, wer Sie sind?«

»Das ist wegen der Medien«, warf Mike ein, der mit aufgeschlagenem Notizblock zu ihnen kam.

Der Arzt unterbrach seine Tätigkeit und wandte sich an Mike. »Sehen Sie, ich muß wissen, ob es sich hier um eine Ehestreitigkeit gehandelt hat. Wurde sie von jemandem geschlagen, den sie kennt? Falls es nämlich wegen so einer Tat zu einem gerichtlichen Nachspiel kommt, muß das alles nachweisbar sein. Vertuschen hilft da auch nicht weiter.«

»Immer mit der Ruhe«, entgegnete Mike. »Darum geht es hier doch gar nicht. Sie wurde von jemandem niedergeschlagen, der sie schon eine ganze Weile belästigt.« Er sah Lynn an. »Ich habe gerade mit einem der Männer gesprochen, die sich die Wohnung und das Haus vorgenommen haben. Es gibt keinerlei Anzeichen dafür, daß jemand dort gewesen ist. Dieser Scheißkerl ist wie üblich unsichtbar.«

Nachdem Greg Lynns Haus verlassen hatte, überlegte er, was er jetzt unternehmen sollte. Fürs Revere Studio war es noch zu früh, den Spaß wollte er sich später gönnen. Er hatte einen Termin im Sonnenstudio, aber dazu war er jetzt viel zu aufgekratzt. Deshalb schlenderte er gemächlich zu einem Café an der Demeter Street, nur eine Ecke vom Studio entfernt, und frühstückte in aller Ruhe.

Er mußte ständig an den strammen blonden Polizisten denken, der schnurstracks die Rösser gesattelt und seine Schutzbefohlene im Stich gelassen hatte.

Er, Greg, hatte schon öfter andere Menschen am Telefon nachgeahmt; seine diesbezüglichen Qualitäten erschöpften sich keinesfalls im Imitieren von Handschriften. Aber sich gegenüber einem Polizisten als Polizist auszugeben – das war schon köstlich.

Eine Klasse für sich, und in der spielte er wirklich herzensgerne mit.

Er holte ein Bonbon hervor und steckte es sich genießerisch in den Mund.

In Seattle hatte er einmal ein zwanzigjähriges Mädchen gekannt, dessen Vater, ein Polizist im Ruhestand, als Privatchauffeur arbeitete. Der Alte hatte sich mächtig als Beschützer aufgespielt, als sein Liebling sich darüber beschwerte, was mit ihm geschah. Greg war der Ansicht, daß der Alte das Mädchen nur für sich haben wollte, was vermutlich schon seit Jahren der Fall war. Im Grunde genommen, so meinte Greg, hatte er dem Mann nur einen Gefallen getan, indem er ihm einen Grund dafür lieferte, sich ständig in ihrer Nähe aufzuhalten.

Jedenfalls machte sich Greg einen Spaß daraus, sie in der Arbeit anzurufen, so zu tun, als sei er ihr Daddy, und ihr aufzutragen, sie solle sich irgendwo mit ihm treffen. Danach rief er den Vater an, gab sich als Officer Soundso von der Autobahnpolizei aus und teilte ihm nüchtern und sachlich mit, sie habe einen Unfall gehabt.

Das machte er vier- oder fünfmal. Der Alte wußte vermutlich, daß es Quatsch war – aber kann man denn wirklich sicher sein, wenn es um das eigene Kind geht? Folglich scheuchte ihn Greg hin und her und machte ihm die Hölle heiß, bis das Mädchen wieder auftauchte. Und jedesmal machte es ihm mehr Spaß...

Er begab sich zur Kasse, bezahlte, zog Mantel und Schal an, setzte seinen Hut auf und ging hinaus. Vermutlich herrschte jetzt, wo das Publikum den Saal verließ und die Macher hin und her flitzten wie in einem Taubenschlag, am Eingang zum Studio ein so großes Durcheinander, daß er das Schauspiel ohne jedes Risiko genießen konnte.

»Kein Wunder, daß Sie nicht durch den Vordereingang kommen wollten«, sagte Elizabeth Vail, während sie ein frisches Laken über den Massagetisch spannte. »Fühlt sich das so schlimm an, wie es aussieht?«

»Es tut ziemlich weh«, gab Lynn zu.

Vorsichtig half ihr Elizabeth auf den Tisch.

»Aber um die Wahrheit zu sagen: Mir tut alles weh.«

Elizabeth schüttelte den Kopf. »Es tut mir so leid für Sie. Bernadine sagte, Sie seien überfallen worden.«

Lynn blickte zur Decke. Sie konnte ihr eigenes Gejammere nicht mehr ertragen.

»Der Überfall ist die offizielle Version. Aber so war es nicht. Greg ist heute morgen in meine Wohnung eingedrungen und hat mich bewußtlos geschlagen.«

»O Lynn!« Elizabeth beugte sich herab und drückte sie an sich.

»Er hat es wirklich getan. Er hat die Pilotsendung verhindert. Angeblich sollte alles sicher sein, aber das war es nicht. Jetzt weiß ich überhaupt nicht mehr, wie es weitergehen soll. Weder mit der Pilotsendung noch . . . mit mir.«

Lynns verletztes Auge begann unter dem Verband zu brennen, und sie versuchte, die Tränen zurückzuhalten. Aber irgendwann mußten sie heraus, so peinlich es auch war.

Wenigstens ließ sie sich nicht im Beisein von Bernadine, Dennis oder Vicky gehen.

Oder von Kara, die sich heftige Sorgen über ihre nächste Zukunft machte.

Oder von Booboo, der schier durchdrehen würde.

Mike hatte noch nicht zu Abend gegessen, aber er war auch nicht hungrig.

Er saß angekleidet auf seinem Bett. Der Fernseher lief. Larry King befragte irgendeinen Yuppie zur Wirtschaftslage.

Manchmal konnte er bei Tonuntermalung besser denken.

Sein Arbeitstag war vorüber, und nun brannte er darauf, sich unverzüglich um dieses Fiasko zu kümmern, das ihm nicht mehr aus dem Kopf gehen wollte.

Während Larrys monotone Stimme ertönte, nahm sich Mike einen Stift und malte sinnlose Muster in seinen Notizblock.

Was machte Greg in diesem Augenblick?

Für den Anfang gar nicht so schlecht.

Vielleicht feierte er die Blamage der Bostoner Polizei.

Mike warf den Stift an die Wand. Nein, du Arschloch, um die Bostoner Polizei geht es ihm doch gar nicht. Also, noch mal von vorn. Was macht er in diesem Augenblick?

Hält er Ausschau nach Lynn? Versucht er noch mal, an sie ranzukommen?

Mike legte den Notizblock hin, verschränkte die Hände im Nacken und konzentrierte sich. Wie paßte das zur Denkweise dieses Mistkerls? Wie würde er dabei vorgehen?

Ihm wollte nichts einfallen.

Er beschloß, den Hebel früher anzusetzen.

Sechs Uhr morgens. Der Scheißkerl weiß, daß an dem Tag die Aufzeichnung stattfinden soll, und er ist sich bewußt, daß wir über ihn Bescheid wissen. Er muß genau wissen, welche Vorkehrungen wir gegen jegliche Sabotageakte getroffen haben.

Er wartet irgendwo in Lynns Haus. Er hat ein Mobiltelefon. Er kennt unser ganzes System, Lees Namen, meinen Namen.

Er muß warten, bis die Dusche läuft. Stehen ihm irgendwelche Möglichkeiten zur Verfügung, zwischen der Dusche und den anderen Abflußgeräuschen zu unterscheiden? Oder lauert er einfach vor der Tür und lauscht?

Also. Sie ist unter der Dusche. Er ruft Lee an, imitiert täuschend ähnlich meine Stimme. Lee haut ab, der Mistkerl geht rein, wartet, bis Lynn aus dem Badezimmer kommt, schlägt sie mit der Faust oder irgendeinem stumpfen Gegenstand nieder.

Mike spürte, wie sich ihm der Magen umdrehte, wenn er an das Blut, die Schwellung und Lynns Zustand dachte, als sie fast nackt im Flur gestanden hatte. Doch er hatte das Gefühl, daß er vorankam, und so machte er weiter.

Er schlägt sie also nieder, sperrt sie in die Kleiderkammer und zischt wieder ab. Und was dann? Er verzieht sich irgendwohin und wünscht sich, er könnte miterleben, was er angerichtet hat.

Und dann? Handgreiflich ist er bereits geworden, zum erstenmal. Kann er danach zurück und wieder mit dem anonymen Zeug anfangen?

Befriedigt ihn das noch, wenn er einmal soweit gegangen ist?

Also wird er ihr wieder etwas antun. Diesmal etwas noch Schlimmeres. Aber er wartet ab. Vielleicht eine Woche, vielleicht einen Monat. Er läßt sie schwitzen, um sie sich dann richtig vorzunehmen.

Mike setzte sich auf. Irgend etwas paßte da nicht.

Larry war von einer Werbepause unterbrochen worden. Mike war sich nicht sicher, wofür da eigentlich geworben wurde, aber als er am Bildschirm ein saftiges Sandwich sah, bekam er mit einem Mal Hunger.

Er ging in die Küche, belegte sich ein Brot mit Thunfisch und Schweizer Käse, nahm es mit ans Bett und dachte weiter nach, während er mit vollem Mund kaute.

Er stellte sich vor, wie der Mistkerl ihr folgte, stattete ihn mit allerlei Waffen aus, dachte darüber nach, wo der Anschlag stattfinden könnte: in einer Wohnung, einer Garage, im Sender, auf der Straße.

Es haute nicht hin. Er wußte, daß er auf dem Holzweg war.

Okay. Versuchen wir's einmal andersherum. Das Opfer soll gedemütigt werden. Was unternimmt er also? Ein weiterer Überfall, aber diesmal eine Vergewaltigung? Vergewaltigung und Körperverletzung?

Vor zwei, drei Jahren hatten sie in Roslindale einen Abartigen geschnappt, der seinen Opfern erst blaue Augen schlug, bevor er sie vergewaltigte. Toll: erst die Arbeit, dann das Vergnügen.

Aber auch das paßte nicht recht zu diesem Schweinehund.

Warum nicht?

Weil er anscheinend nicht auf Gewalt stand.

Gut, Mike. Denk dran, wie ihr Gesicht wieder zusammengeflickt wurde, und behaupte dann, daß der Kerl nicht auf Gewalt steht.

Der nächste Werbespot. Mundwasser. Ein Pärchen, das zu verträumter Musik tanzte, leise ins Gespräch vertieft war, wenn sich die nach frischer Minze schmeckenden Münder nicht zum Kuß begegneten.

Und dann überfiel ihn wieder die Erinnerung.

Sie und er, zusammen bei ihr im Wohnzimmer. Ihr Körper unter seinen Händen. Ihre Beine, Bein an Bein, der Geschmack ihrer Haut.

Dieses pulsierende Leben, das in ihr strömte – einen Augenblick lang hatte es ihm gehört.

Nun lag er auf seinem Bett und rieb sich die Augen, um das Bild zu vertreiben, doch es wollte ihm einfach nicht gelingen.

Am Anfang war sie ihm ganz nahe gewesen. Beide hatten sie die Wärme gesucht. Sie hatte ihn eng umschlungen, sich an ihn geschmiegt. Ihr Kuß war ebenso gierig gewesen wie der seine.

Den ganzen Tag über hatte er sich jeden Gedanken daran verboten, doch jetzt erinnerte er sich zum erstenmal an die Szene, wie sie heute morgen in den Mantel geschlüpft war, den Kara für sie aufgehalten hatte.

Ihre Haut, diese blasse, weiche Haut, unter der sich die Rippen abzeichneten; lange, kräftige Schenkel. Die glatten, runden Brüste.

Er mußte damit aufhören. Gegenüber einem nackten Opfer, das bekam man als Polizist immer wieder eingeschärft, hatte man bei allem angemessenen Mitgefühl kühl und distanziert zu bleiben.

Er mußte wieder an ihre Verletzung denken. Das halbtrockene Blut, das verklebte Haar, der hilflose, teilnahmslose Gesichtsausdruck.

Natürlich hatte der Mistkerl sich die Zeit genommen und kurz den Anblick genossen, bevor er zugeschlagen hatte. Ein prüfender Blick auf vertraute Gefilde, die ihm einst willig dargeboten worden waren.

Mike wurde immer wütender.

Aber allzu emotional durfte er an die Sache auch nicht herangehen. Wenn man zu emotional dachte, wurden Fakten und Vorgänge verfälscht oder übersehen – Gefühle waren Klebstoff für den Verstand.

Hatte Greg es von Anfang an so geplant, daß sie nackt sein würde? Hatte er sich daran ergötzt, als sie aus der Dusche gekommen war, zwar in einen Bademantel oder ein Handtuch gehüllt, aber darunter nackt?

Unter Umständen hatte er ja auch die Polizei von Anfang an in seine Pläne einbezogen. Wollte er zeigen, wie überlegen er ihm und den anderen Polizisten war? Hatte er sich Lynn deswegen unmittelbar unter ihrer Nase geschnappt?

Vermutlich nicht. Anscheinend mußte man Gregs Absichten unabhängig von seinen Taten sehen, das galt für die Irreführung der Polizei ebenso wie dafür, daß er Gewalt angewendet hatte.

Also. Zurück auf den Boden der Tatsachen. Was *war* Gregs Absicht gewesen?

Genauer. Warum hatte er ausgerechnet *heute* zugeschlagen?

Wegen der Pilotsendung. Er wollte die Pilotaufzeichnung nutzen.

Larry unterhielt sich am Bildschirm weiter mit dem Wirtschafts-Yuppie. Ein Interview über Satellit.

Nein.

Greg wollte nicht die Pilotaufzeichnung nutzen. Er wollte Lynn benutzen. Lynn war sein Werkzeug.

Er brannte darauf, die Pilotsendung zu ruinieren. Er wußte, daß wir damit rechnen würden. Und während wir die Straßen abgeriegelt und alles bewacht haben, war er frühzeitig zur Stelle und hat sich den einzigen Bestandteil der Sendung vorgenommen, ohne den die Pilotaufzeichnung nicht möglich war.

Das haute hin.

Plötzlich fiel ihm etwas ein, was Detective Stern über Lynns Bekanntheitsgrad gesagt hatte. Daß es vielleicht gerade das war, was ihn antörnte.

Belauerte der Schweinehund etwa nur Frauen, die beim Fernsehen arbeiteten? Oder war Lynn für ihn ein neuer Leckerbissen? So oder so, es mußte ihm unglaublichen Spaß machen, in seinem Unterschlupf zu sitzen und die Situation zu genießen.

Mike mußte an etwas anderes denken: Barbara Hysmiths Tätowierung. Lynns Tätowierung. Die Reizwäsche, in der Greg sie beide hatte sehen wollen.

Der Mann stand auf Schau. Und ganz besonders gefiel es ihm anscheinend, wenn er die Schau selbst inszenieren konnte.

Lynns Tätowierung. Hatte er sich daran aufgegeilt, wenn er ihr am Bildschirm zugesehen hatte?

Plötzlich setzte sich Mike auf und fegte die Brotkrümel auf den Boden.

Er hatte eine Idee.

»Hallo, ich bin Lynn Marchette. Wir haben derzeit Sendepause, da wir gerade an einem neuen, einmaligen Programm arbeiten, das wir Ihnen in den kommenden Wochen vorstellen werden. Achten Sie auch weiterhin auf unsere Hinweise, damit Sie den Start unserer neuen Sendestaffel nicht versäumen, während ich Ihnen inzwischen eine meiner Lieblingsshows präsentieren darf.«

Lynn drückte auf die Pausentaste des Videorecorders, und am Bildschirm blieb das Erkennungszeichen der *Lynn-Marchette-Show* stehen, zu dem sie ihren Text gesprochen hatte, ohne daß sie selbst im Bild gewesen war. »Und nun?«

Mike nickte. »Danach müßte er eigentlich an die Decke gehen.«

»Ich mache das gar nicht gerne. Kara und Dennis mögen es ebensowenig. Sie möchten, daß in dem Hinweis ein festes Datum genannt wird. Sie machen sich Sorgen, daß sie zu viele Zuschauer verlieren könnten.«

»Es könnte ziemlich rasch funktionieren. Ich gehe davon aus, daß er unbedingt sehen will, was er mit deinem Gesicht angerichtet hat. Wenn ihm erst mal klar wird, daß er dich im Fernsehen nicht mehr zu Gesicht bekommt, wird er versuchen, dich in natura zu begutachten.«

»Allein schon der Gedanke ist mir unerträglich.«

»Dann denk nicht daran. Denk einfach daran, daß du in absehbarer Zeit nichts mehr mit ihm zu schaffen haben wirst.«

Am Morrissey Boulevard Nummer 330, gegenüber von WDSE-TV, stand ein Gebäude mit drei unvermieteten Bürosuiten, und von den im ersten Stock gelegenen Räumen hatte man die Straße im Blick. Mike stand morgens, mittags und abends dort, hielt mit dem Fernglas Ausschau und achtete darauf, ob Lynn jemand folgte, wenn sie aus dem Gebäude von Channel 3 kam.

Von einem leerstehenden Laden in einem Komplex von Eigentumswohnungen aus hatte er freies Blickfeld auf das Apartmenthaus, in dem sie wohnte.

Er hatte sich eine Woche Urlaub genommen.

Die Schmach darüber, daß er ihr einen echten Polizisten versprochen, die Rolle aber nicht richtig hatte ausfüllen können, nagte an ihm.

Nun hoffte er, daß er es wiedergutmachen konnte.

Wenn er recht hatte, dann würde sich dieser Mistkerl ziemlich bald blicken lassen.

Dann würde er den Hundesohn zu seinem Aufenthaltsort verfolgen, und dort würde er ganz bestimmt allerhand nützliche Beweismittel entdecken, mit denen es möglich sein müßte, ihn festzunehmen und Anklage gegen ihn zu erheben.

Anschließend, so sagte sich Mike, könnte er sich allmählich aus der ganzen Sache zurückziehen. Und daran arbeiten, Lynn aus seinem Kopf zu verbannen.

Greg mochte es zwar gewohnt sein, andere zu beobachten, ohne selbst gesehen zu werden. Aber er war es mit Sicherheit nicht gewohnt, daß ihm jemand ebenso gnadenlos nachstellte, wie er es normalerweise tat.

Es dauerte nur zwei Tage.

Am 16. Februar, nachmittags um zwanzig nach fünf, stand Mike in dem dunklen Büro. Die schmierigen Fenster, die ihm tagsüber Deckung boten, behinderten ihn, sobald es draußen dunkel wurde. Blinzelnd blickte er durch das Fernglas und musterte die Passanten, die am Gebäude von WDSE-TV vorbeigingen.

An einige konnte er sich noch vom Vorabend her erinnern:

Angestellte von Channel 3 und Bürokräfte aus den umliegenden Gebäuden.

Ein Mann, der seiner Ansicht nach erst fünf Minuten zuvor vorbeigegangen war, fiel Mike auf. Kehrte er etwa von einer Besorgung zurück? Wohin ging er jetzt? Er blieb in der Nähe von Channel 3 stehen und blickte auf seine Uhr, als warte er auf jemanden. Teurer Mantel, frisch polierte Schuhe. Aber warum wartete er draußen in der Kälte?

Mike nahm sich das Bild von Greg Alter vor, das er an den Fensterrahmen geheftet hatte. Er kannte jede Einzelheit dieses gottverfluchten Gesichtes, aber er schaute trotzdem noch einmal hin, und eine Sekunde später sah er durch sein Fernglas dieselbe Nase und dasselbe Kinn im Profil.

Er steckte das Fernglas in die Jackentasche.

Am liebsten wäre er die Treppe hinunter und über die Straße gerannt. Am liebsten hätte er sich auf den Mann gestürzt und ihm die Seele aus dem Leib geprügelt. Am liebsten hätte er ihm ins Gesicht geschlagen, mitten ins Gesicht, wieder, wieder und wieder – wollen wir doch mal sehen, wie unwiderstehlich dich die Frauen hinterher noch finden, du Wichser.

Doch er war sich all dieser Wünsche nur zu bewußt gewesen, und deshalb hatte er in Gedanken immer wieder durchgespielt, wie er sich verhalten würde. Und genauso verhielt er sich nun auch.

Er griff nach seinem Mobiltelefon und rief in Lynns Büro an. Dann verließ er die leerstehenden Gewerberäume, ging rasch, aber bedacht hinunter auf die Straße, drückte sich hinter einen parkenden Kleinbus und wartete darauf, daß ihn das Untier zu seiner Höhle führte.

Der Mantel war nicht gerade Gregs Lieblingskleidung. Er war zu lang und zu schwer. Eine sportliche Windjacke wäre viel bequemer gewesen. Doch wenn er nicht auffallen wollte, mußte er wie alle anderen Angestellten zu dieser Tageszeit gekleidet sein.

Er hatte sich zwei Tage zurückgehalten und sich die Beobachtung des Revere Studios quasi als Nachtisch aufgehoben. Er hatte sogar einen Blick auf Kara Millet werfen können und sich rechtzeitig abgewandt, bevor sie ihn gesehen hatte. Aber vermutlich hätte sie ihn ohnehin nicht erkannt, so eingemummt, wie er war. Schlechtes Wetter eignete sich ideal zum Beobachten.

Leider war es heute nicht so kalt, daß ihm die Witterung das Maß an Sicherheit hätte bieten können, wie er es gern gehabt hätte. Aber er hatte sich gewissermaßen gezwungen gesehen, hierherzukommen.

Er wollte unbedingt Lynns farbenprächtiges Gesicht genießen.

Er hatte sämtliche Zeitungen durchgekämmt, da er sich nicht hatte vorstellen können, daß es den Leuten von WDSE gelingen würde, die Verletzung geheimzuhalten, doch er hatte nichts gefunden. Er hatte geglaubt, sie ginge bald schon wieder auf Sendung, da sie sich anscheinend durch nichts, was er tat, davon abhalten ließ. Doch dann hatte er eine Vorankündigung gesehen, wonach es noch eine Weile dauerte, bis es wieder soweit war.

Er wollte nicht so lange warten, bis sie wieder normal aussah. Und deshalb war er hier.

Er blickte auf die Uhr. Noch fünfundzwanzig Minuten. Normalerweise ging sie um Viertel vor sechs.

Er achtete auf die Leute, die aus dem Gebäude strömten. Er musterte sie durch die gläserne Fassade, so daß er jeden erkennen konnte, noch bevor er den Sender verließ.

Und plötzlich und überraschend war da Lynn, die ihre dunkle Brille abnahm, während sie auf die Tür zuging.

Zuerst bemerkte er den Verband gar nicht, bemerkte nur eine dicke Beule an ihrem Gesicht, doch als sie näher kam, sah er, daß es fleischfarbenes Pflaster war. Rund um Schläfe und Wangenknochen erstreckte sich ein kunterbunter Bluterguß. Und, oje: Das Auge sah aus wie ein großes, dunkles Ei mit einem Schlitz, den jemand gewaltsam geschlossen hatte. Er hatte ihn geschlossen.

Er mußte sich in die Wangen beißen, um nicht breit loszugrinsen.

Lynn ging schnell, was sie normalerweise nicht tat. Er mußte sich zurückfallen lassen, als sie auf den Bürgersteig trat. Sie sah sich um und winkte nach einem Taxi.

Sie wirkte blaß, von den Blutergüssen einmal abgesehen. Er mochte das. Auch ihre Haltung war ein bißchen anders, nicht mehr so . . . energiegeladen. Bildete er sich das nur ein, oder stach das nicht geschwollene Jochbein eine Idee weiter heraus? Hatte sie vielleicht noch ein paar Pfund verloren?

Ein Taxi hielt, und sie stieg ein. Greg sah zu, wie es sich in den Spätnachmittagsverkehr einfädelte. Er beobachtete es so lange, bis er es aus den Augen verloren hatte.

16. Februar

Eine Sendepause, verdammt. Sie bringt es nicht. Sie ist nicht dazu in der Lage. Ihr Gesicht sieht aus, als sei sie in einen Rasenmäher gefallen.

Ich genieße das.

Das ganze Abenteuer war schlicht und einfach wunderbar. Noch nie in seinem Leben hatte er für soviel Wirbel gesorgt. Es war, als hätte er einen Stein in einen See geworfen, und nun schwappte Welle auf Welle heran.

Greg schaltete die Nachrichten auf Channel 7 ein, um zu sehen, ob irgend etwas über den Anschlag auf Lynn kam. Er hatte durchaus Verständnis dafür, daß ihr eigener Sender nichts brachte, aber um so begieriger mußte doch die Konkurrenz sein. Falls sie es wußten.

Aber vermutlich wußten sie nichts davon.

Vielleicht sollte er dafür sorgen, daß sie es erfuhren.

Nicht zum erstenmal war er von seiner Genialität entzückt, die ihn dazu bewogen hatte, am Vortag eine Kamera mitzunehmen.

Eigentlich wollte er seine Kameraeinsätze einschränken. Sicher, sie machten Spaß, aber ein Bild konnte sich auch eines Tages als handfestes Beweismittel entpuppen. Er zog die unsichtbaren Daten vor, die er mit soviel Genuß zusammentrug.

Die Nachrichten waren vorbei. Wie üblich nichts als Kokolores.

Aber allmählich fand er Gefallen an der ganzen Fernseharena. Bislang hatte er einfach Lynns Anblick genossen, aber es war sicher köstlich, wenn sie auch über *ihn* reden würden.

Nachdenklich lehnte sich Greg in seinem Fernsehsessel zurück. Wie konnte er das bewerkstelligen? Er würde einigen Leuten ernsthaft weh tun müssen. Seine derzeitigen Aktivitäten erweitern, sein Werk Wirkung zeigen lassen.

Er runzelte die Stirn. Das war mit ziemlichen Risiken verbunden. Die ganzen Jahre über hatte er peinlich darauf geachtet, sich unter keinen Umständen eine größere Straftat zuschulden kommen zu lassen.

Andererseits aber war er aufgrund seiner ganzen Erfahrungen besser und gewitzter denn je. Wenn es einen Verbrecher gab, der nicht zu fassen war, dann ihn.

Er schaltete den Apparat wieder ein, suchte eine andere Nachrichtensendung, sah zu, wie das Nachrichtenteam seine langweiligen Storys vortrug, und stellte sich vor, er sei der Star des Tages, der Anlaß für ihre ernsten Mienen und bleiernen Stimmen.

Es konnte die große Chance zu einem enormen Schub nach vorne sein.

Er befand sich im ersten Stock. Mike hatte Greg beobachtet, als dieser das Haus betreten und hinauf in seine Wohnung gegangen war. Er hatte den bläulich flackernden Widerschein des Fernsehgerätes gesehen. Eine Zeitlang war er verschwunden, dann leuchtete er wieder auf.

Er konnte Weihnachtslichter am Fenster erkennen, die, nicht eingeschaltet, offenbar um eine Art Palme geschlungen waren.

Er konnte es immer noch nicht fassen, wo der Mistkerl wohnte. Am liebsten hätte er sich dafür geohrfeigt, daß er die ganze Zeit diesen Müll von wegen Kalifornien geglaubt hatte, während dieser Schweinehund nur ein paar Häuser von Channel 3 entfernt wohnte.

Die Wut ließ ihm das Blut in den Adern kochen.

Er mußte weiter nach Plan vorgehen. Ein paar Männer hinzuziehen und die Bude stürmen.

Doch er blieb einfach stehen. Nein.

Da drin war irgendwelches Zeug, Zeug, das ihm helfen würde, den Kerl dingfest zu machen – er wußte es genau. Und er wußte auch, daß er auf der Stelle hinein mußte, sonst war es weg.

Er wartete noch eine Minute, fragte sich noch einmal, ob er allen Ernstes dieser Meinung sei oder ob er bloß nicht warten könne.

Was es auch war, er mußte es im Alleingang durchziehen.

Greg war verblüfft, als er die Türklingel hörte. Mrs. Minot rief immer nur an, und außer ihr konnte da draußen niemand sein.

Er ging zur Tür, blickte durchs Guckloch, und mit einem Mal war ihm eiskalt und übel.

»Öffnen Sie«, sagte Mike.

Das konnte doch nicht wahr sein!

»Öffnen Sie die Scheißtür!«

Greg unterdrückte seine Übelkeit. Er hatte immer gewußt, daß es eines Tages soweit kommen mußte. Im Grunde war es egal. Sie konnten ihm keinerlei Gesetzesverstoß nachweisen. Selbst wenn sie ihn wegen dieses Nötigungsparagraphen drankriegten, würde sich das im Handumdrehen aus der Welt schaffen lassen.

Ihm konnte nichts passieren. Er stand bestens da. Dieser Detective Delano konnte ihm nichts anhaben. Es könnte sogar ganz amüsant sein, wenn er es sich recht überlegte.

Lächelnd öffnete er die Tür.

Mike schaute sich den Abartigen genau an.

Was für ein Mannsbild! Filmstargesicht, glänzende schwarze Haare, durchtrainierter Körper.

Aber irgend etwas ging von ihm aus, eine Art unsichtbarer Nebel, wie ein übler Geruch, doch es war keins von beidem.

Am liebsten hätte er einen Felsbrocken in das Grinsen geschmettert.

»Womit kann ich Ihnen dienen?« sagte der Abartige.

Mike betrat die Wohnung, sah sich fieberhaft um. Auf einem Regal an der Wand stand ein Fernsehgerät, drüben am Fenster die Palme mit den Weihnachtslichtern.

»Ich werde jetzt diese Wohnung durchsuchen.«

Gregs Lächeln wurde noch breiter. »Oh, ich glaube kaum . . .«

Mike zog die Pistole aus dem Hüfthalter. »Halt's Maul, bevor ich dich umlege.« Er fischte den Hausdurchsuchungsbefehl aus der Tasche.

Greg wollte etwas sagen, doch Mike kam ihm zuvor. »Versuch gar nicht erst, deine Spielchen zu treiben. Du weißt genau, wer ich bin.« Er trat näher auf Greg zu. »Und damit du dir auch nicht einen Augenblick lang Illusionen machst. Du steckst ganz tief in der Scheiße.«

Greg verschränkte die Arme und starrte ihn an. Bevor er noch etwas sagen konnte, drehte Mike sich um und ging auf das Schlafzimmer zu.

»Wo wollen Sie hin, zum Teufel?« brüllte Greg. Er eilte hinter Mike her. Seine sämtlichen Habseligkeiten waren in der Ecke im Schlafzimmer versteckt, doch die Kommode, die den Zugang verdeckte, genügte allenfalls, um sie vor Mrs. Minots Augen zu verbergen.

Mike fuhr herum und richtete die Waffe auf seine Brust. »Keinen Schritt weiter, Arschloch«, knurrte er und ging weiter.

Zum erstenmal wurde Greg von echter Panik erfaßt. Wie weit würde Delano gehen? Was hatten sie gegen ihn in der Hand?

Vermutlich nicht viel, sonst wäre der Mann nicht allein gekommen.

Ich reise noch heute abend ab, dachte Greg. Er könnte auch aus der Ferne noch jede Menge Spaß mit Lynn haben, und diese Trottel hätten nicht den Hauch einer Chance, ihn jemals ausfindig zu machen.

Aber würde Delano sein Versteck entdecken? Wenn das geschah, könnte es für ihn ziemlich ungemütlich werden.

Plötzlich erstarrte Greg.

Es war ihm gerade eingefallen. Die Fotos von Lynn lagen auf der Kommode links von ihm. Er widerstand dem Drang, sich umzudrehen und hinzusehen.

Diese gottverdammten Bilder. Er hätte sie niemals knipsen sollen. Er mußte sie sich schnappen und verstecken.

Er spürte, wie neuer Mut in ihm keimte und frische Energie ihn durchströmte. Hier stand alles auf dem Spiel.

Er rang sich ein Lächeln ab und verfiel wieder in den sorglos unverschämten Tonfall.

»Geben Sie's auf«, sagte er. »Ich habe nichts, was für Sie von Interesse sein könnte. Wer immer Sie auch sein mögen.«

Wie erhofft, suchte Mike nach diesem Einwand noch fieberhafter. Greg wartete, bis Mike sich über eine Schublade beugte, ihm den Rücken zukehrte. Flink wie eine Viper streckte er den linken Arm aus und schnappte sich die Bilder.

Er wollte sie gerade in die Hosentasche stecken, als Mike sich wieder umdrehte.

»Was haben Sie da gemacht?«

Greg zwang sich zu einem Lächeln und zuckte mit den Schultern.

Mit einem Satz war Mike bei ihm und griff nach seiner Hosentasche.

»Rühr mich nicht an!« brüllte Greg und stieß ihn mit aller Kraft von sich weg.

Mike prallte gegen die Kommode. Die Pistole flog ihm aus der Hand. Ein lähmender Schmerz schoß durch seinen Rücken. Einen Augenblick lang hatte er das entsetzliche Gefühl, er könne sich nicht mehr bewegen.

Greg rannte ins Wohnzimmer.

Mit einem Brüllen rappelte sich Mike auf und lief ihm auf weichen Beinen hinterher. Greg fummelte hinten am Fernseher herum. Mike sah etwas Weißes in seiner Hand, so ähnlich wie das, was er in seiner Tasche hatte verschwinden lassen.

Greg erstarrte, und Mike blieb ebenfalls stehen. Schweratmend standen sie sich gegenüber.

Mike wollte sich erneut auf ihn stürzen, doch diesmal war er benachteiligt. Sein Rücken schmerzte bei jeder Bewegung, als stoße ihm jemand ein Messer zwischen die Rippen. Noch ein Ausrutscher, und er ging endgültig zu Boden. Er hatte keine Ahnung, wo seine Pistole war. Fieberhaft sah er sich in dem Zimmer um, suchte nach etwas, mit dem er den Kerl außer Gefecht setzen konnte, und dann blieb sein Blick an den um die Palme geschlungenen Weihnachtslichtern hängen.

Wie ein Geschoß hechtete Mike sich auf die Lichterkette. Er riß das Kabel ab und schlang es im gleichen Augenblick um Greg.

Fluchend versuchte Greg sich zu befreien, doch Mike zog das Kabel fester, worauf er schreiend zu Boden ging. Glühbirnen zersprangen, wurden unter Gregs Gewicht zermalmt und übersäten beide Männer mit Glassplittern.

Ohne auf die Schnitte zu achten, die der Draht und die Glühbirnen an seinen Händen hinterließen, zog Mike das Kabel enger und verknotete es so, daß Gregs Arme an seinen Oberkörper gefesselt waren. Dann stürzte Mike zum Fernseher, untersuchte die Hinterseite und entdeckte, was Greg hatte verbergen wollen. Das Weiße waren die Bilder, die er in das Gerät gesteckt hatte.

Mike wollte sie gerade vorsichtig herausziehen, ohne sie zu zerreißen, als Greg sich hochstemmte und auf Mike warf.

Doch Mike sprang beiseite.

Die große Schlinge, die er in die Lichterkette geknotet hatte, verfing sich an der Kante des Fernsehers. Greg, der genau erkannte, was ihn erwartete, schrie auf, versuchte auszuweichen und verlor das Gleichgewicht. Sein Schrei erstarb abrupt, als der Fernseher mit einem dumpfen Geräusch auf seinen Kopf krachte.

Und das Telefon hörte nicht auf zu klingeln.

16. KAPITEL

Lynn schlief schlecht. Mary bezeichnete es als posttraumatische Reaktion. Sie träumte ständig von Greg, sah ihn tot und voller Blut vor sich oder wie er sich in ihrer Wohnung herumtrieb. Manchmal waren die Rollen auch vertauscht, und dann gehörte ihr dieser zerschmetterte Körper.

Hinterher lag sie da und wartete, bis ihr Herz wieder langsamer schlug. Nach einiger Zeit wurde sie dann gelöster, sobald ihr wieder einfiel, daß sie nicht mehr vor ihm auf der Hut sein mußte.

Normalerweise schlief sie nach zehn oder fünfzehn Minuten wieder ein. War dies nicht der Fall, stand sie auf.

War es bereits später als fünf Uhr morgens, zog sie ihre Sportsachen an, fuhr zum Broome Club und ließ sich von den eintönigen Übungen auf dem Treppensimulator einlullen, um sich hinterher im beruhigenden Licht des Massageraumes von Elizabeth durchkneten zu lassen, bevor sie unter die heiße Dusche ging.

Wenn es dazu noch zu früh war, streifte sie sich einen Mantel über ihr Nachthemd und ging hinaus auf den Balkon.

Es beruhigte sie, wenn sie die scharfe, kalte Luft auf ihrem Gesicht spürte. Wenn sie hinaus aufs Wasser und die Lichter blickte und wußte, daß sie wieder über ihre Wohnung verfügen konnte. Und über ihre Karriere. Diese Woche sollte die Sendung endlich live über den Äther gehen, nachdem ihr Gesicht mit Hilfe von etwas Make-up und Puder wieder vorzeigbar war. Endlich war die Angst aus ihrem Leben gewichen.

Wenn sie hier draußen in der Dunkelheit stand, fiel es ihr besonders schwer, nicht an Mike Delano zu denken.

Sie stellte ihn sich dann so vor, wie sie ihn zuletzt gesehen hatte, kurz bevor er aus dem Krankenhaus entlassen worden war. Er hatte sich die Rippen gebrochen und konnte sich kaum bewegen, da sein ganzer Oberkörper bandagiert war. Hände und Gesicht waren am Verheilen, doch die Schnitte und Blutergüsse konnte man noch deutlich erkennen.

An dem Tag, als sie ihn besucht hatte, war ein anderer Polizist bei ihm gewesen. Anscheinend hatte sich der Mann durch sie eingeschüchtert gefühlt, und die beiden hatten sie mehr oder weniger ignoriert. Sie war zwanzig Minuten geblieben und dann seltsam verärgert wieder gegangen.

Anscheinend gab es keinerlei Grund mehr, sich mit Mike zu treffen. Doch sie mußte ständig an ihn denken.

Sie konnte sich noch schmerzhaft deutlich an jene schreckliche Nacht erinnern, als sie A-Hörnchen gefunden hatte.

An ihre Trauer, ihre Tränen.

Sie wußte aber auch noch, wie Mikes und ihr Körper wie von selbst zueinander gefunden hatten, als hätten sie jede Bewegung, jeden Atemzug schon hundertmal vorher erlebt. Sie konnte noch immer seine Lippen schmecken, konnte spüren, wie sie sich immer enger an ihn drängte.

Und ebenso genau entsann sie sich noch ihrer wie Irrlichter aufflackernden Impulse, des fiebrigen Zwiespalts ihrer Gefühle.

Seit Gregs Tod vor einer Woche hatte sie sich immer wieder mit diesen Erinnerungen auseinandergesetzt und sich genauso gnadenlos befragt, wie sie andere vor der Kamera befragte.

Bedeutete Mike ihr wirklich etwas? War sie in ihn verliebt? Wollte sie etwas von ihm? Oder war sie emotional so am Boden gewesen, daß sie sich einfach nach Körperkontakt gesehnt hatte?

Wieso hatte sie alles weitere unterbunden, was in dieser Nacht noch hätte geschehen können? War der Streß schuld gewesen? Oder hatte sie Mike nur vor unaufrichtigen Gefühlen bewahren wollen?

Sie wußte einfach keine Antwort darauf.

Wie Mike das wohl empfand? Machte er sich etwas aus ihr? Oder hatte er sich nur aus der Situation heraus mitreißen lassen, da er sich ebenfalls nach Erlösung und Vergessen gesehnt hatte?

Auch was ihn anging, fiel ihr keine Antwort ein.

Sobald sie bei Booboo und Angela erfahren hatte, was geschehen war, war sie ins Krankenhaus gefahren. Doch offenbar gab es keinerlei Anlaß, die Verbindung weiter aufrechtzuerhalten, von einem gelegentlichen Anruf einmal abgesehen. Und Mike schien das auch seinerseits nicht zu wollen.

Also konnte sie daraus nur schließen, daß es reine Dankbarkeit war, wenn sie wieder einmal an sein Gesicht, seine Stimme oder, um Himmels willen, an seine Hände und seinen Mund denken mußte.

Er wäre beinahe ums Leben gekommen, weil er sie beschützen wollte.

Sie verdankte ihm ihr Leben.

Wie konnte sie erwarten, jemals wieder heil aus einem derartigen Dschungel von Gefühlen herauszukommen?

Und war sie nach allem, was sie durchgemacht hatte, überhaupt noch in der Lage, ihm Liebe zu schenken? Nun, da sie nicht mehr nur eine schlechte Parodie ihrer selbst war?

Es war nur richtig, wenn sie jetzt Mike beschützte, so wie er sie beschützt hatte. Ihn vor ihr beschützte.

Mike war noch längst nicht wieder voll dienstfähig – er konnte nicht lange sitzen, weder am Schreibtisch noch bei Nancy Jean, wo er ab und zu einen Teller mit Chili aß.

Doch das Nichtstun ertrug er ebensowenig. Er hatte schon zu viele Menschen gesehen, die sich schließlich in Grübeleien verloren hatten und verrückt geworden waren.

Bei der internen Untersuchung durch die Polizeibehörde war er von jeder Schuld an Gregs Tod freigesprochen worden. Aber wenn man es als Polizist mit einem Todesfall zu tun hatte und als einziger zur Stelle gewesen war, kam es nicht unbedingt darauf an, was sonst noch geschehen oder verhindert worden war oder wer einen für schuldlos erklärte. Die bösen Geister warteten trotzdem bloß darauf, daß man sie einließ.

Deshalb hatte er sich jeden Nachmittag, wenn die Langeweile zu heftig und erschreckend wurde, in ein sauberes Sweatshirt gequält und war mit der S-Bahn zur Arbeit gefahren. Nickend und abwinkend hatte er allerlei Fragen zu seinem Befinden über sich ergehen lassen und war zu seinem Schreibtisch und den Akten geschlurft.

Auch heute hatte er das getan, um anschließend wie jeden Abend bei Nancy Jean hereinzuschauen. Anscheinend brauchte er derzeit das grelle Licht und die Gesellschaft. Jetzt war er zu Hause, sah im Briefkasten nach und entdeckte unter den unvermeidlichen Rechnungen und Postwurfzetteln eine weitere Karte von Lynn, diesmal mit dem Aufdruck *Vielen Dank* anstelle von *Gute Besserung.*

Ich bin Dir zutiefst dankbar für Deine Hilfe, stand auf der Rückseite. *Ich hoffe, Du bist bald wieder auf dem Damm.* Unterschrieben hatte sie mit *Herzlich, Lynn.*

Mit einem Mal war er wütend. *Herzlich, Lynn?* Herzlich was?

Er ging nach oben, schloß die Tür auf, ließ sich behutsam aufs Bett sinken und ging die übrige Post durch.

Er hatte das Versprechen eingehalten, das er sich gegeben hatte. Er hatte sich innerlich fest vorgenommen, diesen Fall hinter sich zu bringen und seine Gefühle für Lynn zu vergessen. Jeden Tag wurde ihm aufs neue schmerzlich bewußt, warum er es gar nicht soweit hätte kommen lassen dürfen. Sein Herz tat ihm ebenso weh wie seine Seite, die Schulter und alle anderen Körperteile, die er sich entweder angeschlagen, zerschnitten oder gebrochen hatte.

Er hatte keine Ahnung, was Lynn dachte oder wollte, wußte lediglich, daß sie allerhand Gelegenheiten gehabt hatte, auf die Ouvertüre zu reagieren, die er so unverhohlen angestimmt hatte.

Da sie keine davon ergriffen hatte, da sie zwar pflichtschuldig ihre Dankbarkeit kundtat, mehr aber auch nicht, wäre er ein Idiot, wenn er weiter auf sie warten würde. Egal, ob es an ihrer Unentschlossenheit lag, an den psychischen Schäden oder einfach an einem emotionalen Defizit, er wollte nichts damit zu tun haben.

Die Leute sagten immer, Polizisten seien eine Sorte für sich. Vielleicht traf das zu, aber Prominente ... verflucht, bei denen wußte man nie, was los war, was echt war und was fehlte.

Er starrte auf die Karte. Er musterte den Text noch einmal, die feinsäuberliche Handschrift, die zwei aalglatten Sätze.

Herzlich, Lynn.

Er warf sie zum Papierkorb, ohne sich davon zu überzeugen, ob er sein Ziel überhaupt getroffen hatte.

Am zweiten Dienstag im März brachte Pam kurz vor halb vier einen Brief in Lynns Büro.

Kara kam herein, als sie ihn öffnete.

»Ich bin gerade dabei, das Bandarchiv neu zu organisieren«, sagte Kara. »Möchtest du, daß ich ... Was ist los?«

Lynn war kreidebleich geworden. Kara warf einen raschen Blick auf das Blatt Papier, das sie noch immer fassungslos anstarrte.

Über Lynns Schulter gebeugt, las sie die maschinengeschriebenen Zeilen: *Du dachtest, es wäre vorbei, nicht wahr? Dann wirf mal einen Blick in Dein Auto.*

Der Lexus stand nach wie vor verschlossen in dem Parkhaus, wo Lynn ihn an diesem Morgen abgestellt hatte.

Mit bebenden Fingern drehte Lynn den Schlüssel um und hörte das dumpfe Klicken, als sich die Zentralverriegelung löste. Sie öffnete die Fahrertür, während Kara zur Beifahrertür ging.

Sie untersuchten die Sitze, danach den Boden. Sie sahen im Handschuhfach nach, in der Mittelkonsole und in den Türfächern.

Nichts.

Lynn zog den Hebel für die Kofferraumverriegelung, lief nach hinten und hob den Deckel. Im Inneren lag ein Handtuch, das irgend etwas verdeckte, und sie hob es hoch.

Nicky lag dort, tot, mit heraushängender Zunge, und der merkwürdigen Kopfstellung nach zu urteilen war sein Genick gebrochen.

Sie schrie, wollte nicht mehr aufhören zu schreien, und dann hörte sie, daß Kara ebenfalls schrie, und sie konnte die Schreie nicht mehr auseinanderhalten.

Als die Polizei kam, war Kara noch immer auf der Toilette und kämpfte gegen ihre Übelkeit an. Lynn empfing die beiden Männer, die sie noch nie gesehen hatte, in ihrem Büro.

Ihr Haar war naß vor Schweiß und Tränen. Sie fröstelte, zitterte und konnte sich kaum konzentrieren.

Sie wußte nicht, wo sie anfangen sollte, deshalb beantwortete sie einfach ihre Fragen.

Ja, sie sei sich sicher, daß sie den Wagen abgeschlossen habe. Niemand außer ihr habe einen Schlüssel. Nein, sie habe keine Ahnung, wer den Brief geschrieben haben könnte.

Ja, so etwas Ähnliches sei schon einmal geschehen.

Die beiden Männer warteten darauf, daß sie fortfuhr.

»Es ging um einen Mann, mit dem ich letzten Herbst für kurze Zeit zusammen war. Er schickte mir Sachen, belästigte mich in der Arbeit. Er tötete ein Backenhörnchen, das immer auf meinen Balkon geklettert kam und das Vogelfutter fraß. Er ließ meine Kreditkarten sperren. Er brach bei mir ein und schlug mich nieder. So ging das immer weiter.«

Sie hielt inne und holte hastig Luft. »Wir hatten ständig Wachmänner hier. Mike Delano arbeitete ebenfalls an der Sache. Ich habe schon vor einer Stunde versucht, ihn anzurufen . . .«

»Er ist noch krank geschrieben«, sagte einer der Polizisten.

»Ich weiß. Er wurde bei einem Kampf mit dem Mann verletzt, von dem ich spreche...«

»Derjenige, der Detective Delano angegriffen hat? Aber der ist doch tot.«

Lynn konnte nur nicken.

Kara wollte weder mit ihr noch mit jemand anderem reden.

Schließlich ließ Lynn von ihr ab, nahm sich ein Glas Wasser und wollte ihre Tabletten aus dem Aktenkoffer holen.

Doch Tylenol mit Kodein war nicht das, was sie brauchte. Sie steckte sie wieder zurück.

Sie setzte sich auf ihren Schreibtischstuhl und schlang die Arme um sich. Sie zitterte, als habe sie hohes Fieber. Und dazu immer wieder diese Krämpfe, immer wieder.

Sie ging hinunter in die Apotheke, kaufte sich ein rezeptfreies Beruhigungsmittel und nahm vier Tabletten.

Als sie auf dem Polizeirevier angerufen hatte, hatte man ihr gesagt, Mike komme normalerweise nachmittags vorbei. Bei ihm zu Hause hatte sich nur der Anrufbeantworter gemeldet.

Sie nahm sich ein Taxi und fuhr zum Revier, um zu warten, bis Mike kam.

Als sie sich auf den Stuhl neben Mikes Schreibtisch setzte, wurde sie von einer plötzlichen Gefühlswallung überflutet. Was wahrlich nichts Besonderes war; sie erlebte schon die ganze Zeit einen regelrechten emotionalen Wolkenbruch. Doch diese schmerzhafte Erinnerung gab dem Ganzen eine neue Note.

Sie konnte die Hot dogs förmlich riechen. Sie konnte sich noch genau erinnern, wie Mike mit der kleinen braunen Tüte, in der sich sein Mittagessen befand, zu seinem Schreibtisch geschlendert war. Sie sah noch das Tufts-Sweatshirt vor sich. Sie wußte noch, wie verblüfft sie gewesen war, nachdem er tags zuvor Anzug und Krawatte getragen hatte.

Sie konnte sich an seine Ernsthaftigkeit erinnern, an das ständige Stirnrunzeln, die dunklen Haare, die ihm in die Augen fielen. An den überladenen und dennoch unpersönlichen Schreibtisch – so als habe er keine Zeit gehabt, einige Dinge hinzustellen, die ihm am Herzen lagen. Oder keine Zeit für Herzensdinge.

Er war an diesem Tag ziemlich streitlustig gewesen. Und nicht nur an diesem Tag – er war ständig streitlustig, das hatte sie damals nur noch nicht gewußt. Er hatte sie getriezt und provoziert. Sie konnte sich noch genau erinnern, wie sie sich wütend angeblafft hatten. Doch letzten Endes hatte sie in seinem Büro etwas empfunden, das sie längst verloren geglaubt hatte. Ein gewisses Sicherheitsgefühl.

Sie sehnte sich danach, es wieder zu empfinden.

Und plötzlich war Mike da und kam zu ihr herüber. Er verzog keine Miene. Es war, als würde sie jeden Tag an seinem Schreibtisch sitzen.

Er ging leicht zur Seite gebeugt, hielt sich aber gut.

Er hatte wieder eine kleine braune Tüte mit etlichen feuchten Flecken dabei, und plötzlich lag der Geruch von Hot dogs in der Luft.

»Was ist los?« fragte er, während er sich vorsichtig auf den Stuhl sinken ließ.

Nun lösten sich die Tränen, die sie den ganzen Tag unterdrückt hatte. Die Frage allein genügte. Aber es lag nicht nur an der Frage. Es lag an dem ganzen Polizeirevier, dem Stuhl, der blöden Tüte mit den verdammten Hot dogs. Daran, daß ihr auf einmal heftigst bewußt wurde, wieviel sie miteinander erlebt hatten.

»Es geht um Greg«, sagte sie. »Er lebt.«

Mike schüttelte den Kopf. »Nein. Das ist unmöglich.«

»Es muß so sein, Mike. Er ist wieder hinter mir her.«

Mikes Haltung änderte sich, als sie ihm die Ereignisse in allen Einzelheiten schilderte. In seinem Gesicht veränderte sich etwas; sie konnte nicht feststellen, was es war, und versuchte es auch nicht ernsthaft. Sie war voll und ganz damit beschäftigt, ihre Geschichte loszuwerden.

Er ließ sie reden. Und die ganze Zeit über blickte er ihr in die Augen.

Als sie fertig war, fragte sie: »Woran ist Greg eigentlich gestorben? Ich glaube, ich habe es nie erfahren.«

Mike blinzelte. »Wie wär's mit eingeschlagenem Schädel und auslaufendem Hirn?«

Sie blickte weg. »Du hast also nicht den geringsten Zweifel, daß er tot ist.«

»Nein.«

»Dann . . .«

»Wer hat einen Schlüssel für deinen Wagen?«

»Niemand. Der Ersatzschlüssel liegt im Schreibtisch in meinem Büro.«

»Was ist mit Karas Wohnung? Hast du dazu einen Schlüssel?«

»Ja«, sagte Lynn.

»Wer hat sonst noch einen?«

»Ein paar von ihren Schwestern, glaube ich.«

Die Tüte mit den Hot dogs stand noch immer ungeöffnet auf dem Schreibtisch. Er warf einen Blick darauf, wandte sich dann aber, ohne sie anzurühren, wieder Lynn zu.

»Wer weiß über die Dinge Bescheid, die vorher passiert sind?«

»Eine Menge Leute.«

»Ich brauche Namen«, erwiderte er, während er einen Notizblock heranzog.

»Kara. Mary und Gideon Eli. Mein Chef und seine Frau. Mein Bruder und meine Schwägerin. Allerhand Personal bei Channel 3. Ein paar Leute von QTV.«

»Sind das alle?«

Lynn zuckte mit den Schultern. »Dazu Polizisten und Wachschutzpersonal. Die Leute in meinem Fitneßstudio. Ein paar Nachbarn wissen teilweise Bescheid.«

Sie sah, wie er sich Notizen machte. »Wieso willst du das wissen? Glaubst du etwa, jemand imitiert Greg?«

»Ich weiß, daß es so ist«, sagte er, ohne aufzublicken.

»Oh, wirklich?« versetzte Lynn, die mit einem Mal wütend wurde.

Nun blickte er auf, und seine Augen waren so schwarz und undurchdringlich wie nie zuvor. »Du willst mir doch nicht ernsthaft erzählen, daß ich nicht weiß, wenn jemand tot ist.«

»Vermutlich weißt du das, aber –«

»Nicht bloß vermutlich. Ich mache den Job hier schon so lange, daß ich bloß einen Blick auf die Trage werfen muß, um zu wissen, wenn jemand hinüber ist. Der Mistkerl war tot, Lynn, so tot wie eine überfahrene Katze. Ich habe sein Hirn auf dem Teppich gesehen.«

Mike stemmte sich aus dem Stuhl, ging zu einem Schrank und kam mit zwei Aktenordnern zurück. Er breitete Fotos und Formulare auf dem Schreibtisch aus.

»Gerichtsmedizinisches Gutachten. Aufnahmen vom Tatort. Obduktionsfotos. Einäscherungsbestätigung.«

Lynn versuchte sich auf die weniger blutrünstigen Unterlagen zu konzentrieren. Sie hielt sich den Bauch. Das da war Greg, ohne jeden Zweifel. Sie kannte sogar das Hemd.

»Wenn das jetzt wieder losgeht«, sagte Mike, »dann weiß ich auch nicht, was ich darauf sagen soll. Aber dieser Scheißkerl da ist mit Sicherheit nicht aus seinem Schubfach im Leichenschauhaus gesprungen, hat seine Hosen angezogen und sich auf die Suche nach dir begeben.«

Er riß das oberste Blatt von seinem Notizblock und drehte es um, so daß sie es lesen konnte. »Hier steht die Antwort für dich.«

Und verlaß dich nicht darauf, daß ich dir bei der Lösung helfe, besagte die Geste.

Lynn, die nicht wußte, was sie sonst tun sollte, las, was auf dem Blatt stand.

Am liebsten wäre sie hinausgerannt, fort von den in Reih und Glied stehenden Schreibtischen mit den anscheinend völlig unbeteiligten Ermittlern.

Doch zugleich hielt sie etwas fest – dieses beruhigende Sicherheitsgefühl etwa, oder lag es nur daran, daß sie sich auf einem Polizeirevier befand?

Nein, es war ganz einfach.

Sie legte das Blatt auf den Schreibtisch zurück.

Vor lauter Schreck war sie nicht mehr in der Lage, sich zu bewegen, als ihr klarwurde, daß sie jetzt mutterseelenallein war.

Karas Wohnung hätte nicht unbewohnter wirken können, wenn sie völlig leergestanden hätte.

Keine tappenden Hundepfoten. Keine feuchte Nase, die an ihren Füßen schnupperte.

Sie war vor einer Stunde nach Hause gekommen und seither damit beschäftigt gewesen, etliche Anrufe zu erledigen, das Chaos zu beseitigen, das der Schlosser hinterlassen hatte, und sich zu fragen, was sie mit Nickys Sachen anstellen sollte.

Sie ging zum Wohnzimmerfenster und sah hinab auf den frühabendlichen Verkehr, ohne ihn richtig wahrzunehmen.

Die Türglocke schellte. Es war Lynn. Kara drückte auf den Summer.

»Wie geht es dir?« fragte Lynn.

»So lala.«

»Du mußt nicht ...«

»Okay. Es geht mir beschissen.«

»Ich weiß«, sagte Lynn leise. »Ich kann gar nicht sagen, wie leid es mir tut. Er war der beste Hund auf der ganzen Welt.«

»Was willst du jetzt tun?«

»Ich weiß es nicht. Auswandern? Ich weiß weder, was ich tun noch was ich denken soll.«

»Ist Greg wirklich tot?« fragte Kara.

»Ja. Ich habe die Fotos von der Leiche gesehen.«

Karas natürliche Beobachtungsgabe funktionierte wieder, auch wenn sie aufgrund ihres Kummers noch beeinträchtigt war. Und so bemerkte sie, daß Lynns Augen trübe und ihre Bewegungen eine Idee zu fahrig waren.

Kara kannte diese Anzeichen. Sie hatte sie bereits vor Jahren wahrgenommen und miterlebt, wie sie in letzter Zeit wieder stärker geworden waren.

»Und was geht dann bitte vor sich?« fragte Kara.

»Ich *weiß* es nicht. Mike Delano sagt, daß es sich um jemand handeln muß, der Gregs Machenschaften imitiert.«

Kara wandte sich ab. Wut und Übelkeit wallten in ihr auf. Hier ging es um ihre Arbeit, ihren Hund, ihr *Leben* . . . und sie saß hilflos da, während Lynn einem machtgeilen Polizisten nach dem Mund plapperte, weiß Gott was für Drogen schluckte und alles nur noch mehr vermasselte.

Sie fuhr herum und funkelte Lynn an. »Das hatten wir doch schon mal! Greg hat dir nachgestellt und dich niedergeschlagen, und dann war auf einmal alles vorbei, weil er tot war! *Oder stimmt das etwa nicht?*«

»Doch.«

»Ich arbeite jetzt schon seit etlichen Jahren mit dir, stimmt's? Lynn und Kara, das Team. Ich habe alles getan, was du wolltest, habe deine Entscheidungen mitgetragen, egal, ob ich damit einverstanden war oder nicht, und wir haben uns immer gegenseitig geholfen.«

Lynn wollte etwas erwidern, doch Kara kam ihr zuvor. »Allmählich wird es Zeit, daß wir ehrlich zueinander sind. Steckst du in irgendwelchen Schwierigkeiten, von denen keiner etwas weiß? Mit wem und was hast du dich eingelassen? Bist du süchtig, Lynn?«

»*Nein!*«

»Wir haben ständig um den heißen Brei herumgeredet, aber das geht jetzt nicht mehr!« schrie Kara. »Wirst du vielleicht erpreßt? Weiß jemand, daß du Drogen nimmst, und treibt deshalb seine üblen Scherze mit dir?«

Lynn zitterte, doch sie hielt Karas Blick stand. »Wenn ich mich auf irgend etwas eingelassen hätte, hätte ich es dir längst erzählt. Ich versuche nichts anderes, als meine Arbeit so professionell wie möglich zu erledigen.«

»Und wie erklärst du dir dann ...«

»Ich kann es mir nicht erklären!«

Normalerweise blieb Mike den ganzen Nachmittag auf dem Polizeirevier. Zu etwas anderem war er derzeit ohnehin nicht in der Lage. Doch nachdem Lynn gegangen war, stellte er fest, daß er nicht die Nerven für den Lärm und die ständige Unruhe hatte.

Er ging hinaus und blieb draußen auf der Straße stehen.

Allen Ereignissen zum Trotz war es ein geradezu traumhaft schöner Tag.

Am liebsten hätte er irgendwo mit der Faust dagegengeschlagen.

Er setzte sich in Marsch. Es fiel ihm nicht leicht, war aber bei weitem nicht mehr so schwierig wie vorher, als ihm bei jedem einzelnen Schritt der Schmerz in die Rippen gefahren war. Schließlich stieg er in die S-Bahn und fuhr eine Weile herum.

Gegen drei Uhr nachmittags befand er sich in der Hafengegend.

Für einen normalen Arbeitstag herrschte reges Treiben. Möwen stürzten sich auf Futterbrocken, die ihnen von Kindern zugeworfen wurden. Spaziergänger und Radfahrer waren unterwegs, und Mike entdeckte sogar zwei, drei Eisstände. Er bemerkte eine Hot-dog-Bude und dachte kurz an die unberührte Tüte im Abfallkorb auf dem Revier, doch er hatte noch immer keinen rechten Appetit.

Er blieb bei einer Bank stehen und stützte sich auf die Lehne. Nur zu deutlich war er sich der Nähe von Lynns Haus bewußt. Es war, als ziehe ihn ihre Wohnung regelrecht an.

Eigentlich, dachte er, war die Sache ganz einfach. Er mußte nur zu seiner Entscheidung stehen. Er durfte sich nicht auf eine persönliche Beziehung mit ihr einlassen.

Doch heute hatte sich herausgestellt, daß die Sache vielschichtiger, voller Haken und Ösen war.

Er richtete sich wieder auf und ging weiter, entfernte sich bewußt von Lynns Haus. Langsam ging er an einigen aufgegebenen Geschäften vorbei.

Er dachte an die Namen, die Lynn ihm gegeben hatte. Er hatte die Liste auf seinem Schreibtisch liegengelassen.

Er blieb stehen und betrachtete sein Spiegelbild im Schaufenster eines T-Shirt-Ladens. Was hast du denn von ihr erwartet? fragte er sich. Sollte sie etwa nach allem, was vorgefallen war, einfach nicken, zum Stift greifen, sich die Liste mit ihren besten Freunden und Freundinnen vornehmen und entscheiden, wer dazu fähig sein könnte, die Nachfolge ihres Peinigers anzutreten?

Er betrachtete weiter sein Spiegelbild, während er sich die nächste Frage stellte, die ihn schon den ganzen Nachmittag beschäftigt hatte.

Ist sie es selbst? Hat sie selbst die Stelle dieses Abartigen eingenommen?

Braucht sie die Aufmerksamkeit – die ihrer Freunde und Kollegen und Angehörigen? Die der Polizei, seine?

Handelte es sich vielleicht nur um das wahnwitzige Gehabe einer überkandidelten Prominenten?

War sie etwa so durcheinander, daß sie gar nicht mehr wahrnahm, was sie tat?

Er blieb noch eine ganze Weile stehen. Seine reglose Miene starrte ihm aus dem Schaufenster entgegen.

»Nehmen Sie sich doch eine Weile frei«, sagte Vicky Belinski. »Ruhen Sie sich ordentlich aus.«

Lynns Hände krampften sich um den Hörer. »Und dann?«

»Dann werden wir weitersehen.«

Lynn war nicht nach höflichen Floskeln zumute. »Bitte, sprechen Sie es aus, Vicky. Ich möchte wissen, was QTV weiter beabsichtigt. Sehen Sie eine Möglichkeit, daß die Pilotsendung in den nächsten ein, zwei Monaten aufgezeichnet wird? Oder wollen Sie sie auf unbestimmte Zeit verschieben?«

Zunächst herrschte Schweigen, dann seufzte ihre Gesprächspartnerin in Kalifornien. »Wir verschieben die Sendung auf unbestimmte Zeit.«

In den darauffolgenden Tagen hatten Lynn und Kara alle Hände voll mit ihrer Arbeit zu tun. Doch darüber hinaus kamen sie nicht miteinander ins Gespräch.

Lynn überstand dies nur, weil sie voll und ganz auf ihr öffentliches Erscheinungsbild konzentriert war. Sie lächelte, schüttelte allen möglichen Menschen die Hände. Benahm sich ständig so, als sei sie gerade auf Sendung. Nur dadurch war sie in der Lage, so zu tun, als sei alles in Ordnung.

Sie wagte nicht, ihr wahres Gesicht zu zeigen. Wagte nicht, ihre Verletzlichkeit einzugestehen.

Dennis zitierte sie zu einem Gespräch zu sich, bei dem es nahezu um das gleiche ging, was Kara ihr vorgeworfen hatte: Steckte Lynn in irgendwelchen Schwierigkeiten? Warum war es ausgerechnet Karas Hund gewesen? Waren diese Vorfälle etwa auf sie *und* Kara gemünzt?

Nur nachts, wenn sie allein war, konnte sie sich ihren Depressionen, Ängsten und Vermutungen hingeben, konnte sie ihr wahres Ich ausleben, das sich ansonsten hinter der Fassade der unnahbaren Fernsehtalkmasterin verbarg.

Sie nahm weiter die Beruhigungspillen aus der Apotheke, wenn auch so wenige wie möglich.

Am Freitag mußte sie zum Zahnarzt. Sie überlegte, ob sie den Termin absagen sollte, unterließ es jedoch. Sie hatte diese Wurzelkanalbehandlung schon viel zu lange vor sich hergeschoben.

Körperliches Unbehagen war geradezu eine Erlösung. Besser jedenfalls als das andere. Mit ihren Wehwehchen konnte sie umgehen, sie kannte die Auswirkungen und wußte, daß sie irgendwann aufhörten.

Sie war froh, daß sie überhaupt noch Erlösung fand.

»Sie werden heute abend Schmerzen haben«, sagte der Zahnarzt, als er fertig war. »Ich werde Ihnen ein paar Percodan mitgeben und Ihnen ein Rezept ausstellen, damit Sie sich mehr besorgen können.«

»Nein danke«, sagte Lynn.

»Nehmen Sie sie. Sie werden sie brauchen.«

»Ich habe diesen Termin absichtlich auf einen Freitag gelegt«, erwiderte sie mühsam, da sie nur die eine Gesichtshälfte richtig bewegen konnte. »Ich muß erst am Montag wieder arbeiten. Bis dahin bin ich wieder auf dem Damm.«

Dr. Gurian schüttelte den Kopf. »Ich bin heute abend um acht Uhr zum Hummeressen nach Wellfleet eingeladen. Vor Montag morgen werden Sie mich nicht erreichen können. Wollen Sie mir etwa das Wochenende verderben, weil ich mir ständig Sorgen wegen Ihrer Schmerzen machen muß?«

»Sie brauchen sich keine Sorgen zu machen«, sagte Lynn.

»Ich mache mir aber Sorgen. Nehmen Sie die Tabletten mit.«

Der Zahnarzt hatte recht. Während er gerade seinen Hummer knackte, lag Lynn mit einem Eisbeutel auf der Couch. Es nützte wenig. Nach einer Weile nahm sie zwei Aspirin, und sie erinnerte sich daran, wie Mike ihr damals welche gegen ihre Kopfschmerzen aufgedrängt hatte.

Der bittere Geschmack sorgte dafür, daß sie ihn wieder leibhaftig vor Augen hatte.

Schon seltsam, was manche Dinge bewirkten.

Sie wußte nicht, ob es Mike an sich war, den sie vermißte, oder ob sie sich lediglich dem trügerischen Trost hingab, daß sie jederzeit jemanden anrufen konnte, der ihr vorschrieb, wie sie sich zu verhalten hatte.

Doch jedesmal, wenn sie an Mike dachte, mußte sie auch an seine Namensliste denken. Und das fiel ihr sehr schwer. Sie überflog sie in Gedanken, versuchte sich vorzustellen, wer hinter all dem stecken könnte, und gab es auf.

Das einzig Erträgliche an der Liste war, daß auch die Möglichkeit angedeutet wurde, es könne sich um irgendeine unberechenbare Person bei Channel 3 handeln, die sie nicht kannte und die aus purem Neid heraus handelte. In der Regenbogenpresse stieß man ständig auf solche Fälle: irgendeine arme, kranke Person, die sich ein Motiv zurechtspann, einen Aktionsplan entwickelte und sich einen Sündenbock suchte.

Sie sann über die Ton- und Kameraleute nach, das Studiopersonal, die Telefonistinnen, und fragte sich, wer von ihnen Greg imitieren mochte.

Vielleicht war es auch jemand von der Polizei. Zahlreiche Polizisten hatten Zugang zu den notwendigen Unterlagen.

Sie hatte bei Helene Skolnik, der Privatdetektivin, angerufen und ihr eine Nachricht hinterlassen. Sie hatte darüber nachgedacht, ob sie diesmal auf eigene Kosten Wachmänner zu ihrem Schutz engagieren sollte. Doch warum sollte sie riskieren, daß den Leuten im Sender noch mehr bewußt wurde, welchen Alptraum sie durchlebte?

Das Aspirin half nicht.

Sie dachte an das Percodan in ihrer Handtasche.

Schlaf würde sicher helfen, aber sie schlief so unruhig. Angesichts ihrer Schmerzen würde die Nacht noch qualvoller werden.

Das Percodan würde nicht nur die Schmerzen unterdrücken, es würde sie auch beim Einschlafen helfen.

Sie holte ihre Tasche, nahm zwei Tabletten mit etwas Wasser und dann noch eine.

Ihr Mund schmerzte nicht mehr ganz so schlimm, und sie wollte gerade zu Bett gehen, als kurz nach zehn Uhr Helene Skolnik zurückrief.

»Tut mir leid, daß es so spät geworden ist, aber Sie sagten, es sei dringend.«

Lynn erzählte ihr von Nicky.

»Aber der Mann ist doch tot?«

»Ja. Die Polizei meint, jemand anders könnte ihn imitieren.« Wegen ihrer geschwollenen Zunge und der allmählich wirkenden Medikamente konnte sie nur undeutlich sprechen.

»Ich kann Sie nur schwer verstehen.«

»Ich war heute beim Zahnarzt.«

»Ich glaube nicht, daß ich Ihnen helfen kann«, sagte Helene nach kurzer Pause. »Ich sehe keinerlei Ansatzpunkte, wenn sich die Polizei bereits damit befaßt hat, ohne auf etwas zu stoßen. Und die Situation an sich ist . . . bizarr, um es vorsichtig auszudrükken.«

»Ja. Deswegen brauche ich ja Hilfe«, erwiderte Lynn. Doch sie verkniff sich jede Bemerkung zu dem unterschwellig mitklingenden Vorwurf, daß nicht nur die Situation an sich bizarr sei.

17. KAPITEL

Pam kam in Lynns Büro, um das Essensgeld von Lynn und Kara einzusammeln.

Lynn holte ihre Handtasche, fand nur zwei Dollarnoten in ihrem Geldbeutel und erinnerte sich dann, daß sie den Umschlag mit dem Geld, das sie aus dem Bankautomaten gezogen hatte, in ihren Aktenkoffer gesteckt hatte. Sie beugte sich über ihren Schreibtisch zu ihrem Aktenkoffer und griff nach dem Umschlag.

Irgend etwas schnitt tief in ihre Hand. Sie schrie auf und zog sie zurück. Blut tropfte auf die Unterlagen auf ihrem Schreibtisch.

Pam und Kara waren einen Augenblick lang wie versteinert. Dann schrie Pam auf, und Kara griff zu einem Packen Kleenex, rannte zu Lynn und drückte ihn auf ihre Hand.

»Wie ist denn das *passiert?*« rief Pam.

Lynn ergriff den Aktenkoffer mit der freien Hand und warf ihn hin. Sie hob den Boden hoch und kippte den Inhalt heraus.

Ein Buch, Aktenordner, Papiere, eine Kleiderbürste, Stifte ... und ein Stück Metall mit weißem Plastik ...

»Ist das nicht ein Messer von einer Küchenmaschine?« fragte Pam. »Mein Gott, Lynn, das ist ja scharf wie eine Rasierklinge!«

»Sie hatten Glück«, sagte der Arzt in der Notaufnahme, während eine Schwester Lynns Arm säuberte.

Lynn hätte am liebsten fassungslos gelacht. Egal, welche Teufelei sie überstand, immer wieder versuchte ihr jemand einzureden, sie habe Glück gehabt. Im letzten Moment verwandelte sie das Lachen in ein Husten.

»Zwei Zentimeter weiter«, fuhr der Arzt fort, »und eine Arterie wäre in Mitleidenschaft gezogen worden. Sie sollten dem Herrgott dafür danken. Sie wären verblutet, noch bevor Sie hiergewesen wären.«

Er war ein breitschultriger, fröhlicher Mann namens Turco, der sie bereits behandelt hatte, als sie niedergeschlagen worden war. Forschend blickte er auf sie herab, während er Anstalten traf, den gezackten Schnitt zu nähen, der quer über ihren Handteller verlief.

»Erzählen Sie es mir bitte noch mal«, sagte er.

Lynn zitterte bereits seit einer geraumen Weile am ganzen Körper, und nun fingen auch noch ihre Zähne an zu klappern. »K-kann ich damit w-warten, bis Sie f-fertig sind?«

»Nein. Die Ablenkung wird Ihnen guttun. Lidocain bitte. Ruhig, Miss Marchette. So. Womit haben Sie sich geschnitten? Mit einer Sichel?«

»An der K-klinge einer K-küchenmaschine.«

»Entschuldigen Sie den dummen Witz«, sagte der Arzt. »So was mache ich nur, wenn ich nicht weiß, was ich sagen soll. Und in Anbetracht der Tatsache, daß Lynn Marchette schon wieder wegen einer gewaltsam zugefügten Verletzung hier ist, fällt mir im Augenblick auch mit Sicherheit nichts ein.«

Lynn, die mit halbem Auge zusah, wie er ihre Wunde behandelte, hatte das Gefühl, ihr ganzer Körper sei so taub wie ihre Hand. Sie wußte, daß die lindernde Kühle bald nachlassen würde, doch im Augenblick wollte sie nicht darüber nachdenken.

»Das letzte Mal wurden Sie von der Polizei eingeliefert«, fuhr der Arzt fort. »Diesmal war es Ihre Assistentin. Und keiner von uns soll ausplaudern, daß es sich um Sie handelt.«

Er stieß die Nadel mit dem schwarzen Faden neben dem Schnitt durch die Haut.

»Und was ergibt sich daraus? Ich werde es Ihnen sagen«, erklärte er. »Ein gewalttätiger Lebensgefährte.«

Nun mußte sie hellauf lachen. Lynn konnte nicht mehr damit aufhören, und es war ihr völlig gleichgültig. Doch nur zu rasch ging ihr Lachen in Weinen über. Besorgt wandte ihr die Schwester die dunklen Augen zu und hielt ihr eine Schachtel mit Taschentüchern hin.

»Tut mir leid.« Er war sichtlich aufgebracht. »Ich nehme an, ich mache alles nur noch schlimmer. Aber es gefällt mir ganz und gar nicht, wenn ich Frauen zusammenflicken muß, nur damit sie wieder dahin zurückgehen, wo sie erneut zusammengeschlagen werden. So einfach ist das.«

Booboo kam ins Krankenhaus und bestand darauf, Lynn nach Salem mitzunehmen, und Lynn erklärte sich unter der Bedingung damit einverstanden, daß sie zuerst zu ihrer Wohnung fuhren.

Sie packte Kleidung für zwei Tage ein und steckte die restlichen Percodan hinzu.

Lynn fühlte sich ausgesprochen hilflos, während sie über die Tobin Bridge fuhren. Jetzt war es schon soweit, daß sie herumchauffiert werden mußte. Ihr wurde immer banger ums Herz.

»War das ein Messer aus deiner Küchenmaschine?« fragte Booboo.

»Ja. Das war das erste, wonach ich gesehen habe.«

Ihr Bruder fluchte vor sich hin. »Dann ist also jemand in deine Wohnung eingedrungen.«

»Das glaube ich nicht. Das Messer könnte schon vor langer Zeit entfernt worden sein.«

»Aber das wissen wir nicht genau. Verdammt, ich komme einfach nicht damit klar. Du kannst doch nicht ständig sämtliche Schlösser auswechseln lassen. Was gedenkst du denn dagegen zu unternehmen? Du willst nicht hier aus der Gegend wegziehen. Du willst nicht bei mir und Angela bleiben. Du willst auch nicht in eine andere –«

»Ich gedenke aber auch nicht herumzusitzen und darauf zu

warten, daß mir wieder etwas zustößt. Du hast mich überzeugt. Ich werde dafür sorgen, daß sich jemand um meine Sicherheit kümmert.«

»Aber nicht dieser verdammte Bulle!«

»Nein. Ich engagiere jemanden. Einen Privatdetektiv. Ich möchte, daß jemand herausfindet, was da vor sich geht, und Schluß damit macht.«

Sie bogen gerade in die Auffahrt zum Haus. Die Krokusse spitzten heraus, und die Gärten leuchteten in österlicher Pracht.

Booboo hob ihre Reisetasche aus dem Kofferraum. »Ich kenne da ein paar Leute, mit denen wir reden sollten«, sagte er.

Die Räumlichkeiten von Arbor Investigations befanden sich in einem Rauchglaspalast in Worcester. Lynn und Booboo warteten im Anmelderaum. An zwei Wänden hingen echte Ölgemälde von Pariser Straßenszenen, an der dritten zahlreiche Ehrenplaketten und Auszeichnungen. Die vierte bestand aus reinem Glas. Dahinter thronte die Empfangsdame, und hinter dieser wiederum saßen drei Frauen und ein Mann vor einer Reihe geschlossener Bürotüren und arbeiteten an ihren Terminals.

Das Telefon der Empfangsdame summte. Sie führte Lynn und Booboo in eines der Büros, wo sie von zwei neben einem Schreibtisch stehenden Männern empfangen wurden.

»Mister Craig Reeb und Mister Dominick Speranza«, sagte sie.

»Lawrence Marchette. Das ist meine Schwester Lynn.«

Die Männer musterten Lynns verbundene linke Hand und schüttelten ihr die rechte.

»Natürlich, ich habe Ihre Sendung schon oft gesehen«, sagte Reeb, der Ältere. Er war um die Sechzig, hatte ergrauende braune Haare und eine Haltung wie ein Soldat. Speranza strahlte die gleiche trügerische Lässigkeit aus, wie Lynn sie inzwischen von Polizeibeamten gewohnt war. Keinerlei überflüssiges Gerede, ein Blick, dem nichts entging.

Sie schienen genau das zu sein, was ihr Bruder versprochen hatte: diskrete, professionelle Privatdetektive, die das Vertrauen der Banken genossen, unter anderem auch das der seinen.

Langsam fühlte sie sich etwas weniger hilflos.

»Soweit wir wissen, handelt es sich darum, daß Sie von jemandem belästigt werden«, sagte Reeb. »Warum klären Sie uns nicht auf?«

Lynn deutete auf ihre verletzte Hand. »Das ist heute passiert. Zwanzig Stiche. Ich habe mich am Messer einer Küchenmaschine geschnitten. Jemand hat die Klinge in meinen Aktenkoffer versteckt, so daß ich mich schneiden mußte, sobald ich hineingriff.«

»Wo befanden Sie sich?« fragte Speranza.

»In meinem Büro im Sender.«

Er schrieb etwas auf einen Notizblock.

»Ehemaliger Polizist?« fragte Lynn ihn.

»Seit sechs Monaten im Ruhestand.« Er warf ihr einen anerkennenden Blick zu.

»Was noch?« fragte Reeb.

»Vor einer Woche erhielt ich in meinem Büro einen Brief. In dem Brief stand, ich solle einen Blick in mein Auto werfen. Meine Assistentin und ich liefen hinunter ins Parkhaus. Was wir fanden, war ihr kleiner Hund, der tot im Kofferraum lag.«

Wieder überkam sie das Entsetzen. Sie mußte sämtliche Kräfte aufbieten, um nicht erneut in Tränen auszubrechen.

»Wohnen Sie allein?« fragte Reeb sanft.

»Ja.«

Booboo räusperte sich. »Ich habe sie immer wieder bedrängt, bei mir und meiner Frau zu wohnen oder mich bei ihr wohnen zu lassen. Sie hat es jedesmal abgelehnt. Aber jetzt muß irgend etwas geschehen.«

»Das würde ich auch sagen.« Reeb hatte bislang an seinem Schreibtisch gesessen, doch nun stand er auf und kam zu ihnen herüber.

»Hatten Sie schon mit derartigen Fällen zu tun?« fragte Lynn.

»Ja, Madam.«

»Dann glauben Sie also, Sie können mir helfen?«

»Oh, wir können Ihnen sicherlich ein ganzes Stück helfen.«

»Gott sei Dank«, stieß Lynn hervor.

Booboo legte den Arm um sie. »Was habe ich dir gesagt?«

Reeb drückte auf einen Knopf, und die Empfangsdame öffnete die Tür. »Was darf ich Ihnen anbieten?« fragte sie. »Kaffee? Mineralwasser?«

»Danke, nichts«, sagte Lynn.

»Vielleicht nehmen Sie doch lieber was«, sagte der Privatdetektiv. »Wir brauchen allerhand Auskünfte von Ihnen. Es wird eine Weile dauern. Halten Sie die Stimmbänder feucht.«

»Okay. Vielen Dank. Kaffee mit einem Schuß Milch, bitte.«

Als die Empfangsdame gegangen war, griff Speranza wieder zu seinem Notizblock. »Ich notiere mir alle Ereignisse, die Sie mir schildern, samt Datum und Uhrzeit.« Er drehte den Notizblock um. »Stimmt das so?«

Sie las es. »Ja.«

»Eventuelle weitere Vorkommnisse?«

»Nicht in diesem Zusammenhang.«

»Wurden Sie zuvor schon einmal belästigt?« fragte der ehemalige Polizist.

Lynn wandte sich an Booboo. »Hast du ihnen das nicht gesagt?«

»Nicht, daß es schon mal aufgehört und wieder angefangen hat, nicht genau jedenfalls.«

Die Empfangsdame brachte ihre Getränke, und dankbar trank Lynn einen Schluck Kaffee.

Speranza nahm sich eine neue Seite vor. »Wann haben sich diese anderen Vorkommnisse zugetragen?«

»Sie fingen im Oktober an und endeten im Februar. Der Mann, der mich seinerzeit belästigte, kam am sechzehnten Februar ums Leben.«

Daraufhin wurde es einen Augenblick still. Dann sagte Speranza: »Wir haben es also mit einer Belästigung durch zwei verschiedene Personen zu tun?«

»Ja«, sagte Lynn.

»Waren Sie bei der Polizei?«

Sie seufzte und wollte gerade zu einer Antwort ansetzen, als Booboo für sie einsprang.

»Die Polizei konnte uns nicht weiterhelfen. Wir hatten lediglich ihr Wort, daß sie alles nur Erdenkliche tun –«

»Sie hatten *lediglich* das Wort des Boston Police Department?«

Booboo schüttelte den Kopf. »Lassen Sie mich ausreden. Dieser Kerl, dieser verdammte Detective, wollte die Position meiner Schwester ausnutzen –«

Besänftigend legte Lynn die Hand auf Booboos Schulter. »Du weißt, daß das nicht stimmt. Außerdem bringt uns das jetzt auch nicht weiter.« Sie wandte sich wieder an die Privatdetektive. »Ich nehme an, ich sollte von vorne anfangen.«

»Könnte nicht schaden«, sagte Speranza.

Schwer und heiß ruhte die verletzte Hand in ihrem Schoß. Sie war erschöpft und benommen vor Hunger, und durch den Kaffee war die wunde Stelle in ihrem Mund wieder gereizt worden, so daß sie die schmerzenden Stiche noch im Hinterkopf spüren konnte.

Doch trotz ihres inneren Aufruhrs siegte ihr professionelles Denken, und sie zwang sich dazu, alles in der richtigen Reihenfolge zu erzählen, ohne auch nur eine Einzelheit auszulassen.

Bei den intimeren Details zögerte sie, wie sie es nie getan hätte, wenn Booboo nicht zugegen gewesen wäre.

Irgendwann stellte sie irritiert fest, daß Speranza nicht mehr mitschrieb, was sie erzählte. Doch sie fuhr einfach fort, wie sie es auch tat, wenn eine Sendung nicht so lief wie geplant, aber irgendwie weitergehen mußte.

Als sie fertig war, herrschte eine Minute lang Schweigen.

»Ziemlich rätselhaft, das Ganze«, sagte Reeb. »Daß die Belästigungen wieder anfangen, nachdem der Täter tot ist. Ich muß Sie folgendes fragen: Was sagt Ihnen denn Ihr eigenes Gefühl?«

Lynn rieb ihren Arm. »Es gibt nur eine einzige Antwort: Jemand, der weiß, was vorgefallen ist, muß es imitieren.«

»Jemand, der Ihnen nahesteht.« Es war keine Frage.

»Ich hoffe es nicht«, sagte sie. »Ich hoffe, es ist jemand, der nicht zurechnungsfähig ist und einfach verbittert. Aber Sie haben recht. Nüchtern betrachtet muß es jemand sein, der mir nahesteht.«

Wieder herrschte eine Zeitlang Schweigen, dann fragte Reeb: »Wer ist Ihr unmittelbarer Vorgesetzter bei Channel 3?«

»Dennis Orrin, der Generaldirektor.«

»Wie schätzt er die Situation ein?«

Lynn drehte sich der Magen um. Sie mußte aufrichtig sein. »Er ... deutete an, daß es sich um eine Art Rache handeln könnte, wegen gewisser persönlicher Probleme, die ich früher einmal hatte.«

Speranza sah sie aufmerksam an. »Welche persönlichen Probleme zum Beispiel?«

»Drogen. Ich habe damit keinerlei Probleme mehr, aber er ...«

»Wieso sollte er dann darauf kommen?«

Lynn seufzte. »Vor langer Zeit litt ich ständig unter heftigen Zahnschmerzen und war deshalb medikamentenabhängig. Dennis wußte Bescheid. Ich nehme an, er dachte sich jetzt einfach ...«

Speranza und Reeb blickten einander an.

»Entschuldigen Sie uns einen Augenblick.«

Im Büro nebenan stützten sich beide Detektive auf einen freien Schreibtisch.

»Was meinst du?« fragte der Ältere.

»Ich weiß nicht recht. Aber wenn ich raten müßte ...«

»Tu's doch.«

»Dann würde ich sagen, die erste Serie von Vorkommnissen war echt, aber jetzt, wo der Kerl tot ist, setzt sie das Ganze selbst fort.«

»Im Grunde sehe ich das genauso.«

»Aber wen haben wir dann vor uns? Eine durchgedrehte Prominente, die auf Mitleid aus ist? Oder was?«

»Sie kommt mir ziemlich angeschlagen vor«, sagte Reeb, »aber nicht wie eine Irre. Zieht sie dieses Ding vielleicht durch, um noch mehr an die Öffentlichkeit zu kommen?«

Speranza nickte langsam. »Möglich. Vielleicht war die wirkliche Bedrohung früher vorbei, als ihr recht war. Bevor die Kamera dabei war.«

»Trotzdem kann ich mir nicht vorstellen, daß sie den Hund ihrer Freundin umgebracht hat.«

»Wer weiß, was sie wirklich von ihrer Freundin hält.«

»Stimmt.«

»Herrgott, ich bin der Meinung, daß sie uns bislang nichts vorweisen kann, was in eine andere Richtung deutet. Sie hatte sämtliche Schlüssel, die in Frage kommen, und das Messer, an dem sie sich geschnitten hat, stammte aus ihrer Wohnung. Ich frage mich nur, warum sie zu uns gekommen ist?«

Reeb richtete sich wieder auf. »Ihr Bruder ist außer sich vor Sorge. Vermutlich hat er sie dazu gezwungen.«

»Einen Moment mal«, sagte Booboo. »Vor einer Stunde haben Sie noch gesagt, Sie könnten uns helfen, und jetzt sind Sie mit einem Mal nicht mehr verfügbar.«

»Nicht für eine derart komplizierte Aufgabe. Wir sind davon ausgegangen, daß es sich um eine einfache Belästigung handelt. Wir . . .«

Booboos Gesicht und Hals waren feuerrot angelaufen. »Es *handelt* sich um eine einfache Belästigung.«

Besänftigend sagte der Ältere: »Ich weiß, daß es für Sie und

Miss Marchette den Anschein hat. Doch nachdem wir uns sämtliche Umstände angehört haben, sind wir zu dem Schluß gekommen, daß dieser Fall zu verworren –«

»Wir schaffen es nicht, die Zeit aufzuwenden, die dafür nötig wäre«, ergänzte Speranza. »Dazu sind wir bei unserer derzeitigen Auslastung einfach nicht in der Lage.«

Booboo wollte weiter mit ihnen streiten, doch Lynn unterbrach ihn. »Spar dir die Mühe. Wir gehen.«

Im Wagen, auf der Rückfahrt zu Booboos und Angelas Haus, kam dann schließlich der Zusammenbruch.

»Es ist wieder genauso wie vorher«, schluchzte sie. »Jemand stellt mir nach, und keiner kann mir helfen.«

»Diese Mistkerle«, sagte Booboo. »Ich hätte mich von dir nicht einfach so da rausschleppen lassen sollen. Wie, zum Teufel, kommen die dazu, einen Fernsehstar dermaßen herablassend und ablehnend zu behandeln?«

»Es sind doch nicht bloß sie. Alle tun das. Es gibt keine Erklärung, nichts ist glaubwürdig, also glaubt man mir auch nicht. Alle ziehen sich zurück.«

Tränen strömten über ihr Gesicht. Sie kramte in ihrer Tasche herum, doch die Kleenex waren ihr ausgegangen, und nun schluchzte sie so heftig, daß ihr ganzer Körper wie von Krämpfen geschüttelt wurde.

Auch die Augen ihres Bruders füllten sich mit Tränen. Er legte ihr seinen kräftigen Arm um die Schultern, zog sie an sich und hielt sie fest, während er mit der anderen Hand den Wagen steuerte.

Lynn lag hellwach im Gästezimmer. Nächtliche Geräusche drangen durch die Jalousien.

Angela hatte bei der Raumgestaltung einmal mehr ein Wunder vollbracht. Das Bett war wie eine flauschig weiche Wiese mit

Gänseblümchen, die dottergelben Vorhänge blähten sich leicht im Wind. Auf dem Nachttischchen standen alle möglichen Wundermittel und Wässerchen.

Doch Lynn nahm all das kaum wahr. An Schlaf war überhaupt nicht zu denken. Ihre Hand fühlte sich an wie ein unförmiger Klumpen. Die Muskeln an Arm und Schulter schmerzten, als hätte sie einen Verkehrsunfall gehabt. Daran hatten auch die zwei Percodan nichts geändert.

Immer wieder gingen ihr die Ereignisse dieses Tages durch den Kopf. Sie brauchte jetzt so dringend Kraft, doch sie hatte keine mehr.

Nichts ist glaubwürdig, also glaubt man mir auch nicht.

Ihre eigenen Worte.

Was sagt Ihnen denn Ihr eigenes Gefühl?

Sie konnte sich noch genau an den Gesichtsausdruck des Privatdetektivs erinnern, an die Skepsis, die sich in seinen Augen gespiegelt hatte.

Jemand, der Ihnen nahesteht ...

Wieder und immer wieder hatte sie darüber nachgedacht. Mußte sie etwa ernsthaft in Betracht ziehen, daß Menschen wie Kara und Dennis sie verbluten lassen wollten?

Aber sie mußte es einfach in Betracht ziehen.

Da war ja beinahe das vernünftiger, was die Privatdetektive offensichtlich dachten: Daß sie es selbst war, die sich etwas antat.

Das Fenster befand sich am Fußende des Bettes. Sie hörte, wie es unmittelbar davor raschelte, dann das leise Quieken eines Tieres. Sie setzte sich auf und verließ sacht das Bett, um nachzuschauen. Doch da war nichts; sie hörte nicht einmal, wie das Tier verschwand.

Sie setzte sich ans Fußende des Bettes und atmete tief durch, versuchte die Panik zu unterdrücken, mit der sie schon die ganze furchtbare Nacht kämpfte, während sie das Durcheinander in ihrem Kopf zu ordnen versuchte.

Es gelang ihr einfach nicht, den Gedanken zu vertreiben – daß die Privatdetektive vielleicht mit ihrer Meinung recht hatten.

Ihr neuer Peiniger war ein Phantom.

Ein Wesen, das ebensowenig faßbar war wie das Tier, das sie gerade vor dem Fenster vermutet hatte.

Konnte das denn tatsächlich möglich sein? Hatte sie etwa Wahnvorstellungen?

War es auch nur im entferntesten denkbar, daß *sie* diese Dinge getan haben könnte, nachdem Greg tot war?

Hatte sie sich selbst die Wunde beigebracht?

Hatte sie Nicky getötet?

Sie hatte Sendungen mit vergewaltigten Frauen und Augenzeugen eines Mordes gemacht, die sich erst Jahrzehnte später wieder an die Verbrechen erinnern konnten, die sie völlig verdrängt hatten. Würde ihr das etwa auch widerfahren? Würde sie in zehn Jahren aufwachen und sich plötzlich an diese Taten erinnern? Widerfuhr das Tätern und Opfern gleichermaßen?

Während sie so dalag und nachdachte, mußte Lynn plötzlich lachen. Es war ein ähnlich irrer Ausbruch wie in der Notaufnahme, und er endete ebenso rasch in einem Weinkrampf.

Die Tränen strömten über ihr Gesicht und tränkten die Gänseblümchenzudecke.

»Ich weiß nicht mehr, was ich tun soll«, erklärte Kara Mary am Telefon. »Ich mache mir entsetzliche Sorgen um mich und Lynn und die Show. Ich mußte Dennis sogar schwören, daß ich nichts mit der ganzen Sache zu tun habe.«

»Was hast du für Möglichkeiten?« fragte Mary.

»Ich könnte mir einen anderen Job suchen, klar. Aber ich möchte Lynn nicht im Stich lassen, auch wenn ich wütend auf sie bin. Und die tollen Produktionsleiterjobs liegen auch nicht gerade auf der Straße.«

»Du weißt selbst, daß du nicht den Job wechseln willst«, erwiderte Mary. »Aber anscheinend hast du das Gefühl, daß die Sendung durch Lynns Situation gefährdet ist.«

»So ist es doch auch. Wir standen doch schon in den Startlöchern, um die Pilotsendung zu machen, aber wir haben es vergeigt. Wir hoffen, daß QTV die Aufzeichnung vielleicht irgendwann wieder einplant, aber das werden sie nicht, solange Lynn nicht wieder zu ihrer alten Form findet. Dennis macht sich im Augenblick ziemliche Sorgen um Lynns gesunden Menschenverstand. Und Lynn *ist* die Show.«

»Kannst du nicht einfach mehr Verantwortung an dich ziehen, soweit es um notwendige Entscheidungen und Organisationsfragen für die Sendung geht? Dich gegen Lynns Probleme abschotten? Manchmal bleibt einem im Umgang mit anderen Menschen nichts anderes übrig. Ihre Probleme werden sonst zu allumfassend. Man darf sich nicht auch noch davon erfassen lassen.«

»Ich habe mir bereits überlegt, ob ich es Dennis nicht mal vortragen soll. Im Augenblick hat außer ihm nur Lynn das letzte Wort bei allen Programmentscheidungen. Ich wollte ihn fragen, ob wir uns die Verantwortung nicht teilen könnten.«

»Klingt vernünftig«, sagte Mary.

»Für Lynn wäre das ein Schlag ins Gesicht.«

»Meinst du wirklich, Kara? Oder tust du nur das, was du tun mußt?«

21. März

Zu schade, daß es die linke Hand war.

Darauf hätte ich achten müssen. Ich wollte, daß sie außer Gefecht ist, unfähig zu arbeiten oder zu handeln.

Ich werde sie Stück für Stück kleinkriegen, sie zwingen, mit immer weniger auszukommen ... genauso, wie sie es mit mir getan hat.

Ich schaue sie mir am Bildschirm an. Sie stolziert herum, als gehöre ihr die ganze Welt. Sie hat keine Ahnung, was andere

Menschen auf sich nehmen müssen, nur um den nächsten Tag zu überstehen.

Doch ich werde dafür sorgen, daß sie es immer besser begreifen wird.

Begreifen wird, daß das, was sie anderen nimmt, auch ihr genommen werden kann.

Nach zwei Tagen erklärte Lynn Booboo: »Ich gehe wieder zurück in meine Wohnung.«

»Lynn, du bist dort in Gefahr!«

»In Gefahr bin ich überall.«

»In deiner Wohnung machst du dich nur angreifbar. Dort hat schon mal jemand eingebrochen.«

»Das wissen wir nicht genau«, sagte Lynn. »Ich habe meine Küchenmaschine schon seit Ewigkeiten nicht mehr benutzt. Mir wäre gar nicht aufgefallen, daß ein Messer fehlte. Außerdem ist die Tür angeblich einbruchssicher. Ich muß einfach nach Hause. Von hier aus kann ich nicht arbeiten.«

Worauf Booboo erwiderte: »Arbeit ist nicht das Wichtigste . . .«

»Für mich ist sie aber wichtig. Meine Arbeit ist praktisch das einzige, was ich habe. Außerdem ist sie auch eine Art Schutzschild. Wenn ich die Sendung nicht hätte, könnte ich mich überhaupt nicht mehr auf die Straße wagen.«

»Es gibt auch noch andere Detekteien.«

Lynn schüttelte den Kopf. »Diese Demütigung will ich nicht noch einmal durchmachen müssen.«

»Könntest du arbeiten, wenn du eine andere Wohnung hättest?«

Lynn sah ihn an. »Eine andere Wohnung in Boston? Ich komme kaum mit mir und der Sendung zurecht und kann nur hoffen, daß QTV die Übernahme nicht völlig fallenläßt. Ich kann mir jetzt nicht auch noch eine andere Wohnung suchen.«

Booboo trommelte mit den Fingern auf dem Kaffeetischchen.

»Was würdest du davon halten, wenn ich eine für dich suchen würde? Eine sichere Wohnung, ohne Balkon, ohne Glastür. Und ein Schloß, zu dem nicht jeder x-beliebige einen Schlüssel hat. Bitte, Lynn. Laß es mich bloß mal probieren.«

22. März

Ich werde dafür sorgen, daß sie nicht mehr vor die Kamera tritt. Dann werde auch ich etwas Frieden finden. Dann werde ich sie nicht mehr sehen, hören oder am Fernsehen um mich haben müssen. Ich werde nicht mehr miterleben müssen, wie alle vor dieser Kreatur katzbuckeln, dieser Diebin, die einfach stiehlt, was einem teuer ist, um es einem anschließend ums Gesicht zu schlagen.

Sie bittet um Mitleid, weil sie so allein ist.

Sie weiß gar nicht, was Alleinsein ist.

Ich weiß es.

Ich bin ständig unter Menschen, doch in Wirklichkeit bin ich allein.

Bald schon wird Lynn wissen, was Alleinsein ist. Wie es ist, wenn sich alle von einem abgewendet haben.

Niemand weiß um meine Gefühle. Sie denken, ich mag Lynn.

Allzulange kann ich diese Doppelrolle nicht mehr spielen.

Manchmal ist es so schwer voneinander zu trennen, wen ich darstellen muß und wer ich wirklich bin.

Die Pilgrim Trust Bank verfügte über eine möblierte Zweizimmerwohnung an der Gloucester Street. Sie war im Augenblick zufällig frei und auch erst ab Ende Juni wieder vergeben.

Booboo hatte neue Schlösser an Wohnung und Wagen anbringen lassen, und nur er und Lynn erhielten die Schlüssel. Er bestand darauf, daß sie die Schlüssel ständig bei sich haben sollten. Ihr Privattelefon wurde so geschaltet, daß alle Anrufe automatisch in ihre neue Wohnung gestellt wurden.

Am Sonntag waren sie beinahe mit dem Umzug fertig. In der alten Wohnung standen lediglich noch ihre Pflanzen, und die hatte sie selbst in einen Karton gepackt, nachdem sie ihren Bruder auf wiederholte Anrufe von Angela hin zurück nach Salem geschickt hatte.

Sie wollte gerade abschließen, als Mike Delano eintraf.

Er deutete auf ihre verbundene Hand. »Warum hast du mir nichts davon erzählt?«

»Das ist eine idiotische Frage«, entgegnete Lynn. »Was hat es denn genützt, als ich dir das mit Karas Hund erzählt habe?«

Anstatt darauf zu antworten, sagte er: »Ich war gerade zur Bewegungstherapie im Krankenhaus. Frank Turco ist mir über den Weg gelaufen. Er hat mich gefragt, was, zum Teufel, eigentlich mit dir los ist?«

Lynn steckte den Schlüssel in ihre Jackentasche, nahm den Karton mit den Pflanzen und ging auf den Fahrstuhl zu.

»Wenn du es weißt«, versetzte sie, »würdest du mir dann Bescheid sagen?«

»Hier in der Gegend kann man nirgendwo parken«, beklagte sich Mike. »Ich habe zehn Minuten gebraucht, bevor ich eine Lücke gefunden habe. Wo hast du dein Auto stehen?«

»In dem Parkhaus an der Ecke. Der Platz dort gehört zur Wohnung.«

Er blickte sich in dem kleinen Wohnzimmer um. Es war luftig, mit einem dreiflügeligen Fenster zur Straße hin, aber nicht annähernd so schön wie ihr Apartment am Hafen. Eingerichtet war es wie ein Hotelzimmer, nicht billig, aber langweilig.

Er betrachtete sie, während sie gerade ein paar Geschirrtücher aufhängte. Sie hatte in den letzten beiden Wochen eindeutig wieder ein paar Pfund abgenommen. Sie hatte keinerlei Farbe im Gesicht. Gelächelt hatte sie bis jetzt kein einziges Mal. Trotz jeder Menge Make-up um die Augen wirkte sie todmüde.

»Du siehst nicht gut aus«, sagte Mike.

Sie starrte ihn an. »Es geht mir auch nicht gut. Ich bin ein Wrack.«

Er hatte Angst, sie könnte ihn bitten zu gehen, deshalb sagte er: »Komm, wir gehen zu Nancy Jean. Sie liegt mir ständig in den Ohren, daß ich dich mal wieder mitbringen soll.«

»Der Arzt sagte, ich hätte verbluten können. An dem Tag habe ich auch diese Privatdetektei aufgesucht.«

»Und?«

Lynn lehnte sich zurück und verschränkte die Arme. Trotz der Hitze in dem Lokal war ihr kalt. »Zuerst sagten sie, sie könnten helfen. Nachher sagten sie, es ginge nicht.«

»Warum nicht?«

»Es sei zu kompliziert, sie könnten es in ihrem Terminplan nicht mehr unterbringen und so weiter. Aber man konnte deutlich merken, was sie dachten. Sie dachten, ich spinne. Daß ich nur so tue als ob, oder unter Halluzinationen leide.«

»Was waren das denn für Affen?«

»Arbor Investigations. Das sind keine Affen. Ich konnte sie bloß nicht überzeugen.«

Später wurde die Musik langsam und verträumt. Nancy Jean, die ihnen gerade frischen Kaffee eingoß, blickte sie beide an und sagte: »Steht auf und tanzt, macht schon, meine Süßen! Ihr seid hier doch nicht auf einer Trauerfeier, oder?«

»*Nein*«, sagte Mike.

Nancy Jean lächelte. »Muß ich dir erst den Stuhl unter dem Hintern wegziehen?«

Mike wußte nicht recht, wie ihm geschah, doch er hatte die Arme um Lynn gelegt, und sie bewegten sich zu einem langsamen, sanften Rhythmus.

Es beschwor wieder sämtliche Tag- und Nachtträume herauf, die ihn in den letzten Monaten heimgesucht hatten. Obwohl er sie nur einmal im Arm gehalten hatte, waren ihm die Kurven und Linien von Lynns Körper so vertraut, als läge sie jede Nacht neben ihm.

Seine Hand bebte. Er wollte nicht, daß sie es spürte, daher berührte er sie nur leicht. Andererseits schien es dadurch nur noch schlimmer zu werden, also griff er wieder fester zu.

Das Stück wollte nicht aufhören, klang auch nicht so, als ginge es irgendwann zu Ende. Er wünschte, es wäre augenblicklich vorbei.

Und zugleich wünschte er, es möge niemals enden.

»Gute Arbeit«, sagte Mike mit einem Blick auf das Schloß an ihrer neuen Wohnungstür.

»Mein Bruder hat es einbauen lassen. Booboo und ich haben die einzigen Schlüssel, und wir tragen sie immer bei uns. Ich lasse meinen auch nicht mehr in der Handtasche.«

»Dein Bruder wohnt zu weit weg. Es kann nicht angehen, daß er der einzige ist, der hineinkommt. Es wäre besser, wenn ich auch einen Schlüssel hätte.«

»Ich mußte ihm versprechen, daß sonst niemand einen bekommt.«

»Erklär ihm, was ich gesagt habe. Willst du mit weiteren Privatdetektiven sprechen?«

»Nein.« Lynn zog ihren Pullover aus. »Du kannst dir nicht vorstellen, wie demütigend das war. Es hätte nicht viel gefehlt, und Booboo wäre handgreiflich geworden.«

»Und was, zum Teufel, gedenkst du dann zu *tun?* Wenn du schon unbedingt weiter in der Stadt wohnen willst –«

»Ich habe keine andere Wahl. Wenn ich die Sendung machen will, muß ich hier sein. Sie nicht zu machen, kommt nicht in Frage, also denk gar nicht erst darüber nach. QTV hat die Pilotaufzeichnung bereits auf unbestimmte Zeit verschoben.«

»Tut mir leid.«

»Mir auch.«

»Ich könnte dir helfen, einen anderen Privatdetektiv zu finden.«

Sie seufzte. »Wieso sollte mir ein anderer glauben, wenn die's nicht getan haben?« Sie blickte ihn offen an. »Nicht einmal du.«

Er ging zur Kochnische, nahm sich ein Glas und trank einen Schluck Wasser.

»Ich wußte einfach nicht, was ich davon halten sollte«, sagte er schließlich.

Lynn lachte erstickt auf. »Das ist ja ziemlich ermutigend.« Dann hörte sie sich fragen: »Und was hältst du jetzt davon? Glaubst du mir jetzt?«

Sie standen einige Fußbreit voneinander entfernt. Mit zwei großen Schritten war Mike bei ihr und nahm sie in die Arme.

»Ich glaube dir«, sagte er mit brüchiger Stimme.

Er hielt sie ebenso, wie er sie beim Tanzen gehalten hatte. Doch diesmal tanzten sie nicht, und sie waren auch nicht unter Menschen, und sie hatte es satt, sich ständig zusammennehmen zu müssen.

Sie klammerte sich an ihn. Seine Lippen näherten sich ihren. Sie waren warm und fordernd, und sein Atem ging rauh.

Inzwischen war es in der Wohnung dunkel geworden. Lediglich die Kochnische und die Straßenlampen draußen spendeten etwas Licht. Lynn betrachtete sein im Halbschatten liegendes Gesicht, wußte aber nicht ganz, was sie zu sehen meinte.

Er hatte ihre Schultern umfaßt. Dann küßte er sie wieder, und sie konnte spüren, wie seine Hände zitterten.

»Du bist hier nicht sicher. Du solltest nicht allein sein. Ich glaube, ich sollte bei dir bleiben.«

»Meinst du damit«, sagte Lynn, »hier wohnen?«

»Das wollte ich eigentlich nicht sagen. Ich habe noch nicht darüber nachgedacht. Aber, ja, mehr oder weniger. Bis wir in der Sache eine Lösung gefunden haben.«

Er hielt noch immer ihre Schultern umfaßt, doch Lynn war sich mit einem Mal nicht mehr sicher, ob sie das wollte.

Sie hörte förmlich die Stimmen in ihren Ohren. Booboo und Angela und Kara...

Er nutzt dich aus...

Du bist für ihn nur nützlich...

Fragst du dich nicht manchmal, ob es ihm nicht auch noch um etwas anderes geht?

Mike, der sie betrachtete, senkte die Hände.

Er konnte spüren, was in ihr vorging. Er konnte ihre Gedanken lesen, sie erfühlen. Er wußte noch, wie es gewesen war, als sie zum erstenmal an seinem Schreibtisch gesessen hatte.

Ein Fachmann, wenn es darum ging, Unausgesprochenes zu hören und um heimliche Bedürfnisse zu wissen.

Hatte er das auch heute abend getan?

Oder nutzte er nur die Gunst des Augenblickes, da sie so verletzlich war – durch ihr neues Zuhause, aufgrund ihrer Erschöpfung, ihrer Einsamkeit, ihrer Furcht –, um sich Zugang zu ihr und ihren Gefühlen zu verschaffen und ein Bedürfnis nach ihm zu erzeugen?

Diente das etwa alles nur dazu, sich in eine möglichst günstige Lage zu bringen?

Das Telefon klingelte.

»Ich wollte schon nach dir sehen«, sagte Booboo. »Ich habe bereits dreimal auf deinen Anrufbeantworter gesprochen.«

»Tut mir leid. Ich habe ihn noch nicht abgehört. Ich war außerhalb essen.«

Während sie ihrem Bruder zuhörte, sah Lynn, wie Mike sein Sakko nahm und es anzog. Als sie auflegte, öffnete er gerade die Tür.

»Schließ hinter mir wieder ab«, sagte er.

18. KAPITEL

Mike beschloß, sich ihre Show ab sofort jeden Tag anzusehen. Daran konnte ihn niemand hindern, wenn er schon nicht bei ihr in der Wohnung bleiben durfte. Er wußte, daß ihr zumindest in der Zeit nichts passieren würde.

Doch er wollte sich die Sendung weder zu Hause noch bei Nancy Jean ansehen. Er würde durchdrehen, wenn er Lynn dort am Bildschirm und dazu die schmuddelige Tanzfläche sehen müßte. Die Erinnerungen an ihren Körper quälten ihn ohnehin schon genug. Dazu brauchte er nicht auch noch den Ort des Geschehens.

Deshalb änderte er seinen Kurs, ging in eine andere Eckkneipe in seiner Gegend und schaute sich die Show seiner Herzensdame gemeinsam mit einem katatonischen Barkeeper und einem grauhaarigen alten Mann an, der schweigend seine Zigaretten rauchte.

Eine ganze Stunde lang saß er gebannt da. Obwohl sich ihr persönlicher Streß bei jeder Bewegung mitteilte, war sie unglaublich gut, führte meisterhaft durch das Programm.

Er war verrückt nach ihr.

Schon zum zwanzigstenmal seit letzter Nacht sagte er sich, daß er es ihr hätte klarmachen sollen. Doch dann hätte sie ihn vielleicht nicht länger um sich herum haben wollen, und er mußte in ihrer Nähe sein, wenn er diesen Fall endlich lösen wollte.

Dann betrachtete er es von der anderen Seite: Sie war noch nicht bereit. Es würde ihre Zweifel über ihn nicht aus der Welt schaffen, sondern sie eher noch verschlimmern. Ihre innere Abwehr würde noch stärker werden, und sie würde ihn nur noch mehr abweisen.

Doch er konnte es ihr nicht vorwerfen. Hatte sie nicht allen Grund, hin- und hergerissen zu sein? Er wußte genau, daß sie erst langsam wieder lernen mußte, daß es auch Männer gab, die ihr keinen Schmerz zufügen wollten.

Folglich mußte er abwarten und zusehen, daß er auch weiterhin die Finger von ihr ließ.

Und vor allem darauf achten, daß er in Zukunft nicht mehr mit dem Schwanz dachte.

23. März

Ich kann die Qual, die mir ihr Anblick bereitet, nicht mehr allzulange ertragen. Ich werde dafür sorgen, daß sie nicht mehr im Fernsehen auftreten kann.

Ich muß Geduld haben und mich weiterhin so verhalten, wie man es von mir erwartet.

Aber nur, bis ich meine Chance nutzen kann.

Mein geliebter Greg, Du fehlst mir mit jedem Tag mehr.

Nicht einmal meine Tätowierung tröstet mich noch. Nicht, wenn ich mir klarmache, daß Du für immer von mir gegangen bist.

In jener Nacht, unserer letzten Nacht, sagtest Du, ich solle auf Dich warten, da Du zu mir zurückkommen würdest. Aber das wolltest Du gar nicht. Du wolltest Lynn. Ich habe Deine Blicke gesehen. Die gleichen, die Du früher mir zugeworfen hast.

Ich hätte Widerstand leisten sollen. Ich hätte unsere Liebe nicht geheimhalten sollen. Schlimm genug, daß ich Dich an sie verloren habe. Und dann hat sie dafür gesorgt, daß Du nie mehr zu mir zurückkommen konntest.

Du bist tot, und sie ist daran schuld.

Aber noch muß ich sie mir ansehen – nicht nur von Angesicht zu Angesicht, sondern auch noch ständig auf dem verdammten Bildschirm.

Jeder sieht sich Lynn an.

Ich kann Dich nicht ausstehen, Lynn.
Du hast mein Leben zerstört. Ich hätte an Deiner Stelle sein sollen.

Lynn schleppte sich förmlich in den Broome Club, als sie am Dienstag von der Arbeit kam.

Sie hatte nicht die Energie für den StairMaster, deshalb machte sie eine Zeitlang freies Hanteltraining, verlor aber rasch die Lust daran.

Sie sah, daß Angela am Gravitron arbeitete, und überlegte, ob sie zu ihr gehen sollte. Doch wie jedesmal, wenn sie sich an jemanden wenden wollte, tauchte Mikes Liste wie in Leuchtschrift vor ihren Augen auf.

Letzte Nacht hatte sie Marys Nummer gewählt, doch dann hatte sie wieder die Liste vor sich gesehen und aufgelegt.

Mary wußte doch, was vor sich ging. Wenn Mary wirklich so vertrauenswürdig war, warum rief sie dann nicht bei *ihr* an?

Als Lynn unter die Dusche gehen wollte, kam Elizabeth zu ihr herüber.

»Sind Sie nicht gerade erst gekommen?« fragte Elizabeth.

»Ja. Aber ich bin nicht in der richtigen Stimmung.«

Elizabeth musterte sie von oben bis unten. »Letztes Mal haben Sie viel besser ausgesehen. Was ist passiert?«

Es war das erste mitfühlende Gesicht, das Lynn zu sehen bekam, seit Booboo sie zum Abschied umarmt hatte. Sie fing an zu weinen.

»Kommen Sie«, sagte Elizabeth und geleitete sie hinunter in den Massageraum. »Ich habe ein paar Minuten frei. Ich hoffe, er ist leer.«

Zum erstenmal blieben das gedämpfte Licht und die beruhigenden Töne ohne Wirkung. Elizabeth knetete ihre verspannten Arme und Beine, doch sie blieben verhärtet. Lynn hatte nichts anderes erwartet.

Sie wollte nicht schon wieder ihr ganzes Elend vor anderen ausbreiten. Doch die Worte strömten wie von selbst aus ihr heraus.

»Kein Wunder, daß Sie in letzter Zeit nicht da waren«, sagte Elizabeth, als sie fertig war. »Sie hätten mich anrufen sollen, ich wäre zu Ihnen gekommen. Kann die Polizei denn *gar* nichts unternehmen?«

Lynn setzte zu einer Antwort an, doch die Tür ging auf. Es war Angela.

»Hier steckst du also. Tut mir leid, wenn ich störe«, sagte Angela. »Bernadine hat angerufen und nach dir gefragt.«

Lynn wählte Bernadines Privatnummer von einem Münztelefon aus, doch es nahm niemand ab. Sie duschte, zog sich an und versuchte es erneut – mit demselben Ergebnis. Dann verließ sie den Club und fuhr zur Gloucester Street.

Als Lynn sich ihrem Haus näherte, hörte sie, wie jemand ihren Namen rief.

Bernadines Lincoln stand am Straßenrand, und Bernadine stieg gerade aus.

Ihr Gesicht war verquollen. Ihr herrliches Haar hing in feuchten Strähnen herunter, und im Zwielicht schimmerten Tränen in ihren Augen.

»Herrgott«, stieß Lynn hervor. »Was ist denn los? Worum geht es?«

»Um das hier«, sagte Bernadine heiser und klatschte ihr etwas in die Hand.

Es war ein Packen Fotos von Lynn im Badeanzug am Strand in Kalifornien.

Lynn war völlig verdattert. »Ich verstehe nicht ganz.«

»Ich auch nicht«, erwiderte Bernadine. »Ich verstehe nicht, was die in der Nachttischschublade meines Mannes zu suchen haben.«

»Aber das ist doch unmöglich. Sie gehören mir. Wie sollten –«

»*Klären Sie mich doch auf!* Schlafen Sie und Dennis miteinander?«

»*Nein!*«

Bernadines Gesicht war verkniffen, so daß man tiefe Falten neben ihrer Nase sah. Sie atmete heftig, und ihre Brust hob und senkte sich unter dem silbrigen Pullover.

Bernadine begann zu schluchzen. »Aber was, zum Teufel, soll ich denn sonst glauben?«

Lynn spürte, wie sich Bernadines Schmerz auf sie übertrug. Und noch etwas anderes, etwas nur allzu Bekanntes: das verzweifelte Wissen darum, daß sie keinerlei Einfluß darauf hatte. Sie wurde von einer entsetzlichen Strömung fortgerissen, und keiner wollte hören, daß sie nichts damit zu tun hatte.

Bernadine sah sie fragend an.

»Sie wurden in Kalifornien aufgenommen«, sagte Lynn. »Sie sollten eine Art Therapie sein. Der Polizist, mit dem ich dorthin gefahren bin, wollte dadurch mein Selbstbewußtsein stärken.«

Selbst in ihren Ohren hörte sich die Erklärung töricht an, und Bernadine funkelte sie wütend an, doch sie fuhr fort.

»Nach all dem, was passiert war, konnte ich . . . na ja, Sie wissen schon, ich hatte mir nie so richtig bewußtgemacht, wie ich auf andere wirke. Und durch Greg wurde das nur noch schlimmer. Mike wollte mir helfen. Er wollte mir zeigen, daß ich bewundert werde.«

»Lynn.« Bernadine schüttelte den Kopf. »Soll ich das etwa glauben? Meinen Sie etwa, man nimmt Ihnen alles ab, was Sie erzählen? Wie wär's damit? Ja, Sie haben sich unsicher gefühlt, also mußten Sie Ihren Programmdirektor verführen. Vielleicht würde er dann die Tatsache übersehen, daß er sich *Ihrer* keineswegs sicher sein kann! Er könnte darüber hinwegsehen, was für ein verkommenes Luder Sie sind!«

Bernadine beugte sich näher zu ihr und schrie sie an: »Ich habe mich für Sie eingesetzt! Ich habe Sie verteidigt, als Dennis dachte,

Sie würden Drogen nehmen! Ich habe gesagt, wir sollten zu Ihnen halten, als er meinte, mit Ihnen gebe es zu viele Probleme.«

Menschen kamen vorbei, doch Bernadine nahm sie nicht wahr. Sie deutete auf Lynn. »Ich wette, daß Sie deswegen umgezogen sind! Um näher beim Sender zu wohnen! Ihre Schwägerin hat mir weiszumachen versucht, Elizabeth sei hinter Dennis her, aber das waren Sie! Sie schleichen sich in mein Vertrauen, *und dann schlafen Sie mit meinem Mann!* Sie treffen sich doch hier mit Dennis. *Ist das so?*«

»Nein. Nein. Bitte, *bitte* hören Sie mir zu. So etwas würde ich niemals tun. Fragen Sie ihn! Er wird es Ihnen sagen! Wir haben in den letzten paar Wochen kaum ein Wort miteinander gewechselt!«

»Das habe ich schon getan. Er hat es abgestritten. Er sagt, er habe die Bilder noch nie gesehen.«

»Er sagt die Wahrheit. Jemand hat die Bilder dort hingelegt. Jemand hat sie mir weggenommen –«

»Sind wir schon wieder bei diesem rätselhaften *Jemand?* Ich habe die Nase voll davon.« Wütend rieb Bernadine über ihre nassen Wangen. Sie riß Lynn die Bilder aus der Hand, änderte dann ihre Meinung und warf sie zu Boden. Dann rannte sie zu ihrem Wagen, fuhr mit entsetzlich knirschendem Getriebe an und raste davon.

Lynn wäre ihr am liebsten gefolgt, doch sie zwang sich, ruhig zu bleiben. Sie ging hinein. Sie schaltete die Nachrichten ein, um die lähmende Stille auszufüllen, und stellte zu ihrer Verblüffung fest, daß Dennis die Nachrichten moderierte.

Sie sah zu, wie er sich vom Publikum verabschiedete, griff dann zum Telefon, um ihn im Sender anzurufen, legte aber sofort wieder auf.

Sie nahm sich eine leichte Jacke, ging hinunter auf die Straße und begab sich zum Parkhaus.

Mikes Liste ging ihr wieder durch den Kopf, aber sie verdrängte sie.

Sie kannte Bernadine und Dennis eine halbe Ewigkeit. Sie gehörten schon fast zur Familie. In ihren Lieblingserinnerungen tauchte Dennis öfter auf als jeder andere Mann, von Booboo einmal abgesehen.

Sie durfte das nicht zulassen.

Dennis runzelte die Stirn, als er die Haustür öffnete. »Bitte, ich muß mit Ihnen reden«, sagte Lynn.

»Ich weiß nicht, ob –«

»Lynn?« rief Bernadine. »Was suchen Sie hier? Na ja, ich kann es mir schon denken!«

»Sagen Sie es ihr, Dennis«, bettelte Lynn.

»Das habe ich bereits.«

»Wir sehen einander kaum, es sei denn, bei kurzen dienstlichen Gesprächen«, sagte Lynn. »Ich wußte nicht einmal, daß er heute abend die Nachrichten moderieren würde.« Ihr war kalt. »Darf ich hereinkommen?«

»Lieber nicht«, erwiderte Dennis. »Alles ist total verfahren, verstehen Sie. Wir müssen das erst mal wieder hinbiegen.«

»Aber ich bin doch auch betroffen. Ich möchte doch nur dabei helfen, diese Mißverständnisse auszuräumen.«

Dennis antwortete ihr so freundlich, wie er konnte, doch sein Blick blieb hart. »Kümmern Sie sich lieber um Ihren Kram, und überlassen Sie uns den unseren.«

Lynn hatte die Arztproben aufgebraucht und sich weitere Percodan auf Rezept besorgt, hatte aber noch keine davon genommen.

Heute abend aber, als sie mit schreienden Kopfschmerzen von den Orrins zurückkam, nahm sie zwei.

Immer wieder hatte sie Mikes Liste vor Augen, und jeder

einzelne Name leuchtete in silberhellen Lettern, so wie die Namen der Gäste zu Beginn ihrer Show.

Das Licht der Straßenlampen störte sie, und so zog sie die Vorhänge zu, legte sich aufs Bett und wartete darauf, daß die beruhigenden Ströme des Medikaments das Pochen in ihrem Kopf linderten und ihr das Nachdenken ermöglichten.

Sie versuchte sich zu erinnern, was mit den Bildern geschehen war, als sie hierhergezogen war.

Hatte sie die Fotos in ihrer alten Wohnung gelassen?

Oder hatte Booboo sie zu ihren anderen Habseligkeiten gepackt?

Es wurde einfach nicht besser mit ihren Kopfschmerzen. Sie stand auf, trank etwas Wasser und legte sich wieder hin, mußte dann schließlich doch noch zwei Tabletten nehmen.

Endlich ein klarer Gedanke.

Waren es überhaupt dieselben Bilder? Oder waren es vielleicht Abzüge?

Sie stand auf und kramte in sämtlichen Schubladen, Schränken und Umschlägen herum. Danach begann sie noch einmal von vorn und durchsuchte methodisch ein Zimmer nach dem anderen.

Zurück ins Bett.

Was hatte sie damit eigentlich beweisen wollen? Daß es tatsächlich Abzüge gab? Fehlanzeige. Aber sie wußte auch nicht mit letzter Sicherheit, daß es keine gab.

Was war, wenn es doch welche gab?

Dann konnte sie nur Mike haben. Niemand sonst hätte Abzüge anfertigen lassen können.

Sie mußte eingenickt sein, denn auf dem Nachttischwecker war es 2:50 Uhr.

Doch egal, ob im Schlaf oder im Wachzustand, ihr Kopf war jedenfalls sehr produktiv gewesen.

So wie man am Schneidetisch das Band hin- und herspult, um sich einzelne Abschnitte noch einmal ganz genau anzuschauen.

Es wäre besser, wenn ich auch einen Schlüssel hätte ...

Ich glaube, ich sollte bei dir bleiben ...

Am Sonntagabend hätte sie Mike beinahe aufgefordert, länger zu bleiben. Doch sie hatte es nicht getan, da sie auf der Hut war.

Weil sie sich allmählich ebenfalls gefragt hatte, ob ihre Freunde und Angehörigen nicht vielleicht doch recht hatten, wenn sie Mike für einen Opportunisten hielten.

Und wenn sie auch in anderer Hinsicht recht hatten?

Konnte es sein, daß sie mit Mike wieder einmal einen ihrer elenden Uraltfehler gemacht hatte? Vielleicht einen noch schlimmeren Fehler als bei Greg?

Mike war der einzige gewesen, der ihr von Anfang an geglaubt hatte ... und der das ganze Material über Greg zusammengetragen hatte. Er war der Experte, der es ihr verständlich gemacht hatte. Er war derjenige, der ihr ständig erklärt hatte, wie hilflos die Staatsmacht bei derlei meisterhaften Verbrechen sei, die keinerlei Straftatbestand erfüllten.

Es war Mike gewesen, der darauf bestanden hatte, daß sie vor der Aufzeichnung von einem richtigen Polizisten statt von einem Wachmann beschützt wurde ... und seine Stimme war imitiert worden, um ihren Bewacher wegzulocken.

Mike war es gewesen, der Greg im Kampf getötet hatte.

Lieber Gott im Himmel, konnte es sein, daß Mike derjenige war, der ihr all das antat?

Seine Instinkte waren schon immer unheimlich gewesen. War er etwa ein Psychopath, der sie die ganze Zeit über nur manipuliert hatte?

Konnte es sein, daß Greg nur der Sündenbock gewesen war? War sie am Ende vielleicht sogar für den Tod eines Unschuldigen verantwortlich?

Die Kopfschmerzen kehrten in mächtigen Wogen wieder, die sie zu ersticken drohten. Das Tablettenröhrchen stand auf dem Nachtkästchen. Doch es war bereits zwanzig vor fünf. Wenn sie jetzt noch eine Tablette nahm, würde sie bei Sendebeginn nicht richtig wach sein.

Sie wußte aber auch, daß sie ohnehin keinen Schlaf mehr finden würde.

Sie kochte sich eine Kanne Kaffee, stellte den Fernseher an, zappte quer durch die Programme und verdrängte mit der Kakophonie aus dem Gerät die Stimmen, die sich in ihrem Kopf gegenseitig übertönten.

19. KAPITEL

Die Sendung war fast vorbei. Lynns Kopfschmerzen waren bis auf ein dumpfes Drücken verschwunden. Die Medikamente hatten ihren Scharfsinn anscheinend nicht beeinträchtigt, doch sie war auch froh, daß sie ihrem Verlangen nach weiteren Tabletten nicht nachgegeben hatte. Aber sobald der Abspann lief, würde sie völlig erschöpft sein. Nach der qualvollen und so gut wie schlaflosen Nacht hatte sie bereits ihre letzten Kräfte mobilisieren müssen, um die Sendung einigermaßen glatt hinter sich zu bringen.

Das war alles, worauf sie sich konzentrieren konnte. Die Sendung endlich hinter sich zu bringen. Danach wollte sie nach Hause gehen, eine dieser verflixten Tabletten nehmen, die Vorhänge zuziehen, die Augen schließen und, falls nötig, das ganze Wochenende durchschlafen.

»Dennis?«

»Hallo, Vicky.«

»Wie sieht's bei euch aus?«

Er zögerte keinen Augenblick, ihr reinen Wein einzuschenken. Wußte der Himmel, was ihr bereits alles zu Ohren gekommen war.

»Nicht besonders«, sagte Dennis.

»Ich habe mir zwei, drei Sendungen mit ihr angeguckt. Lynn sieht fürchterlich aus.«

»Stimmt.«

»Die anderen Sender drängen darauf, daß wir die Pilotaufzeichnung wieder ins Programm nehmen. Ich fürchte, ich muß ihnen unter diesen Umständen mitteilen, daß wir das Projekt fallenlassen.«

Als er schwieg, sagte Vicky: »Tut mir leid.«

»Mir ebenfalls.«

»Weiß Lynn Bescheid?« fragte Kara, als Dennis ihr von dem Telefonat berichtet hatte.

»Noch nicht. Ich werde nach dem Wochenende mit ihr sprechen.«

»Haben Sie noch einmal über meinen Vorschlag nachgedacht?«

Dennis rieb sich die Augen. »Jawohl. Und Sie haben recht. Wir werden Sie als verantwortliche Produzentin einsetzen. Damit müssen Sie und Lynn sämtliche Entscheidungen untereinander absprechen.«

»Glauben Sie mir, daß ich mich dabei nicht besonders gut fühle. Aber hier geht es nicht um persönliche Gründe. Ich möchte nichts weiter, als unsere Show retten.«

»Ich bin sicher, daß Lynn dafür Verständnis haben wird«, sagte Dennis.

26. März

Ich möchte, daß Du ebenso stirbst, wie ich sterben werde.

Jetzt ist alles bereit.

Niemand kann in Deine neue Wohnung eindringen. Niemand ... außer mir.

Lynn schloß ihre Wohnungstür auf, ging sofort ins Schlafzimmer und nahm zwei Percodan.

Sie hatte nichts mehr gegessen, seit ... war das schon gestern mittag gewesen? Sie war auch jetzt nicht hungrig, doch mit leerem Magen konnte ihr von den Medikamenten übel werden.

Sie machte sich einen Toast, brachte aber kaum etwas davon herunter.

Dann zog sie sich aus und drehte die Dusche auf.

Immer wieder hatte sie Bernadines tränenüberströmtes Gesicht vor Augen. Ein Bild des Jammers.

Und auch Kara mußte wegen ihr furchtbares Leid erdulden.

Ihr Bruder, dessen Gesundheit sicher mehr und mehr Schaden nahm . . .

Dennis, dessen Leben völlig aus den Fugen geraten war . . .

Als sie an Mike dachte, drehte sich ihr der Magen um.

Wenn sie an diesem Morgen funktionsfähig bleiben wollte, mußte sie jeden weiteren Gedanken über Mikes wahres Ich unterdrücken. Doch das persönliche Stillhalteabkommen, das sie mit sich geschlossen hatte, war abgelaufen, und die Fragen drangen nur so auf sie ein.

Schließlich drehte sie das Wasser ab und stieg aus der Dusche. Sie wickelte ein Handtuch um ihr nasses Haar und drückte einen Klecks Zahnpasta auf die Bürste.

Als sie sich zum Zähneputzen über das Waschbecken beugte, sah sie im Spiegel, daß ein Frotteefaden vom Handtuch an ihrer Lippe hing, und sie wollte ihn mit der Zahnbürste wegmachen.

Plötzlich brannte ihre Lippe.

Lynn rieb daran, da sie nicht begriff, daß der kleine Tupfer Zahnpasta, den sie beim Wegwischen an ihre Lippe gebracht hatte, der Auslöser war. Das Brennen wurde auf der Stelle unerträglich, ein greller, sengender Schmerz.

Entsetzt riß sie die Augen auf, als die Haut an ihrem Mundwinkel weiß und blasig wurde und nach verbranntem Fleisch roch.

Sie schrie und schrie immer wieder auf ihr angstverzerrtes Gesicht im Spiegel ein, bis ihre Ohren von den unmenschlichen Schreien taub wurden.

Es war eine andere Notaufnahmestation, doch die Prozedur war genauso widerlich.

Sie konnte sich nur noch vage daran erinnern, daß jemand an

ihre Tür gehämmert hatte und sie zwei Polizisten eingelassen hatte, deren Gesichter sie noch nie gesehen hatte.

Anscheinend verfügte diese Stadt über ein unerschöpfliches Aufgebot.

Aber in ihrem Fall nutzte das wenig.

»Offenbar wurde etwas in die Tube injiziert. Ich nehme an, es war Abflußreiniger«, sagte der Arzt. »Sie haben anscheinend nur äußere Verletzungen erlitten. Wenn Sie etwas geschluckt hätten, wäre Ihre Speiseröhre verätzt worden.«

Er hatte Lynn Marchette erkannt und hob die Augenbrauen, und sie hatte noch nicht einmal den Versuch einer Erklärung oder Rechtfertigung unternommen.

Es gab keinerlei Anhaltspunkt.

Sie wollte nur nach Hause gehen, sich in ihr Bett legen und alles vergessen.

Das Brennen bereitete ihr noch die wenigste Qual.

Die Bilder, die ihr durch den Kopf gingen, schmerzten viel mehr. Die mußte sie irgendwie aussperren.

Die Vorstellung, was die Zahnbürste an ihrer Zunge und in ihrem Mund hätte anrichten können.

Die Erinnerungen an die anderen Beinahekatastrophen: der Waschbär, das Messer aus der Küchenmaschine ...

»Sind Sie sicher, daß wir niemanden für Sie anrufen sollen? Einen Familienangehörigen oder eine Freundin?« fragte eine Schwester.

Lynn schüttelte ihren schmerzenden Kopf.

Sie wußte, daß ihr alles mögliche zustoßen konnte, wenn sie wieder in ihre Wohnung ging.

Sie hatte kaum noch die Kraft, sich darüber Sorgen zu machen.

Sie schlief mehrere Stunden lang, ohne zu träumen, und als sie aufwachte, war es draußen dunkel. Sie wollte aufstehen und ins Badezimmer gehen, fühlte sich aber schwindlig und elend.

Die Salbe an ihrem verätzten Mundwinkel war verwischt, und die Wunde war offen und näßte. Wieder mußte sie daran denken, daß sie sich den ganzen Mund und Hals hätte verätzen können.

Vorsichtig fragte sie sich, weshalb sie eigentlich nicht viel entsetzter war.

Viel mehr außer sich.

Doch sie war es nicht.

Sie mußte an die LSD-Kids denken, die aus Hochhäusern sprangen, weil sie meinten, sie könnten fliegen. Sie fühlte sich ganz ähnlich. Gefahr spielte keine Rolle mehr. Darüber war sie weit hinaus.

Der Unterschied bestand darin, daß sie das Gefühl gehabt hatten, sie seien zu allem fähig. Sie fühlte sich bloß, als wäre sie bereits tot.

Es gab keinerlei Grund aufzubleiben, also schlüpfte sie wieder unter die Decke.

Sie schlief wieder ein, wurde jedoch von der Türklingel geweckt. Sie reagierte nicht darauf. Als es noch zweimal klingelte, stand sie auf.

»Wer ist da?« fragte sie über die Sprechanlage.

»Mike.«

»Ich, äh . . . fühle mich nicht besonders.«

»Ich hab's gehört. Laß mich bitte rein, ja?«

Und wieder ging sie teilnahmslos den Weg des geringsten Widerstandes. Sie drückte auf den Türsummer.

Als sie die Wohnungstür öffnete, stand er in seinem Tufts-Sweatshirt vor ihr. Er runzelte die Stirn, als er ihr Nachthemd sah, ein überdimensionales T-Shirt mit aufgedruckten Kätzchen, das ihr über die eine Schulter gerutscht war. Die Haare hingen ihr wirr ins Gesicht. Ihre Augen waren verklebt. An ihrem Mundwinkel befand sich eine offene rote Stelle, aus der eine blutige Flüssigkeit sickerte.

Er knipste das Licht an, und sie kniff die Augen zusammen.

»Im Polizeibericht war von einem ätzenden Stoff in deiner Zahnpasta die Rede. Hast du etwas in den Mund bekommen?« fragte er.

»Nein.«

Er legte ihr die Hände auf die Schulter, zog sie unter die Lampe und besah sich die Wunde aus der Nähe.

Nach wie vor nahm sie das Geschehen wie aus der Kameraperspektive wahr, konnte alles aufnehmen und festhalten, aber nicht reagieren. Sie nahm die Finger auf ihrer bloßen Haut wahr, den Geruch nach Rasiercreme, den warmen Atem auf ihrer Wange.

»Muß höllisch weh tun«, sagte er.

Sie antwortete nicht. Aber sie mußte gähnen und stöhnte leise auf, da ihr das weh tat.

»Hat man dir nichts zum Draufschmieren gegeben?«

»Doch.«

»Wo ist es?«

»Im Badezimmer.«

Er ging die Salbe holen und tupfte sie mit einem Q-Tip auf.

»Setzen wir uns doch«, sagte er.

Sie folgte ihm ins Wohnzimmer und setzte sich in einen Sessel. Mike nahm gegenüber von ihr Platz.

»Wann hast du diese Zahnpasta gekauft?« fragte er.

»Ich habe sie unten in der Drogerie gekauft. Das habe ich der Polizei schon gesagt.«

»Dann muß es jemand dort getan haben. Es sei denn, er war hier drinnen. Fragt sich nur, wie, wenn dein Bruder den einzigen anderen Schlüssel hat.«

Erschöpft legte sie den Kopf zurück. Sie fühlte sich völlig ausgelaugt.

Mike stand auf und berührte sie am Knie. »Sprich mit mir, Lynn. Was ist denn mit dir los?«

»Ich bin müde.«

»Du bist apathisch. Ich mache mir Sorgen um dich.«

Die Kamera registrierte seinen besorgten Unterton.

»Wir müssen das klären«, sagte er. »Irgend jemand will dir unter allen Umständen weh tun, und er strengt sich offenbar immer mehr an. Wir müssen herauskriegen, wer es ist. *Hörst* du, was ich sage?«

»Ja. Deine Liste.«

»Komm, wir fangen noch mal damit an.« Er nahm seinen Notizblock und einen Stift heraus. »Kara. Mary. Dennis Orrin. Seine Frau. Dein Bruder . . .«

Lynn erhob sich mühsam aus dem Sessel, stützte sich auf die Lehne und ging in die Küche.

Mike sah ihr mit offenem Mund zu. »Wo, zum Teufel, willst du hin?«

Sie antwortete ihm nicht. Er folgte ihr und sah, daß sie vor dem Kühlschrank stand und aus einer Zweiliterflasche Cola trank.

»Ich hätte sie dir holen können«, sagte er.

Sie setzte die Flasche ab und wollte sie in den Kühlschrank zurückstellen. Sie glitt ihr aus den Händen. Mike wollte sie auffangen, griff jedoch daneben, und sie landete auf Lynns bloßen Füßen, so daß der ganze Fußboden, die Schränke und sie beide mit Cola bespritzt wurden.

Es war, als sei durch den plötzlichen Schmerz in ihrem Fuß ein Schalter betätigt worden. Auf einmal konnte sie ihn spüren, und auch die klebrige Flüssigkeit an ihren Beinen. Entsetzt riß sie die Augen auf, als sie sich ihrer ganzen Trostlosigkeit bewußt wurde.

Mike führte sie ins Wohnzimmer zurück. Sie zitterte am ganzen Körper. Er setzte sie in den Sessel, ging ins Schlafzimmer, zog die Decke vom Bett und breitete sie über sie.

Als das Zittern langsam nachließ, sagte er: »Ich weiß, daß du die Liste verabscheust . . .«

Leise erwiderte Lynn etwas, das er nicht verstehen konnte.

»Was?« sagte er.

»Du bist nicht darauf!«

»Was meinst du damit?«

»Ich meine damit, ob *du* derjenige bist, der mir das antut?«

Er starrte sie an.

»Diese Liste ist doch auch nur einer deiner Tricks, die Wahrheit so darzustellen, wie sie dir paßt!« schrie sie. »Du warst hier drinnen! Bist du an meiner Zahnpasta gewesen? Bist du der wahre Psychopath? Hast du mir eingeredet, es wäre Greg, obwohl du es warst?«

Mike war aufgesprungen.

»Du glaubst, *ich* könnte dir weh tun?«

»Von wem kamen denn die ganzen Hinweise? Und egal, für wie viele neue Schlösser und Türen und Parolen du gesorgt hast, es ist immer wieder etwas geschehen!«

»Ich habe meine Arbeit vernachlässigt, um dir zu helfen! Ich habe dreißig Stunden am Tag gearbeitet! Ich habe zu dir gestanden, als alle anderen dich fallengelassen haben.«

Er zitterte förmlich vor Wut. Dick zeichneten sich die Sehnen an seinem Hals ab.

»Verflucht noch mal! Wo lebst du eigentlich! Wegen dir habe ich mit einem Wahnsinnigen gekämpft, Lynn! Um deiner Sicherheit willen wäre ich fast *gestorben!*«

Mit langen Schritten ging er zur Tür und öffnete sie. »Du kannst dich von mir aus zum Teufel scheren!«

27. März

Ihre schmerzliche Buße genügt mir noch lange nicht. Ich will, daß sie erfährt, was sie mir genommen hat.

Ich werde dafür sorgen, daß sie so lange lebt.

Greg ist nicht zu mir zurückgekommen, und ich werde ihr mitteilen, daß es allein ihre Schuld ist.

Er hätte es getan. Er hat alle anderen verlassen, und er hätte auch Lynn wieder verlassen. Aber wegen ihr ist er jetzt tot.

Sie hat dafür gesorgt, daß ich ihn nie wiedersehen werde.
Ich hasse Dich, Star. Ich hasse Deine bloße Nähe. Ich hasse Dich bis aufs Blut.
Ich hatte nicht geglaubt, daß es mir so schwerfallen würde, in Deiner Nähe zu sein. Ich dachte, ich könnte meinen Plan ohne innere Anteilnahme ausführen. Doch meine Trauer vor Dir zu verbergen fiel mir schwerer, als ich mir vorgestellt hatte. Ich mußte nett zu Dir sein, wo ich doch nichts anderes wollte, als Dich sterben zu sehen.
Mein Haß wird von Tag zu Tag größer. Nachdem Du Greg umgebracht hattest, konnte ich keinen Satz mehr zu Papier bringen. Ich war derart von Haß erfüllt, daß ich keine Worte dafür fand.
Doch jetzt ist es fast unmöglich, ihn noch länger vor Dir zu verbergen.
Ich konzentriere mich mit aller Macht auf die Rolle, die ich spielen muß, denn wenn ich mein wahres Wesen zu früh zeige, wird mir wieder alles genommen.
Doch ich werde es schaffen. Und am Ende werde ich ihr mein Gesicht zeigen, dieses Gesicht, das ich so lange verbergen mußte.

Lynn sehnte sich nach einer Betäubung.

Sie konnte all diese Gefühle nicht mehr ertragen.

Sie wollte nichts weiter, als schlafen, doch sobald sie die Augen schloß, wurde sie wieder von Panik befallen. Stimmen flüsterten. Ihre Wunde brannte, kribbelte und schien immer größer zu werden, so daß sie kaum den Mund bewegen konnte, ohne vor Schmerzen aufzuschreien.

Sie wollte keine Percodan mehr nehmen, hatte entschieden abgelehnt, als ihr der Arzt in der Notaufnahme Medikamente angeboten hatte. Doch entweder das, oder sie würde vor Schmerzen das Bewußtsein verlieren.

Am Samstagabend wußte sie nur noch, daß sie vier Stück geschluckt hatte.

Irgendeine Stimme beharrte allerdings darauf, daß es mehr gewesen sein mußten, da sie allmählich wieder diese innere Taubheit spürte. Trotzdem – nur so ließ sich das Grauen ertragen, und bevor sie auf die Tabletten verzichtete, wollte sie lieber nicht genauer darüber nachdenken.

Und der Mund, ihr Mund. Er tat so weh, daß sie lieber aufs Essen verzichtete. Wenn sie Durst hatte, mußte sie einen Strohhalm benutzen.

Sie träumte von Mike.

Keine bösen Träume, sondern sanfte Traumgespinste – eine Erlösung zwischen den düsteren Bildern, die auf sie einprasselten.

In dem einen Traum war sie wieder in ihrer Wohnung am Hafen, lag auf dem Sofa und hatte so heftige Kopfschmerzen, daß sie die Augen nicht aufschlagen konnte. Mike massierte unermüdlich ihren Kopf, und überall, wo seine Finger sie berührten, verschwand der Schmerz.

Am Sonntagnachmittag war sie eine Weile wach. Ihr Mund war noch mehr angeschwollen. Vorsichtig versuchte sie mit Watte und Wasserstoffperoxyd die klebrige Kruste abzuwischen, doch selbst bei der leichtesten Berührung mußte sie aufschreien. Sie suchte nach der Salbe, konnte sie jedoch nicht finden.

Sie versuchte ein paar Löffel Joghurt zu essen. Sie ließ es sein, als sie feststellte, daß sie den Mund nicht weit genug aufmachen konnte.

Sie überlegte, ob sie den Joghurt mit etwas Milch verrühren und im Mixer soweit verflüssigen sollte, daß sie ihn trinken könnte; zumindest würde sie auf diese Weise etwas Nahrung zu sich nehmen können.

Aber dann fiel ihr ein, daß sie dazu den Mixer herausholen mußte.

Eigentlich wollte sie sowieso nur schlafen.

Auf dem Weg ins Schlafzimmer ging sie noch einmal ins Bad und suchte nach der Salbe, gab aber auch das rasch wieder auf.

Bevor sie sich wieder ins Bett sinken ließ, beugte sie sich ein letztes Mal über das Waschbecken und blickte in den Badezimmerspiegel. Auf diese Weise hatte sie früher immer zu sich finden können – entweder, um irrationale Ängste zu besänftigen, oder um ihre Aufmerksamkeit gezielt einem Problem zuzuwenden.

Sie hob die hängenden Schultern und strich sich die Haare aus den Augen. Sie versuchte sich auf ihr Spiegelbild zu konzentrieren. Dabei fiel ihr die morgige Sendung ein.

Innerlich wußte sie genau Bescheid, doch sie konnte es sich nicht eingestehen: Sie konnte unter keinen Umständen vor die Kamera treten.

Statt Zwiesprache mit ihrem Spiegelbild zu halten, kniete sie schließlich über der Toilette und entleerte ihren ohnehin schon leeren Magen.

Sie dachte, sie hätte mit Kara telefoniert. Doch als sie schließlich am Montagmorgen um sieben Uhr aufwachte, war sie sich nicht mehr sicher, ob sie wirklich angerufen oder nur davon geträumt hatte.

Sie wählte Karas Nummer, und der Anrufbeantworter schaltete sich ein.

Sie versuchte es über ihren Anschluß im Sender. Niemand nahm ab.

Dennis anzurufen brachte sie nicht übers Herz.

Alle zehn Minuten versuchte sie es über ihren Anschluß. Schließlich meldete sich Pam.

»Ich habe mich am Mund verletzt«, erklärte ihr Lynn. »Er ist ekelhaft geschwollen, und ich kann kaum sprechen. Ich konnte Kara nicht erreichen. Offenbar ist sie noch unterwegs. Sie muß eine Wiederholung laufen lassen.«

Lynn hörte, daß sie lispelte, und die Pausen zwischen den

Worten kamen ihr endlos lang vor. So redete man unter Drogeneinfluß. Sie überlegte, ob sie Pam erklären sollte, daß sie wegen des unerträglichen Brennens Schmerzmittel genommen hatte.

Aber was kümmerte es sie eigentlich? Glaubte ihr etwa auch nur einer ein Wort?

Sie fühlte sich total erschöpft, und weil ihr Mund so scheußlich schmerzte, nahm sie drei Percodan und ging wieder zu Bett.

»Ich kann nicht weg«, sagte Mary. »Ich habe alle Hände voll zu tun. Ich komme ja kaum zur Toilette.«

»Es ist ein Notfall.« Kara blickte zu Pam, worauf diese nickte. »Pam sagt, sie klang völlig weggetreten. Wir müssen zu ihr. Sie hat sonst niemanden.«

»Verdammt noch mal! Einverstanden.«

Lynn träumte, daß sie wieder geschlagen wurde, doch diesmal auf den Mund statt an die Schläfe. Sie konnte nicht erkennen, wer sie schlug. Sie wurde nicht auf der Stelle bewußtlos. Ihr Angreifer schlug nur immer wieder auf sie ein, bis sie lieber die Besinnung verlor, als mit diesen Schmerzen aufzuwachen.

Dann tauchte Mike auf, nahm ihre Hand und zog sie weg von den Schlägen. Er führte sie aus der Wohnung und durch eine andere Tür, und mit einem Mal waren sie bei Nancy Jean.

Dort ertönte zauberhafte Musik, und sie und Mike betraten die Tanzfläche. In ihrem Traum war es nur ein winziger Fleck, und während sie darauf tanzten, bemerkte Lynn, daß sie die einzigen Gäste in dem Lokal waren. Niemand sonst war dort, nicht einmal Nancy Jean, nur Lynn und Mike, die sich sanft im Rhythmus der Musik wiegten.

Doch sie hielten sich nicht wie Tanzende, sondern umklammerten einander mit beiden Händen. Mike hatte die Arme so eng um sie geschlungen, daß sie kaum atmen konnte, doch sie wünschte, daß er damit nie wieder aufhören möge.

Mikes Wangen kratzten sie leicht. Seine Haut war kühl. Die Haare in seinem Nacken, wo ihre eine Hand ruhte, fühlten sich angenehm an. Mit dem anderen Arm, den sie um seine Taille geschlungen hatte, zog sie ihn so eng wie möglich an sich.

Sie bewegten sich im Auf und Ab der Musik, als seien ihre Körper miteinander verschmolzen.

Auf einmal wurde ihr bewußt, daß die ganzen Leute vor dem Lokal standen und hereinwollten. Sie konnte sie hören. Sie hob den Kopf und sah sie durch das Fenster, sah, wie sie ihre Gesichter an die Glasscheibe drückten.

Mike sagte irgend etwas, doch wegen des Lärms, den die Leute machten, konnte sie ihn nicht verstehen.

Sie kam wieder zu sich.

Ihr wurde klar, daß der Lärm echt war.

Sie schlug die Augen auf und sah blutige Streifen auf ihrem Kissen, frisch und feucht.

Im ersten Augenblick wäre sie am liebsten aus dem Bett gesprungen, doch sie konnte sich nur wie in Zeitlupe bewegen. Ihre Glieder waren wie aus Blei.

Jemand war an ihrer Tür.

Sie berührte ihren Mund. Er schmerzte nicht mehr ganz so schlimm, doch ihre Finger waren feucht und blutig.

Mühsam ging sie zum Badezimmer. Sie mußte sich mit einer Hand an der Wand abstützen.

Von ihren Lippen war Blut auf ihr Nachthemd getropft. Sie betrachtete sich im Spiegel, nahm ein Handtuch und hielt es sich an den Mund.

Ebenso mühsam schleppte sie sich zur Wohnungstür. Dort angekommen, lehnte sie sich an die Wand, um sich einen Augenblick auszuruhen.

»Lynn! Mach die Tür auf!«

»Kannst du uns hören?«

Kara und Mary. Ihre Freundinnen.

Waren sie das?

Sie wußte überhaupt nichts mehr.

Mit steifen Fingern machte sich Lynn am Schloß zu schaffen, und endlich sprang die Tür auf.

Kara keuchte auf. Mary nahm Lynn am Arm. Lynn ließ die Tür los und wäre beinahe hingefallen.

Sie brachten sie zurück ins Schlafzimmer. Mary nahm das Kissen vom Bett und holte einen frischen Bezug aus dem Schrank.

»Und nun«, sagte Mary, als Lynn sich wieder hingelegt hatte, »eins nach dem anderen. Was ist passiert?«

»Jemand...« Vage entsann sich Lynn, daß sie dieses Wort nicht mehr gebrauchen wollte. Sie fing von neuem an. »Da war... Säure in meiner Zahnpasta. Ich habe mir die... die Lippen verätzt.«

Mary setzte sich auf das Bett. »Hast du einen Arzt aufgesucht?«

Lynn nickte. »Die Polizei war da. Ich kam in die Notaufnahme. Mein zweites Zuhause.«

»Wer von der Polizei? Mike Delano?«

»Nein...«

»Hat der Arzt dir Medikamente gegeben? Bist du deswegen so groggy?«

»Nicht... der Arzt... ich hatte noch...«

Mary sah in das Nachtkästchen und entdeckte Lynns Percodanröhrchen.

»Die sind ja fast alle. Nimmst du die etwa schon seit Freitag?«

»Ja.«

»Vorher auch schon?«

»Von Zeit... zu Zeit...«

Mary wandte sich zu Kara, doch Kara war ans Fenster getreten. Schweigend starrte sie hinaus.

»Ich rufe jetzt deinen Bruder an«, sagte Mary. »Wir brauchen jemanden, der dir hilft.«

»Und Mike«, preßte Lynn zwischen beinahe bewegungslosen Lippen hervor. »Ruf Mike an.«

Mary wandte den Blick ab. »Ich glaube nicht...«

»Doch!« zischte Lynn. »Ich muß... ihm erklären...«

»Der einzige, den du im Augenblick brauchst, ist dein Bruder. Er wird sich um dich kümmern.«

»Mike... kümmert sich... um mich!«

Mary stand auf. Seufzend blickte sie wieder zu Kara. Schließlich sagte sie: »Nein, das tut er nicht. Er steht nicht auf deiner Seite.«

»Doch, er...«

»Hör zu, Lynn. Eigentlich rede ich grundsätzlich nicht darüber, was in meiner Praxis gesprochen wird, doch im Augenblick habe ich keine andere Wahl. Du bist mir wichtiger.« Mary faltete die Hände. »Mike ist nicht dein Freund. Er glaubt, daß du hinter diesen Anschlägen steckst, daß du für all das selbst verantwortlich bist.«

Kara hatte sich vom Fenster abgewandt und hörte zu.

»Mike kam gestern in meine Praxis«, sagte Mary. »Er bestand auf einem Sonntagstermin. Er war über eine Stunde da und versuchte mich über dich auszuhorchen. Er stellte mir alle möglichen Fragen – ob es möglich sein könnte, daß eine Frau in derartige Wahnvorstellungen verfällt, daß sie solche Taten begeht.

Natürlich habe ich ihm nur sehr allgemein geantwortet. Ich habe aber deutlich gemacht, daß ich zu keinerlei persönlichen Auskünften bereit bin.

Trotzdem, Lynn, er glaubt offenbar, dir sei irgendwie daran gelegen, daß diese Nachstellungen weitergehen.

Schließlich haben die Anschläge nicht aufgehört, obwohl der Verbrecher tot ist.«

»So ein Mistkerl, dieser Mike«, versetzte Kara.

Mary nickte. »Du hast schon genug mitgemacht«, sagte sie zu

Lynn. »Du mußt nicht auch noch zulassen, daß dir ein Feind in den Rücken fällt, den du für einen Verbündeten gehalten hast.«

Booboo saß an ihrem Bett, hielt ihre Hand und weinte mit ihr.

»Ich hätte dich zwingen sollen, bei uns zu bleiben. Ich hätte dich anketten sollen.«

Mary kam herein. »Im Laurel Glen ist ein Bett frei. Wir können dich jetzt gleich hinfahren.«

»Ich möchte da nicht hin«, sagte Lynn.

»Kann ich dir nicht verübeln«, erwiderte Mary. »Aber es ist nicht so, wie du denkst. Das Haus ist gemütlich und das Personal zuvorkommend. Du wärst nicht die erste Prominente, die dort unter absoluter Geheimhaltung behandelt wird.«

»Werden Sie sie ärztlich betreuen?« fragte Booboo.

»Wenn Sie das wollen.«

Er wandte sich an Lynn. »Hilft dir das etwas?«

»Ich möchte trotzdem nicht dorthin.«

Booboo stand auf. »Vielleicht«, sagte er, »sollte ich das tun, was ich schon viel früher hätte tun sollen. Vielleicht sollte ich meine Schwester einfach mit zu mir nach Hause nehmen. Meine Frau und ich können uns dort um sie kümmern.«

»Davon rate ich dringend ab«, entgegnete Mary. »Sobald die Betäubungsmittel nachlassen, wird es ihr ziemlich übel gehen. Und sie hat eine ganze Menge genommnen. Im Krankenhaus ist so etwas reine Routine. Außerdem kann man dort auch die Wunde behandeln. Die sieht nämlich fürchterlich entzündet aus.«

»Du mußt in medizinische Behandlung«, wandte sich Mary an Lynn. »Du mußt dich ausruhen, du mußt Nahrung zu dir nehmen, du brauchst Medikamente. Und im Laurel Glen bist du in Sicherheit. Dort kann niemand hinein und dir weh tun.«

Sie ließen Lynn im Schlafzimmer allein, während Booboo seinen Wagen holte und Lynn und Kara die wichtigsten Utensilien in einen Koffer packten.

Lynn ließ sich wieder auf das Kissen zurücksinken und schloß die Augen.

Seit Stunden hatte sie keine Tabletten mehr genommen, und ihr Mund brannte wie Feuer.

Im Laurel Glen bist du in Sicherheit. Dort kann niemand hinein und dir weh tun.

In ihre beiden Wohnungen konnte angeblich auch niemand hinein.

Wem konnte sie denn noch trauen? Wer sollte sie beschützen, wenn sie sich nicht mehr selbst beschützen konnte?

Oder mußte sie sich darüber keine Sorgen mehr machen, weil ihr Peiniger am Ende ohnehin siegen und sie sterben würde?

Noch waren Lynns Gedanken durch die Nachwirkung der Betäubungsmittel blockiert; noch war ihr das ganze Ausmaß ihres Elends nur begrenzt bewußt. Doch das würde sich ändern. In der Klinik würde es keine weichen Wattepolster mehr für sie geben.

Gott sei Dank war ihr Bruder hier. Ihr wunderbarer, fürsorglicher Bruder, dem sie vertraute.

Gab es überhaupt noch jemand anderen?

Mike ist nicht dein Freund ...

Aber er war es. Lynn glaubte das aus vollem Herzen. Er hatte ihr das immer wieder erklärt, und sie hatte sein Vertrauen in den Schmutz getreten.

Sie mußte wieder daran denken, wie Mike seine Zeit für sie geopfert und sein ganzes Können aufgeboten hatte. Er hatte alle Hebel in Bewegung gesetzt, Faxe verschickt, herumtelefoniert und Fragen gestellt. Er war Greg gefolgt, hatte ihn gestellt.

Um ihretwillen wäre Mike beinahe getötet worden.

Mary mußte sich einfach irren.

Aber wieso – Lynn rieb über ihre Augen und versuchte sich zu konzentrieren –, wieso hatte er Mary über sie ausgehorcht? Wieso hatte er gesagt, er habe den Verdacht, sie täusche nur vor, daß noch immer jemand hinter ihr her sei?

Konnte es sein, daß sie *selbst* sich irrte?

In letzter Zeit war sie sich immer weniger sicher, was zutreffend war und was nicht.

Folglich sollte sie sich auch bei Mike ihrer Sache nicht zu sicher sein, oder? Vielleicht hielt er sie ja wirklich für eine verwirrte Spinnerin, die lediglich auf sich aufmerksam machen wollte.

Vorsichtig setzte sie sich auf und griff nach dem Telefon. Mit ungelenken Fingern wählte sie die Nummer.

Mikes Anrufbeantworter schaltete sich ein.

Sie konnte sich auf keine kurze, prägnante Nachricht konzentrieren, deshalb unterbrach sie die Verbindung und rief im Polizeirevier an.

»Detective Delano ist nicht da, Madam.«

Lynn bewegte die Lippen, damit sie ihr besser gehorchten. Sie verabscheute ihre unbeholfene Sprechweise. »Wann ... wann wird er zurückerwartet?«

»Schwer zu sagen. Wer spricht da?«

Noch bevor Lynn ihren Namen nennen konnte, wurde ihr klar, daß es nicht besonders schlau war, sich zu erkennen zu geben, solange sie wie eine Betrunkene klang.

Überhaupt sollte sie vermutlich nicht mit Mike sprechen, solange sie so klang.

Doch sie wollte es.

»Hallo? Möchten Sie eine Nachricht hinterlassen, Madam?«

Sie mußte einfach erfahren, wieso Mike Mary solche Fragen stellte, wo er doch immer wieder sagte, er vertraue ihr.

Sie mußte ihm einfach erklären, wie sehr sie ihre furchtbaren Vorwürfe bedauerte ...

Doch das Freizeichen ließ sie wieder schläfrig werden.

28. März

Was für ein Jammer, daß mein Liebster nicht mehr Zeit hatte.
Lynn nahm sie ihm.
Nun, jetzt läuft auch ihre Zeit ab.
Ich werde sie ihr nehmen.
Es ist fast vorbei.

Im Laurel Glen gab es ausschließlich Privatbetten. Lynns stand in einem Zimmer im ersten Stock, von wo aus sie auf einen Garten voller Blumen und Kräuter blickte.

Booboo bestand darauf, bei ihr zu bleiben. Ab und zu schlief er eine Weile auf einem Klappbett, und ansonsten achtete er auf sie, kümmerte sich um sie und ließ die Schwestern nur zu ihr, wenn sie wieder einmal eine Spritze brauchte.

Am Mittwochmorgen war er selbst krank. Er hustete und hatte Fieber, so daß man ihn nach Hause schickte.

»Bleib in deinem Zimmer. Laß niemanden herein«, befahl er Lynn mit heiserer Stimme, während Angela draußen wartete, um ihn zurück nach Salem zu chauffieren.

Lynn saß am Fenster, als Mary sie besuchen kam.

»Wo ist dein Bruder?«

»Daheim. Er ist krank.«

Mary las Lynns Befund und maß ihren Puls. Dann untersuchte sie ihren verschorften Mund.

»Ich habe gehört, du ißt nicht. Hast du keinen Appetit?«

»Nein«, antwortete Lynn.

»Was können wir dagegen tun?«

Lynn konnte ihre muntere Fröhlichkeit nicht ertragen. Sie wandte sich wieder dem Fenster zu.

»Wie wär's mit einem Dampfbad?« fragte Mary. »Ich bringe dich zum Club und fahre dich anschließend wieder hierher zurück. Komm, laß mich einen Termin für dich vereinbaren.«

»Booboo sagte, ich soll nicht hier weg.«

»Ist schon okay. Schließlich bin ich ja bei dir.«

Lynn wußte, daß Mary nicht nachgeben würde. Daher zog sie ihre Sportsachen an und band ihre Haare mit einem Gummi zusammen.

Mary betrachtete sie stirnrunzelnd, als sie die Treppe hinunter in den Broome Club gingen. Lynn bewegte sich wie eine Schlafwandlerin, hielt sich am Geländer fest und achtete überhaupt nicht darauf, wohin sie trat.

Elizabeth Vail kam aus dem Raum mit den Foltermaschinen. Sie wollte Lynn begrüßen, doch dann schwieg sie, und man sah ihr deutlich an, wie erschrocken sie war.

»Was ist denn passiert?«

»Ich... habe mich verletzt.«

Mary sah, wie wackelig Lynn auf den Beinen war. »Ich glaube, ich bleibe hier und warte auf dich.«

»Das brauchst du nicht«, sagte Lynn.

»Du solltest aber nicht allein sein.«

»Das ist sie ja nicht«, erwiderte Elizabeth. »Ich werde ihr nicht von der Seite weichen.«

»Tja... dann von mir aus. Was meinen Sie, wie lange es dauert? Eine Stunde?«

»Bis dahin sollten wir fertig sein«, sagte Elizabeth.

Sie führte Lynn in den Massageraum. Die Luft war warm vom angrenzenden Dampfbad. Elizabeth ging zur Stereoanlage und suchte das Band mit den Wasserfallgeräuschen, das Lynn so gern mochte.

Sie half Lynn auf den Tisch, konnte aber nicht umhin, auf ihren geröteten und geschwollenen Mund zu blicken.

Lynn wartete auf ihre Fragen. Ihr war nicht danach zumute, sie zu beantworten.

Mary redete ständig davon, daß sie depressiv sei, aber war das wirklich eine Depression, diese geistige Leere? Sie fühlte sich innerlich völlig leer. Alles, für das sie so schwer gearbeitet hatte, war ihr genommen worden.

Elizabeth zog die Riemen aus den Schlitzen im Tisch und befestigte sie – einen über Lynns Brust und Armen, den anderen über ihren Füßen.

Es war unbequem, so daliegen zu müssen, ohne sich bewegen oder auch nur einmal kratzen zu können.

»Hat Mary Ihnen etwa gesagt, ich müßte angeschnallt werden?« fragte Lynn.

Elizabeth starrte auf sie herab, und Lynn dachte zunächst, sie habe sie nicht gehört. Sie wollte die Frage gerade wiederholen, schwieg aber verwirrt, als Elizabeth beiseite trat und sich langsam auszog.

Lynns Herz pochte – irgendein sechster Sinn mußte auf die Gefahr reagiert haben, noch bevor ihr Verstand sie erkannte.

Elizabeth war aus ihren Shorts geschlüpft und schälte sich gerade aus ihrer Strumpfhose. Langsam zog sie den rechten Fuß aus dem Stoff. Sie hielt ihn so, daß Lynn ihn sehen konnte.

An ihrem Knöchel befand sich in Blau und Rot die Tätowierung, zu der Greg auch Lynn überredet hatte: die Lippen und die Initiale G.

Lynn begann unter den Riemen zu schwitzen. Sie war schrekkensstarr, versuchte fieberhaft die Fragen zu entwirren, die ihr durch den Kopf schossen.

Elizabeth beugte sich dicht zu Lynn herab. Ihr Gesicht war mit einem Mal ganz anders. Ihre Augen stierten sie an, ihr Mund war verkniffen.

»Du hast ihn umgebracht«, flüsterte Elizabeth. »Du hast ihn mir weggenommen. Alles ist nur wegen dir passiert.«

»Greg«, krächzte Lynn.

»Ich war diejenige, die er geliebt hat. Ich war seine Tina. So lautete sein Liebesname für mich. Er hat mich gerettet. Vor diesem Scheißtyp, der mich von morgens bis abends geschlagen hat.

Greg hatte mit mir Schluß gemacht. Aber er wäre zurückgekommen. Die anderen Frauen haben ihm nichts bedeutet. Aber *du* . . .« Elizabeth ließ sich nun von ihrem Haß mitreißen, und ihr Gesicht wurde immer verkniffener. »Du warst im Fernsehen, jeder hat dich *geliebt*.« Sie sprach nun in einem höhnischen Singsang, spie die Worte förmlich aus. »Du hast es darauf angelegt, daß er dir nicht widerstehen konnte.«

»Aber ich wollte ihn doch *loswerden*«, protestierte Lynn und stemmte sich gegen die Riemen. »Er wollte nicht aufhören. Er wollte mich nicht in Ruhe lassen. Er schickte mir pornographische Sachen, er . . .«

»Ich weiß. Ich weiß über alles Bescheid, was er getan hat.« Elizabeths halbnackter Körper schimmerte blaß im gedämpften Licht; ihre Beinmuskeln wirkten wie aus Perlmutt gemeißelt. Sie stützte die Hände in die Hüften und wölbte das Becken vor, ganz nah vor Lynns Gesicht.

»Das ist der Körper, den er wirklich geliebt hat! Nicht *deiner!*« Heftig schlug sie auf Lynns Bauch, und Lynn schrie auf.

»Schrei ruhig.« Elizabeth zog ihre Strumpfhose wieder an. »Deine Qualen haben noch nicht einmal angefangen.«

Lynn konnte es nicht fassen.

Nicht Kara, Dennis, Mary oder . . . Mike . . .

Elizabeth. Elizabeth, die immer dafür gesorgt hatte, daß es ihr wieder besserging. Elizabeth, die nun mit ihr allein war.

»Jetzt wirst du kriegen, was du verdient hast. So viel Dampf, daß du vor deinem Tod begreifen wirst, was wirkliche Schmerzen sind. Du kannst schreien, solange du willst, aber damit zwingst du mich nur dazu, mein anderes Spielzeug zu benutzen – zum Beispiel den Reiniger, den ich in deine Zahnpasta gemischt habe. Ich ätze dir den ganzen Mund weg, bevor jemand deine Schreie hören kann.«

Lynn wurde von heller Panik erfaßt.

Dann schaltete sich endlich auch ihr Verstand wieder ein, suchte verzweifelt nach einem Ausweg.

Elizabeth drehte den großen Tisch herum und wollte ihn auf die Tür des Dampfbades zuschieben.

»Warten Sie«, sagte Lynn. Sie war geschwächt und durch die Riemen völlig hilflos, aber noch konnte sie reden. Und reden konnte sie gut. »Ich verstehe das nicht. Sie müssen es mir erklären. Sie hatten mit Greg eine Beziehung, und dann lernte er mich kennen . . .«

»Nicht gleich. Es gab noch andere. Aber es war immer schnell vorbei. Deswegen habe ich ihn ja weiter im Auge behalten. Ich wollte zur Stelle sein, wenn er wieder für *mich* bereit war.

Ich ging ständig an Orte, an denen wir gemeinsam gewesen waren. Und manchmal habe ich ihn entdeckt, und in seinen Augen konnte ich die Wahrheit erkennen: Die anderen bedeuteten ihm gar nichts. Dann« – keuchend stieß sie das Wort aus – »*du* . . . an diesem Abend bei Geoffrey's.«

»Sie waren an diesem Abend in Los Angeles?«

»Ja.« Ein trostloses Flüstern. »Du hast durch mich hindurchgeblickt, als wäre ich aus Luft. Greg ebenfalls. Greg und ich saßen zusammen mit einem Haufen anderer Leute am Tisch neben euch . . . und er hatte nur noch Augen für dich.

Er war überrascht, als er mich an diesem Abend bei Geoffrey's sah. Aber er bat mich, ich sollte mich zu ihm setzen. Und als er mich aufforderte, nach Hause zu gehen, sagte er, ich solle auf ihn warten, er werde kommen. Aber er kam nie.«

Elizabeth schluchzte erstickt auf, dann atmete sie gepreßt und krampfhaft ein.

»Danach wurde mir klar, daß er mich angelogen hatte. Er war nicht froh, mich zu sehen. Aber er mußte so tun als ob, sonst hätte ich ihm eine Szene gemacht, und wir wären aufgefallen. Und dann wäre ihm die Chance entgangen, sich an dich ranzumachen.«

»Ich bin Greg an diesem Abend zwar zum erstenmal begegnet«, sagte Lynn, die Elizabeth unter allen Umständen weiter ins Gespräch verwickeln wollte. »Aber wir waren erst ein Paar, als er nach Boston kam. Woher wußten Sie, daß wir hier zusammen waren?«

Elizabeth beugte sich über den Tisch und spie Lynn die Worte förmlich ins Gesicht: »Ich habe deine Tätowierung gesehen. Der ewige Kuß. In Los Angeles, am Fernseher. Danach wußte ich, wohin Greg gegangen war. Und dann bin ich hierhergezogen und habe diesen Job bekommen.«

Elizabeth lächelte. Einen verwirrenden Augenblick lang wirkte ihre Miene wieder so strahlend wie einst, doch dann verzerrte sie sich erneut zu einer boshaft triumphierenden Fratze.

»Ich habe es so *hingetrickst*, daß ich in deine Sendung komme. Mit diesem Video. Ich hatte es in Los Angeles herstellen lassen, ohne daß ich darin auftauchte. Nur für den Fall, daß Greg an diesem Tag deine Sendung sehen sollte. Dann habe ich dafür gesorgt, daß du dich im Club anmeldest.«

Elizabeth machte Anstalten, den Tisch weiterzuschieben. Sie atmete krampfhaft. Schweiß trat ihr auf Stirn und Nacken.

Verzweifelt überlegte sich Lynn, welche Fragen sie ihr noch stellen konnte. »Wußte Greg, daß Sie hier in Boston waren?«

»Einmal hätte er mich fast ertappt. Im Garten deiner Freundin, dieser Ärztin. Aber er hat es nie erfahren.« Sie schluckte. »Er starb, bevor ich es ihm sagen konnte.«

Erreichte sie mit diesem Gerede etwas? Oder zögerte Lynn das Unvermeidliche nur hinaus?

Aber es gab nichts, was sie sonst tun konnte.

»An Sie habe ich überhaupt nicht gedacht.«

Wutentbrannt schlug ihr Elizabeth mit dem Handrücken ins Gesicht. »Als Fernsehstar hättest du dir das doch denken können! Du weißt doch, daß jeder Idiot einen Job in einem Fitneßclub kriegen kann – in deiner Sendung haben sich doch die Leute darüber beschwert. Du weißt sogar, wo sich hier der Generalschlüssel für die Spinde befindet – du hast doch schon gesehen, wie ich ihn benutzt habe, wenn sich jemand ausgeschlossen hat. Ich habe mir deine sämtlichen Schlüssel nachmachen lassen. Und Bernadines. Ich war so schlau, daß ich bei deinen Anrufen mitgehört habe. So schlau, daß ich genau wußte, was ich mit den Bildern anstellen konnte, die *du* blöderweise in deinem Spind gelassen hast!«

Elizabeth trat gegen den Tisch, und Lynns ganzer Körper erbebte unter der Wucht.

»So schlau«, fuhr Elizabeth fort, »daß es hinterher aussehen wird, als wärst du so krank, geschwächt und durcheinander gewesen, daß dir bei der Hitzeregulierung im Dampfbad ein Fehler unterlaufen ist.«

Das Plätschern des Wasserfalls wurde lauter.

Elizabeth öffnete die Tür. Lynn spürte augenblicklich, wie ihr ein Schwall heißer, feuchter Luft entgegenschlug. Die Angst drohte sie zu ersticken, und sie ächzte vor Anstrengung, während sie sich unter den Riemen aufbäumte.

»Gib's auf!« zischte Elizabeth, während sie rückwärts durch die Tür trat und den Tisch hinter sich herzog. »Daß ich nicht mit zuviel Gewicht trainiere, war auch nur Geschwätz. Hast du eine Ahnung! Ich habe früher mal in *richtigen* Krafträumen gearbeitet, verstehst du. Solltest du da wieder rauskommen, was nicht der Fall sein wird, könnte ich dich mit blo –«

Lynn, die verzweifelt ihren Kopf reckte, sah plötzlich, wie Elizabeth von einem Wasserstrahl von den Beinen gerissen und zur Seite geschleudert wurde.

War ein Rohr gebrochen? Würden sie jetzt beide im überfluteten Dampfbad ertrinken? Lynn spürte, wie der Dampf sich auf sie senkte, sie langsam unter sich begrub, und sie schrie und schrie ohne Unterlaß...

... bis ihr klarwurde, daß die Schreie nicht nur von ihr kamen.

Andere Menschen waren im Dampfbad, brüllten herum. Überall Wasserstrahlen. Lynn bekam einen kalten Strahl ab und mußte husten. Sie versuchte sich weiter aufzurichten, so weit sie konnte.

Plötzlich wurde der Tisch aus der Tür gestoßen, als zwei miteinander ringende Menschen dagegenstürzten.

Elizabeth – und Mike Delano. Mit einem tiefen, kehligen Schrei drückte Mike Elizabeths Unterarme herunter und legte ihr Handschellen an.

»Ich bin vor lauter Streifenwagen kaum durchgekommen«, sagte Mary. »Was ist denn *passiert?*«

»Die Person, die mich umbringen wollte. Sie hat es wieder versucht, im Dampfbad. Sie haben sie festgenommen. Es war Elizabeth.«

Mary ließ sich neben Lynn auf die Bank sinken. »Deine *Trainerin?*«

Lynn nickte. Sie hatte die Knie hochgezogen und mit den Armen umschlungen, damit endlich das Zittern aufhörte.

»Mein Gott«, sagte Mary. »Mein Gott! Ist mit dir alles in Ordnung?« Sie nahm Lynns Hand und suchte nach dem Puls. »Ich kann nicht begreifen, wieso man dich hier so allein läßt.«

»Tut man auch nicht«, sagte Mike, der gerade um die Ecke kam. Er hielt sich den Rücken. »Ich werde mich jetzt sofort um sie kümmern.«

Lynn ließ ihre Knie los und setzte sich auf. »Du hast versprochen, alles zu erklären«, sagte sie. »Erklär's mir jetzt. Erkläre mir alles, was –«

»Ich werd's dir auf der Fahrt ins Krankenhaus erklären.«

»Ich gehe nicht noch mal in die Notaufnahme.«

»Nicht wegen dir. Meinetwegen. Ich habe mir wieder die Rippen gebrochen.«

»Du sagtest doch, du glaubst mir. Wieso hast du dann Mary all diese Fragen über mich gestellt?«

Mit schmerzhaft verzogenem Gesicht wandte Mike sich ihr zu. »Doch nicht über dich. Meine Fragen galten Elizabeth Vail. Ich bin ihr allmählich auf die Schliche gekommen. Und Mary dachte, ich hätte *dich* gemeint?«

»Ja. Sie hat mich gewarnt, daß du nicht auf meiner Seite wärst.«

»Sie ist 'ne dumme Nuß.«

»Sie kann dich auch nicht leiden.«

Mike zuckte wieder zusammen, als er vor einer roten Ampel auf die Bremse gehen mußte.

»Danach habe ich bei dir auf dem Revier angerufen«, sagte Lynn. »Aber man wollte mir nicht sagen, wo du warst. Ich dachte, du wolltest mir vielleicht aus dem Weg gehen. Mir war klar, daß ich dir nicht eben die nettesten Dinge an den Kopf geworfen habe.«

Er zögerte. »Einen Tag lang war ich ziemlich am Boden deswegen. Aber dann wurde mir allmählich klar, daß es nur die Angst war, die aus dir sprach.«

Er warf ihr einen Blick zu, bevor er sich wieder auf die Straße konzentrierte. »Ich wette, du hast nicht gewußt, daß ich dich überwachen ließ.«

»Du meinst, ich bin bewacht worden? Wo?«

»Überall. Ich wollte dich unter Beobachtung haben. Als Mary dich ins Laurel Glen brachte, dachte ich, du wärst dort eine Weile in Sicherheit. Norm Lee sollte dich heute überwachen. Er konnte nicht wissen, welche Gefahr im Broome Club auf dich wartete, weil ich ihn nicht näher eingeweiht hatte. Deshalb konnte er mir auch nicht sagen, wo du warst, bis es . . . fast . . .«

Lynn erwartete, daß er »fast zu spät war« sagte, doch er verlor kein weiteres Wort darüber. Erstaunt blickte sie zu ihm und stellte fest, daß er zusammengekrümmt über dem Steuer hing.

Sie mußte wegsehen. Ihr Herz hämmerte. Sie wußte nicht, was sie tun oder sagen sollte.

Mike räusperte sich. »Als du mich nicht erreichen konntest«, sagte er, »war ich in Los Angeles und habe mich über Elizabeth Vail erkundigt.«

»Aber wieso?« fragte Lynn. »Wie bist du überhaupt auf sie gekommen?«

Er zuckte mit den Schultern und verzog wieder das Gesicht.

»Laß mich fahren«, sagte Lynn.

»Nein. Wenn ich stillsitze, wird es bloß noch schlimmer. Weißt du noch, was ich zu dir gesagt habe, als du das erste Mal auf dem Revier warst? Als du mich wegen dem Tufts-Shirt angepflaumt hast?«

»Glaube niemals das, was du vor dir siehst«, zitierte Lynn, ohne nachzudenken.

Mike nickte. »Ich habe mich ununterbrochen mit dieser gottverdammten Liste beschäftigt. Du hast behauptet, es könnte niemand aus deinem Freundeskreis oder deiner Familie sein. Schließlich habe ich mich gefragt, warum ich dir dauernd unterstelle, daß du dich irrst.«

»Paß auf das Taxi auf.«

»Schon gesehen. Also dachte ich mir, ich nehme mir einfach mal das vor, was ich über dein Leben weiß, und sortiere alles aus, was nicht recht dazu paßt. Ich hab versucht, mich an Details zu erinnern. Und weißt du, was mir dabei aufgefallen ist? Dieses blöde Gespräch im Studio. Als ich kam, um dir die Unterlagen zum Thema Kindesmißbrauch für deine Pilotsendung zu bringen. Die Vail quatschte ständig was von niedriger Belastung daher, aber ich wußte, daß sie eine erfahrene Gewichtheberin ist. Sie hat die Gewichte mit der Außenseite nach innen auf die Hanteln gesteckt, wie's die Bodybuilder machen. Die sehen gern, was sie aufgelegt haben. So was törnt sie an. Außerdem hat sie auch so geredet. Sie hat Redewendungen gebraucht, wie man sie bloß in

Machostudios hört. Das war keine zierliche kleine Heilgymnastin. Hast du dir mal ihre Brustmuskulatur angesehen? Die Frau ist bärenstark.«

Er drückte auf die Hupe und überholte einen langsam fahrenden Honda. »Damals habe ich nicht groß darauf geachtet. Aber mit der Zeit habe ich mich gefragt, wieso sie ihre Fähigkeiten verheimlichte. Ich dachte mir, wer das tut, hat vielleicht auch noch etwas anderes zu verheimlichen.

Ich habe in den Unterlagen im Broome Club nachgeschlagen und dabei herausgefunden, daß sie erst kürzlich von Los Angeles hierhergezogen ist. Danach habe ich dann Schicht um Schicht abgetragen. Ich hatte recht – sie hat dort in einem Bodybuildingstudio gearbeitet. Sie ist keine stabile Persönlichkeit – sie war dreimal in der Anstalt. Aber eigentlich ging mir erst ein Licht auf, als ich den Zeitablauf verglichen habe. Greg lernt dich in Los Angeles kennen, fängt mit dir was an, ohne dir zu erzählen, daß er hier wohnt. Die Vail zieht hierher, mogelt sich in deine Sendung und damit in dein Leben. Greg kratzt ab, aber jemand hält ihm die Stange.«

Mike blickte sie an. »Ansonsten gab es niemanden, den du nicht schon vorher kanntest. Niemanden außer mir.«

Wieder spürte Lynn, wie ihr die Schamröte ins Gesicht schoß. »Mike, es tut mir so leid . . .«

»Nicht so schlimm.«

Einen Augenblick später sagte Lynn: »Elizabeth war immer so nett zu mir. So verständnisvoll.«

»Weil sie gewartet hat.«

»Ja – auf Greg. Sie sagte mir, er wäre zu ihr zurückgekommen. Hatten sie irgendeine besondere Beziehung zueinander?«

Mike schüttelte den Kopf. »Keine andere als sonst auch. Aber bevor sie das noch ganz verarbeitet hatte, war er schon die große Liebe ihres Lebens. Jedenfalls glaube ich, daß es so war.«

»Dann waren also die Fragen, die du Mary gestellt hast . . .«

»Ich mußte etwas über krankhaftes Opferverhalten, Eifersucht, Obsessionen und Manien erfahren. Ich wollte eine Theorie überprüfen. Wir erleben immer wieder, daß Menschen, die einer sexuellen Gewalttat zum Opfer fallen, hinterher unerwartete Gefühle für den Täter äußern. Das ist nur vorübergehend – der Verstand versucht einfach, die Erfahrung zu verdauen und in einen vertrauten Rahmen einzuordnen. Also dachte ich mir: Was ist, wenn das Opfer selbst psychopathisch veranlagt ist? Was ist, wenn diese Gefühle nicht nur vorübergehend sind? Genau das, glaube ich nämlich, ist mit der Vail passiert. Und du bist ihre verhaßte Rivalin geworden. Sie wollte dich quälen und schließlich vernichten.«

Sie schwiegen, während Mike auf den Krankenhausparkplatz fuhr.

»Sie wollte mich wirklich umbringen«, sagte Lynn und rieb sich die Stelle an der Brust, wo die Riemen eingeschnitten hatten.

»Es wäre ihr auch fast gelungen, wenn der Schlauch im Dampfbad nicht gewesen wäre. Ich mußte sie überraschen, weil ich nicht wußte, ob sie eine Waffe hatte. Ich wollte gerade zuschlagen, als sie durch die Tür kam und mir die Mühe abgenommen hat.«

»Hast du gehört, was sie zu mir gesagt hat?«

»Nicht viel. Ich war gerade erst gekommen.«

Er wandte den Blick ab, und Lynn dachte, er habe eine Parklücke entdeckt. Doch als er sie wieder ansah, hätte sie fast gesagt, daß seine Augen feucht glitzerten. Er nahm ihre Hand und drückte sie.

»Du kannst jetzt wieder in deine Wohnung am Hafen ziehen«, sagte Mike. »Das muß doch ein tolles Gefühl sein.«

»Ist es auch. Ich bin immer noch etwas müde ...«

»Du siehst anders aus. Wie frisch aufgeblüht.«

»Ich bin ein Wrack. Meine Haare, dieser Jogginganzug. Die Wunde an meinem Mund. Ich sehe schrecklich aus.«

»Nicht für mich.«

»Danke.«

Er zuckte mit den Schultern, verzog das Gesicht und hielt sich die frisch bandagierte Seite. Sie steckten mitten im dicksten Berufsverkehr.

»Ich muß erst noch mal zurück in mein Ausweichquartier, bevor ich wieder zu Hause einziehen kann«, sagte Lynn. »Offiziell bin ich noch immer Patientin im Laurel Glen. Mary muß mich erst entlassen.«

»Mist.«

Ihr Krankenzimmer war während ihrer Abwesenheit hergerichtet worden. Das Bett war blütenweiß und frisch bezogen. Die Luft duftete nach den Hyazinthen von Angela.

Die Schwester, die Lynn und Mike zum Zimmer begleitet hatte, lächelte und ging.

Lynn holte ihren Koffer und fing an, ihre Sachen zusammenzupacken.

Mike schloß die Tür. Er nahm Lynn in die Arme und zog sie an sich.

Ihr war schwindlig.

Aber ganz anders schwindlig. Sie verspürte einen seltsamen Impuls, zaghaft, tastend, fühlte sich wie ein Kind, das seine Eltern auf die Probe stellen will. Ob ich das wohl darf?

Mike legte ihr die Hände um die Taille und zog sie an sich.

Sie rückte von ihm ab. »Die Tür ist nicht abgeschlossen.«

Mike nahm die Handschellen von seinem Gürtel. Er schlang die eine um den Türgriff, die andere um einen an der Wand befestigten Haken.

»Jetzt schon«, sagte er.

Er berührte die heilende Wunde an ihrem Mund. »Tut das noch weh?«

»Nicht sehr.«

Er nahm ihre Hände und legte sie auf seine Schultern. Seine

Hände strichen über ihren Rücken, während er ihren Hals, ihr Kinn, ihren Mund küßte.

Ohne sie loszulassen, zog er sich etwas zurück und betrachtete ihr Gesicht.

Lynn wußte genau, was er dachte. »Du denkst, ich will jetzt aufhören«, sagte sie.

»Willst du?«

Sie berührte sein Gesicht. Ihre Finger strichen über seine dichten Brauen, dann über seine Lippen.

Er zog sie eng an sich und küßte sie wieder. Doch ebenso abrupt endete sein Kuß, und er zog sie fest an seine Schulter.

»Antworte mir«, flüsterte er ihr ins Ohr.

»Ich will nicht aufhören«, sagte sie leise.

Jetzt war sie es, die seinen Mund fand. Er genoß es, ließ es sie spüren, als er die Hände in ihr Haar schlang und sie festhielt.

Das Fenster stand offen. Gartengerüche drangen herein und mischten sich mit dem Hyazinthenduft. Es wurde langsam dunkel, und von den Bäumen und Dächern erschallten die letzten Vogelrufe. Lynn mußte wieder an ihre Wohnung denken, an den Abend, als Mike sie zum erstenmal geküßt hatte.

Sie erschauderte innerlich. Langsam löste sie sich von ihm und stand verwirrt da, noch immer heftig atmend.

»Was ist los?«

»Ich bin mir nicht sicher«, sagte sie. »Ein komisches Gefühl.«

»Wenn wir aufhören wollen, dann jetzt.«

Seine Brust hob und senkte sich.

»Jetzt. Du mußt dich jetzt entscheiden.« Er sah sie an. »Wenn du lieber warten möchtest, dann warten wir eben.«

Lynn war wieder schwindlig. Sie rieb sich die Stirn.

»Ich habe keine Lust zu lügen, Lynn. Ich würde alles dafür geben, wenn ich auf der Stelle mit dir schlafen könnte. Aber du mußt es ebenfalls wollen.« Er verschränkte die Arme. »Aber vielleicht brauchst du ja noch etwas Zeit für dich.«

In diesem Augenblick wurde Lynn klar, daß genau das von ihr genommen worden war: Das Bedürfnis, sich schützen zu müssen. Es war von hier abgefallen und fiel noch immer von ihr ab, so als löse sich ein innerer Panzer auf.

»Du kannst jetzt nicht mehr auf die Bremse treten«, sagte er. »Ich habe immer wieder gewartet. Jetzt gehen wir diesen Weg entweder gemeinsam, oder wir gehen ihn gar nicht, verstehst du?«

»Ja.«

Noch immer hatte er sich weder bewegt noch sie berührt. »Sag es. Sag, was du willst.«

»Ich will mit dir schlafen.«

Er schloß die Augen. Dann zog er sie an sich, und ihre Körper schmiegten sich aneinander.

Lynn entdeckte die verbundene Stelle an seinem Rücken und streichelte sie sanft. Er griff nach hinten und drückte ihre Hand, um ihr zu zeigen, daß sie keine Rücksicht nehmen mußte.

»Ich möchte dir nicht weh tun«, flüsterte sie.

»Das sollte eher ich sagen.« Er zog den Mundwinkel hoch. »Sieht dir wieder mal ähnlich, daß du Angst hast, du könntest *mir* weh tun.«

»Na ja«, sagte sie, »wieso nicht? Schließlich hast du mich ständig beschützt.«

»Nicht nur.« Er berührte ihr Gesicht. »Du bist so tapfer. Ich liebe dich.«

Nun flossen die Tränen. Sie hatte keine Hand frei, um sie abzuwischen. Sie liefen über seine Finger. »Ich liebe *dich*.«

Er drückte sie sanft an sich; sie spürte seinen warmen Atem an ihrem Hals.

Schließlich trat Mike einen Schritt zurück, ergriff den Bund ihres Sweatshirts und zog es ihr über den Kopf. Lynn wartete nicht erst, bis er ihren BH aufhakte, sondern griff nach hinten und erledigte es selbst.

»Ich habe dich wirklich nicht angeschaut, als du damals im

Badeanzug unterwegs warst«, sagte Mike. »Aber jetzt will ich dich anschauen.«

Er sah zu, wie sie ihren BH abstreifte. Er legte ihr die Hände auf die Brust, und sie keuchte auf, als er mit den Fingern darüberstrich.

Doch einen Augenblick später hörte er auf. »Wir beide haben noch zuviel an«, sagte er.

Lynn zog ihre Hose aus und wandte sich dann seiner zu.

Als sie endlich in den zart duftenden Laken lagen, war Lynn diejenige, die nicht länger warten konnte. Sie zog Mike über sich.

Er hielt sie fest und drang im gleichen Augenblick in sie ein. Wie unter Schmerzen stöhnte er auf.

»Ist alles in Ordnung?« keuchte Lynn. Sie tastete nach seinem Verband.

Er antwortete ihr nicht, sondern bewegte sich in einem unaufhörlichen Rhythmus, dem sie sich leise keuchend hingab.

Sie vergaß alle Besorgnis. Ihre Hände strichen über seinen Rücken, und ihre Finger gruben sich in seine Schenkel. Mikes Mund lag auf ihren Lippen.

Im letzten Augenblick hob er den Kopf, stieß keuchend den Atem aus, während er noch tiefer in sie eindrang, und sie nahm es überhaupt nicht mehr wahr, als Mike ihr die Hand auf den Mund legte, ihren Schrei erstickte, noch bevor er aus ihrer Kehle gedrungen war.

2. April

Jeden Tag sehe ich meine Tätowierung an.

Früher gab sie mir immer Kraft. Das ist vorbei; alles ist vorbei.

Der ewige Kuß hat seine Kraft verloren.

Für mich gibt es nirgendwo mehr Kraft. Ich habe nichts erreicht.

Lynn lebt, Greg nicht.

Und ich? Ich komme mir vor, als sei ich weder lebendig noch tot.

Doch das kann ich ändern.

Zuerst werde ich mein Tagebuch verbrennen. Dann werde ich sterben. Werde ich Greg wiedersehen?

Gibt es Liebe nach dem Tod?

»Ihre zwei Exehemänner wollen nichts von ihr wissen«, erklärte Lynn Bernadine. »Und ihr Vater lebt im Pflegeheim und weiß schon sei zwanzig Jahren nicht mehr, wie er heißt. Es ist nicht nur so, daß niemand sie wollte, bevor sie sich umgebracht hat. Sie wollen nicht einmal ihre Asche.«

»Aber *du* wirst sie doch nicht etwa nehmen, oder?«

Lynn, die bei Bernadine auf dem Küchenstuhl saß, lehnte sich zurück. »Soweit geht mein Mitleid nun auch wieder nicht.«

»Wie schaffst du es nur, daß du sie nicht haßt? Sie wollte dich töten.«

»Sie war ebenfalls ein Opfer.«

»Kannst du das wirklich so sehen?«

»Ich versuche es.«

»Bist du nervös?« fragte Kara.

Lynn lachte. »In Anbetracht der letzten Monate«, sagte sie, während sie sich im Spiegel betrachtete und die pfirsichfarbene, zu ihrem kurzen Spitzenkleid passende Haarschleife zurechtzupfte, »ist Heiraten gar nicht so fürchterlich.«

Mary kam herein. »Bist du fertig? Du siehst bezaubernd aus. Es ist fast soweit. Wir müssen hinuntergehen.«

»Sind alle da?« fragte Lynn.

»Booboo und Angela. Pam. Mikes Eltern, sein Bruder und seine Schwestern, ein paar unglaublich gutaussehende Polizisten, die Kara unbedingt sehen muß. Bernadine Orrin. Der Bürgermeister ist gerade gekommen. Alle, bis auf Dennis.«

»Er wird jede Minute da sein«, warf Kara ein. »Seine Sendung war vor einer halben Stunde zu Ende.«

Lynn wandte sich ihr zu. »Meiner Meinung nach hätte er die Nachrichten an meinem Hochzeitstag ruhig mal ausfallen lassen können.«

»Ich hab's versucht. Er wollte unbedingt arbeiten.«

»Dennis ist da«, rief Bernadine von unten.

»Hier drinnen ist es saukalt«, sagte Mike leise zu Lynn, als sie neben Marys blumengeschmückter Garderobe Platz nahmen.

»Pst. Mary mag es kühl.«

»Als ob es nicht reicht, daß ich mir bei dir fürs nächste halbe Jahr blaue Eier geholt habe...«

Der Bürgermeister nahm seinen Notizzettel heraus und bereitete sich auf die Zeremonie vor.

»Du bist ja so romantisch«, flüsterte Lynn.

»Ich bin romantisch. Sobald wir erst aus diesem Iglu hier draußen sind und in Jamaika am Strand liegen, zeige ich dir, wie romantisch.«

Er schlang ihr den Arm um die Taille. »Du siehst in dem Kleid hinreißend aus, und ich dachte mir, ich zeig's dir gleich jetzt.«

»Ich bin bereit«, sagte der Bürgermeister.

»Einen Augenblick«, erwiderte Mike. Dann zog er Lynn eng an sich und küßte sie auf den Mund.

Danksagung

Für ihre Hilfe möchte ich mich, in alphabetischer Reihenfolge, bedanken bei:
Paul Black, Eagle Investigations, Inc.; Candace Coakley; Dr. Ellen Gendler; Joan Gurgold; Leslie Holland; Joann Kunda, Rebus International Investigations, Inc.; Dr. Ann McMahon; Julie Morrison; Toba Olson; Dave Peretz; Dolores Walsh.

Besonders dankbar bin ich folgenden Menschen:
der eleganten, einzigartigen Linda Grey;
Danny Baror – furchtlos, blitzgescheit und voller Überraschungen;
Joe Blades, der so wunderbar von innen lektoriert;
Detective Mike Marculescu – danke, daß Sie so geduldig waren und mir Ihre Zeit und Arbeitskraft so großzügig zur Verfügung gestellt haben.